Je m'appelle Eva

Direction éditoriale : Stéphane Chabenat
Édition : Charlotte Sperber
Avec la collaboration de Muriel Galichet chez LiberTypo
et de Bénédicte Gaillard
Traduction : Jeanne Heneug
Composition : Soft Office
Conception graphique de la couverture : © Debbie Clement /
Photographie : Arcangel Images / Shutterstock

HÉROÏNES
NISHA ET CAETERA

sont publiées par les Éditions de l'**Opportun**
16, rue Dupetit-Thouars
75003 Paris
www.editionsopportun.com

SUZANNE GOLDRING

Je m'appelle Eva

En mémoire de Nora et Tiny Wall, dont les tendres lettres ont survécu, et avec tous mes remerciements à Lyndsay Sellars et Betty Talbot, qui m'ont offert des bribes alléchantes de leurs exploits en temps de guerre.

Première partie

Chapitre 1

Mme T-C, 6 octobre 2016

Nous n'avons jamais de poisson

Mme Evelyn Taylor-Clarke – Evie pour les êtres chers disparus depuis longtemps, Eva pour un moment bref mais spécial, et Hilda, lors de son séjour temporaire dans une maison de repos – où le personnel utilisait toujours le premier prénom inscrit sur les notes des patients –, réfléchit longuement. Danielle, la responsable de la restauration au Forest Lawns-Maison de soins, reviendra bientôt avec son bloc-notes de menus pour lui demander de choisir ce qu'elle aimerait pour le déjeuner.

— Qu'allez-vous manger aujourd'hui, Mme T-C? l'interrogera-t-elle en tapotant son carnet avec un stylo déjà prêt, impatiente de noter les plats retenus.

La maison de retraite s'occupe très bien de ses résidents, en proposant trois choix de plats principaux chaque jour pour le déjeuner et deux choix à l'heure du thé, qu'Evelyn préfère plutôt appeler le dîner.

Poisson ou poulet ? Que choisir ? Evelyn sait qu'elle a mangé du poisson hier, du cabillaud Mornay, avec une belle sauce au fromage et de la purée de pommes de terre. La veille, elle avait choisi du haddock fumé avec un œuf mollet et des épinards. Aujourd'hui, elle a le choix entre un pâté de poisson, des lasagnes végétariennes ou un poulet rôti. Elle devrait faire remarquer à Danielle qu'elle veut encore du poisson, en se plaignant de ne pas en avoir mangé depuis très longtemps.

Pat revient cet après-midi, et il y aura sûrement d'autres questions. Depuis qu'elle a commencé à préparer la mise en vente du domaine, elle ne cesse de l'interroger. Pourtant, lorsqu'Evelyn vivait encore au manoir de Kingsley, Pat ne l'avait jamais questionnée – en réalité, elle ne lui rendait presque jamais visite. Mais c'était avant d'obtenir une procuration et de se persuader qu'elle savait ce qui était le mieux à faire.

Le salon est calme ce matin. Seuls quelques autres résidents se sont installés dans les hauts fauteuils à oreilles après le petit-déjeuner. Evelyn secoue son *Daily Telegraph* pour en redresser les pages et se rend directement à la fin du journal. Elle lit toujours les nécrologies en premier, même si la plupart de ses connaissances ont disparu depuis longtemps. Il faut dire qu'Evelyn a survécu à tant de choses… Elle passe ensuite à la météo et aux mots croisés. Elle étudie les définitions, celles disposées horizontalement et celles qui se trouvent verticalement, tout en faisant tourner un crayon nouvellement taillé entre ses doigts. Elle aime garder ses crayons bien pointus. Hier, elle a demandé à Sarah, l'organisatrice des activités de Forest Lawns, de lui procurer des crayons munis d'une gomme. C'est ce dont elle a besoin, des crayons bien taillés avec une gomme à l'extrémité, comme ceux qu'ils utilisaient tous pendant sa formation durant la guerre. Est-ce que personne n'en utilise plus aujourd'hui ? C'est tellement plus pratique pour corriger les erreurs. Dans la vie d'Evelyn, peu de choses ont été des erreurs, à part un événement qu'elle ne pourra jamais oublier. Mais était-ce vraiment une erreur ?

D'une main légère et rapide, malgré son arthrite, Evelyn remplit les cases avec son crayon à papier. En réalité, l'exercice n'est guère difficile ; même les anagrammes sont faciles à résoudre. Une fois les mots croisés terminés, elle sort un stylo de son sac à main en cuir verni et repasse à l'encre noire les mots tracés au crayon dans chaque carré blanc de la grille. Elle s'applique à modifier les lettres pour qu'elles ne s'enchaînent plus de manière ordonnée et compréhensible. Ce ne sont plus des mots, mais des absurdités.

Lundi dernier, elle avait remarqué Fay, l'une des infirmières habituelles, jeter un coup d'œil au journal après qu'elle eut fini de tout réécrire. Fay avait observé la grille de mots croisés, froncé les sourcils, puis s'était tournée vers Evelyn, avec un sourire empreint de pitié.

— Bravo, Mme T-C, je vois que vous ne perdez pas la main !

Evelyn lui avait rendu son sourire, mais ce sourire était davantage pour elle-même, pour son propre amusement. L'idée que Fay ne devinerait jamais qu'elle avait parsemé la grille de quelques lettres de l'alphabet cyrillique, ni qu'elle y ajoutait de temps en temps un mot ou deux d'allemand, la réjouissait au plus haut point.

La semaine dernière, en se réveillant d'une sieste dans le salon, Evelyn avait décidé de se distraire un peu lorsque Mary lui apporta une tasse de thé.

— *Danke, Liebling*, avait-elle dit, *Du bist sehr gut zu mir*[1].

1. Traduction : Merci chérie, tu es très gentille avec moi.

Elle s'était amusée à observer l'air perplexe de la soignante et à écouter les mots qu'elle avait murmurés à sa collègue près du chariot de thé, occupée à préparer d'autres tasses pour les résidents affalés dans leurs fauteuils.

— Qu'elle soit bénie, avait dit Mary. Elle doit rêver qu'elle est de retour dans son ancien pays.

Les deux femmes la regardaient avec tendresse tout en servant le thé et en plaçant les tasses dans les mains tremblantes des résidents, incapable de tenir à la fois les tasses et la soucoupe.

À présent, Evelyn entend le cliquetis du chariot du matin qui apporte le café, les biscuits et le courrier. La maison de soins de Forest Lawns est réglée comme du papier à musique : à chaque moment de la journée et de la semaine correspond une activité précise. Le mercredi matin, c'est la chapelle, et, tous les jeudis après-midi, une jeune physiothérapeute vêtue d'un legging en Lycra apparaît dans le salon et encourage tout le monde à tenter quelques exercices simples sur le fauteuil.

— Étirez-vous, étirez-vous encore un peu et fléchissez les orteils, répète-t-elle tandis que les résidents suivent ses instructions en tremblant de tous leurs membres.

Pour les résidents aux souvenirs vacillants, la routine est réconfortante et rassurante. Elle les aide à se sentir en sécurité dans un monde de plus en plus incertain, qui se rétrécit un peu plus chaque jour, jusqu'à ne plus laisser place qu'aux éléments familiers qui les entourent.

Dans le fauteuil à côté d'Evelyn, Phyllis s'est réveillée et tourne les pages de l'édition d'octobre de *Good Housekeeping*, pleine de recettes de puddings et de conserves à base de fruits d'automne. La vieille dame fredonne *We'll Meet Again* en feuilletant les pages avec son index humide. Elle paraît très heureuse, même si Evelyn se lasse de cet air tant répété et aimerait qu'elle trouve quelque chose d'autre, voire qu'elle arrête complètement de chantonner. Une solution serait de lui enlever son magazine. Phyllis a feuilleté ce numéro pendant deux semaines et ne se rappelle même pas avoir lu un seul article. « Je peux commencer à le lire et oublier de quoi il s'agit au moment où j'arrive au bas de la page », affirme-t-elle sur un ton enjoué.

Mais Evelyn se retient malgré tout de lui ôter la revue, même si l'envie ne lui manque pas. Au lieu de cela, elle scrute Phyllis, tout comme elle observe les autres résidents dont l'esprit n'est plus aussi vif qu'avant. Ils vont et viennent, ces voisins ; certains disparaissent dans la nuit au milieu des sirènes d'ambulance pour ne plus jamais revenir. Toutefois, même lorsque la durée de leur séjour au foyer est courte, Evelyn se souvient de tous leurs noms. Elle doute en revanche que l'un d'entre eux puisse se souvenir du sien. De l'autre côté de la pièce, il y a Maureen Philips, une femme ronde au teint rose qui a une forte appétence pour les choses sucrées. Elle mange illico presto toutes les friandises apportées par les visiteurs, se plaignant de n'avoir rien avalé de la journée. Et elle est toujours déterminée à remporter la fameuse barre de chocolat, premier prix du bingo musical. Près de la cheminée, Horace Wilson, vêtu d'un blazer bleu foncé et d'une chemise en flanelle, raconte à qui veut bien l'écouter qu'il rentrera chez lui le lendemain matin ; et Wilf Stevens somnole, tout en levant régulièrement les yeux de ses genoux pour demander si quelqu'un a déjà emmené Molly faire sa promenade matinale.

Evelyn les observe attentivement, mémorisant chaque signe d'imprécision, chaque moment de confusion, en prévision d'une utilisation future. *Prends note, Evelyn, prends note*, se conseille-t-elle. *Regarde comment Maureen s'arrête avant de répondre aux questions, regarde comment Wilf montre à nouveau fièrement sa montre à gousset à l'infirmière, en lui affirmant qu'elle lui a été offerte en remerciement de toute une vie de service.* Horace n'arrive pas à choisir ce qu'il va manger pour le déjeuner et demande sans cesse s'il a pris son petit-déjeuner ce matin. *La répétition et l'indécision sont ta défense, Evelyn.* Elle est persuadée qu'elle ne se laissera pas complètement abattre. Elle continuera à se faire coiffer une fois par semaine lorsque le coiffeur passera ; elle s'habillera avec soin, dans la mesure de ses moyens, en laissant peut-être échapper un ou deux boutons, en portant parfois des chaussures mal assorties ou en n'appliquant pas correctement son rouge à lèvres. Non, ça, c'est vraiment impossible – tant qu'elle le pourra, elle colorera parfaitement ses lèvres et son arc de Cupidon, certes moins précisément qu'à l'époque où il apparaissait comme le « baiser d'un ange » ; ce rouge à lèvres sera assurément la dernière chose à disparaître de son visage.

Chapitre 2

14 octobre 1939

Mon très cher Hugh,

Maman m'a écrit une fois de plus pour me supplier de quitter mon travail ici et de rentrer chez moi. Elle s'inquiète des raids, je le sais bien, mais je crains de m'ennuyer à mourir si je dois abandonner ma vie de bureau – qui est pourtant riche en potins –, et mes soirées avec les filles, pour les collines ennuyeuses à mourir du Surrey. J'adore être de retour à Kingsley, tu le sais, mais je ne sais pas comment maman imagine que je vais occuper mes journées alors que, les connaissant, elle et Madame Glazier sont totalement débordées de travail pour subvenir aux besoins de la maisonnée, et probablement de tout le village.

Je l'ai déjà dit et je le répète : je ne vais pas rester assise à tricoter des chaussettes (même si je serais heureuse de tricoter, paire après paire, de barbantes chaussettes kaki pour toi, mon chéri, si je pensais que cela pouvait t'aider). J'ai tellement envie de « faire ma part ». J'aimerais que tu changes d'avis et que tu acceptes que je rejoigne les Wrens, ou quelque chose de cet ordre-là. Je ne vois pas en quoi ce serait une activité inappropriée pour ta femme, et ce ne serait certainement pas plus dangereux que de rester ici, à Londres, dans l'appartement. Je dois dire que j'aime beaucoup l'uniforme des Wrens, surtout leurs adorables petits chapeaux.

Si les choses se dégradaient à Londres, je ferai peut-être l'effort de passer plus de nuits à Kingsley (par contre, si je le fais, maman n'arrêtera pas de me demander de rester). Mais n'attends pas de moi que j'abandonne complètement ma vie londonienne, car elle m'aide à me sentir un peu plus comme une vraie femme mariée pendant que tu es en France.

Dans ta dernière lettre, tu m'as demandé de m'occuper de McNeil lorsqu'il arrivera à Londres, j'ai donc alerté Grace et Audrey, car elles ne sont pas encore amoureuses d'un garçon et qu'elles seront impatientes de le prendre sous leurs « ailes » pour ainsi dire. J'espère qu'il sera assez courageux pour résister à leur intérêt débordant!

Eh bien, chéri, je dois partir maintenant, car cela fait au moins cinq minutes que Mlle Harper me regarde d'un air sévère. Elle pense clairement que j'aurais dû terminer ma pause déjeuner et retourner à mon travail. J'ose à peine imaginer ce qu'elle penserait si elle se rendait compte que j'utilise également du papier de l'entreprise.

Ta femme toujours aimante, Evie xxx

PS. Je t'aime.

Chapitre 3

Mme T-C, 6 octobre 2016

Chaque chose à sa place

La chambre d'Evelyn, au Forest Lawns, donne sur le jardin. Elle voulait être certaine de ne pas être complètement privée de sa passion de toujours pour le jardinage, même si elle devait vivre dans une maison de retraite. Elle n'est peut-être plus capable de s'agenouiller pour désherber les bordures, couper le chèvrefeuille envahissant ou bêcher un potager, mais elle peut toujours donner des conseils sur la taille des différentes variétés de clématites, suggérer d'enlever les vieilles feuilles d'hellébore pour faire éclore les fleurs naissantes ou recommander un traitement pour revigorer un camélia jaunissant et malade.

Elle se tient près de la fenêtre et contemple les petites améliorations qui ont été apportées au jardin depuis son arrivée au début de l'année, après l'automne difficile. La bordure aux tons chauds de fin d'été, composée de crocosmias rouge sang, d'héléniums orange et de tournesols bordeaux, a remporté un franc succès dès la première saison. Sous le plus vieux chêne, un tapis de narcisses pâles, nouvellement plantés, émergera au printemps. Mais pour l'heure, une touche de cyclamens miniatures rose foncé apporte une note de couleur à ce coin du jardin.

Mais dois-je vraiment faire semblant de ne pas me souvenir du nom latin de l'absinthe ou du moment idéal pour planter des bulbes de tulipes ? Et vais-je devoir faire comme si toutes ces connaissances précieusement acquises étaient désormais perdues pour moi ?

Un jardinier souffle sur les feuilles mortes pour les rassembler en tas, puis les ramasse avec deux planches entre ses mains dans une brouette. Elle peut apercevoir un mince filet de fumée s'échapper en spirale du coin le plus éloigné du terrain. *Il devrait composter ces feuilles*, pense-t-elle. *La décomposition des feuilles est bénéfique pour le jardin. Cela m'a permis de faire pousser du muguet dans plusieurs endroits difficiles d'accès.*

Pat est sur le point d'arriver pour sa visite de l'après-midi, alors Evelyn doit être prête. Elle arrange ses cheveux qui ont échappé à son shampoing hebdomadaire et se coiffe en regardant son reflet dans le miroir de la coiffeuse. Ce meuble se trouvait dans la chambre de sa mère depuis aussi longtemps qu'elle s'en souvienne, probablement depuis quatre-vingt-dix ans. Elle doit avoir plus de cent cinquante ans. Le miroir est encadré d'un support en acajou qui comporte trois parties, dont l'une abrite un petit tiroir central pour les épingles à cheveux et les boutons d'Evelyn. Elle l'ouvre tous les jours, après que la femme de ménage a fait le tour de la pièce avec son plumeau, pour s'assurer qu'un bouton en particulier est toujours là, intact dans sa petite boîte.

De chaque côté de la surface polie se trouvent des brosses en argent et une épingle à chapeau solide, posées sur des napperons de lin brodés par un parent décédé depuis longtemps. Evelyn dit à tout le monde qu'il s'agit d'un ancien coupe-papier. Personne ne pourrait deviner pourquoi elle lui a été offerte, et elle rit intérieurement des commentaires sur une épingle à chapeau aussi indélicate. Sur le napperon du milieu repose un miroir au dos argenté, gravé des initiales M.M.H., assorties à celles des brosses. *Les initiales de maman, Marjanna Maria Hutchinson*, murmure Evelyn en suivant les lettres bouclées du bout du doigt. Elle porte la brosse à cheveux à son nez, et il lui semble qu'au plus profond des poils flotte encore une légère odeur d'eau de lavande.

Evelyn pense souvent à sa mère lorsqu'elle s'assoit ici pour se brosser les cheveux, se repoudrer le nez et appliquer de la *cold-cream. Une dame a toujours un mouchoir propre*, disait son élégante mère en réprimandant la fillette aux cheveux pleins d'herbe et aux genoux écorchés. Puis, sortant de sa poche un carré de lin propre et dentelé, elle essuyait le visage barbouillé et crasseux de sa fille.

Evelyn possède encore quelques mouchoirs délicats, mais ils ont davantage un rôle esthétique plutôt que pratique ; un carré à glisser dans une manchette, un autre dans un sac à main. De nos jours, tout le monde utilise des mouchoirs en papier. Beaucoup plus pratiques, mais tellement moins significatifs, pense Evelyn. Personne ne transmettra autre chose que des germes avec un mouchoir en papier tombé à terre ; les gens préféreront s'en détourner ou le jetteront à la poubelle.

Un dernier coup d'œil lui permet de se rassurer quant à sa présentation. Ses cheveux sont bien coiffés, son rouge à lèvres est rouge vif et elle l'éponge pour éviter les bavures. Il est si facile de laisser des traces sur les tasses. Elle laisse cependant son col se froisser et glisser à l'intérieur de son gilet, laissant ainsi l'occasion à Pat de s'en agacer et de le redresser elle-même.

Evelyn se dresse avec son déambulateur après s'être levée du tabouret de la coiffeuse, puis vérifie que tous les tiroirs de sa chambre sont fermés. Quelle chance qu'elle ait pu apporter ses propres meubles et qu'elle n'ait pas été obligée de se contenter de ceux en chêne clair et en hêtre, utilisés dans la plupart des autres pièces du foyer ! Pas le lit, bien sûr ; ils aiment que les résidents aient des lits qui puissent être ajustés en cas de problème, et Evelyn a maintenant un matelas d'eau ondulant pour soulager ses douleurs. Parfois, elle pense qu'il lui parle lorsqu'elle se tourne durant la nuit et qu'il bouillonne et se réajuste automatiquement à sa position. Quant aux autres meubles – l'acajou foncé qui brille et lui révèle si d'autres mains que les siennes s'y sont attardées, qui conserve des traces de talc blanc (tellement plus pratique qu'un bout de papier), la commode, le chevet, la coiffeuse et le miroir –, ce sont tous de vieux amis venus de chez elle et qui reflètent encore la lueur des anciens feux de cheminée.

Un dernier regard rassure Evelyn : tout sera comme avant à son retour. Elle dit au revoir à l'image du bel homme, encadrée d'argent sur sa table de chevet et vérifie que la photo qu'elle garde toujours cachée est bien rangée dans le tiroir du dessous, puis elle se dirige dans le couloir avec son déambulateur pour rejoindre sa nièce.

Chapitre 4

16 décembre 1939

Mon chéri,

Je te remercie infiniment pour le parfum L'Opera *et pour le magnifique petit set de manucure que tu m'as offerts. Je n'arrive pas à imaginer comment tu peux trouver de tels trésors en ce moment, alors que toi et tous les autres garçons manquez de vêtements essentiels. Toutes les filles ici tricotent à la folie et j'ai juré de rejoindre leurs rangs, même si je crains que leurs efforts ne dépassent de loin les miens. Mais je ne peux supporter l'idée que mon mari chéri n'ait plus qu'une seule paire de chaussettes décentes et qu'il se retrouve pieds nus à Noël. Et si, comme tu le dis, le cordonnier de l'entreprise n'a plus de cuir, vous risquez de vous retrouver tous pieds nus d'ici peu.*

Je ne veux pas t'ennuyer avec mes petits soucis, alors que les tiens sont bien plus importants (j'ai fait réparer mes chaussures et j'ai acheté de nouveaux bas), mais je dois dire que j'en ai terriblement marre de ce travail et que j'aimerais me consacrer à une activité plus utile. Tu sais à quel point je suis fatiguée de la vie de bureau et j'aimerais changer si possible, malgré tes réticences.

J'ai pensé m'engager dans l'ATS[1] *(ils paient 2 livres sterling par semaine, 1/6ᵉ de nourriture par jour et fournissent tous*

1. ATS : il s'agit de la branche féminine de la *British Army*.

les uniformes et le logement) ou bien dans la Women's Land Army *(tu as toujours dit que tu me trouvais séduisante en jodhpurs), ou encore dans l'Ambulance fluviale, ou quelque chose du genre. J'ai donc décidé d'y aller lundi pour y jeter un œil. La* British School of Motoring *propose des cours de conduite spéciaux à prix réduit pour les femmes qui s'apprêtent à effectuer leur service national. De plus, le* Motor Transport Training Corp *m'a informée qu'ils me trouveraient une place (là où mes connaissances en secrétariat seraient utiles) si j'obtenais un permis de conduire – car ils refusent de me croire sur parole lorsque j'affirme savoir déjà conduire. Apparemment, savoir faire quelques manœuvres autour de la maison ne suffit pas lorsqu'il s'agit de transporter de hauts fonctionnaires. Mais ne serait-ce pas formidable si je pouvais obtenir un de ces postes de secrétaire-chauffeuse d'un gentil général ? M'imagines-tu dans un uniforme élégant, la casquette à l'envers, te saluant à mon passage ?*

Chéri, je suppose que tu as de la difficulté à comprendre pourquoi je me sens obligée de « faire ma part », mais c'est ainsi. Il y a actuellement des occasions de faire quelque chose de différent qui ne se présenteront peut-être plus jamais. Du moins, j'espère sincèrement que ce ne sera pas le cas, mais il n'en reste pas moins que les opportunités sont là, maintenant. Je sais que tu veux que je reste dans un endroit sûr en attendant ton retour, mais cette guerre n'est pas comme la précédente. Les femmes ne se contentent plus de rester à la maison à tricoter ou de sortir avec des plumes blanches, elles apportent désormais une véritable contribution, je le sais. J'ai l'impression que les temps changent pour nous, et je veux en faire partie.

Je te promets de te tenir au courant et de ne pas les laisser m'envoyer dans un endroit dangereux où je risquerais de ne pas voir mon cher mari lors de son retour de congé, durant lequel nous pourrons passer des heures précieuses à rêver d'avoir un jour notre propre maison à la campagne.

Je t'aime plus que tout, mon chéri, et je t'embrasse très fort,

Evie xxx

PS. I love you

Chapitre 5

Mme T-C, 6 octobre 2016

Clés et puddings

— Ton col est encore de travers.

Pat maugrée en passant ses mains de part et d'autre du cou de sa tante, puis elle relève le col avant de le rabattre, lissant le tissu d'un geste précis tout en pinçant les lèvres.

— Tu ne t'es pas regardée dans le miroir avant de quitter ta chambre ? ajoute-t-elle.

— Bien sûr que si, répond Evelyn en regardant sa nièce dans son vieux pantalon de golf à carreaux couvert de poils de chien. Ne fais pas tant d'histoires. Il y a bien d'autres personnes plus mal habillées que moi ici.

Elle fait un signe de tête en direction de ses compagnons d'infortune, endormis dans leurs fauteuils, à l'autre bout du salon.

— Oh, je le sais bien ! J'ai remarqué qu'il y avait une certaine agitation lorsque je suis arrivée, cet après-midi. J'attendais à l'extérieur que quelqu'un m'ouvre la porte, lorsqu'un vieux monsieur s'est mis à taper sur les touches du digicode de l'entrée pour essayer de sortir. Il criait qu'il devait rentrer chez lui pour déjeuner, sans quoi il serait en retard. Un membre du personnel est finalement arrivé et l'a persuadé de retourner dans sa chambre.

Evelyn prend une longue inspiration.

— C'est une chance qu'il ne soit pas sorti. Ils auraient eu de sacrés ennuis si quelqu'un s'était échappé.

— Ils seraient effectivement très embêtés, car il en va de leur responsabilité. Je suppose qu'ils doivent changer les codes de sécurité tout le temps, par précaution.

Evelyn ne contredit pas Pat et ne lui révèle pas qu'elle sait que les numéros ne sont jamais changés. Un, deux, trois, quatre. C'est le code d'entrée depuis des mois, depuis qu'elle est arrivée au Forest Lawns. Ils font preuve d'un tel manque d'imagination ! Si elle était responsable, elle choisirait quelque chose d'un peu historique : 1066, la bataille d'Hastings, ou peut-être le grand incendie de Londres en 1666. Cela rendrait le code beaucoup plus intéressant et mémorable.

Or, elle sait que celui-ci n'a pas changé, parce qu'elle a vu le personnel le composer assez souvent. Si elle voit quelqu'un utiliser le digicode alors qu'elle traverse le hall d'entrée en traînant les pieds (c'est ce qu'elle appelle « faire de l'exercice »), elle ralentit délibérément pour vérifier que le code est toujours le même. Elle déteste l'idée de ne pas pouvoir partir quand elle le souhaite.

Mais elle comprend pourquoi le code ne change jamais. C'est parce que le personnel suppose que les résidents ne s'en souviendraient pas, même s'il leur était répété, alors, à quoi bon ? Sinon, ils devraient constamment mémoriser un nouveau numéro et le communiquer aux visiteurs et bénévoles autorisés à aller et venir librement. Trop compliqué pour eux.

Evelyn connaît le code, mais elle le garde pour elle. Elle ne peut pas laisser Pat se douter qu'elle se souvient d'autres détails, alors elle se contente de répéter « Probablement, ma chère, probablement » et d'attendre la suite des événements.

— Alors, as-tu réfléchi à ce dont nous avons discuté l'autre jour ? Pat se penche en avant avec un sourire encourageant. Tu sais, à propos des clés ?

Evelyn sait parfaitement ce que Pat veut dire, mais elle ne peut pas la laisser penser cela. Elle adopte donc une expression de surprise avant de répondre.

— Les clés… De quelles clés parles-tu ?

Le sourire de Pat disparaît alors qu'elle fronce les sourcils.

— Honnêtement, c'est difficile d'obtenir des informations avec toi. Je t'ai demandé mardi si tu te souvenais d'avoir eu les clés de cette belle bibliothèque en érable moucheté. Quelques-uns des tiroirs sont fermés à clé, et je ne veux vraiment pas les forcer à s'ouvrir. C'est un meuble si important et précieux.

— C'était celui de maman, murmure Evelyn. Elle y conservait ses lettres. Et ses journaux intimes. Les as-tu lus ?

— Comment le pourrai-je, si je ne peux pas ouvrir les tiroirs ?

La réponse d'Evelyn se fait délibérément attendre.

— Je ne pense pas qu'il y ait autre chose là-dedans.

— C'est ce que tu as dit la dernière fois. Mais comment peux-tu en être sûre ? La moitié du temps, tu ne te souviens pas de ce que tu as mangé au déjeuner. Quoi qu'il en soit, tu as dit que tu réfléchirais à l'endroit où les clés pourraient se trouver.

— Moi ?

Evelyn détourne le regard vers les jardins visibles par les fenêtres du salon. De la fumée s'échappe encore derrière les arbres. Tout peut y brûler. Un feu de joie est un très bon moyen de se débarrasser progressivement des papiers qui pourraient s'avérer gênants – et d'autres preuves embarrassantes.

— Alors, tu y as pensé ? À l'endroit où les clés pourraient se trouver ?

Evelyn reste silencieuse pendant un moment, comme si elle réfléchissait beaucoup, puis elle répond :

— Et le tiroir de la cuisine ? As-tu regardé dedans ? Nous avons toujours rangé toutes sortes de choses dans le tiroir de la commode de la cuisine. Un vrai bric-à-brac. Il se peut que les clés aient glissé derrière.

— Bien sûr, j'ai fouillé dans ce tiroir, puis dans tous les autres tiroirs de la cuisine, de la cave, de l'atelier, de toute la maison. Franchement, tante Evelyn, c'est un vrai bazar. Rappelle-moi de ne pas laisser un tel désordre à mes enfants quand je partirai.

— Peut-être que les enfants aimeraient jeter un coup d'œil avec toi, pour t'aider. Ce serait comme une grande chasse au trésor pour eux. Nous aimions beaucoup les chasses au trésor quand j'étais enfant. Je me souviens qu'une fois, le grand-oncle Will…

— Oh, chère tante, vraiment ! Ce ne sont plus des enfants, mais des adultes à part entière qui ont un travail important et des responsabilités. Ils ne peuvent pas quitter leur travail pour venir fouiller dans tes vieilles ordures. Pour l'amour du ciel, il y a des jours où je suis vraiment tentée de faire appel à une entreprise de débarras et d'en finir avec ce bazar ! S'il n'y avait pas les objets de valeur et le patrimoine familial, je l'aurais fait sans hésiter.

Evelyn voit bien que la situation ne s'améliorera pas en laissant Pat s'emporter davantage. Après quelques secondes de silence, elle annonce :

— Du poulet, j'ai mangé du poulet au déjeuner aujourd'hui.

Cela fait presque sourire Pat.

— C'est bien. Je suis contente que tu manges bien ici. Tu as l'air d'apprécier ta nourriture.

— J'ai toujours eu bon appétit. Maman l'a toujours dit. Et Mme Glazier disait que j'avais le meilleur appétit de nous tous, quand nous étions enfants.

— Mme Glazier ? C'était la cuisinière ou la gouvernante de ta mère, n'est-ce pas ?

Pat sait qu'Evelyn se laisse facilement convaincre lorsqu'il s'agit de parler du passé.

— Sa cuisinière, principalement. Violet nous aidait à faire le ménage. Maman disait toujours que le personnel était difficile à trouver et à garder, mais Mme Glazier était là depuis des années. J'adorais son steak et son pudding aux rognons, et elle faisait de délicieuses boulettes aux pommes. Nous les mangions toujours avec de la crème anglaise. As-tu déjà goûté à une quenelle de pommes, Pat ? C'est un vrai régal, je te le dis.

— Non, je n'en ai jamais mangé. Et je ne pense pas que je le ferai, ni que quelqu'un prépare ce genre de pudding de nos jours.

Il n'y a que des cheesecake prêts à l'emploi ou des préparations de crumble en sachet, si tant est qu'il y en ait. La plupart des gens ne mangent plus de pudding aujourd'hui, et je n'ai pas l'intention de m'y mettre.

Elle tapote sa taille bien rembourrée.

— Oh… Nous avions toujours un pudding quand j'étais petite. On ne considérait pas qu'un déjeuner ou un dîner était digne de ce nom s'il n'y avait pas de pudding, tu sais.

Evelyn marque une pause, rêvant aux puddings d'antan, mais encore présents dans sa mémoire, puis ajoute :

— As-tu déjà mangé un pudding du Sussex, ma chère ? Il est accompagné d'une délicieuse crème au citron.

— Non, ma tante. Pat soupire. Je n'en ai jamais mangé non plus et je n'ai pas l'intention de le faire.

— Je pourrais demander aux cuisiniers d'ici de nous en préparer un, pour nous faire plaisir un jour. Ça te plairait, n'est-ce pas ? Ils sont toujours heureux de répondre aux demandes spéciales.

— Non, non, je ne suis pas venue ici pour parler de puddings ! Je dois te parler de la maison et de la fiducie.

Evelyn le sait, mais elle regarde fixement Pat, avant de caresser les mains de sa nièce, comme si elle voulait la réconforter.

— Je sais. Je sais, et tu m'as beaucoup aidée. Malheureusement, je ne peux pas sortir beaucoup maintenant, tu vois. Je suis sûre que tu prendras la bonne décision.

Pat soupire à nouveau et redresse le dos.

— Oui, je dois le faire, puisque j'ai cette responsabilité, concède-t-elle.

Elle se mord la lèvre un instant, puis ajoute :

— Je ne veux pas mettre la famille dans l'embarras. J'essaie de faire preuve de prudence. Il n'a pas été très difficile de décider comment traiter le terrain et les dépendances, mais, la maison, c'est une tout autre histoire. Il y a tellement d'affaires personnelles qui y sont entreposées que j'ai l'impression de devoir tout vérifier. Et certaines d'entre elles, eh bien, disons que je n'en suis pas tout à fait sûre. C'est pourquoi je m'inquiète pour les clés.

Elle se lève, puis se penche pour embrasser sa tante.

— Bon, si je dois forcer les serrures, je le ferai. C'est dommage, car cette bibliothèque a une valeur considérable.

Alors que Pat tourne les talons, Danielle apparaît en tenue de cuisinière, son bloc de menus calé sous le bras. Elle adresse un sourire à Pat, qui lui dit :

— J'ai entendu dire que la nourriture était encore excellente aujourd'hui, mais ne la laissez pas vous forcer la main pour préparer l'un de ces vieux puddings indigestes.

Danielle sourit à nouveau.

— Mme T-C a un très bon appétit pour son âge. Et elle aime particulièrement le poisson. Elle en a encore mangé aujourd'hui.

Le sourire de Pat s'efface alors qu'elle regarde Danielle, puis Evelyn.

Mme T-C, 6 octobre 2016

— Mais… tu viens de me dire que tu as mangé du poulet au déjeuner ? s'étonne-t-elle.

— Non, je n'ai pas mangé de poulet, dit Evelyn. J'ai mangé du poisson. J'imagine que tu ne m'écoutais pas. Tu ne m'écoutes jamais de toute façon.

Chapitre 6

17 avril 1940

Mon cher et tendre,

Pardonne-moi si je semble un peu fâchée contre toi, mais il est si difficile de rester joyeuse alors que je n'ai pas la moindre idée de l'endroit où tu es et de ce que tu fais. J'essaie vraiment de ne pas le faire, mais je me mets parfois à imaginer les scénarios les plus horribles et je reste éveillée la moitié de la nuit en pensant que je ne te reverrai jamais. Je sais que je dois me montrer optimiste et je le fais, mon chéri, vraiment. Et bien sûr, j'aimerais juste que cette guerre horrible se termine et que tu me reviennes en un seul morceau.

Je crois que ce qui m'a le plus bouleversée, ce sont les paroles que tu m'as dites lorsque nous avons eu ces deux jours de congé bénis à Ilfracombe, le mois dernier. Ne t'inquiète pas, je ne vais pas tout t'expliquer dans cette lettre, sinon la censure va s'abattre sur toi et tes lettres seront plus marquées au crayon noir que jamais. Tu m'avais confié que d'autres gars et toi étiez extrêmement préoccupés par le fait qu'une « certaine personne » jouait avec vos vies. Tu as ajouté qu'elle croyait que « la fin justifie les moyens », mais je ne peux tout simplement pas être d'accord. Si cela signifie que vous êtes mis en danger inutilement (oui, je suis consciente que la guerre est une entreprise risquée et qu'il y aura des pertes), alors je n'aurai jamais une bonne opinion de « cette personne qu'on ne peut nommer ». Comment le pourrais-je, mon chéri, alors que la vie de mon précieux mari est entre ses mains ? J'espère que vous pourrez lui faire entendre raison, pour notre bien à tous. Je sais que tu ne peux pas me dire exactement ce que tu fais, je suis convaincue que toi et les autres gars effectuez certaines des opérations les plus risquées et les plus secrètes de cette guerre.

Oh, comme cette lettre est misérable. Je te promets de ne plus me plaindre, mon chéri. Je veux juste que tu saches que je pense à toi tout le temps et que j'ai hâte que tu reviennes sain et sauf. Il faut que tu t'en sortes pour que nous puissions envisager tous les merveilleux projets que nous avons faits pour notre avenir commun : toi avec tes chevaux, et moi avec mon propre jardin, plus un ou deux petits compagnons à nous en temps voulu. Chéri, sois prudent et reviens sain et sauf à la maison.

Ta très chère épouse, Evie, xxx

PS. Je t'aime

Chapitre 7

Mme T-C, 20 octobre 2016

Qui peut le dire ?

Elle recommence. C'est Rosemary Jenkins, là-bas dans le coin. Elle discute avec un visiteur, probablement l'un des membres du groupe de soutien venu aider à organiser les après-midis musicaux. Elle lui raconte ce qu'elle a fait quand elle était jeune, pendant la guerre. Evelyn n'arrive pas à comprendre tout ce qui se dit, mais elle en saisit l'essentiel.

— Vous ne l'avez jamais fait, s'étonne le visiteur.

— Je sais. Je n'étais pas censée le dire à quiconque, réplique Rosemary. Aucun d'entre nous n'était censé le faire. Nous avons tous dû signer la loi sur les secrets officiels. Nous pensions que nous serions traduits en cour martiale ou même fusillés si nous parlions. Elle glousse. Mais je ne pense pas que j'aurai des ennuis maintenant, à mon âge. Ma mémoire n'est plus ce qu'elle était, alors je ne me souviens plus vraiment à qui j'ai parlé et ce que je leur ai dit.

Ils rient tous les deux de cet aveu.

— Mais, où travailliez-vous déjà ?

— Au MI5, à Londres. Ils m'ont d'abord recrutée là, et, plus tard, j'ai rejoint le MI6.

— Oh, comme c'est excitant ! Et qu'est-ce que vous faisiez ?

Rosemary secoue la tête.

— Rien de très important, explique-t-elle. Je ne suis pas sûre d'avoir été très utile. Nous faisions surtout du classement.

— Oh, voyons, vous deviez faire bien plus que cela.

Rosemary se penche en avant, sa voix baisse un peu.

— Eh bien, je faisais le guet pendant la guerre. Vous voyez, il y avait beaucoup de personnes étranges à Londres à cette époque.

Elle fait un signe de tête pour souligner ses derniers mots, et son visiteur attentif affiche un sourire gourmand, avide de nouvelles révélations palpitantes.

— Et grâce à mes relations, j'étais invitée à toutes les fêtes de l'ambassade. J'étais une personne conviviale, très à l'aise en société.

Evelyn l'entend parfaitement. Quelle femme stupide ! Elle ferait mieux de se taire. Evelyn, elle, ne parlera jamais. Ce n'est pas ainsi que les choses devraient se passer. Une fois qu'une promesse de secret est faite, cela signifie pour elle un secret éternel, pour tous les secrets. Peut-être devrait-elle passer derrière le fauteuil de Rosemary et lui chuchoter à l'oreille les mots « loi sur la trahison » ; cela devrait susciter une réaction intéressante.

Un autre éclat de rire vient perturber la concentration d'Evelyn sur ses mots croisés. Ce n'est pas difficile, mais elle doit rester concentrée lorsqu'elle trace légèrement les lettres qu'elle transformera à l'encre dans sa version finale. La grille d'aujourd'hui contient plus d'anagrammes que de comparaisons, et elle les apprécie tout particulièrement ; ces mélanges et réarrangements lui rappellent le codage, qui était très divertissant, même s'il pouvait parfois causer des maux de tête lorsqu'il fallait produire une réponse de toute urgence.

Et maintenant, la musique est sur le point de commencer. Evelyn préférerait vraiment rester assise tranquillement dans sa chambre ou dans l'une des autres salles de réception confortables mises à disposition par la résidence, mais il est utile d'être considéré comme faisant partie du groupe, tous essayant de se rappeler les paroles des chansons populaires. Le mois dernier, un pianiste, probablement plus habitué à jouer dans un club d'ouvriers, tapait joyeusement sur les touches et chantait *Roll Out the Barrel.* Aujourd'hui, un homme est venu jouer du ukulélé pour tout le monde. Vraiment, comme si George Formby était l'artiste que tout le monde écoutait pendant la guerre.

Evelyn aime davantage la musique classique, et en particulier les charmants concerts du midi à St John's Smith Square, lorsqu'elle pouvait encore se rendre en ville par ses propres moyens. Elle a d'ailleurs continué à assister à ces concerts après tout ce qui s'était passé. C'était bon d'avoir une journée libre. Une heure ou deux de shopping à Peter Jones le matin, peut-être, pour trouver un morceau de tissu afin de confectionner de nouvelles housses de coussins, ou pour choisir des laines colorées pour Pat, avec ses points d'aiguille compliqués. En milieu de matinée, un bon café dans un élégant salon de thé. Ce café et une pâtisserie danoise lui permettaient généralement de tenir sans déjeuner.

Elle soupire ; c'est assez fatigant de ne plus être libre, de dépendre du personnel de la maison de retraite. Aussi gentils et serviables soient-ils, ce n'est pas la même chose que de pouvoir se rendre en voiture à la gare après les trajets matinaux et scolaires et de prendre le train pour Londres afin d'assister à une représentation ou de jeter un coup d'œil rapide à ses œuvres favorites dans les galeries. Par beau temps, après le concert de midi, elle se promenait souvent le long de Millbank jusqu'à la Tate. Elle avait un faible pour les œuvres de Turner et ne se lassait pas de contempler *Rain, Steam and Speed (Pluie, vapeur et vitesse)*. Une peinture tellement atmosphérique.

Et au début de l'été, il y avait le *Chelsea Flower Show*, pas quand tout le public se pressait, bien sûr, mais quand c'était une journée réservée aux membres. Les hellébores et les perce-neige étaient ses fleurs préférées, les annonciatrices du printemps. Mais pas avec Pat. Elle l'avait emmenée une fois, il y a des années, et elle était convaincue que Pat s'était lassée à la moitié de la visite des jardins d'exposition. Peut-être parce qu'Evelyn aimait prendre des notes sur les schémas de plantation et noter les noms des nouvelles variétés. Pat ne s'intéressait qu'aux jardins à l'épreuve des chiens et aux terrains de golf. Non, c'était tellement plus agréable lorsqu'elle y allait seule et qu'elle pouvait se concentrer sur la beauté des plantes et le savoir-faire des jardiniers et des pépiniéristes spécialisés. Evelyn estime que sa vie était moins compliquée lorsqu'elle accomplissait ses tâches seule.

Et voilà que la musique commence et qu'une feuille de chant en gros caractères est déposée sur les genoux d'Evelyn. La chanson *When I'm Cleaning Windows* est gravée dans sa mémoire. Elle connaît par cœur ses paroles, ainsi que celles d'autres succès populaires. Il faut la voir murmurer, les yeux rivés sur les mots imprimés, comme si elle luttait. Sa voix vacillante se joint aux autres accords croassants et tremblants, faible au-dessus du rythme de la musique et de l'accent pseudo-lancastrien utilisé par le musicien. Cependant, elle s'intensifie avec le célèbre refrain.

— Puis-je vous aider? demande une voix aimable à ses côtés.

Une main se tend pour l'aider à tenir la feuille de chant, puis pose les mots croisés d'Evelyn sur la table basse et prend son crayon.

Evelyn sourit et laisse son assistante la guider à travers les mots, pointant chaque phrase avec la pointe fraîchement taillée de son crayon. Evelyn aime garder ses crayons bien taillés ; cela lui a été très utile par le passé.

Chapitre 8

25 avril 1943

Mon très cher mari,

Je sais parfaitement que tu n'es plus là, je ne me fais pas d'illusions. Seulement, je n'ai pas d'autre moyen d'exprimer mes sentiments et ma fureur que de gribouiller si fort sur ce papier que je manque de le déchirer. Oui, de la fureur, de la colère, appelle ça comme tu veux. Que tu aies survécu à tant de missions pour finalement périr ainsi… Comment ont-ils pu avoir aussi peu d'égards envers toi après tout ce que tu as enduré ? Comment ont-ils pu jouer avec leur chance de façon aussi irresponsable ? J'ai envie de crier et de m'en prendre à ceux qui ont fait preuve d'une telle légèreté.

Ma tristesse est si amère, si vive, que j'en ai des larmes de rage. Premièrement, je t'en veux d'avoir rejoint cette maudite unité, et deuxièmement, je suis absolument furieuse contre les responsables qui n'ont pas été capables d'assurer ta sécurité. Je sais que tu n'as jamais pu me dire exactement ce que tu faisais là-bas (même si je peux très bien le deviner), et qu'il y a eu des pertes dans toutes les branches de l'armée, mais tu as choisi l'une des plus risquées, n'est-ce pas ? Et comment peux-tu prétendre que c'était pour pratiquer ton français ? Tu es un imbécile, mon cher. Tu étais donc si fier de tes compétences linguistiques ? Si heureux que tes longues vacances d'été sur la Côte d'Azur et le ski dans les Alpes t'aient permis d'améliorer ton français ?

Je regrette maintenant que tu n'aies jamais appris le moindre mot de cette langue maudite, pas même ceux que tu m'as chuchotés si gentiment lors de notre lune de miel. Tout ce qui me hante, c'est l'idée que ton amour pour le français t'a éloigné de moi et plongé dans les pires ennuis. Et maintenant, tu ne reviendras plus jamais, tu ne me serreras plus jamais dans tes bras, tu ne m'embrasseras plus jamais. La maison de campagne que nous avions prévu d'avoir, avec des écuries et des jardins, n'existera jamais ; les enfants que nous désirions ardemment ne naîtront jamais. La vie que nous pensions nous être promis pour avoir combattu dans cette fichue guerre n'existera jamais, et maintenant, je ne peux concevoir mon avenir sans toi.

Je sais que tu as raté de peu les missions précédentes, et j'ai pleuré à chaudes larmes lorsque j'ai cru que tu avais disparu l'année dernière. Mais, par miracle tu es revenu, et jamais je n'aurais pensé devoir encore verser autant de larmes. Pourtant, j'avais tort, espèce d'homme stupide et imprudent. J'ai pleuré des torrents, des rivières, des océans de larmes depuis que j'ai reçu la confirmation officielle de ta mort. Oui, je sais que tu ressentais ce besoin impérieux de faire ton devoir, mais j'ai toujours pensé que tu serais plus prudent après une évasion aussi inespérée. Mais tu aimais défier le sort. Te moquer du destin, savourer le risque. Et maintenant, il n'y a plus que mes parents et nos amis pour me retenir. Je peux fumer des cigarettes, autant de cigarettes que je veux, boire du gin à volonté et faire ce qui me plaît. Je peux aussi continuer à t'écrire, car c'est devenu une habitude dont je ne peux me défaire, même si tu n'es plus là pour lire mes lettres.

Ta femme aimante, Evie xxx

PS. Je t'aime

Chapitre 9

Mme T-C, 3 novembre 2016

Sourire à l'appareil photo

Pat est de retour. Elle était déjà là il y a quelques jours. Ne peut-elle pas se contenter de faire ce qu'elle a à faire, sans revenir toutes les cinq minutes en s'agitant et en posant des questions à tout va ?

— J'ai trouvé un tas de vieilles photos, annonce-t-elle en fouillant dans son sac de courses en toile de jute sale et en brandissant une boîte de biscuits ornée d'une photo d'une maison de campagne au toit de chaume, dont le jardin est rempli de lupins et de roses trémières. J'ai pensé qu'il serait amusant de les regarder ensemble, aujourd'hui. Je n'ai pas la moindre idée de l'identité de tous ces gens, et ils ne signifieront rien pour le reste de la famille si tu ne m'aides pas à écrire leurs noms et les dates au dos.

— Des biscuits Huntley and Palmers, affirme Evelyn en examinant la boîte. J'ai toujours préféré leurs biscuits au gingembre. Et maman adorait ces gaufrettes roses.

— La boîte est pleine de vieilles photos maintenant, explique Pat en s'installant dans un fauteuil et en enlevant sa veste. Les biscuits ont été mangés depuis longtemps. Alors, voyons si tu peux te rappeler qui est présent sur ces photos.

— Je ne suis pas sûre de pouvoir t'aider, avoue Evelyn, mais je vais essayer.

Bien sûr qu'elle s'en souvient. Elle s'en souvient même très bien, mais elle n'est pas certaine de savoir à qui appartient cette photo que Pat pourrait retrouver parmi la pile de petits clichés en noir et blanc entassés dans la boîte. C'est ainsi que les choses doivent désormais se passer : Pat, fouillant sans entrave dans la vie de Kingsley et posant des questions, déterrant un passé qui n'a jamais été véritablement enfoui ni apaisé. Evelyn ne peut qu'espérer que ses secrets ne seront pas dévoilés, du moins assez longtemps pour qu'elle n'ait pas à affronter ces questions de son vivant.

— Laisse-moi t'emprunter ton crayon, déclare Pat en le saisissant sur la table à côté du journal et de ses mots croisés. Oh, comme il est beau et bien taillé !

Puis elle ouvre la boîte et dépose une pochette de photos sur les genoux d'Evelyn.

Le premier lot date d'un été lointain : 1935 ou 1936 ? Non, c'était bien la canicule de 1935, et Evelyn contemple le groupe d'hommes en tenues blanches de cricket et les femmes en robes pâles, assis sur des couvertures de pique-nique à l'ombre, avec des assiettes de sandwichs triangulaires et des bols de fraises étalés devant eux.

— Des casques en paille, explique-t-elle. C'était l'année où les policiers londoniens avaient reçu des casques en paille pour avoir moins chaud. Tout le monde disait que c'était comme revenir en Inde, quand papa était encore là-bas. J'avais seize ans cette année-là.

Elle désigne une jeune femme aux cheveux courts à l'arrière du groupe.

— Tu vois comme c'était une bonne idée ! Tu arrives à te souvenir de tant de choses en voyant ces photos.

Pat sourit.

— Et celle-là ? C'est celle de l'oncle Hugh ?

Elle tend le portrait d'un beau jeune homme qui pose pour l'appareil photo. Evelyn prend la petite photo et sourit tendrement à son cher mari, disparu depuis longtemps.

— Il était si beau à l'époque. Toutes les filles le pensaient. J'ai eu beaucoup de chance de l'avoir. Elles avaient toutes jeté leur dévolu sur Hugh.

— Tu veux garder la photo ?

— Non, j'en ai une meilleure dans ma chambre. Garde-la, et montre-la à tes garçons.

— Et celle-ci ? Qui est cette petite fille ? Je ne crois pas l'avoir déjà vue. Fait-elle partie de la famille ?

Elle tient dans ses mains l'image d'une enfant d'environ quatre ans, aux cheveux blonds tressés, qui rit en jouant avec un ballon dans un jardin.

Oui, pense Evelyn, *c'est une parente, mais tu ne la rencontreras jamais. Tu ne la verras jamais, pas même une seule fois, et jamais je ne la reverrai.*

Pat retourne la photo et lit les quelques mots griffonnés au crayon sur le revers.

— Cela ne dit pas grand-chose, à part « Liese, 1951 ». C'était quelques années après ma naissance.

— Liese, murmure Evelyn. Je n'ai aucune idée de qui il s'agit.

Elle regarde la photo miniature, comme si elle essayait de se remémorer quelque chose. *Comment pourrais-je t'oublier, ma chérie ? Ce jour-là, tu étais heureuse.*

Elle ne prend pas la photographie dans sa main, l'une de toutes celles prises subrepticement il y a de nombreuses années ; elle n'en a pas besoin. Elle en a une cachée dans un tiroir de sa chambre et elle l'embrasse chaque soir avant de s'endormir, en murmurant *Gute Nacht, Liebchen*, après avoir embrassé la photo encadrée de son jeune mari, Hugh.

— Et regarde celle-ci, suggère Pat. C'est toi aussi ? En uniforme ? Tu n'as pas l'air très élégante.

Evelyn prend la photo des mains de sa nièce. La jeune Evelyn lui sourit, sûre d'elle, avec son rouge à lèvres rouge et ses cheveux bouclés.

— Ce n'était pas mon uniforme réglementaire. Je me suis fait tailler un costume sur mesure à Savile Row. Pas pour le service, bien sûr, mais pour les sorties au restaurant. L'uniforme qu'ils m'ont fourni était tout simplement affreux, en particulier les horribles bas bruns épais.

— Eh bien, tu as toujours aimé être élégante, ma tante. Oh, regarde, en voilà une autre ! C'est un groupe et vous êtes tous en uniforme. C'est encore toi ?

Elle désigne la jeune femme sur la photo. Ses cheveux sont repliés sous sa casquette et elle fixe l'appareil photo, d'un air hésitant.

— Et qui sont les autres personnes qui t'accompagnent ?

Elle retourne la photo. Il n'y a rien d'écrit au dos.

Evelyn étudie le cliché. Elle ne l'a pas vu depuis des années. Elle avait dû en joindre une copie lorsqu'elle avait écrit à sa mère. Au début, ses lettres étaient fréquentes, jusqu'à ce que tout change. Deux hommes et deux femmes dans des poses formelles, à peine souriants, tous en uniforme, les épaules en arrière, les bras raides le long du corps, debout devant les portes d'un grand bâtiment. Eva, le colonel Robinson et deux autres. Quelqu'un le reconnaîtrait-il sur cette photo? Il n'a guère changé au fil des ans. Elle ressemble beaucoup à son portrait diffusé lors de sa disparition, trente ans plus tard. Mais qui se souviendrait aujourd'hui qu'elle l'a connu autrefois?

— Où cette photo a-t-elle été prise?

Pat continue de fouiller dans les photos restantes de la boîte.

— En Allemagne, je crois. Juste après la fin de la guerre.

— Tu ne m'as jamais parlé de ce que tu faisais là-bas. Cela a dû être terrible, si peu de temps après la fin de la guerre.

— Je ne pense pas avoir accompli quelque chose de très important. J'occupais le poste le plus ingrat. *N'en dis pas trop, Evelyn. Ne la laisse pas penser que tu te souviens.*

— Mais cela a dû être terrible. Tu as dû voir et entendre des histoires épouvantables.

Oh, oui, mais je ne peux pas te le dire. Evelyn secoue la tête comme si elle était perdue dans ses pensées.

— Je ne me souviens pas de grand-chose. Je sais que c'était une période triste, murmure-t-elle.

— Maman n'en a jamais beaucoup parlé. Je sais qu'elle a perdu son premier mari quand elle était jeune. Elle n'avait que vingt-deux ans, disait-elle, puis elle a épousé papa, ton frère Charles. Pauvre maman. Elle ne l'a pas gardé très longtemps non plus, juste le temps de m'avoir.

Pat fixe à nouveau la photo du groupe en uniforme, comme si elle essayait d'imaginer le chaos de l'après-guerre.

— As-tu une idée de qui sont ces autres personnes?

— Oh là là… c'était il y a si longtemps.

Evelyn ferme les yeux comme si elle était fatiguée d'essayer de fouiller sa mémoire, mais en réalité, elle ne veut pas que Pat perçoive son malaise face à la réapparition de cette vieille image qui la lie à Robinson.

— Eh bien, pourquoi ne pas garder celle-là, de toute façon? Et je peux montrer à mes garçons celle où tu es seule dans ton bel uniforme?

— C'est une bonne idée. Garde celle-là. J'aimerais qu'ils sachent que je n'ai pas toujours été une vieille dame si maladroite.

Evelyn rit et glisse la photo du groupe de quatre dans la poche de son gilet. Elle n'y restera pas longtemps. De retour dans sa chambre, elle décidera de ce qu'elle doit faire.

— D'accord, dit Pat. Et maintenant, je dois rentrer. Un type de la maison de ventes aux enchères vient à Kingsley cet après-midi pour me donner des estimations. Au fait, j'ai trouvé de vieux inventaires en triant les piles de papiers du bureau. Tu as dû les faire faire il y a un certain temps, alors j'ai pensé que je ferais mieux d'en produire de nouveaux. As-tu l'intention de vendre une partie du contenu à un moment donné?

Evelyn essaie d'avoir l'air vague.

— Je pense que c'était probablement pour l'assurance. Kingsley a toujours été une telle responsabilité.

Pat enfile son manteau.

— Dis-moi, ma tante, je n'ai toujours pas trouvé ces clés, tu sais.

Elle se penche pour embrasser Evelyn sur sa joue poudrée.

— Mmm, tu sens si bon. Et tu es sûre de ne pas vouloir en garder d'autres ?

Elle tend la boîte de photographies.

— Tiens, pourquoi ne pas les garder quand même et les regarder attentivement ? Tu pourras peut-être identifier quelques visages de plus pour moi.

Evelyn accepte la collection.

— Oh, très bien. Je vais m'efforcer de me souvenir d'autres noms pour vous et les enfants.

Ou de trouver d'autres photos que je dois détruire.

Chapitre 10

29 octobre 1943

Mon homme chéri,

Je pense que tu serais terriblement fier de moi ! Ta petite femme est désormais une conductrice qualifiée de l'ATS et autorisée à conduire divers officiers à leurs réunions, dans une superbe Humber noire. Je dois avouer que c'est de loin la meilleure voiture que j'ai jamais conduite, même si le plus grand inconvénient est que nous, les filles, sommes censées entretenir nous-mêmes les véhicules. J'ai passé les deux derniers jours dans une fosse d'inspection, couverte de graisse ! Mais après tout, c'est une nouvelle compétence à ajouter à la liste de mes maigres talents, n'est-ce pas, mon chéri ?

Bien que j'aie déjà appris à conduire à Kingsley (papa me laissait conduire sa vieille Austin sur l'allée et le terrain plat en été – oh, comme ce cher Kingsley me manque !), cela n'était pas suffisant pour l'ATS. J'ai donc dû suivre de véritables cours de conduite près de la caserne de Camberley. Je me suis plus d'une fois fait taper sur les doigts pour certaines de mes mauvaises habitudes (probablement acquises en t'observant, mon chéri), comme le fait d'oublier de regarder dans mon rétroviseur avant de démarrer.

Quoi qu'il en soit, l'une de mes premières missions est d'apprendre à me repérer dans Londres. Mon logement se trouve juste derrière Peter Jones, ce qui est très pratique. Même maman l'approuve, car elle pense que je pourrai y aller dès qu'elle aura besoin de boutons ou de soieries. Je lui ai dit plusieurs fois que je ne m'étais pas engagée pour faire ses petites courses, mais elle semble y voir le seul avantage de mon engagement. Elle ne comprend pas non plus que je ne peux pas utiliser mon Humber pour aller la voir chaque fois qu'elle se sent seule. Elle n'a aucune notion du rationnement de l'essence, même si les jardins et la campagne de Kingsley me manquent et que je dois m'y rendre en train.

Les filles du cantonnement sont très gentilles, et, bien qu'il fasse très froid (c'est une vieille maison victorienne), nous sommes déterminées à garder le moral. Et au moins, nous mangeons beaucoup, car je suppose qu'ils ne veulent pas que nous, les « gels », comme ils nous surnomment, nous évanouissions lorsque nous conduisons nos généraux ici et là. Ma première mission consistera à aller jusqu'à Portsmouth. Je vais donc étudier une carte pour m'assurer de savoir comment m'y rendre et en revenir.

Souhaite-moi bonne chance, mon chéri,

Ton Evie, xxx

PS. Je t'aime

Chapitre 11

Mme T-C, 3 novembre 2016

C'est déchiré

Evelyn inspecte les bulbes de perce-neige plantés individuellement dans des pots pour la foire de Noël de Forest Lawns. Les pointes vertes commencent tout juste à émerger du terreau brun foncé.

— Ils poussent très bien, fait-elle observer à Sarah, qui organise le jardinage parmi les nombreuses autres activités sociales pour les résidents. Je t'avais dit qu'en mettant les bulbes au réfrigérateur pendant quelques semaines, ils croiraient que c'est l'hiver.

— Vous aviez tout à fait raison, Mme T-C. Pensez-vous qu'ils pourraient même être en fleurs au moment où nous les mettrons en vente ?

— J'en doute, mais nous pouvons toujours l'espérer.

Evelyn vérifie un autre pot, puis frissonne. La serre est abritée et le soleil scintille sur la vitre, mais il n'y a pas de chaleur.

— Ce ne sont que des perce-neige communs, *Galanthus nivalis*, affirme-t-elle avec une certaine fierté, mais ils se répandront quand même une fois plantés à l'extérieur. À Kingsley, j'avais de magnifiques tapis de perce-neige. Un spectacle si encourageant au cœur de l'hiver. Et parmi eux, il y avait des spécimens très rares. J'étais une vraie galanthophile, vous savez.

— Une quoi, Mme T-C?

— Galanthophile, ma chère. Des personnes qui sont des passionnés et collectionneurs avertis de perce-neige. Les fleurs les plus rares se vendent souvent à plus de cent livres le bulbe. Mais il est toujours préférable de les planter en vert, lorsqu'ils ont encore leurs feuilles, si l'on veut être sûr d'obtenir de bons résultats.

— Eh bien, je ne savais pas cela, Mme T-C. C'est comme la fièvre des tulipes, non? Je me souviens que nous avions abordé ce sujet en histoire dans mon école. Vous êtes une vraie mine d'informations, vraiment.

Evelyn sourit intérieurement. Si seulement la jeune fille savait combien d'informations sont enfouies dans sa tête, sous ses cheveux gris argenté. Mais elle doit faire attention à ne pas lui en révéler trop, la prochaine fois. Elle doit se souvenir d'oublier.

— Eh bien, je devrais y aller maintenant. Serez-vous capable de vous débrouiller toute seule?

Sarah fait glisser la porte de la serre et Evelyn sort en traînant les pieds jusqu'à son fidèle déambulateur. Alors qu'elle s'éloigne lentement, elle s'inquiète. *Ai-je donné trop de détails sur les perce-neige?* C'est tellement difficile d'enterrer toutes ces connaissances, tellement plus difficile que d'enterrer tous les secrets.

Quelques minutes plus tard, elle est assise dans le fauteuil de sa chambre, en train de trier la collection de vieilles photos qui se trouve dans la boîte à biscuits. Il y a plusieurs photos de sa mère vêtue de fourrures, de robes de soie et de grands chapeaux ornés lors de mariages, d'expositions locales et de fêtes de village.

Chère maman, si élégante. Et regarde, en voici quelques-unes de papa et de ce cher Charles, se tenant fièrement avec d'autres membres d'une équipe de chasseurs. N'ont-ils pas fière allure, vêtus de tweeds et de casquettes, fusils au bras, entourés de chiens attentifs et impatients qui les observent, avec plusieurs faisans étendus à leurs pieds ?

Il y a aussi d'autres images d'Evelyn en uniforme, riant avec d'autres filles portant la même tenue, et parfois avec de jeunes aviateurs qui louchent vers l'appareil photo sous le soleil. Ces jeunes hommes, âgés d'une vingtaine d'années tout au plus, bientôt disparus, saisissent les baisers et la beauté pendant qu'ils sont encore en vie. Mais il ne reste plus rien de ce groupe de quatre maladroitement aligné, ni même de Robinson.

Il n'est pas difficile de se rappeler comment et quand cette photo d'eux quatre a été prise, et elle la sort de sa poche pour l'examiner de plus près. Ils se tiennent devant l'entrée de Bad Nenndorf, l'ancienne station thermale transformée en centre d'interrogatoire. C'était au début, peu après son arrivée, alors que l'endroit commençait à peine à fonctionner, avant qu'elle ne comprenne vraiment ce qui allait se passer et avant qu'elle ne découvre la véritable nature de Robinson. Sur la photo, cet homme de petite taille et de corpulence légère a l'air sévère. Il tient son menton haut, ses fines lèvres sont cachées sous une moustache droite, tandis que les trois autres personnes à ses côtés affichent toutes un léger sourire gêné, comme si elles ne savaient pas pourquoi elles se trouvaient réunies dans une fausse camaraderie, plissant les yeux sous le soleil éclatant.

Evelyn regarde fixement la scène qui s'est déroulée il y a longtemps. Depuis qu'elle l'avait rencontré pour la première fois, son visage était impitoyable. Cependant, elle n'avait pas vraiment compris ce qu'il en était à l'époque. Il lui avait simplement paru froid et efficace, comme tant de commandants qu'elle avait rencontrés dans le service. Et bien que sa réputation l'ait précédé, elle n'avait pas réalisé à quel point il pouvait être calculateur avant de le voir de ses propres yeux.

Elle commence à déchirer la photo en deux, puis s'arrête et ne détache que le quart droit, la partie montrant Robinson, debout à l'extrémité du groupe, légèrement séparé des trois autres figures. Elle place cette bande sur son journal plié, puis prend son crayon. Elle teste la pointe avec son doigt, puis la taille en aiguille et, le crayon serré dans son poing, elle poignarde le visage de Robinson. Elle enfonce les deux yeux, le nez et la bouche, dure et sans sourire, jusqu'à ce que le fragment soit en lambeaux et méconnaissable. Satisfaite de la destruction de ses traits, elle déchire l'image en petits morceaux et, les serrant dans sa main, se traîne jusqu'à sa salle de bains et tire la chasse d'eau.

Puis, elle retourne à sa chaise en clopinant et prend l'unique photographie de l'enfant blonde, dans la boîte. Elle la compare à celle qu'elle embrasse tous les soirs, celle qui est cachée dans le tiroir de sa table de nuit, sous la Bible. Elle tient les deux petites photos côte à côte, essayant de choisir la meilleure.

Elle était souvent passée devant le jardin, en espérant apercevoir l'enfant. Et avant de quitter définitivement l'Allemagne, elle avait décidé de prendre quelques clichés dans le village. Ainsi, si quelqu'un la questionnait, elle pourrait répondre qu'elle allait bientôt rentrer chez elle et qu'elle voulait se remémorer les années passées à Wildflecken. Ce n'était pas vraiment important pour elle d'enregistrer les maisons, les bœufs qui labouraient les champs ou l'église ; elle voulait seulement conserver les souvenirs de l'enfant.

— Lieselotte, murmure-t-elle. On t'appelait Lotte, mais tu as toujours été Liese pour moi. Elle dépose un baiser sur les deux petites photos, puis en glisse une dans la boîte à biscuits parmi toutes les autres vieilles photos de famille. Pat pourra se poser toutes les questions qu'elle voudra, mais jamais elle ne lui révélera la vérité.

Deuxième partie

Chapitre 12

20 novembre 1943

Mon très cher Hugh,

Cette lettre ne quittera jamais ce pays, et encore moins mon poste, je peux donc dire ce que je veux sans crainte de représailles ni de censure. Pendant tout ce temps, depuis ce jour dramatique où l'on m'a annoncé que tu étais parti pour toujours, je t'ai reproché d'avoir pris des risques. Je t'ai maudit de ne pas être rentré chez nous, mais maintenant, je sais que ce n'était pas de ta faute. Aujourd'hui, j'ai découvert que toi et les autres aviez été lamentablement trahis.

Il ne voulait pas « vendre la mèche », comme il disait, mais ton ami Tim McNeil est venu me voir cet après-midi. Il m'a confié qu'il t'avait promis de m'appeler s'il parvenait à rentrer chez lui et que tu ne t'en sortais pas. Il est tellement gentil, et c'est un grand réconfort de savoir que vous étiez de bons amis et que vous vous souteniez mutuellement. Je lui ai dit que, dans toute cette tragédie, la seule chose dont je pouvais me sentir reconnaissante, c'était que tu n'aies pas été capturé comme les autres. Le fait que tu aies été abattu en essayant de t'échapper et que tu n'aies jamais été torturé est, en quelque sorte, une grâce.

Tim et moi nous sommes retrouvés pour prendre le thé au Coventry Street Corner House. Rappelle-toi, mon chéri, nous y étions allés peu après l'ouverture du café Old Vienna. Nous ne savions pas si nous allions aimer l'Aufschnitt ou d'autres spécialités étrangères sur le menu, alors nous avions commandé la salade spéciale, garnie de crevettes, d'œufs et de jambon. C'était il y a quatre ans, avant même que la guerre ne commence. Je n'étais pas sûre de pouvoir retourner là où nous avions été si heureux, mais j'ai décidé de faire un effort et j'ai porté mon uniforme sur mesure, celui que maman voulait absolument que je fasse confectionner. Je crois qu'elle pensait que j'avais abandonné la famille avec mon uniforme réglementaire. Je ne sais pas ce qu'elle penserait si elle savait qu'il ne me reste plus qu'une seule paire de bas. Si je les abîme, je devrais les recoudre avec du Bisto, comme tout le monde !

Tim s'est montré très aimable lorsqu'il est arrivé, et je lui ai dit qu'il devait manger, car il semblait très maigre et pâle. J'ai goûté les beignets de Spam et il a pris un Welsh rarebit, qui avait l'air épouvantable. Le fromage qu'ils nous ont servi était infect ; je pense qu'ils l'ont mélangé avec de la poudre d'œufs et qu'ils ont essayé de le rendre plus appétissant avec de la moutarde.

Les choses sont devenues encore plus atroces lorsque notre commande nous a été servie, car Tim m'a soudain annoncé qu'il pensait que toi et les autres aviez été trahis. Je n'arrivais pas à croire ce que j'entendais. Je venais juste de parler de la façon dont j'essayais de me consoler en pensant que vous faisiez un travail important. J'ai expliqué que j'aimais à penser que toi et tes camarades aviez vraiment « embrasé l'Europe », comme l'avait ordonné Churchill. Même si j'étais consciente que tu ne pouvais pas me révéler grand-chose sur ton travail, je savais que tu étais enthousiaste à l'idée de faire ta part pour la guerre. J'ai ensuite dit que je savais que Tim et toi étiez envoyés en mission spéciale, et qu'il n'avait donc pas à s'inquiéter de ce qu'il pourrait laisser échapper.

C'est alors que j'ai remarqué que Tim ne touchait pas à son plat. Il remuait son thé, mais sa cuillère tournait sans cesse, comme s'il n'allait jamais s'arrêter. Il avait l'air inquiet, alors je lui ai demandé si quelque chose n'allait pas avec son plat et je lui ai suggéré de commander autre chose. Il m'a alors regardée, droit dans les yeux, et m'a avoué que toi et les autres n'aviez jamais eu la moindre chance de mettre le feu à l'Europe. Il m'a confié que lui et d'autres gars étaient persuadés que votre dernière mission avait été délibérément condamnée à l'échec, pour tromper les Allemands. J'ai tenté de rester calme, mais je n'ai pas pu m'empêcher de laisser tomber mon couteau et ma fourchette dans mon assiette, dans un vacarme épouvantable. Je me suis sentie nauséeuse et j'ai dû tenir ma serviette sur ma bouche. Je n'arrivais pas à croire ce qu'il disait. Finalement, je me suis forcée à parler et je lui ai demandé pourquoi ils souhaitaient l'échec de la mission. Il m'a répondu qu'il n'en était pas tout à fait sûr, mais qu'il pensait qu'il s'agissait d'une astucieuse manœuvre d'agent double. Il a précisé qu'ils avaient perdu une douzaine d'hommes et de femmes, ainsi que de plusieurs réseaux.

Cela a été un tel choc, je dois l'admettre. J'ai fermé les yeux et je me suis dit que je devais m'excuser et courir au vestiaire des dames. Mais à quoi cela aurait-il servi ? Je me serais enfermée dans un cabinet et j'aurais hurlé pendant des heures. J'ai donc décidé de me ressaisir, de serrer les dents et d'en apprendre davantage. Je voulais absolument découvrir ce que Tim savait. Alors j'ai pris une profonde inspiration, j'ai soigneusement plié ma serviette sur mes genoux et j'ai dit que je n'arrivais pas à y croire. Après avoir trié sur le volet des recrues aux compétences et aux connaissances linguistiques spécifiques, après tout cet entraînement, voulait-il vraiment dire que vous étiez tous considérés comme bons à jeter? Je vacillais, et je suis certaine que ma voix était un peu tremblante, mais il fallait que je comprenne.

Tim a pris un moment pour répondre, puis il a expliqué que ce n'était pas tout à fait cela. C'était plutôt un jeu où les risques étaient démesurément élevés. J'ai demandé s'il sous-entendait qu'il s'agissait d'un pari et il a acquiescé. J'étais toujours parcourue de tremblements et Tim avait l'air encore plus mal à l'aise. Il a alors suggéré de régler l'addition et d'aller dans un endroit plus calme. Nous avons donc quitté le restaurant sans finir nos plats et avons commencé à marcher le long de Piccadilly, en direction de Fortnum & Mason et de Green Park. Aucun de nous n'a parlé pendant un moment, puis, c'est idiot de ma part je le sais, je me suis soudain souvenu de ce soir où nous avions dîné, tous les deux, au Quaglino's, le soir même où le Café de Paris avait été bombardé. Je pense que c'est à cause de la façon dont le soleil couchant faisait scintiller les minuscules éclats de verre dans les caniveaux, alors que nous contournions Bury Street. J'ai donc raconté à Tim que nous avions eu de la chance et que nous avions pris le seul taxi disponible de tout le West End en cette terrible nuit, parce que nous devions prendre le train pour Édimbourg à la gare de King's Cross. J'ai expliqué que je ne l'avais pas réalisé à l'époque, mais c'est peut-être à ce moment-là que tu avais commencé ton entraînement spécial.

Tim m'a lancé un drôle de regard, puis il m'a dit qu'il était vraiment désolé que tu ne sois pas revenu et qu'il pensait que tu étais un type bien. Je l'ai interrogé à nouveau sur les remarques qu'il avait faites précédemment au sujet des pertes encourues pendant cette mission. Et là, je n'arrive pas à y croire encore maintenant, il a affirmé que vos vies n'avaient pas seulement été risquées, mais qu'il les considérait comme ayant été sacrifiées. Il s'est arrêté de marcher et a précisé qu'il ne devrait rien me dire, mais que le chef de toute l'opération était un homme qui croyait fermement que la fin justifie les moyens. Tim a assuré que ce type savait très bien que nos hommes avaient très peu de chances de revenir.

Honnêtement, mon chéri, je me suis sentie nauséeuse une fois de plus. Je sentais ces horribles beignets que j'avais essayé de manger se soulever dans mon estomac. Je devais avoir l'air affreuse et je me souviens m'être affalée contre la vitre de Fortnum's. Dieu sait ce que les gens ont dû penser de moi. Cependant, j'ai décidé de ne pas laisser mon émotion me submerger en public et j'ai lentement inspiré pour calmer mon estomac. Une fois que je me suis sentie un peu mieux, j'ai demandé à Tim s'il en était absolument certain. Il m'a répondu, très sérieux, que si cet homme avait joué ses cartes différemment, toi et les autres seriez encore en vie.

Peux-tu imaginer le choc que cela a représenté pour moi ? Mais lorsque j'ai repris mes esprits (eh non, je n'étais pas malade, j'avais simplement besoin d'un peu d'air frais), j'ai dû demander à Tim qui était cet homme. Je l'ai regardé droit dans les yeux et exigé de connaître son nom. Je crois même avoir dit que je voulais savoir le nom de celui qui avait joué avec la vie de mon mari. Tim a d'abord hésité, sans doute parce qu'on vous a appris à garder le silence sur les opérations. Mais, après quelques secondes, il a dit qu'il nous devait cela, à toi et à moi, et m'a donné son nom : le colonel Stephen Robinson.

J'ai rassuré Tim en lui expliquant que tu avais toi aussi des soupçons et que tu avais failli m'en dire autant avant de partir la dernière fois. Il semblait soulagé après ma déclaration, et il avait l'air tellement vidé et affamé que j'ai senti le besoin de me racheter pour son honnêteté envers moi. J'ai pensé que nous avions tous les deux besoin d'un petit remontant, alors je lui ai proposé d'aller voir le char allemand Tiger, qui avait été capturé en Tunisie, à Horse Guards Parade. Il venait tout juste d'être exposé là-bas, faisait la une des journaux, et tout le monde était ravi d'avoir un avantage sur les Allemands. Après nous être « régalés » devant cette attraction, nous sommes partis manger du poisson et des frites pour compenser l'horrible thé que nous avions bu.

Et maintenant, je suis de retour dans mon logement, me demandant ce qu'il faut penser de tout ce que Tim m'a confié aujourd'hui. Si ce qu'il a affirmé est vrai, je ne pourrai jamais pardonner à ce Robinson. J'étais sur le point d'accepter la mort de mon mari bien-aimé à cause d'un conflit, mais je ne pourrai jamais accepter que ta vie ait été délibérément sacrifiée.

Il est sans doute peu probable que je rencontre un jour ce type. Et il y a peu de chances que je puisse un jour lui dire ce que je ressens, mais je ferai tout ce qui est en mon pouvoir pour tenter de le rencontrer en personne. Je veux le maudire jusqu'en enfer pour les souffrances que ses ordres m'ont causées. En fait, si je parviens à le rencontrer, il ira directement en enfer.

Tout mon amour, mon chéri,

Ton Evie, xxx

PS. Je t'aime

Chapitre 13

Mme T-C, 7 novembre 2016

Clés et étuis

— Je ne peux pas te parler ici, tonne Pat, qui entre en trombe dans le salon au beau milieu de la matinée.

Son imperméable Mackintosh est taché, il lui manque un bouton et sa ceinture pendouille dans le dos. Elle tient à la main un sac de transport enroulé, déchiré sur un côté et qui semble rempli de paperasse.

— Nous allons devoir monter dans ta chambre ou trouver un autre endroit où nous asseoir. Un endroit calme, où nous ne serons pas dérangées.

— Personne ne nous entendra ici si nous parlons à voix bassc, rétorque Evelyn. Ils sont tous sourds, tu sais. De toute façon, le café et les biscuits ne vont pas tarder à arriver.

— Alors, ils n'auront qu'à venir nous trouver, tempêta Pat. J'ai besoin de te parler en privé, tout de suite. On bouge ou on ne bouge pas?

Evelyn grommelle et se lève en chancelant, se rétablissant en s'accrochant à son déambulateur.

— Oh, très bien, alors. Il y a un petit salon au bout du couloir. Les gens n'y vont presque jamais.

En quittant le salon, Evelyn voit le chariot chargé de tasses et de carafes et appelle l'aide-soignante qui fait sa tournée.

— Mary, pourriez-vous avoir la gentillesse de nous apporter notre café dans la salle du matin ? Merci beaucoup.

Pat conduit sa tante par le coude dans la pièce silencieuse et vide, puis ferme la porte. Une fois Evelyn installée dans un fauteuil, après avoir cherché son mouchoir et ses crayons, Pat entame la discussion.

— Ma tante, j'essaie vraiment de faire de mon mieux pour ranger la maison, tu le sais. Mais hier, j'ai trouvé des choses qui me font croire que tu préférerais garder le secret, et j'ai besoin de te poser des questions très importantes.

Evelyn perçoit l'inquiétude de sa nièce. *Attention, c'est comme ça que ça commence. À partir de maintenant, choisis tes mots et tes gestes avec le plus grand soin.*

— Bien sûr. Je suis heureuse de t'aider si je le peux. Mais, en fin de compte, tu sais que tout ce qui se passe à Kingsley t'appartient. Tu n'as pas besoin de me demander mon avis pour chaque petite chose.

— Oui, et c'est là que réside la moitié du problème. Je ne suis pas sûre que nous allons vouloir certaines des choses que j'ai découvertes, malheureusement.

— Comme quoi ?

Evelyn examine Pat. Ses joues sont rouges et ses cheveux auraient bien besoin d'être lavés et brossés.

— Tu as l'air d'être dans tous tes états aujourd'hui, s'inquiète-t-elle faussement. Es-tu sûre que tu n'as pas attrapé quelque chose ?

Les garçons vont-ils bien ? Et qu'en est-il de ton charmant mari ? Comment va ce cher Humphrey ? Je ne l'ai pas vu depuis des lustres.

— Tout le monde va bien, merci. Et moi aussi. Je suis juste... eh bien, juste un peu perturbée.

Ce dernier mot est pratiquement craché et Evelyn s'efforce de ne pas sourire. Elle attendait ce moment depuis son arrivée à Forest Lawns.

— Eh bien, respire tranquillement et explique-moi quel est le problème. Je suis tout ouïe.

Pat fait ce qu'on lui demande et inspire profondément, puis ses mots s'échappent dans un méli-mélo rapide de fragments de phrases.

— J'ai trouvé des clés dans le tiroir de la cuisine, comme tu l'avais dit, et j'ai tenté d'ouvrir la bibliothèque, que je n'ai toujours pas réussi à ouvrir d'ailleurs, ce qui reste un problème, parce que c'est un meuble de grande valeur, et les clés que j'ai trouvées, eh bien, j'ai soudain compris que, sur ce trousseau, il y en avait deux petites clés, que j'ai pensé être celles des valises que j'avais trouvées dans l'une des chambres d'amis. Il y en avait une au-dessus de l'armoire et une autre au sol. J'ai donc pris les clés et j'ai ouvert ces lourdes valises et j'ai été horrifiée par ce qu'elles contenaient, absolument horrifiée, je te le dis. Je n'en croyais pas mes yeux.

— Vraiment ? Peux-tu ralentir et me dire les choses correctement ? Je ne me souviens de rien. Je n'ai probablement pas mis les pieds dans cette pièce depuis des années. Je n'ai absolument aucune idée de ce que contenaient ces valises.

Pourquoi ne pas me dire ce que tu as trouvé et nous verrons alors si je dois m'inquiéter ?

— Des fusils, ma tante, des fusils ! Et je crois qu'il y avait aussi des munitions.

— Vraiment ? Mais à Kingsley, nous avons toujours gardé les armes sous clé dans l'armoire à fusils. Papa a toujours été très exigeant à ce sujet. Nous n'avons jamais autorisé d'armes à feu ailleurs dans la maison.

— C'est exactement ce que je pensais. Mais j'ai regardé ces armes et je me suis rendu compte qu'elles n'étaient pas du genre de celles que la famille utilisait habituellement. Et je ne connais rien aux armes, tu le sais bien. Je déteste les sports violents. Je n'ai jamais participé aux séances de tir que vous organisiez à Kingsley, il y a des années, quand j'étais jeune. Mais même moi je peux voir que ce ne sont pas des fusils de chasse pour tirer des faisans ou des canards.

— Ah ! bon ? De quelle sorte d'armes s'agit-il alors ?

Oh, je me régale. Je ne pensais pas que ce serait aussi amusant.

— Je pense qu'il s'agit d'armes appartenant à l'armée. Pat lâche un profond soupir. Des armes, un uniforme, des papiers et d'autres choses encore. D'où vient tout cela ?

— Je me demande qui a bien pu placer ça là.

La tête d'Evelyn se tourne lorsqu'on frappe doucement à la porte et que Mary apparaît avec un plateau contenant des tasses de café et une assiette de biscuits.

— Merci beaucoup, Mary. Vous nous avez apporté des Jammie Dodgers. Miam, c'est mon biscuit préféré.

Elle sourit et en prend un.

Pat attend qu'elles soient à nouveau seules.

— Mais qu'est-ce que je suis censée faire de toutes ces armes ? se désespère-t-elle. Je ne peux tout bonnement pas les déposer dans un vide-greniers ou un magasin de charité !

— Tu ne peux pas les jeter, ma chérie ? Il y a cette décharge municipale très utile à Milford. J'y allais souvent avec mon vieux break Volvo quand je pouvais encore conduire.

Evelyn prend un air mélancolique.

— Conduire me manque, ajoute-t-elle. C'était tellement agréable d'aller faire mes courses quand j'avais besoin de quelque chose.

— Je comprends bien que ça te manque, ma tante, mais ce n'est pas la question. Ces armes et toutes les autres choses que j'ai trouvées… Je ne sais même pas ce que c'est… Cela doit être illégal. Je suis presque certaine de devoir les remettre à la police et d'expliquer comment elles se sont retrouvées là.

— Oh, quel tracas pour toi, ma chérie ! Tiens, prends un biscuit.

— Alors, qu'est-ce que je suis censée leur dire aux autorités ? Les policiers voudront savoir comment ces armes sont entrées en ta possession.

— En ma possession ?

— Oui, la tienne. Jusqu'à ce que tu quittes cette vie mortelle, tout ce qui se trouve à Kingsley est considéré comme faisant partie de ton patrimoine. Je sais que c'est détenu en fiducie, mais légalement, tout est à toi, et la police est obligée de me demander d'où viennent ces armes.

Evelyn fronce les sourcils.

— Je pense que papa avait peut-être un pistolet. Et je me demande si Charles n'en a pas rapporté un de son séjour en Afrique.

Pat s'assoit, les bras croisés, et soupire.

— Mais non, toutes ces choses sont sans doute à toi plutôt qu'à eux. J'en suis absolument sûre, parce qu'il y a même un uniforme, comme celui de la photo que nous avons trouvée dans la boîte l'autre jour, et qu'il y a aussi de la correspondance personnelle à ton nom dans les caisses. Regarde…

Elle se penche en avant et fouille dans son sac en lambeaux, puis en sort quelques papiers. Elle tend le premier papier, un document à en-tête portant des mots dactylographiés.

— C'est à toi qu'il est adressé, n'est-ce pas?

Evelyn le regarde et ajuste ses lunettes. Il s'agit de son transfert au centre d'interrogatoire de Bad Nenndorf. *Mais cela ne signifie rien, à moins que quelqu'un ne découvre qui d'autre était là au même moment.*

— Et regarde, il y a un ancien passeport à ton nom.

Pat lui montre le passeport périmé avec son jeune visage, si jeune, si innocent.

— Et il y en a un autre ici aussi, avec ta photo, mais je ne comprends pas pourquoi il porte un autre nom: Eve Kucha ou quelque chose comme ça.

— Eva Kuscheck, murmure Evelyn.

— Oh, peu importe! Tout est à toi, je te le dis. Alors, je parie que les armes t'appartiennent aussi.

Mme T-C, 7 novembre 2016

Pat pince les lèvres et fronce les sourcils.

Evelyn secoue la tête.

— Je suis vraiment désolée, mais je ne me souviens de rien de tout cela. Ce n'est peut-être pas moi qui ai rangé toutes ces choses dans les valises.

— Peut-être que non. Mais tous ces papiers, le permis de port d'armes, les lettres, etc., sont à ton nom. Ce sont toutes tes affaires, et pourtant, tu me dis que tu n'as aucune idée de ce qu'il y avait dans les valises.

Evelyn regarde Pat avec un sourire.

— J'aimerais vraiment pouvoir t'aider, ma chère, mais ma mémoire n'est plus ce qu'elle était.

Elle regarde le plateau.

— Tu n'as pas bu ton café. Ne le laisse pas refroidir.

Puis elle prend un autre biscuit, le regarde et fronce le nez.

— Je ne sais pas pourquoi Mary m'a donné des Jammie Dodgers. Elle sait que je n'aime pas ça. J'aurais préféré des biscuits au chocolat.

Chapitre 14

27 janvier 1944

Très cher,

Je sais que, si tu étais là, tu me reprocherais sans doute d'être trop impulsive et impatiente, et tu me conseillerais d'attendre un peu. Mais je réfléchis sérieusement à quitter mon poste de chauffeur à l'ATS pour suivre tes pas.

Je suis persuadée que je peux faire quelque chose de bien plus utile que de rester assise à attendre des officiers haut placés. Enfin, il semble que nous sommes sur le point de voir le bout de cette interminable guerre, et nous avons entendu dire que les pauvres habitants de Leningrad sont enfin libres, maintenant que ce terrible siège a pris fin.

Pendant un certain temps, tout allait bien. Je m'étais habituée à ma belle Humber et à tout le reste, mais le soir du Nouvel An, alors que j'aurais préféré me détendre, j'ai dû conduire à nouveau deux officiers jusqu'à Portsmouth. Je connaissais déjà la route par cœur, mais tu imagines bien qu'ils m'ont laissée là-bas toute la nuit sans un mot et, qui plus est, sans rien à manger ni à boire pour célébrer le Nouvel An. Et quand ils sont finalement revenus à la voiture le matin, tout ce qu'ils ont dit, c'est: « Oh, chauffeur, nous vous avions oublié », et j'ai dû les reconduire jusqu'à Londres, en me sentant terriblement fatiguée et abattue. J'ai l'impression d'être prise pour acquise et tellement exploitée, au point que j'en ai assez et que j'ai vraiment envie de changement. Cela me frustre d'autant plus que je n'ai pas réussi à prendre ton ennemi en défaut. Tu te demandes peut-être quel genre de changement je pourrais envisager. Eh bien, aujourd'hui, sur le tableau d'affichage de notre entreprise, j'ai vu une annonce demandant des volontaires ayant des compétences en secrétariat et en langues. Je vais donc proposer mes services et voir où cela me mène. Mon français est plutôt bon, mais je pense que mon allemand est meilleur. Conduire a été amusant, et au moins, je suis devenue une bien meilleure conductrice qu'avant. Mais attendre des officiers insouciants et égoïstes n'est ni agréable ni utile, et je veux vraiment faire quelque chose qui ait du sens, comme toi, mon chéri. Et si je dois pour cela prendre des risques comme toi, je sais que je serai en bonne compagnie. Qui sait ? Peut-être te reverrai-je plus tôt que prévu, et nous pourrons enfin nous amuser ensemble. Tu me manques tellement, mon chéri.

Tout mon amour,

Ton Evie, xxx

PS. Je t'aime

Chapitre 15

Mme T-C, 9 novembre 2016

Demandez gentiment

— Tu ne peux pas prétendre que tu ne sais rien sur les armes, siffle Pat. J'ai regardé toutes ces caisses. Elles sont remplies de tes affaires. Il y a des vêtements, des documents et des passeports. Il faut que tu dises à la police d'où viennent les armes.

— Je le ferais si je m'en souvenais.

Pat a les cheveux humides et porte un survêtement. On dirait qu'elle revient d'un club de sport. Qu'est-ce qu'ils font de nos jours ? À l'époque d'Evelyn, le golf et le jardinage, voire une partie de tennis saisonnière, étaient considérés comme des exercices adéquats, mais aujourd'hui, les gens semblent penser qu'ils doivent courir partout et aller dans des salles de sport pour rester en forme.

— Tu ferais bien d'essayer de t'en souvenir ! Je n'imaginais pas qu'il y aurait une telle pagaille quand je les ai apportées au poste. Honnêtement, on aurait pu croire que j'étais une criminelle. Tu aurais dû voir leurs visages quand je me suis présentée à la réception. Ils m'ont dit que je n'aurais jamais dû prendre les armes dans la voiture, que j'aurais dû les laisser là où je les avais trouvées, qu'elles auraient pu exploser à tout moment.

Evelyn essaie de ne pas sourire, mais les commissures de ses lèvres se crispent.

— Je ne pense pas que ce soit le cas, Pat. Papa nous a appris à ne jamais laisser d'armes chargées, surtout à la maison. Il était très pointilleux à ce sujet.

— Je n'en doute pas, mais la police n'a aucun moyen de le savoir. Quoi qu'il en soit, il y a eu beaucoup d'agitation au poste de police et ils ont même voulu prendre mes empreintes digitales. Tu te rends compte ? Ils ont dit qu'ils devaient le faire pour m'innocenter. Tu vois les problèmes que tu causes ?

— Pourquoi voudraient-ils tes empreintes digitales ? Tu n'as rien fait de mal, Pat ?

— Bien sûr que non. Ils voudront les tiennes ensuite, j'imagine.

Evelyn inspecte ses mains veinées et tachetées, aux ongles ovales et soignés. Mary a appliqué deux couches de vernis N°7 Dusky Rose la veille. Il est important de soigner les apparences et des ongles bien manucurés sont un gage de qualité. Evelyn jette un coup d'œil aux mains de Pat. Les ongles sont mal polis et inégaux, la peau est sèche et rugueuse.

— Ce sera la première fois que l'on prend mes empreintes digitales. Que c'est amusant ! Comme à la télévision.

— Non, ce n'est pas drôle, ma tante. Ils sont obligés de le faire, pour vérifier leurs dossiers. C'est parce que j'ai manipulé les armes et d'autres choses. Et ils ont dit qu'ils devaient non seulement sécuriser les armes, mais aussi vérifier les numéros de série au cas où elles auraient été utilisées à des fins criminelles, comme ils disent.

— Eh bien, j'imagine qu'ils ne l'ont pas fait. Oh, j'espère que tu as pris soin de bien fermer à clé Kingsley, Pat. Confirme-moi que personne n'a pu emprunter un de nos fusils. Nous n'avions des fusils que pour les faisans, et parfois, papa et Charles allaient faire du tir au canard, mais rien d'autre…

Evelyn marque une pause et fronce les sourcils.

— Oh, j'ai peut-être abattu un cerf de temps en temps. Tu crois que c'est ce qui les inquiète ?

— Non, je ne sais pas, ma tante. Ils voulaient tout savoir sur toi et ta famille et ont dit qu'ils allaient devoir vérifier leurs dossiers.

Elle pousse un grand soupir.

— Honnêtement, je me passerais bien de tout cela. Je suis censée trier des bric-à-brac pour la foire de Noël de l'église. Mais non, je dois rester ici avec toi, parce que tu es une adulte vulnérable, apparemment.

Elle ajoute ces derniers mots en levant les yeux au ciel et Evelyn tousse pour dissimuler son rire.

— Un policier vient ici aujourd'hui.

Pat regarde sa montre.

— Il ne devrait pas tarder à arriver. J'ai dit que je le rencontrerais à la maison de retraite.

Finalement ce n'est pas un policier, c'est une policière. Une jeune femme en uniforme, l'agent Thomas, aux cheveux noirs soigneusement attachés en un chignon serré sur la nuque, est introduite dans la pièce du matin par Mary, et décline son offre de café, à la déception évidente d'Evelyn.

— Pouvez-vous expliquer à ma tante pourquoi vous devez faire cela ? demande Pat. Elle n'a pas vraiment compris pourquoi c'était nécessaire.

L'agent Thomas sourit et serre la main d'Evelyn.

— Bonjour, Mme Taylor-Clarke, j'ai quelques questions à vous poser. Cela ne devrait pas prendre trop de temps.

— Oh, tant mieux, parce que je vais bientôt sortir pour un rendez-vous chez le coiffeur, plus tard dans la matinée.

Pat croise le regard de la policière et secoue la tête d'un côté à l'autre.

— Non, elle n'a vraiment pas compris.

L'officier Thomas sourit, mais se contente de dire :

— Si cela ne vous dérange pas, je dois d'abord prendre vos empreintes digitales.

Evelyn tend d'abord sa main gauche, puis sa main droite, et s'assoit en fixant le bout de ses doigts couverts d'encre, paumes vers le haut.

Après avoir fini de remplir ses documents, la policière demande :

— Vous souvenez-vous des deux valises fermées à clé qui se trouvaient dans l'une des chambres à coucher du manoir Kingsley ?

Elle reste assise, le bloc-notes en équilibre et le regard alerte, observant attentivement Evelyn.

— Et pouvez-vous me parler des armes qui ont été trouvées dans les valises ? ajoute-t-elle.

Evelyn reste silencieuse pendant un moment, puis prend la parole.

— Nous gardions toujours les armes dans l'armoire à fusils. C'était la règle. Les armes n'étaient jamais conservées ailleurs.

— Je vois.

L'agent Thomas prend note.

— Nous avons examiné les armes à feu dans l'armoire à fusils. Leurs permis ont expiré, mais ce ne sont pas les armes qui nous intéressent.

— Oh, mais c'est dommage. Papa n'achetait que de très bons fusils pour les séances de tir. Et il s'assurait toujours qu'elles étaient en sécurité. Il insistait pour qu'elles soient gardées sous clé, à l'abri du danger.

— Je n'en doute pas. Mais cela doit remonter à très longtemps. Vous souvenez-vous avoir vu d'autres fusils au manoir de Kingsley ?

— Bien sûr ! Pendant la saison de tir, nous avons eu au moins une douzaine de fusils ou plus sur le domaine, et ce à plusieurs reprises.

— Plus d'une douzaine ? Vous voulez dire que vous avez acquis des armes supplémentaires ?

— Non. Nous avions invité des amis pour une chasse aux faisans. C'était très amusant de sortir un jour de gel avec tous les chiens. Papa avait un épagneul de travail adorable, il l'appelait Milo. Et Mme Glazier nous envoyait un panier avec un délicieux consommé. Je crois qu'elle y ajoutait un peu de sherry. Cela fait toute la différence, vous savez. Ainsi, certaines années, nous avons eu plusieurs tresses suspendues dans la cave. Vous aimez le faisan ?

— Je n'en suis pas sûre. Je ne pense pas en avoir déjà mangé.

L'agent Thomas arrête de prendre des notes et fronce les sourcils en direction d'Evelyn.

— Oh, c'est merveilleux! ajoute cette dernière. Il faut le laisser pendre quelques jours, mais pas plus d'une semaine, sinon il devient un peu trop fort. La saveur est grandement améliorée par la suspension et la viande est plus tendre. Il faut toutefois veiller à ce qu'il ne reste pas de grenaille dans la volaille. Cela peut lui donner un mauvais goût, vous savez, et vous n'avez pas envie de mordre dans un morceau de plomb. Ce n'est pas bon pour les dents. Notre cuisinière les faisait rôtir et, parfois, elle préparait une superbe tourte de gibier, avec un mélange de lapin, de faisan et de pigeon. C'était absolument délicieux.

— Cela semble merveilleux. Maintenant, ces pistolets…

Evelyn fait signe à sa nièce.

— Pat, je voudrais que tu vérifies le congélateur de Kingsley. Je suis certaine d'y avoir laissé deux faisans et cette jeune femme aimerait bien en goûter, j'en suis sûre.

Evelyn regarde la jeune officière.

— Vous allez vous régaler, assure Evelyn.

— Le congélateur est totalement vide, ma tante.

Pat lève les yeux au ciel.

— En fait, il n'est même plus là.

— Plus là? Pourquoi? C'était un congélateur en parfait état. Il m'a bien servi au cours des vingt dernières années.

Evelyn se tourne pour tapoter la main de l'agent Thomas.

— J'ai acheté les faisans à l'excellent boucher de Petworth. Je les tirais moi-même quand j'étais plus jeune, mais par la suite, je les achetais tout préparés.

— Ma tante, il n'y a pas de faisans à Kingsley. Tu t'embrouilles encore.

— C'est absurde, Pat. Bien sûr qu'il y a des faisans à Kingsley. Notre garde-chasse y a toujours veillé. Papa n'aurait pas mâché ses mots s'il n'avait pas fait son travail correctement. Il y avait toujours beaucoup d'oiseaux pour les chasses. On ne peut pas inviter des gens pour une chasse et ne pas leur offrir une journée de battue décente. Que penseraient-ils? Bien sûr, il y a encore des faisans.

— Mais pas dans le congélateur, il n'y en a pas.

Pat secoue la tête, exaspérée.

— Plus maintenant, précise-t-elle.

La policière ferme son carnet de notes et se tourne vers Pat.

— Je pense que c'est tout ce dont j'ai besoin. Je vais devoir rédiger un rapport de police, pour les archives, mais je ne pense pas que vous aurez d'autres problèmes. Les responsables des armes à feu devront examiner les armes et les numéros de série, pour être sûrs, mais je ne pense pas que vous aurez à venir au poste.

— Dieu merci. J'ai plus qu'assez à faire, comme vous avez pu le constater avec la séance d'aujourd'hui. Mais pensez-vous qu'il s'agissait de ses armes? Et est-ce qu'elles fonctionnent encore?

— Je ne saurais le dire. C'est un domaine que je ne maîtrise pas bien. Si les armes sont encore utilisables, elles seront éventuellement déclassées et mises hors service, une fois que les responsables des armes à feu seront d'accord.

Elle regarde les formulaires dans son dossier.

— Mais j'inclurai dans le rapport des informations sur tous les autres objets trouvés dans les affaires, au cas où cela s'avérerait utile, ajoute-t-elle.

Alors que l'agent Thomas commence à partir, Evelyn l'interpelle.

— Au revoir, ma chère. Et revenez me voir, j'ai beaucoup aimé notre petite conversation.

Chapitre 16

10 février 1944

Mon chéri,

Je serai assez brève, car je suis très impatiente de me lancer dans un nouveau rôle qui, je l'espère, sera beaucoup plus gratifiant, tant pour moi que pour notre nation. On m'a envoyée à une adresse sur Broadway Street, en face de la station de métro St James's Park. Pendant que j'attendais dans le couloir, j'ai entendu un homme et une femme dire : « Elle devrait s'en sortir. Elle a un bon bagage. » Je pense qu'ils parlaient de moi, mais j'ignore qui leur avait donné des informations à mon sujet. Peut-être connaissaient-ils Charles. Ensuite, après un court entretien, on m'a dit qu'ils aimeraient que je rejoigne une unité chargée d'interroger les évadés et les fuyards ayant réussi à revenir dans notre pays depuis un territoire occupé par l'ennemi.

J'ai expliqué que je ne voulais pas rester assise en toute sécurité dans un bureau, alors que d'autres, comme toi, risquaient leur vie. J'ai ajouté que je préférais jouer un rôle actif dans la guerre. Ils m'ont répondu qu'ils pourraient revoir ma position en temps voulu, mais au moins j'ai l'impression que je vais être utile et que je serai plus proche de l'action !

Je crois que les évadés sont des militaires qui ont réussi à éviter la capture après avoir participé à une mission ou une action. Je suis bien consciente que certains de leurs rapports seront remplis de détails horribles et déchirants, et cela me rappellera sans doute cette terrible affaire qui t'a achevé, mon chéri. Mais je suis déterminée à rester calme et forte pour ton bien.

J'étais tellement excitée par mon succès que j'ai traversé le parc pour aller fêter cela en prenant un thé chez Fortnum's. Avant de partir, j'ai acheté une barre de chocolat qu'ils produisent spécialement pour le personnel militaire en service. Je vais l'envoyer à Charles, en supposant que son influence m'a aidé à obtenir ce poste. J'en aurais acheté pour toi aussi, bien sûr, mon chéri, si tu étais encore là, car je sais que tu aurais adoré une telle friandise.

Lors de ma prochaine visite, je ferais mieux d'éviter de parler à maman de ma petite virée shopping, car elle serait plutôt mécontente que je ne lui aie pas acheté de délices chez Fortnum's. Elle semble toujours croire que ma présence dans le centre de Londres lui est avantageuse et que je peux faire des courses à sa place. Pauvre maman… Elle n'arrive pas à comprendre les subtilités du rationnement et s'en remet entièrement à Mme Glazier qui, elle, semble très bien se débrouiller. Peut-être sont-elles toutes deux de mèche avec un trafiquant local ? L'idée qu'elles pourraient discrètement échanger des marchandises illégales m'amuse beaucoup ! Je ne manquerai pas de vérifier leurs bas la prochaine fois que je viendrai !

Avec amour,

Evie, xxx

PS. Je t'aime

Chapitre 17

Mme T-C, 11 novembre 2016

Quelques questions supplémentaires

— J'ai bien peur que sa mémoire ne soit pas très bonne ces derniers temps, explique Pat à l'homme en costume qui la suit dans la salle du matin.

Il ne s'agit pas d'Humphrey, le mari de Pat, et celui-ci est sûrement trop vieux pour être l'un de ses deux fils. L'homme a apporté un épais dossier et une douce odeur d'après-rasage.

— Tatie, dit Pat, ce gentil monsieur est l'inspecteur Williams. Il veut juste te poser quelques questions. Ce ne sera pas très long.

Evelyn lui adresse son plus beau sourire. Elle s'attendait à une telle visite depuis que Pat est partie précipitamment l'autre jour, tout échevelée dans un élan d'impatience, après le passage de la jeune policière.

Bad Nenndorf. C'est un lien que je ne peux pas ignorer. Une fois que j'y suis reliée, la connexion est évidente, et n'importe qui fouillant dans les registres de service pourrait facilement découvrir où j'ai été affectée pendant ces années.

Evelyn serre la main de l'inspecteur.

— Quel plaisir de rencontrer l'un des jeunes hommes de Pat ! Voulez-vous rester pour prendre un café ?

Elle appuie sur la sonnette accrochée à un long ruban autour de son cou et Mary apparaît immédiatement dans l'embrasure de la porte, l'air très préoccupé, comme s'il s'agissait d'une urgence.

— Mary, nous avons de la visite aujourd'hui. Pouvons-nous avoir du café ce matin ?

Evelyn lui fait signe de partir, puis la rappelle.

— Et apportez aussi une belle assiette de biscuits pour le jeune homme.

— Vraiment, ma tante, tu traites tout le monde comme si tu étais à l'hôtel.

— Ne sois pas stupide, Pat, bien sûr que je sais que ma maison n'est pas un hôtel.

Evelyn regarde la pièce éclairée par la lumière du matin, avec ses rideaux en brocart doré et ses murs bordeaux et crème de style Régence.

— Vous aimez la façon dont j'ai décoré cette pièce ? demande-t-elle. J'ai choisi le papier peint moi-même.

Pat se penche discrètement vers l'inspecteur.

— Ne faites pas attention à elle, lui chuchote-t-elle. Ça lui arrive parfois. Elle oublie où elle se trouve et se met à penser qu'il s'agit de sa propre maison. Je ne sais pas si vous obtiendrez d'elle quelque chose d'utile aujourd'hui.

— Ne vous inquiétez pas, ce n'est qu'une formalité, répond-il.

Puis il se tourne vers Evelyn.

— Mme Taylor-Clarke, je voudrais vous poser quelques questions sur les armes qui ont été trouvées à votre ancienne adresse, Kingsley Manor. Tout d'abord, puis-je confirmer que vous êtes la seule propriétaire et que vous étiez la seule résidente jusqu'à ce que vous veniez vivre ici, à Forest Lawns ?

— Mes parents vivaient à Kingsley, raconte Evelyn. De si beaux jardins. Vous y êtes allé ? Avez-vous vu les perce-neige ?

— Ils ne sont pas encore sortis, dit Pat. Ce n'est pas la bonne période de l'année. On est en novembre, pas au printemps.

— Quel dommage, regrette Evelyn. Alors, il faut absolument que vous y retourniez en janvier ou février. Les perce-neige sont magnifiques à cette époque de l'année.

Elle agite sa main dans un geste ample.

— Il y en a de magnifiques tapis, poursuit-elle. Les jardins de Kingsley sont célèbres pour leurs perce-neige.

— Je le ferai, promet l'inspecteur. Mais ce que je veux savoir maintenant, c'est si vous avez mis des objets dans les valises qui ont été trouvées dans l'une des chambres. Il y en avait une sur le sol et une autre sur l'armoire.

L'inspecteur montre à Evelyn une photo des deux valises, qu'elle observe attentivement.

— Ces valises ont l'air particulièrement lourdes. Soyez très prudent lorsque vous soulevez des charges imposantes, jeune homme.

— Bien sûr, Madame, j'en tiendrai compte. Mais reconnaissez-vous ces valises ?

Elle jette un nouveau coup d'œil à la photo et hausse les épaules.

— Devrais-je les reconnaître ?

Puis, en entendant le bruit du chariot de thé dans le couloir, elle tourne la tête vers la porte.

— Oh là là, le café arrive déjà.

Mary entre, un plateau dans les mains, et Evelyn jette immédiatement un coup d'œil à l'assortiment de biscuits.

— Il n'y a pas de Bourbons aujourd'hui, Mary ? J'aime beaucoup les Bourbons. Je n'aime pas trop ces Garibaldi : les raisins de Corinthe collent terriblement aux dents.

— Je vais voir ce que je peux trouver, répond Mary. Et si j'ai de la chance, je serai de retour dans quelques instants.

Ils remuent tous les trois leur cuillère dans leur tasse, puis l'inspecteur Williams trempe un biscuit dans son café. Il le laisse un peu trop longtemps et un segment détrempé tombe dans la tasse, créant une petite éclaboussure qui tache sa chemise. Evelyn, qui déguste un gâteau à la crème, n'approuve pas du tout les trempettes.

— Pouvez-vous me dire ce que contenaient ces valises ? demande l'inspecteur en frottant sa chemise avec un mouchoir froissé qu'il a trouvé dans sa poche.

Evelyn marque alors une pause et répond :

— Oh, je ne sais pas. Est-ce que ça pourrait être des vêtements ? De vieux vêtements ? Maman ne jetait jamais rien. Elle disait toujours que les vêtements de bonne qualité ne devaient jamais être gaspillés, qu'ils pouvaient toujours être retouchés. Elle avait de belles robes et de beaux manteaux ainsi qu'une merveilleuse couturière. Il faut que je te donne son adresse, Pat. Tu aurais bien besoin d'une jolie tenue.

Pat porte un pull froissé et un pantalon sombre parsemé de poils de chien. Elle lance un regard à sa tante et prend une gorgée de café.

— Nous avons trouvé quelques vêtements dans les valises, Madame, mais ce n'est pas tout. Jetez un coup d'œil à ces photos.

L'inspecteur Williams tend deux autres photos.

— Voici ce que nous avons trouvé à l'intérieur. Sur l'une des photos, nous voyons un uniforme et des papiers ; sur l'autre, un pistolet Sten avec sa courroie en cuir enroulée, ainsi qu'une arme de poing et des munitions. Reconnaissez-vous l'un de ces objets ?

Je suis bien embêtée de ne pas avoir réussi à vider ces valises plus tôt, pense Evelyn. *J'ai pourtant essayé, en me hissant sur la chaise bancale de la chambre, en m'étirant pour atteindre le sommet de l'armoire, en attrapant presque la poignée avant de tomber. C'est à ce moment-là que j'ai compris que je ne pouvais plus me cacher, que je ne pouvais plus brouiller les pistes. Je n'aurais jamais dû ranger les malles là-haut. Il aurait été bien plus judicieux de les glisser sous le lit. Pourquoi n'y ai-je pas pensé ?*

Mais elle finit simplement par répondre :

— Quel gros pistolet, inspecteur ! Comment est-il arrivé là ?

— Exactement. C'est ce que nous aimerions savoir, Madame. Il nous serait très utile que vous puissiez nous éclairer sur son propriétaire.

Evelyn reste silencieuse. L'inspecteur sort une photo d'un vieux passeport de son dossier.

— Nous l'avons aussi trouvé dans l'une des deux valises, précise-t-il. Votre nièce nous a affirmé que c'était une photo de vous lorsque vous étiez plus jeune. Or, le passeport est au nom d'Eva Kuscheck. Pouvez-vous m'expliquer pourquoi votre passeport porte ce nom ?

Evelyn fixe toujours droit devant elle, puis regarde soudain le plateau de thé près d'elle.

— Quelle déception ! Les Bourbons sont tous partis. Pat, les as-tu tous mangés ?

Pat pousse un soupir.

— Non, je ne les ai pas mangés, mais je vais aller voir s'ils en ont dans la cuisine. Mary a dit qu'elle en avait trouvé il y a quelques jours.

Evelyn la regarde partir.

— Elle a toujours été une enfant gourmande. Comme son père, Charles. C'était mon frère, vous savez. C'est tellement triste qu'elle ne l'ait jamais réellement connu.

Elle fait tourner son mouchoir dans ses mains en se demandant si c'est le bon moment pour se tamponner les yeux. Mais peut-être devrait-elle, pour l'heure, garder sa détresse lacrymale, la garder pour le moment où les questions se rapprocheront d'une vérité gênante.

L'inspecteur Williams fouille à nouveau dans son dossier, puis tend la copie d'une lettre l'invitant à se rendre à l'hôtel Kaiserhof.

— Cela vous rafraîchira peut-être la mémoire.

Evelyn tient la lettre photographiée, se remémorant si clairement de l'audace qui l'avait animée en allant à son rendez-vous, du soulagement qu'elle avait éprouvé d'avoir eu l'occasion de s'échapper, mais aussi de l'intimidation qu'elle avait ressentie face à son regard impérieux, à son arrogance et à son assurance qu'elle ne révélerait jamais ses méthodes. Tout le plaisir qu'elle avait pris lors de cet entretien, autour d'un café et d'un gâteau dans une ambiance civilisée, avait été balayé par son mépris froid et dédaigneux.

— J'ai appris par votre nièce que vous étiez en poste en Allemagne peu après la fin de la guerre. Pouvez-vous me parler de cette période?

Evelyn continue de fixer l'invitation, réfléchissant à la meilleure façon de répondre. *À propos de cette époque. Cette période de terreur et d'incertitude, immédiatement après toute l'horreur qui avait précédé.* Au bout d'une minute, elle prend finalement la parole et regarde l'inspecteur avec un sourire radieux.

— *Apfelkuchen*, déclare-t-elle. Il y avait encore des pénuries partout à l'époque, mais nous avions de merveilleux *Apfelkuchen*. J'ai rapporté la recette et j'en faisais souvent à la maison.

— Je vois. Cet… *Apfelkuchen*… était-il servi à l'hôtel Kaiserhof?

— Gâteau aux pommes, inspecteur. C'est du gâteau aux pommes. Nous le mangions avec la *Schlagsahne*, quand nous pouvions en avoir. Le sucre était rare à l'époque, mais lorsque je suis rentrée à la maison, plus tard, je le préparais avec un peu de sucre roux sur le dessus. C'était délicieux. Dois-je demander à la cuisine de vous en préparer?

— C'est très gentil de votre part, Mme Taylor-Clarke...

— Oh, Mme T-C fera l'affaire, inspecteur. Tout le monde ici m'appelle Mme T-C.

Evelyn penche la tête d'un côté, regardant l'homme déconcerté, son crayon posé sur son bloc-notes.

— Votre crayon n'est pas très bien taillé, ajoute-t-elle, voulez-vous que je le taille pour vous ?

Il regarde le bout émoussé de son crayon, puis le lui tend. Evelyn fouille dans son volumineux sac à main et en sort un petit taille-crayon en argent. Des copeaux tombent sur le plateau à café et, lorsqu'elle a terminé, elle le lui rend.

— Voilà, c'est mieux. Vous verrez que votre écriture sera beaucoup plus lisible, maintenant.

Il consulte quelques notes dans son dossier.

— Nous avons vérifié vos antécédents et pensons que vous avez travaillé pendant un certain temps au centre d'interrogatoire approfondi des Services combinés situés à Bad Nenndorf, en Allemagne. Est-ce exact ?

— Oh, je ne sais pas. C'est là que je suis allée ?

— Les états de service indiquent que c'est le cas.

Il s'assoit, le crayon posé sur son carnet, attendant une réponse, lorsque Pat revient avec une nouvelle assiette de biscuits.

— Tu as de la chance. Danielle a réussi à trouver un nouveau paquet dans la cuisine. Tu seras peut-être satisfaite, maintenant.

— J'ai dû aider ce gentil monsieur à tailler son crayon, explique Evelyn. Il ne me viendrait pas à l'esprit de venir travailler sans un crayon bien taillé.

Elle leur sourit à tous les deux, Pat, sirotant sa tasse de café presque froide et l'inspecteur Williams attendant toujours une réponse à sa question. Evelyn tend la main vers l'assiette de biscuits frais et prend un Bourbon.

L'inspecteur s'éclaircit la gorge.

— Nous avons pu confirmer, grâce aux dossiers de service, que vous étiez basée au centre en même temps que le colonel Stephen Robinson. Vous souvenez-vous d'un homme de ce nom ? Je pense qu'il était votre supérieur à l'époque.

— Robin, dit Evelyn. Y avait-il un Robin ?

Elle grignote son biscuit avant de se mettre à fredonner, ce qui l'amène à chanter d'une voix hésitante : « When the red, red robin comes bob-bob, bobbin' along. »

Pat fait claquer sa tasse sur sa soucoupe, ce qui fait vibrer l'ensemble du plateau.

— Vous voyez ce que je veux dire ? C'est sans espoir. Je ne sais pas comment nous allons pouvoir découvrir ce qui s'est passé.

— Ne vous en faites pas, rétorque l'inspecteur Williams. Je reviendrai une prochaine fois. Parfois, lorsque les gens ont eu le temps de réfléchir, ils se souviennent de certains événements au bout d'un moment.

Oh ! Je m'en souviens parfaitement. Je me souviens très bien de tout cela. Il n'y a aucun doute là-dessus.

Mais tout ce qu'Evelyn dit, c'est :

— Oh, très chers, vous partez tous maintenant ? Revenez vite. Je demanderai à la cuisinière de nous concocter un gâteau aux pommes, une spécialité.

Troisième partie

Chapitre 18

12 juillet 1945

Mon cher et tendre,

Quelle émotion ! Mes compétences linguistiques vont enfin servir à quelque chose. J'ai toujours pensé qu'elles finiraient par être utiles, même si, pendant les mois de formation où je rampais dans les bois en Écosse et améliorais mon français, je doutais de pouvoir un jour mettre à profit mon allemand qui, comme tu le sais, est vraiment très fluide.

Mais aujourd'hui, la guerre en Europe est enfin terminée et nous devons veiller à ce qu'elle le reste. C'est pourquoi je pars finalement pour l'Allemagne. Lorsque nous avons appris la nouvelle de la capitulation, j'ai bien sûr été ravie, comme tout le monde. Pourtant, j'ai honte d'admettre que, même si nous faisions tous la fête, une petite partie de moi était un peu déçue. Je craignais de ne plus être utile, de ne plus pouvoir participer à l'action réelle, ni de suivre les traces de mon courageux mari. J'avais tellement hâte de découvrir ma nouvelle identité, de m'appeler Eva. Cela me va très bien, tu ne trouves pas?

La division à laquelle j'appartiens est en train d'établir une nouvelle base pour interroger le personnel militaire allemand et d'autres personnes, non loin de Hanovre. Je suis vraiment très enthousiaste, mais aussi un peu craintive, maintenant que nous savons à quel point tant de personnes ont été traitées de façon épouvantable là-bas. J'espère que ce ne sera pas trop effrayant, mais j'ai vraiment envie d'aider. Je sais que je rencontrerai des personnes terrifiantes, j'en suis sûre, mais certaines de leurs informations stratégiques me seront très utiles. Dieu merci, je n'ai pas laissé mon allemand se rouiller, ou aus der Übung, *devrais-je dire. J'ai tenu à le maintenir à niveau pendant ma formation, juste au cas où.*

Mais, et c'est un très grand «mais», mon chéri, et je suis convaincue que tu serais furieux contre moi si tu étais là et que tu savais cela: je crois que l'unité est sous le commandement de «celui qui ne peut être nommé», le colonel Stephen Robinson. Je sais, je sais, tu te demandes comment ta femme va réussir à maîtriser ses sentiments et si elle devra être renvoyée chez elle en disgrâce. À vrai dire, moi aussi, je me demande ce que je ressentirai en voyant son visage pour la première fois, car ma haine pour l'homme qui a causé ta mort n'a pas diminué d'un iota. Mais j'ai décidé de faire du mieux que je peux. Et si, pendant ce temps, je repère une faille dans son armure ou si je trouve une occasion de lui faire payer cher ses terribles erreurs de jugement, je le ferai, tu verras.

Notre opération sera basée à Bad Nenndorf, qui est, si j'ai bien compris, une ville thermale située quelque part près de Hanovre. Apparemment, l'une des stations thermales de cette ville est en train d'être équipée pour servir de centre à nos opérations, et je m'attends donc à ce que tout soit très propre et très moderne.

Les Allemands appellent les installations thermales Schlammbad, *ce qui signifie littéralement « bain de boue » ! Cela semble assez exotique, mais je suis sûre que je ne me salirai pas les mains et que je ne profiterai pas de merveilleuses séances de spa, car je ne m'attends qu'à gribouiller en essayant de transcrire chaque mot des entretiens sur papier. J'espère que je saurai rendre justice à ce travail et que tu seras fier de moi.*

Beaucoup d'amour, mon chéri,

Ton Evie, xxx

PS. Je t'aime

Chapitre 19

Eva,
15 août 1945

Prodigieuse boue

Eva Kuscheck, Evelyn Taylor-Clarke de son vrai nom, se rendit à pied de sa maison d'hôtes jusqu'au centre d'interrogatoire. Son uniforme kaki en tissu rêche était étouffant sous le soleil brûlant de cette fin d'été, et elle était persuadée qu'il dégageait une légère odeur de chou, ce légume que sa logeuse allemande, toujours l'air maussade, ne cessait de cuire à la vapeur pour l'imprégner d'humidité.

C'était le premier jour de travail d'Eva à la station thermale Winckler-Bath de Bad Nenndorf. Il n'y avait pas de rangées de jeunes filles athlétiques et bronzées en maillot de bain, se penchant pour toucher leurs orteils sur des chaises longues au bord d'une piscine scintillante, ni rien qui corresponde à l'image qu'elle se faisait d'une station thermale luxueuse. Les grands murs bruns du complexe lui rappelaient les traitements à la boue proposés dans le *Schlammbad* qui faisait la renommée de la ville. Peut-être la boue était-elle omniprésente et utilisée pour tout ici : les spas, les briques des bâtiments, même l'enduit des murs extérieurs. Elle imaginait la boue flotter autour de ses pieds chaussés de robustes chaussures cirées, alors qu'elle était assise à son bureau pour rédiger des rapports au sein de l'ancienne station.

Un enchaînement éreintant de bateaux, de trains et de camions l'avait transportée à travers les paysages européens dévastés par la guerre. Elle avait traversé des villes réduites à des montagnes de décombres, où des femmes épuisées en haillons et des enfants au crâne rasé empilaient des briques dans les rues, ainsi que des gares en ruines où des réfugiés émaciés tendaient la main au passage des trains. Elle était finalement arrivée dans cette célèbre ville thermale de Basse-Saxe, située à une vingtaine de kilomètres de Hanovre, où les gens venaient depuis près de deux siècles pour profiter des vertus curatives de ses eaux. Alors que le dernier camion l'emmenait vers la maison d'hôtes propre, mais rudimentaire où elle et d'autres employées étaient logées, elle aperçut les vastes jardins paysagers du *Kurpark*, aujourd'hui en friche et envahis après des années de négligence pendant les années de guerre.

Les bâtiments de la ville étaient intacts, mais mal entretenus, les gens étaient maigres, mais pas affamés, et sa logeuse était brusque, mais pas hostile. *J'ai essayé de la faire sourire, mais elle nous en veut,* réalise Eva. *Nous sommes l'ennemi maintenant, nous sommes là pour leur dire comment gérer leur pays, et nous regardons chaque citoyen en nous demandant ce qu'il sait vraiment et s'il n'est pas lui aussi complice de ce terrible régime.*

Désormais elle se présentait au travail, prête à enregistrer en sténographie et en écriture longue, en anglais et en allemand, les entretiens avec les prisonniers pour le centre d'interrogatoire approfondi des Services combinés, qui avait maintenant établi son siège dans les anciens bains. Elle s'arrêta et respira profondément en s'approchant des portes d'entrée vitrées. Elle avait tout mis en œuvre pour obtenir cette affectation. Ses questions discrètes lui avaient permis de savoir où elle pourrait le trouver, et maintenant, ses efforts allaient enfin la conduire face à l'officier qu'elle tenait pour responsable de la mort de Hugh. Mais à présent qu'elle était là, elle se sentait nerveuse. Ce serait sa première rencontre avec lui. Comment saurait-elle que c'est bien lui ? Parviendrait-elle à lire dans son regard d'acier qu'il est bel et bien l'homme impitoyable qui a condamné Hugh et ses compagnons ?

Cela allait être très différent du travail qu'elle espérait accomplir si la guerre n'avait pas pris fin. Elle s'était préparée à suivre les traces de Hugh, en s'entraînant au combat armé et non armé, en rampant dans les bois écossais et en manipulant des radios. Dans les majestueuses demeures anglaises, comme le disaient en plaisantant les recrues du SOE[1], ils avaient subi des interrogatoires fictifs et suivi des leçons de codage et de meurtre silencieux. *J'ai pensé que je pourrais être une héroïne et mourir d'une mort vaine, juste pour pouvoir te retrouver, mon chéri.*

Après avoir été chauffeur de l'ATS et avoir traduit brièvement des entretiens avec des agents de retour et des prisonniers, elle était prête à se sacrifier en tant qu'agent spécial, comme Hugh, si cela s'avérait nécessaire. Et puis, soudain, tout était fini et pourtant pas vraiment fini. Il y avait de la joie et de l'allégresse, mais aussi du chaos, et la dévastation de l'Europe nécessitait de l'ordre, de la restauration et des enquêtes. Elle était donc là, avec ses compétences en secrétariat, son oreille attentive et son talent d'interprète pour écouter et rapporter, et peut-être aussi pour remettre les pendules à l'heure.

— Bonjour. Vous êtes nouvelle ici ?

Une question réjouissante, posée par un sergent aux joues rouges qui s'était approché d'elle, interrompit ses pensées. Son rasoir n'était manifestement pas assez aiguisé ce matin-là pour lui permettre de se raser en douceur, mais il l'était suffisamment pour lui entailler la mâchoire, sur laquelle un brin de tissu maculé d'une tache sombre était resté accroché à sa peau.

— Je viens d'arriver. Evelyn Taylor-Clarke. Du moins, je pense que c'est encore moi. Pendant un certain temps, j'ai cru que j'allais devenir Eva Kuscheck. Si la guerre ne s'était pas terminée à ce

1. SOE : Service des Opérations Spéciales.

moment-là, j'aurais pu mettre à profit tout ce temps passé à ramper dans les forêts écossaises.

— Vous pouvez vous appeler Eva tant que vous êtes ici, si vous le souhaitez. Vous vous entraîniez pour le SOE, non ?

Eva ne répondit pas, mais elle vit son sourcil se soulever.

— Estimez-vous heureuse que le spectacle se soit terminé plus tôt que prévu, ajouta-t-il. Presque aucun de ces gars n'est jamais revenu.

Il lui tendit la main.

— James McGregor, Jimmy. Bienvenue aux thermes de Bad Nenndorf.

Il jeta un coup d'œil au bâtiment austère.

— Ça n'a pas l'air d'être l'endroit le plus accueillant, poursuivit-il.

Eva esquissa un sourire.

— Je m'attendais à ce qu'un spa soit un peu plus soigné que cela. Comment se passe le travail, ici ?

— C'est assez strict, mais pas mal. Au moins, nous recevons des rations décentes et la ville n'a jamais été une cible, donc nous sommes assez à l'aise. Comment est votre logement ?

— Impeccable, mais il pue le carvi et le chou. Au moins, je ne serai pas obligée d'y manger, plaisanta-t-elle. C'est tout de même un peu mieux que ceux de chez nous, où tout pue le phénol et les oignons.

Elle regarda autour d'elle le terrain, le parc et les forêts au loin.

— Y a-t-il quelque chose dans le coin pour passer le temps lorsque nous ne sommes pas en service ? s'enquit-elle.

— J'ai bien peur que non. C'est une ville peu vivante et je pense qu'elle l'a toujours été. Après tout, on ne peut pas s'attendre à une vie nocturne animée dans un endroit qui est censé nous remettre en forme et en bonne santé.

— Je suppose que non. Alors, je vais devoir me contenter de promenades au grand air quand j'aurai un peu de temps libre.

Au même moment, ils se retournèrent tous deux en entendant un camion de l'armée s'arrêter à proximité. Deux gardes se placèrent de part et d'autre du hayon et firent sortir les occupants menottés. Certains étaient encore en uniforme, d'autres en chemise et pantalon, et plusieurs trébuchèrent en sautant à terre. Un jeune homme attira l'attention d'Eva et lui adressa un sourire. Il avait à peu près le même âge que Charles, son frère. Malgré sa captivité, il avait des cheveux blonds, propres et bien peignés, et alors qu'on le faisait passer devant elle et qu'il entrait dans le centre, il lui sourit à nouveau.

— Il me semble qu'on ferait mieux de s'y mettre, déclara Jimmy, une fois que la procession eut disparu à l'intérieur.

— Je vous suis, alors. Je n'ai pas encore été briefée. Avez-vous des conseils à me donner ou dois-je me jeter dans le grand bain ?

Il se retourna et la regarda d'un air grave.

— Suivez les ordres, surtout ceux de Robinson. Il ne faut pas se le mettre à dos.

Puis il lui ouvrit la porte.

Eva, 15 août 1945

— Abandonnez tout espoir annonça-t-il en lui faisant signe d'entrer. *Robinson.*

Elle ressentit un picotement sur la nuque à l'évocation de son nom et se souvint des paroles de Tim McNeil : « C'est un petit roquet. Il plante ses dents et ne lâche pas. »

Nous verrons bien qui ne lâchera pas, se dit-elle. *J'ai fait tout ce chemin et nous allons enfin nous rencontrer.*

Chapitre 20

Eva,
16 août 1945

Sourire à l'appareil photo

— Pouvez-vous me dire pourquoi nous devons nous faire photographier aujourd'hui ? grommela Eva en remettant quelques cheveux en bataille sous sa casquette.

Elle avait remis du rouge à lèvres, mais était bien décidée à ne pas sourire sur la photo.

— Le chef aime garder une trace de tout le monde. Il n'a peut-être pas une bonne mémoire des visages. Ne vous inquiétez pas, vous aurez votre propre exemplaire en souvenir du bon vieux temps.

Jimmy était venu la chercher dans le petit bureau où elle allait taper ses notes d'entretien.

— Venez, je ne veux pas faire attendre la bande.

Eva le suivit dans le couloir. C'était son deuxième jour et elle n'avait encore rien fait, à part équiper sa machine à écrire d'un nouveau ruban, classer quelques rapports et tailler ses crayons. Mais peut-être était-ce le jour où elle rencontrerait enfin l'homme qu'elle était venue chercher ici.

Une autre nouvelle employée les rejoignit alors qu'ils approchaient de l'entrée, puis ils sortirent tous les trois sous un soleil de plomb.

— Combien de temps cela va-t-il prendre ? demanda Eva en plissant les yeux. Je n'ai même pas encore commencé mon vrai travail.

— Ne vous inquiétez pas. Vous devriez profiter du calme et de la tranquillité tant que vous le pouvez. Vous aurez bientôt du pain sur la planche.

Jimmy fouilla dans sa veste, puis offrit une cigarette aux deux femmes, qui refusèrent.

— Si vous n'avez pas l'intention de fumer votre ration, expliqua-t-il, il vaut mieux la garder et la revendre plus tard. N'en parlez pas, mais les gens du coin sont désespérément à la recherche de clopes, alors vous en tirerez un bon prix.

— Les gens d'ici ont plus de chance que la plupart des autres, murmura Eva. Tant de villes ont été dévastées. J'ai vu des paysages de destruction terribles en venant ici : des gens qui mendiaient, qui creusaient dans les décombres, qui cherchaient désespérément tout ce que nous pouvions leur donner. Je sais bien que nous ne sommes pas censés donner quoi que ce soit aux Allemands, mais nous avons plus qu'assez à manger, alors ça ne ferait pas de mal de partager un peu les rations qui arrivent maintenant, non ?

— La guerre, c'est une sale affaire, marmonna Jimmy en soufflant sa fumée loin d'eux et en enlevant sa casquette pour s'essuyer le front avec un mouchoir froissé et crasseux. Mais vous aurez des ennuis si vous essayez de les aider. L'un des gars a dit que leur cuisinier allemand avait été pris en train de ramener des restes de nourriture de la caserne et qu'il avait été envoyé en prison. Il ne l'avait pourtant fait que pour nourrir sa famille.

— Mais pensez-vous vraiment que tous les Allemands sont coupables ? On ne peut pas blâmer tout le monde !

— Vous verrez bientôt par vous-même. Ils peuvent tous dire « je n'étais pas ce genre de nazi » autant qu'ils le veulent, je ne peux pas croire qu'ils ne savaient pas vraiment ce qui se passait dans les camps de concentration.

Au bout de cinq minutes, Eva s'impatienta.

— Combien de temps devrons-nous encore attendre ici ?

Elle jeta un coup d'œil à l'intérieur de l'entrée du bâtiment, mais ne vit toujours personne venir.

— J'aimerais bien me mettre au travail, ajouta-t-elle.

— Oh, je parie que vous ne ferez rien pendant un jour ou deux. Le nouveau lot vient juste d'arriver. Ils ne seront pas encore prêts pour nous.

Jimmy écrasa son mégot de cigarette sous son talon, puis se mit à arpenter l'entrée de long en large, les épaules voûtées.

Eva l'observa, cherchant à comprendre ce qu'il voulait dire, lorsqu'elle entendit des pas rapides résonner dans le couloir, accompagnés de paroles brèves et autoritaires. Un petit homme élégant, arborant une moustache soignée et vêtu d'un uniforme impeccablement repassé, fit alors son apparition.

— Bon, en rang ! Finissons-en, ordonna-t-il en les saluant tous les trois avec son bâton.

Le photographe qui l'avait suivi s'affairait avec son appareil et agitait ses mains d'avant en arrière pour organiser le groupe, jusqu'à ce que le colonel crache :

— Prends la photo, mec. Prends-la telle que nous sommes et finissons-en.

Puis l'appareil photo cliqua deux ou trois fois alors qu'il se tenait devant les portes d'entrée, avec ses subalternes à sa droite.

C'était donc Robinson. Ce petit homme légèrement bâti et brusque était le « roquet » que Tim avait décrit. Eva essaya de le regarder alors qu'ils se tenaient tous côte à côte, la tête haute et les épaules en arrière, mais le photographe leur demanda de rester immobiles et de regarder droit devant eux. Elle entrevit des demi-sourires hésitants sur les visages de ses deux collègues, tandis que le colonel, les lèvres minces et serrées, remuait le menton comme si son col amidonné lui comprimait la gorge. Après le déclic de l'obturateur, elle l'entendit aboyer :

— Bien, comme vous étiez. Retournez au boulot, les gars.

Puis il regagna le bâtiment, les pas de ses chaussures bien cirées résonnant sur les dalles du hall d'entrée.

— Nous pouvons nous détendre maintenant, dit Jimmy en allumant une autre cigarette. Vous pouvez prendre votre temps si vous le souhaitez. Il n'y a rien à faire aujourd'hui.

— Pourquoi ? Nous devrions plutôt nous occuper du débriefing, et pas nous tourner les pouces.

Jimmy haussa les épaules.

— Vous serez bientôt occupées dès qu'il aura donné le signal, ne vous inquiétez pas. Je vous le dis, s'il avait du travail pour nous, il ne serait pas là pour des séances photo. Une fois qu'il s'y mettra, il ne s'arrêtera plus.

— Un peu comme un maître de corvée, non ?

— Je ne dirais pas exactement cela. C'est plutôt que… Jimmy fit une pause, comme s'il essayait de trouver les bons mots.

Une fois qu'il a pisté une odeur, il la suit jusqu'au bout. Il n'y a pas moyen de l'arrêter.

— Est-ce que j'ai raison de penser que c'était le colonel Robinson ?

S'il vous plaît, faites que ce soit lui. C'est la raison pour laquelle je suis ici. J'ai parcouru tout ce chemin, je dois en être sûre.

— C'est bien lui.

Jimmy s'approcha d'Eva.

— Ruthie, on l'appelle, lui chuchota-t-il.

— Ruthie ? Ce n'est pas un prénom de fille ?

Jimmy rit.

— C'est le diminutif de *ruthless*, « impitoyable ». On lui a donné ce nom dans son ancien poste, lorsqu'il dirigeait des agents dans le cadre d'opérations spéciales. « La fin justifie les moyens », répète-t-il toujours.

Eva regarda Jimmy disparaître derrière les lourdes portes battantes avec l'autre employée. Les mots qu'il avait prononcés juste avant de partir l'avaient fait frissonner, car ils faisaient écho à tout ce qu'elle avait entendu sur Robinson de la part de Hugh et Tim McNeil. Elle était soulagée que tous ses efforts l'aient conduite au bon endroit, mais comment allait-elle travailler sous les ordres de cet homme ? Comment pourrait-elle accepter ce qu'il a fait à Hugh ? Elle sentait un nœud dans son estomac et une boule de bile monter dans sa gorge. Il ne semblait pas du genre à succomber aux charmes d'une chevelure blonde et d'un rouge à lèvres. Mais au moins, elle savait maintenant à quoi il ressemblait, et bientôt elle aurait sa propre copie de la photo de groupe à garder précieusement, pour ne jamais pouvoir l'oublier.

Chapitre 21

Eva,
10 octobre 1945

La promesse

Bitte, helfen Sie mir. Les mots étaient à moitié étouffés, à moitié chuchotés à travers les lèvres craquelées et ensanglantées du prisonnier allemand qui avait été traîné dans la salle d'interrogatoire et attaché à une chaise métallique. Il était seul dans la pièce, murmurant et sanglotant à moitié. Sa tête était affaissée sur sa poitrine, ses cheveux longs et sales tombaient sur ses yeux, et elle pouvait à peine entendre ses paroles.

Ich habe nichts falsch gemacht.

Eva venait d'arriver pour l'entretien du matin. La porte de la salle était ouverte et elle jeta un coup d'œil par-dessus son épaule, le long du couloir. Pour l'instant, tout était calme, elle n'entendait pas les pas rapides, mais elle savait que le colonel Robinson reviendrait bientôt dans la salle d'interrogatoire, accompagné d'Arnold Miller, le sergent brutal et têtu qui faisait son sale boulot.

— Pauvre homme. Je suis sûre que vous êtes innocent, murmura-t-elle en refermant légèrement la porte. Je vous crois. Je suis vraiment désolée qu'ils vous traitent si mal.

— Chaque nuit, soupira-t-il en relevant la tête pour qu'elle puisse voir son visage, ils nous dépouillent de nos vêtements, nous n'avons rien…

Eva respirait bruyamment. Elle comprit qu'elle l'avait déjà vu auparavant. Elle le reconnaissait, malgré les ecchymoses et les couches de crasse. Kurt Becker. Elle savait d'après son dossier qu'il avait été enseignant avant le début de la guerre et qu'il avait l'intention de reprendre son métier à Francfort. Elle avait aussi noté qu'il entretenait des relations avec des sympathisants communistes. Elle se souvint qu'il était arrivé au centre et qu'il l'avait accueillie chaleureusement, en commentant le temps magnifique : *Ach, sehr gut. Ich mag Schlammbäder sehr gern*, comme s'il était venu pour une cure thermale et des vacances, et non pour l'emprisonnement et la privation.

Lors de son premier entretien, six semaines auparavant, ses cheveux blonds étaient encore relativement propres et bien coiffés, sa chemise n'était pas tachée, sa peau était claire et sans imperfections. Il lui avait souri et s'était présenté poliment avant que les questions ne commencent. Aujourd'hui, ses yeux étaient creux et son visage gris, son corps autrefois robuste était squelettique, et Eva pouvait sentir l'odeur âcre des vomissures et de l'urine qui émanait de ses vêtements crasseux.

— Kurt, je peux vous appeler Kurt ?

Puis elle s'arrêta et écouta. Les pas se rapprochaient.

— Je vous le promets, murmura-t-elle. C'est intolérable, je vous promets que je ferai tout ce que je peux pour arrêter ça. Ils ne devraient pas vous traiter de la sorte.

Puis, la porte s'ouvrit avec fracas, les faisant sursauter, elle et le prisonnier, et tout recommença. Elle garda les yeux rivés sur son bloc-notes, la main tremblante, tandis qu'elle enregistrait l'entretien avec son crayon pointu, s'efforçant d'être indifférente aux questions abruptes du colonel et aux réponses hésitantes du prisonnier.

— Venez maintenant, asséna Robinson d'un ton sec et tranchant. Vous pouvez tout aussi bien l'admettre. Nous savons que vous rencontrez vos soi-disant amis.

La tête de Kurt s'affaissa vers l'avant. S'il n'avait pas été attaché à l'étroite chaise métallique, il serait tombé sur le sol en béton.

— Miller, ordonna Robinson. Redressez-le.

Le sergent, le visage impassible, saisit une poignée de cheveux de Kurt dans son énorme poing et le ramena en position verticale. Kurt gémit et, lorsque sa bouche meurtrie s'ouvrit, Eva put voir des dents cassées et manquantes.

— Bien. C'est mieux comme ça, ironisa Robinson avec un sourire crispé. Maintenant, regardez-moi dans les yeux et dites-moi où vous organisez ces réunions.

Et pendant qu'il posait ses questions insistantes et répétitives, il le fixait de ses yeux froids et méchants, souriant à chaque coup, à chaque gifle du gardien. Quand Miller tirait sur ses oreilles ou ses cheveux, quand sa tête tombait en avant, Robinson émettait un petit murmure d'approbation ou disait :

— C'est ça, Miller. Rappelez-lui pourquoi nous sommes ici.

Et chaque fois que ses poings se déchaînaient, Robinson souriait.

Robinson avait-il ce regard lors de la planification et de l'exécution de cette mission fatale, cette dernière opération qui signifiait la fin de Hugh ? Et avait-il hoché la tête avec une satisfaction béate lorsqu'il avait déclaré que la perte d'une poignée d'agents pouvait être considérée comme malheureuse, mais qu'elle était nécessaire pour tromper les Allemands ?

Eva se mordit l'intérieur de la joue, goûtant le sang, sentant son cœur battre la chamade, essayant de maîtriser sa colère et de se concentrer sur la prise de notes. Hugh et ses hommes n'étaient que des pions pour Robinson, c'est tout ce qu'il pensait en les envoyant dans leur dernier et malheureux voyage. Et tandis que l'interrogatoire se poursuivait, Eva remarqua des cheveux blonds qui scintillaient sur l'uniforme kaki du sergent Miller, une poignée de cheveux arrachés au cuir chevelu de Kurt.

Elle ne vit jamais le colonel Robinson maltraiter lui-même les prisonniers ; elle ne vit jamais rien se passer directement devant elle, ni les coups violents à la tête, ni le serrage des fers qui entaillaient la peau et laissaient des plaies ulcéreuses. Elle ne vit pas non plus les cellules humides, glaciales à cause des vents froids qui soufflaient à travers les fenêtres non vitrées. Non, ils étaient trop malins pour cela. Mais elle pouvait deviner pourquoi les prisonniers, qui commençaient leurs semaines d'interrogatoire dans un état relativement sain, devenaient rapidement des ombres meurtries, émaciées et frissonnantes de ce qu'ils avaient été.

Chapitre 22

Eva,
octobre 1945

Claquement de portes

Quelques jours plus tard, Jimmy confirma ses craintes alors qu'ils se promenaient un après-midi sur le terrain de la station thermale. Qu'il était bon de respirer profondément l'air pur et froid après une nouvelle matinée épuisante sous les lumières crues de la salle d'interrogatoire ! Ils marchèrent un moment en silence, Jimmy fumant, les chaussures cirées d'Eva crissant sur les feuilles mortes. Derrière quelques arbres, elle aperçut l'un des anciens panneaux de la station : *Gesund und geheilt.*

— « Sain et guéri », traduisit-elle en pointant du doigt les mots qui s'effaçaient. Ce n'est plus le cas. C'est une maison d'arrêt, pas un *Schlammbad.*

— Ils ont dû emmener un autre Allemand à l'hôpital hier soir. Il était très mal en point. Et apparemment, il ne va pas s'en sortir, lui annonça Jimmy. Je pense que si cela se reproduit trop souvent, nous risquons d'être dans le pétrin. J'ai entendu dire que le gars d'hier soir a confié au médecin qu'il ne voulait plus revenir ici à cause de ce qu'il a subi. Je n'arrête pas de leur dire qu'ils poussent le bouchon trop loin.

— Qui était-ce ? Le savez-vous ?

— Kurt quelque chose… Un jeune homme.

— Je connais celui-là.

Elle baissa la tête et inspira une grande bouffée d'air avant de prendre la parole.

— Je suis certaine de l'avoir vu à son arrivée. Il n'était pas mal en point au début. Aujourd'hui, tous les prisonniers sont dans un état épouvantable après un court séjour dans cette soi-disant station thermale. Ce matin, ils ont pratiquement dû porter un pauvre homme. Je l'ai vu à son arrivée et je sais qu'il était en pleine forme il y a encore quelques semaines. Et maintenant, ils sont tous faibles et sales. Qu'est-ce qu'ils leur font là-dedans?

Jimmy tira une longue bouffée sur sa cigarette.

— Eh bien, répondit-il, je ne l'ai pas vu de mes propres yeux, mais je pense qu'ils ne sont pas exactement en train de les border dans leur lit, en pyjama avec un chocolat chaud tous les soirs…

Le visage d'Eva devint blanc et elle se mordit la lèvre.

— Je crois comprendre ce que vous voulez dire. C'est brutal. Ils ne devraient pas faire ça. Ils les maltraitent délibérément. Ils les déshabillent sûrement lorsqu'ils retournent dans ces cellules glaciales, en plus de les affamer et de les battre.

— Je pense que oui. Ça n'a pas l'air d'aller, si?

— J'ai tenté de signaler que ces agissements n'étaient pas tolérables, mais on m'a simplement dit de me taire, car ils obtiennent des résultats.

— La fin justifie les moyens, murmura Jimmy.

Eva frémit en entendant à nouveau ces mots.

— Cela va à l'encontre de toutes les règles, Jimmy. Vous le savez bien. Nous devons arrêter cela.

— Essayez de dire ça au vieux Ruthie et aux autres. Tant qu'ils obtiendront les résultats qu'ils souhaitent, du moins c'est ce qu'ils disent, je suppose qu'ils continueront à agir ainsi.

— Mais ils vont finir par les tuer.

— Entre vous et moi, je ne pense pas qu'ils s'en soucient.

Jimmy finit sa cigarette et la jeta, écrasant le mégot incandescent avec le bout de sa botte dans le chemin de gravier.

— Quoi qu'il en soit, poursuivit-il, j'ai entendu dire que Ruthie Robinson avait bien briefé tous les gardiens avant que les prisonniers ne commencent à arriver. C'était sa manière de leur donner un cours d'initiation avant qu'ils ne se mettent vraiment au travail.

— Pourquoi, qu'a-t-il fait exactement ?

— Il a offert à tous les gardiens une petite sortie spéciale, rien que pour eux. Il a organisé une visite personnelle de Bergen-Belsen et leur a dit qu'ils avaient sous leur garde les hommes responsables de ces atrocités. Je pense que ça les a bien motivés.

Eva sursauta.

— Il a fait ça délibérément ? Mais il sait très bien que ce n'est pas vrai ! Aucun des prisonniers ici présents n'était gardien de camp de concentration.

— Exactement. Il a pratiquement jeté de l'huile sur le feu. Et maintenant que les procès ont commencé à Lunebourg, tout le monde sait quelles horreurs ont été commises dans les camps. Alors, nos gars ne vont certainement pas se retenir.

Eva regardait au loin, respirant à pleins poumons l'air frais, réputé pour ses vertus salutaires.

— J'ai vu la façon dont il regarde ces pauvres hommes pendant les interrogatoires. Je ne peux pas supporter de le regarder ni de regarder les prisonniers. J'essaie de garder la tête baissée et de faire mon travail, mais, chaque fois que j'aperçois son visage, j'ai l'impression qu'il s'amuse beaucoup. Il jubile et sourit pendant qu'ils souffrent. Surtout quand cette brute de Miller s'en prend à eux.

Elle secoua la tête, fronçant les sourcils de dégoût.

— Et ces misérables n'ont rien à voir avec ces camps sordides, poursuivit-elle. Ce n'est pas pour cela qu'ils sont ici, ce n'est pas ce qu'il cherche. Il les interroge sur leurs affiliations.

— Les cocos, répliqua Jimmy. Il cherche des cocos.

— Je comprends cela et je sais que c'est important, mais est-ce que cela doit être aussi brutal ?

Jimmy haussa les épaules.

— Il ne s'intéresse qu'au résultat final. Vous savez qu'il a précisément choisi cet endroit ? Bad Nenndorf était connue comme une ancienne ville thermale renommée avant la guerre et avant qu'il ne mette en place cette installation. C'était un véritable centre de vacances. Il a inspecté cet endroit, a vu les salles de bains carrelées et a dit qu'elles feraient des cellules idéales. Elles n'étaient donc pas vraiment douillettes à l'origine. Pas de moquette à arracher, juste des sols nus et des carreaux froids. Parfait pour son projet.

Jimmy alluma une autre cigarette et tira dessus, faisant rougeoyer le bout.

— Vous savez comment les gens du coin appellent cette ville, maintenant ?

Eva se tourna vers lui en le regardant d'un air perplexe.

— Non, comment ? Dites-le-moi.

— *Das Verbotene Dorf*, répondit Jimmy, en prononçant les mots avec un léger haussement de sourcils pour en souligner la signification.

— « Le village interdit », murmura Eva. Ce n'est pas étonnant. Nous sommes venus ici pour remettre les choses en ordre, mais nous ne faisons qu'empirer les choses. Nous sommes presque aussi mauvais qu'eux.

Chapitre 23

Eva, 1er novembre 1945

L'hôtel Kaiserhof

Eva laissa la rutilante Horch V8 noire ralentir avant de franchir les grilles en fer forgé de l'hôtel Kaiserhof. L'ancienne voiture de la Wehrmacht, qui avait été réquisitionnée par le centre d'interrogatoire pour l'usage du personnel lors de ses rares jours de congé, ronronnait dans la longue allée gravillonnée en direction du grand établissement baroque. Les grands ormes de part et d'autre de l'allée étaient dénudés et les parterres de fleurs, autrefois colorés tout au long de l'été, étaient désormais vides, mais cette scène hivernale était un soulagement bienvenu pour Eva après l'hypocrisie et l'horreur du travail qu'elle endurait à Bad Nenndorf.

— Ils recrutent au Kaiserhof à Bad Pyrmont, lui avait chuchoté Jimmy trois jours auparavant, lors d'une brève pause au cours d'un interrogatoire intense. Allez-y, vous ne pourrez pas en supporter davantage ici.

Eva tremblait après l'épreuve de la matinée. La prisonnière, meurtrie et sale, s'était évanouie après avoir lutté pour répondre à une série de questions brutales. Cette fois, Robinson n'avait pas l'air satisfait. Il s'impatientait de cette perte de temps et avait demandé à Miller de l'emmener pour une douche froide.

Jimmy avait raison. Elle n'en pouvait plus, cela la détruisait. Elle ignorait qui recrutait à l'hôtel ni pour quel poste, mais elle devait saisir sa chance et essayer de s'enfuir avant que cette situation ne la brise, elle et les prisonniers. Elle avait voulu tenir le plus longtemps possible pour trouver une occasion de faire tomber Robinson, mais il était si méticuleux, si efficace, qu'elle ne voyait pas comment elle pourrait un jour le vaincre ou lui demander des comptes.

Avec son toit à pignon hollandais sculpté, l'hôtel lui rappelait les maisons en céramique bleue et blanche, remplies de cerises qu'elle avait rapportées comme d'innocents souvenirs de son voyage en Allemagne avant la guerre, avant son mariage avec Hugh, avant toute l'horreur des années de combat et d'après-guerre. Plusieurs voitures étaient garées à l'extérieur et Eva espérait qu'il n'y aurait pas trop de candidats pour les postes à pourvoir.

À l'intérieur, des feux crépitaient dans les cheminées en pierre situées de part et d'autre du grand hall d'entrée et des lustres scintillaient suspendus aux plafonds dorés, contrastant totalement avec les salles d'interrogatoire austères et les cellules froides et sordides du centre d'interrogatoire. En traversant le hall, elle aperçut un groupe d'hommes qui montaient l'imposant escalier de pierre et entendit des voix américaines.

La réceptionniste guida Eva vers le salon, une pièce adjacente où des fauteuils en cuir et en noyer, garnis de boutons, étaient associés à des guéridons, créant une atmosphère feutrée propice aux conversations intimes. Un homme en costume de tweed était assis dans le coin le plus éloigné et abaissa son journal, jetant un coup d'œil par-dessus des lunettes en demi-lune, qu'il retira lorsqu'Eva entra.

Elle tendit la lettre à en-tête qu'elle avait reçue et qui l'avait conduite à l'hôtel.

— J'espère que je suis au bon endroit. J'ai entendu dire qu'il y avait des postes à pourvoir ici.

— C'est possible, répondit-il. Si cela ne vous dérange pas d'entendre quelques histoires désolantes.

Il lui indiqua la chaise inoccupée en face de lui.

— Brian Joliffe. Enchanté de vous rencontrer.

Il avait l'air gentil, ses yeux se plissant aux coins lorsqu'il souriait, ce qui était bien différent de l'expression glaciale du colonel Robinson. Eva jeta un coup d'œil au journal et remarqua qu'il avait à moitié terminé la grille de mots croisés, une activité que le froid colonel aurait sans doute considérée comme une perte de temps frivole.

— Eva Kuscheck, dit-elle alors qu'ils se serraient la main. J'ai entendu beaucoup d'histoires tristes ces derniers temps. Le problème, c'est que je n'aime pas la façon dont elles sont racontées. Ou plutôt, la façon dont elles sont isolées des sujets concernés.

Joliffe fit signe au serveur, qui était apparu dans l'embrasure de la porte, un plateau sous le bras.

— *Kaffee und Kuchen, bitte.*

Il jeta ensuite un coup d'œil à Eva et avoua :

— Nous allons voir ce qu'ils peuvent nous concocter. Ce n'est pas très varié en raison de toutes les pénuries, mais la nourriture s'améliore peu à peu.

— Je me contente de tout, merci, même si je n'ai pas beaucoup d'appétit ces derniers temps à cause de mon travail actuel.

— Où travaillez-vous ?

— À Bad Nenndorf.

Son expression changea immédiatement et il attrapa un étui à cigarettes en argent posé sur la table. Il le tendit à Eva, qui déclina en secouant la tête, puis en prit une pour lui. En tapotant la cigarette sur la table basse, il reprit :

— Je ne suis pas surpris que vous vouliez partir. Des rumeurs circulent selon lesquelles Bad Nenndorf est une très mauvaise opération. Rappelez-moi, qui est le responsable là-bas ?

— Le colonel Stephen Robinson. Le connaissez-vous ?

— J'ai entendu parler de lui. On m'a dit qu'il savait comment obtenir des résultats.

Il regarda Eva et fouilla dans la poche de sa veste pour trouver un briquet.

Eva baissa la tête.

— Je confirme qu'il fait en sorte que rien ne puisse l'empêcher d'obtenir les résultats qu'il souhaite. Mais cela ne veut pas dire que ces résultats reflètent la vérité.

— C'est à peu près ce que j'ai entendu aussi. Il pourrait finir par perdre pied, mais pour l'instant, il donne aux Alliés exactement ce qu'ils veulent.

— J'ai fait de mon mieux, soupira Eva en se mordant la lèvre inférieure. Je lui ai parlé, ainsi qu'aux autres, mais personne ne m'a écoutée. Et maintenant, un des prisonniers est mort et d'autres risquent de suivre, vu la façon dont ils sont traités. Je ne peux pas rester là-bas plus longtemps, il faut que je sorte dès que possible.

— Quand vous êtes-vous engagée ?

— J'ai rejoint l'ATS en 43. En août, précisément.

— Vous n'avez donc pas encore fait vos trois ans.

Il tira sur sa cigarette et marqua une pause.

— Mais vous pourriez sortir plus tôt pour des raisons médicales. Faites semblant, absentez-vous pour cause de maladie. Ou feignez d'être enceinte. Ça leur fera peur, et ils vous mettront sur la touche en un rien de temps.

Il lui fit un clin d'œil.

— Vous pensez pouvoir faire ça ?

Eva resta choquée pendant une seconde, puis elle rit.

— Je ferais n'importe quoi pour m'enfuir, mais cela voudrait dire que je vois un médecin ? Comment vais-je faire pour qu'ils me croient ?

Brian sourit.

— Vous n'avez pas à vous inquiéter. Faites-moi savoir quand vous serez prête à passer à autre chose et je m'occuperai de l'examen médical pour vous.

Alors que les plats et les boissons arrivaient, accompagnés de tranches de gâteau garnies de crème fouettée, elle demanda :

— Mais pourquoi recrutez-vous ici ? Vous ne m'avez pas dit ce qui m'attendait. Même si cela peut être difficilement pire que la situation dans laquelle je me trouve actuellement.

Brian se laissait distraire par la nourriture. Il remercia le serveur, puis dit :

— Je savais qu'ils nous donneraient à nouveau du gâteau aux pommes. Je pense qu'il y a dû avoir une bonne récolte cet automne, car il y a des pommes à toutes les sauces partout où je vais. Mais il faut admettre que c'est tout de même très bon.

Il passa une des assiettes en porcelaine festonnées à Eva.

— Où en étions-nous ?

— Le travail, le poste pour lequel vous recrutez. De quoi s'agit-il ?

— Ah, oui. C'est un nouveau poste. Vous n'en avez probablement jamais entendu parler.

Il prit une bouchée de gâteau à la crème, puis s'essuya les lèvres avec la serviette tout en mâchant. Au bout d'un moment, il reprit :

— Qu'est-ce qui, selon vous, fait cruellement défaut dans ce pays à l'heure actuelle ?

Eva le regarda fixement, sans toucher à son gâteau.

— La reconstruction ? La reprise de l'agriculture et de l'industrie ? J'ai vu à quel point les gares et les chemins de fer étaient endommagés lorsque j'ai traversé l'Allemagne. Et je sais que les gens manquent de nourriture. Un chauffeur de notre centre m'a dit que lui et sa femme ne recevaient que quatre rations de pain par jour chacun.

Brian secoua lentement la tête.

— Tout cela est important, oui, reconnut-il, mais ce dont nous avons besoin maintenant, c'est d'humanité et de dignité.

En fait, de secours et de réhabilitation. C'est le problème le plus gigantesque que nous ayons jamais connu. Pouvez-vous croire qu'il y a actuellement dans ce pays quelque onze millions de personnes qui n'ont pas demandé à être ici ? Tous ces pauvres gens qui ont survécu à ces horribles camps et aux usines qui fonctionnaient grâce au travail d'esclaves.

— Je n'avais absolument pas imaginé qu'il puisse y en avoir autant.

— Les pauvres diables ne peuvent pas rentrer chez eux sans notre aide. Beaucoup ont perdu toute leur famille, tandis que d'autres tentent désespérément de retrouver leurs proches. Certains ne rentreront jamais chez eux, d'autres choisiront d'émigrer pour commencer une nouvelle vie. Tout ce que nous pouvons faire, c'est les nourrir, les aider à se refaire une santé, si cela est possible, et nous occuper de leurs papiers.

— Il semble que cela nécessite beaucoup de tâches administratives et de travail d'interprétariat, ainsi que des fournitures et des médicaments. Je peux m'en charger. Je suis venue en Allemagne pour apporter ma pierre à l'édifice, et c'est peut-être l'occasion pour moi d'apporter enfin ma contribution.

— Oui, c'est bien ! Mais ce ne sera pas un travail facile. Ces gens ont terriblement souffert. Cependant, ils ont survécu jusqu'ici, et avec une aide appropriée, ils pourront peut-être reconstruire leur vie. Mais nous n'aidons que les personnes déplacées, pas les Allemands eux-mêmes.

Il posa son assiette d'un coup sec, faisant sauter et claquer la petite fourchette à gâteaux.

— Ils se sont mis eux-mêmes dans ce pétrin, ils ne méritent ni notre sympathie ni notre nourriture.

L'espace d'une seconde, Eva se souvint des enfants en haillons, des femmes aux foulards noués sur la tête, des hommes aux uniformes militaires en lambeaux. Elle se dit qu'elle devait taire sa compassion pour eux et demanda :

— Y aura-t-il un uniforme ?

Il rit.

— Pas vraiment. Venez comme vous êtes. Si quelqu'un vous demande pourquoi vous portez encore le kit ATS, c'est moi qui en serai responsable.

Puis, il lui donna sa carte et lui demanda de l'appeler une fois qu'elle se serait déclarée malade.

* * * * *

Eva n'oublia jamais cet entretien ni la rencontre troublante qui s'était produite juste au moment où elle quittait l'hôtel. Après avoir convenu des détails avec Joliffe et l'avoir remercié pour son hospitalité, elle traversa la réception ornée de miroirs, esquissant un sourire sincère pour la première fois depuis des semaines. Elle se félicita d'avoir utilisé sa ration de cigarettes accumulée pour payer l'un des chauffeurs habituels en échange de l'utilisation de la voiture.

Cela allait arriver, elle allait s'échapper de Bad Nenndorf. Elle se ferait porter pâle le matin et prétexterait une grossesse fantôme, comme on le lui avait suggéré, pour s'éloigner de cet endroit épouvantable. Elle était presque arrivée à l'entrée et au niveau des grandes portes vitrées lorsqu'elle entendit une voix cassante, mais familière, qui lui fit froid dans le dos.

— Kuscheck ! Qu'est-ce que vous faites ici ?

Terrifiée, elle se retourna et vit le colonel Robinson descendre le grand escalier, précédant le groupe d'hommes qu'elle avait repéré plus tôt. Il s'approcha d'elle à grands pas, ses talons claquant sur le sol de pierre polie.

— Eh bien, eh bien, eh bien… Qu'avez-vous fait ? Un petit rendez-vous privé, hein ?

— Non, Monsieur. Juste du thé. Je veux dire du café. Et des gâteaux.

— Tant que vous ne parlez pas de notre opération.

Ses yeux se rétrécirent et il releva le menton.

— L'insubordination est punissable, vous savez.

— J'allais partir, Monsieur.

— Faites attention à la façon dont vous conduisez. On ne voudrait pas que vous ayez un malheureux accident.

Il tapota plusieurs fois sa canne sur la paume de sa main gauche.

— Il y a des sanctions pour cela aussi, vous savez, menaça-t-il à nouveau.

Chapitre 24

Eva,
10 novembre 1945

Nausées matinales

Il n'est pas difficile de simuler la nausée quand chaque jour d'interrogatoire apporte une nouvelle vague de dégoût. Eva ferma les yeux, se couvrit la bouche avec la main et fit semblant de vomir à la vue de tous. Elle s'était créé une mine pâle avec une poudre de visage plus claire et des yeux creux avec un crayon à sourcils.

Après trois ou quatre jours pendant lesquels elle n'avait fait que picorer des aliments secs et insipides à l'heure des repas et boire de l'eau plate, Jimmy la coinça :

— Vous vous sentez bien ? Vous avez l'air un peu fatiguée, si je peux me permettre.

Elle regarda autour d'elle pour s'assurer que personne ne l'écoutait.

— J'ai suivi votre conseil à propos de l'hôtel. J'espère partir très bientôt.

Elle posa sa main sur son bras.

— Quoi que vous entendiez ensuite, n'en croyez pas un mot.

— Vous avez raison. Tant que vous en êtes sûre.

Eva en était sûre. Elle devait s'empêcher de sourire et se concentrer sur son rôle, sachant qu'il fallait qu'elle le mène à bien avec la plus grande conviction. Mais elle n'avait pas hâte de passer à l'étape suivante.

Le lendemain matin, elle décida de faire en sorte de ne laisser la place à aucun doute. Après avoir récupéré son bol de porridge au réfectoire, elle s'assit à un endroit où elle savait qu'elle serait bien visible de Robinson et de ses proches collaborateurs. Elle remua la bouillie grise et collante avec sa cuillère, jouant avec la nourriture sans la manger. Après avoir pressé sa main contre son estomac à plusieurs reprises, elle s'assit en respirant profondément, les yeux fermés. Les odeurs de graisse de cuisson, de pain frit et de sueur rance envahissaient ses narines. Il n'était pas difficile de faire semblant d'avoir la nausée.

Une fille de la table voisine lui demanda si elle se sentait bien. Et ce fut la fermeture du rideau pour Eva. Elle se leva brusquement en faisant tomber son plat par terre, puis laissa ses genoux faiblir et s'effondra dans le mélange de porridge et de vaisselle cassée.

Lorsqu'elle ouvrit les yeux, deux membres du personnel l'aidèrent à s'asseoir sur sa chaise, essuyèrent le petit-déjeuner étalé sur son uniforme et placèrent un verre d'eau devant elle. Elle leva un peu la tête en buvant une gorgée et regarda à travers la pièce. Son numéro semblait avoir fonctionné. Robinson l'avait remarquée et il fronçait les sourcils.

— Je crois que je ferais mieux de me déclarer malade, gémit-elle.

Plus tard dans la journée, alors qu'elle était allongée dans sa chambre, attendant une réponse à sa performance de star et le rapport du médecin du centre, armée de la note fournie par le contact de Joliffe, l'une des autres filles frappa à sa porte.

— Le colonel a demandé à vous voir immédiatement. Vous sentez-vous assez bien pour y aller seule ?

Eva fit basculer ses jambes sur le bord du lit et se leva, lissant sa jupe et attrapant sa veste.

— Je suis prête à entrer dans la danse.

Robinson ne la regarda pas lorsqu'elle entra dans son bureau. Il continuait à fixer les documents devant lui, barrant une ligne ici, ajoutant un mot là. Elle se tenait devant lui, le visage impassible, les bras raides le long du corps.

— Asseyez-vous, avant de tomber, finit-il par murmurer.

Elle s'assit donc sur une chaise dure de l'autre côté de son bureau, jusqu'à ce qu'il daigne lever la tête et la saluer. Il s'adossa à son siège, la regardant fixement, les mains jointes, le bout des doigts tapotant ses lèvres. Puis il parla enfin.

— Kuscheck, vous me décevez. Je n'aurais pas pensé que vous étiez du genre à vous mettre dans le pétrin. Mais après vous avoir vue sortir en douce de cet hôtel l'autre semaine, je suppose que je ne devrais pas être surpris.

Il marqua une pause, toujours dans sa posture de prière.

— C'est quand même sacrément ennuyeux. Vous êtes une bonne interprète. Vous savez que vous allez devoir partir ?

— Oui, Monsieur.

Elle baissa la tête, comme si elle était contrite.

— S'il n'y avait pas de pénurie d'interprètes, je n'accepterais jamais de recruter des femmes. Vous devez partir immédiatement, vous entendez ?

— Oui, Monsieur.

Elle se mordit la lèvre pour s'empêcher de rire. Elle se moquait de ce que lui ou les autres pensaient d'elle, elle avait atteint son objectif et serait bientôt libre.

— Un chauffeur vous conduira à la gare dans une heure. Et vous pouvez oublier tout ce qui se passe ici. Fermez votre gueule, vous entendez ?

Il la congédia sans lui poser d'autres questions sur ses projets d'avenir ou son bien-être. Il ne se souciait pas de savoir si elle était malade ou enceinte. Elle n'avait aucune importance pour lui, son départ n'était qu'un désagrément. Dehors, dans le couloir, elle murmura :

Je n'oublierai pas ce qui se passe et je ne pardonnerai pas non plus. Humilie-moi, déshonore-moi tant que tu voudras. Je suis libérée de toi et je ferai en sorte que tu aies un jour ce que tu mérites.

Elle prépara rapidement sa valise, impatiente de partir. Brian Joliffe lui avait donné des instructions lorsqu'elle lui avait téléphoné, et, bientôt, elle quitterait une sorte d'enfer pour entrer dans un autre, où ceux qui ont connu l'enfer et en sont revenus pourraient au moins être aidés et même sauvés.

Chapitre 25

Allemagne, 15 novembre 1945

Chéri,

J'ai l'impression que si tu étais encore là, tu me dirais que j'ai été stupide et naïve de penser que je pourrais surmonter cette affectation. Quelle idiote j'ai été de ne pas voir ce qui se tramait! Le nom même de la division aurait dû m'alerter à l'avance: Centre d'interrogatoire approfondi des Services combinés.

Je sais qu'il est important d'identifier les responsables après toutes les horreurs qui ont été divulguées, et je comprends aussi que des informations précieuses sur les développements militaires et scientifiques peuvent être obtenues lors des interrogatoires. Mais ce que je ne peux pas supporter, c'est l'inhumanité de l'homme envers l'homme. Je croyais que notre pays était du côté des anges, et maintenant j'ai l'impression que tous les hommes sont capables d'être aussi impitoyables et cruels les uns que les autres.

Rester là, dans ces interrogatoires, jour après jour, traduisant au fur et à mesure que je prenais des notes, voyant ces pauvres malheureux brutalement maltraités, affamés et laissés à geler... Eh bien, je ne pouvais tout simplement plus le supporter. Je veux me rendre utile, tu le sais, mais je ne peux pas le faire de cette façon. J'ai essayé de faire entendre mon point de vue, mais on m'a clairement dit que les informations obtenues de cette manière étaient d'intérêt national et que leurs méthodes étaient autorisées. On m'a même menacée de me traduire devant une cour martiale si je ne me taisais pas.

J'aurais aimé tenir le coup pour toi, mon chéri. J'aurais tellement voulu coincer Robinson si j'avais pu, mais il m'était tout simplement impossible de rester là-bas plus longtemps. Pardonne-moi, mon chéri, de ne pas m'être vengée de lui pour toi. J'essaierai de trouver un moyen de me venger, un jour. Non seulement je laverai ta mort, mais je le ferai aussi pour le bien de tous ces pauvres malheureux. Cet homme odieux ne s'en tirera pas comme ça.

Et j'espère que tu pourras aussi me pardonner d'avoir fait semblant d'être « enceinte » pour sortir de cet endroit horrible. Je me suis sentie un peu coupable, car je n'ai jamais voulu d'enfant qu'avec toi, mon chéri, mais c'était le moyen le plus efficace et le plus rapide de me sortir de cet enfer, alors je devais le faire. Je pense que tu aurais pu trouver cela un peu amusant. Tu aurais certainement adoré que je joue la comédie !

Alors maintenant, je passe à autre chose. Ne crois pas que je sois inconstante et capricieuse, ce n'est vraiment pas le cas. Je veux absolument faire le bien, mais je ne peux pas le faire ici. Je suis donc transférée dans une organisation qui aide à réinstaller les milliers de personnes déplacées qui se retrouvent perdues dans ce pays. Il s'agit de l'Administration des Nations unies pour le secours et la réhabilitation – UNRRA en abrégé – et je me rendrai dans quelques jours près de Francfort.

J'ai eu une entrevue avec un ex-colonel très sympathique de l'organisation à l'hôtel Kaiserhof à Bad Pyrmont, non loin d'ici. Cela a failli très mal se passer, car Robinson était également présent pour une raison quelconque et il m'a surprise au moment où je partais. Il a essayé de m'intimider, mais j'ai réussi à lui échapper et je vais bientôt partir pour Francfort. Je serais tellement soulagée de quitter Bad Nenndorf. Les habitants l'appellent « Das Verbotene Dorf », *« le village interdit », et je pense que cela le résume bien.*

Ta tendre Evie, xxx

PS. Je t'aime

Quatrième partie

Chapitre 26

Evelyn,
22 juillet 1970

Londres

Evelyn s'installa au soleil sur le banc du parc. West Square n'était pas un endroit aussi agréable pour déjeuner que St James's Park, qu'elle pouvait rejoindre à pied en quelques minutes lorsque son bureau était basé à Broadway. Mais Londres possédait de nombreuses zones de verdure qui lui apportaient l'air et l'espace dont elle avait besoin au cours d'une journée de travail. Cette chère avenue de Broadway, au cœur de la capitale et pourtant si proche de ce joli parc avec ses oiseaux d'eau et ses magnifiques massifs floraux tout au long de l'été. Et l'élégant hôtel St Ermin's, si bien situé pour les réunions confidentielles et les thés de l'après-midi en guise de célébrations. Elle s'était beaucoup amusée, des années auparavant, à apprendre à se faufiler dans les ruelles et à prendre discrètement des photos dans le parc. C'était un moment très agréable, même si elle n'avait pas pu photographier le lac, les pélicans et les canards, car elle avait oublié d'enlever le capuchon de l'objectif.

Century House, où se trouvait désormais le service, n'était pas un endroit aussi attrayant, mais il était plus proche de la gare de Waterloo. Bien que sa promenade de fin de journée sur le pont de Westminster – une si belle vue sur la Tamise à tout moment de l'année – lui manquât quelque peu, elle appréciait la possibilité de prendre un train plus tôt pour rentrer chez elle, surtout en été, lorsque les jardins de Kingsley offraient tant de belles choses à regarder. Si elle quittait son bureau à cinq heures pile, avec un peu de chance, elle pouvait être chez elle un peu après six heures.

La vie n'était pas si mal, se disait-elle en déballant le sandwich aux œufs et au cresson qu'elle avait acheté, comme tous les matins, au petit café tenu par les sympathiques Italiens Arturo et Maria, près du bureau. Ils connaissaient sa commande par cœur et elle pouvait s'y arrêter en allant au travail et en ressortir en moins de cinq minutes, avec un café mousseux bien chaud servi dans un gobelet en plastique. Un début de journée des plus agréables avant d'entamer une longue série de réunions ennuyeuses.

Evelyn savourait ces heures de déjeuner paisibles durant lesquelles elle pouvait lire et réfléchir en toute tranquillité, tandis que les autres membres du personnel disparaissaient dans les pubs locaux pour fumer et boire des pintes de bière accompagnées de sandwichs au fromage et aux cornichons, ou se promenaient le long de la rivière avec leurs déjeuners emballés dans des Tupperwares ou encore, pour les plus anciens, se rendaient dans des clubs où ils pouvaient feindre de discuter d'enjeux politiques. Elle ouvrit le *Times*, puis plia les pages afin qu'elles tiennent sur ses genoux : elle pouvait ainsi lire tout en mangeant. Elle n'appréciait pas ses mots croisés autant que ceux du *Telegraph*, qu'elle lisait sur le chemin du travail, mais *le Times* faisait partie d'une sélection de quotidiens livrés au bureau et, de toute façon, elle préférait remplir sa grille lorsqu'elle prenait le train à la fin de la journée. En se concentrant sur les définitions énigmatiques, elle ne pensait plus à la cohue des banlieusards qui toussaient et reniflaient en hiver et éternuaient en été à cause du rhume des foins.

Après une fastidieuse matinée de lecture de rapports, sans conclusions passionnantes à tirer, Evelyn était heureuse d'être dehors, malgré le bourdonnement de la circulation et le crissement occasionnel d'une moto qui couvraient le roucoulement des pigeons rassemblés à ses pieds. Heureusement, il y avait de l'herbe fraîchement tondue, des géraniums rouge vif et des sauges bleues plantés en rangs, tournant leur tête vers le soleil, tout comme elle. Ce petit square tranquille semblait inconnu de ses collègues, et il n'était pas non plus le repaire de sans-abris somnolents à cette heure de la journée.

Elle venait à peine de jeter un coup d'œil au journal et de prendre la première bouchée de son sandwich lorsqu'elle lut son nom. Celui-ci surgit des colonnes imprimées et la frappa de plein fouet. Au début, elle n'était pas sûre que c'était bien lui, alors elle parcourut les listes ligne par ligne. Le pain lui fit soudain l'effet d'un carton mouillé dans la bouche, et elle eut du mal à l'avaler. Et il était là, dans la liste des distinctions honorifiques, le nom qu'elle ne pourrait jamais oublier : Stephen Robinson. Quelques années auparavant, il avait déjà été décoré de l'Ordre de l'Empire britannique, mais qu'il reçoive une autre distinction, c'en était trop. *L'Ordre du Mérite… Il devait être gonflé d'orgueil et se lisser la moustache avec satisfaction.* « Décerné pour le mérite », était-il écrit. *Le mérite ? Quel mérite y avait-il à appliquer des traitements inhumains ?*

Au fil des ans, depuis qu'elle avait quitté Bad Nenndorf en simulant une grossesse, elle avait poursuivi sa carrière du mieux qu'elle avait pu. Pendant ce temps, Robinson était le plus souvent à l'étranger, où elle imaginait aisément qu'il mettait ses talents particuliers au service de l'obtention d'informations. D'après ce qu'elle avait pu savoir, il était passé par le Kenya dans les années 1950, puis l'Égypte et Aden. Elle avait souvent pensé que leurs chemins finiraient par se croiser à l'occasion d'un événement officiel, mais il passait si peu de temps à Londres qu'elle ne l'avait jamais revu depuis le jour où elle avait quitté le centre d'interrogatoire, sous le coup de l'émotion.

Evelyn se força à avaler sa bouchée, puis rangea son sandwich, devenu peu appétissant, dans son sac en papier. *Parfois, j'oublie presque*, pensa-t-elle, *et puis tout revient, comme pour me narguer, telle une mouche agaçante qui bourdonne sans qu'on puisse l'écraser. C'est Hugh qui devrait recevoir les honneurs, pas des hommes comme Robinson. Ils devraient récompenser de véritables héros, des hommes qui ont fait preuve d'humanité et de courage, et non des lâches sans cœur qui se cachent derrière une autorité rigide et des punitions.*

Elle tourna la page du journal, espérant y lire une bonne nouvelle qui raviverait en elle l'espoir que le monde avait encore un sens. Mais, à son plus grand effroi, elle tomba sur une autre sombre histoire qui lui donna l'impression que les hommes honnêtes ne recevraient jamais la reconnaissance qu'ils méritaient. Karl-Friedrich Höcker, condamné à sept ans de prison lors du procès d'Auschwitz à Francfort en 1965 pour avoir aidé et encouragé un millier de meurtres dans ce lieu de cauchemar, avait été libéré.

— Il n'a fait que cinq ans, murmura-t-elle, la voix presque étouffée par la rage. Cinq ans pour son crime épouvantable, lui et d'autres comme lui.

Ce n'est pas correct.

À l'époque des procès de Francfort, elle avait été soulagée de voir que davantage de criminels de guerre avaient été retrouvés et condamnés. Pourtant, à ses yeux, comme à ceux de nombreuses personnes éprises de justice, les peines restaient beaucoup trop légères au regard des crimes terribles qu'ils avaient commis. *Mais au moins*, avait-elle pensé, *ils sont désormais connus. Au moins, tout le monde saurait ce qu'ils avaient fait. Et comment pouvaient-ils espérer reprendre une vie normale après avoir été désignés comme des monstres?* Cependant, au fil des années, elle avait lu et entendu, encore et encore, que cette vie normale leur était rendue. *Ce dentiste monstrueux, Willi Schatz, n'est même pas allé en prison*, avait-elle pensé, furieuse. Il avait été arrêté dans son cabinet privé à Hanovre puis jugé, mais l'accusation de sélection des prisonniers n'avait pas pu être retenue. Quant au docteur Franz Lucas, condamné pour avoir utilisé des chambres à gaz, il n'a purgé qu'un peu plus de trois ans. *Ces peines ne sont rien comparées à ce qu'ils ont fait.*

Evelyn s'assit, le journal plié et le sandwich emballé posés sur ses genoux. Elle n'avait plus d'appétit. Elle ne pouvait plus manger après avoir lu cette terrible nouvelle, qui lui rappelait qu'elle n'avait jamais pu se venger, qui la narguait en lui faisant comprendre que tout ce qu'elle avait fait pour bien vivre et faire le bien ne pourrait jamais effacer le mal qui avait été commis. *Nous avions tant espéré de Nuremberg*, pensa-t-elle, ayant suivi le procès de près. De grands espoirs. Mais la tâche n'était-elle pas tout simplement trop grande? Il y eut près de quatre mille affaires, mais la plupart furent abandonnées, et moins de cinq cents furent jugées. Parmi les accusés, environ deux cent furent exécutés et près de trois cents furent condamnés à la prison à vie. Mais quelques années plus tard, presque tous avaient été libérés. Comment cela pouvait-il être juste?

Elle se leva et lissa sa jupe, même si aucune miette du sandwich à peine entamé n'était tombée sur son impeccable robe chemise rayée. Elle se mit à marcher lentement à travers le petit parc. Elle se sentait si mal, si découragée, mais elle se souvint alors du visage du prisonnier en détresse qui l'avait suppliée de l'aider. *Reprends-toi, Evelyn. Tu dois faire plus d'efforts*, se dit-elle, *tu dois trouver un moyen. Tu ne pourras peut-être pas t'occuper des Allemands, mais il reviendra à Londres. Il n'est pas loin. Il n'est peut-être qu'un parmi tant d'autres qui ne méritent pas de vivre, mais c'est celui dont tu peux t'occuper. Tu dois en savoir plus sur lui. Où va-t-il, que fait-il pendant son temps libre ? Aime-t-il la musique, le théâtre ou l'opéra ? Tu auras ta chance un jour si tu essaies vraiment.*

Elle s'arrêta près de la poubelle du parc et s'apprêta à jeter son sandwich, mais elle se stoppa. Elle déchira les pages du journal, les plia et les rangea dans son sac à main. Puis elle vida le sac en papier sur l'herbe, et un pigeon s'avança et commença à picorer les miettes de pain.

Tu n'en as pas besoin, se dit-elle. *Tu peux te contenter de quelques Rich Tea en plus cet après-midi, quand le chariot de thé passera*. Elle se pencha pour ramasser un paquet de chips tombé sur le chemin et le jeta dans la poubelle avec son sac à sandwich, puis elle releva la tête et marcha d'un bon pas jusqu'au bureau.

Chapitre 27

Kingsley, 22 juillet 1970

Mon très cher,

Parfois, je me demande si nous pourrons un jour rendre meilleur ce monde cruel. Tous les sacrifices que nous avons faits me semblent avoir été vains, alors qu'il y existe encore tant d'injustice. Je ne comprends pas pourquoi tu as dû mourir, alors que les pires individus s'en tirent à bon compte. Une fois condamnés, ils devraient purger l'intégralité de leur peine de prison et se voir rappeler, chaque jour, jusqu'à la fin de leur vie, les crimes monstrueux qu'ils ont commis. La libération anticipée donne l'impression que leurs actes n'étaient pas si graves après tout. Ils quittent la prison et réintègrent la société comme si de rien n'était, certains d'entre eux retrouvant même les postes qu'ils occupaient auparavant. Cela me met tellement en colère, mon chéri, que j'ai envie de les étrangler de mes propres mains.

Oh, m'entends-tu fulminer comme s'il y avait la moindre chance que je puisse me rendre en Allemagne et traquer quelques-uns de ces salauds ? J'ai peut-être été très athlétique dans ma jeunesse, et sans doute ai-je mérité les éloges de mon sergent, lorsque je me faufilais derrière lui avec ma garrotte pendant l'entraînement, mais je ne suis plus aussi agile aujourd'hui. Si jamais l'occasion de me venger en ton nom se présentait, je devrais faire très attention à la manière dont je procède.

Je pense que la subtilité et la ruse seraient mes meilleures alliées. Tu as toujours dit que j'étais une petite mégère rusée, n'est-ce pas, chéri ? Comme nous aimions cette rengaine ! Je serai rusée, mon chéri. Et je lui ferai payer un de ces jours.

Tout mon amour, comme toujours,

Ton Evie, xxx

PS. Je t'aime

Chapitre 28

Evelyn, 21 février 1985

Enfin

La deuxième fois qu'elle l'aperçut, Evelyn n'eut plus aucun doute, c'était bien lui. Elle reconnaissait ce rictus sur ses lèvres, ainsi que cette façon qu'il avait de tendre son cou, comme si sa cravate était trop serrée. Elle l'avait vu faire ce geste à de nombreuses reprises alors qu'il enchaînait les questions à ses prisonniers tremblants, tandis qu'elle restait assise en retrait, essayant d'éviter les regards des visages meurtris et la vision des jambes ulcérées, notant chaque mot de l'interrogatoire d'une main tremblante.

Le colonel Stephen Robinson, un nom et un homme qu'elle ne pourrait jamais oublier, était assis deux rangs devant elle dans la salle de concert de St. John's Smith Square, à Londres. Elle l'avait déjà vu lors d'un concert du jeudi midi et s'était d'abord demandé si elle ne s'était pas trompée. Mais cette fois-ci, elle était arrivée en avance et l'avait observé retirer son pardessus bleu foncé avant de s'asseoir à sa place.

Une pluie fine était tombée ce matin-là. Les grands magasins et la salle de concert dégageaient une chaleur étouffante et une odeur de laine humide hivernale. Le manteau d'Evelyn était posé sur ses genoux et, par-dessus, elle tenait son sac à main ainsi que les restes de tissus d'ameublement qu'elle avait achetés dans la matinée chez

Peter Jones. Elle avait prévu, si elle n'apercevait pas à nouveau le colonel, de marcher jusqu'à la Tate avant de prendre le train pour rentrer chez elle, mais elle pensait à présent que ses projets pourraient changer.

Le jeudi était un jour idéal pour venir en ville. Parfois, elle faisait du shopping jusque tard dans la journée, mais ces derniers temps, elle avait pris l'habitude de partir avant l'heure de pointe, évitant ainsi les trains bondés d'hommes corpulents en costume qui occupaient tout l'espace avec leurs jambes écartées et leurs journaux déployés. Pourtant, ce soir, elle était prête à prendre le risque de se faire bousculer si cela lui permettait d'en savoir plus sur son ancien collègue.

Enfin, quarante ans après avoir rejeté avec arrogance ses préoccupations au centre d'interrogatoire de Bad Nenndorf en Allemagne et lui avoir ordonné de partir sur-le-champ, il était là, presque à portée de main. Elle savait qu'il était toujours en vie, contrairement à bon nombre de ses prisonniers, dont la fin était arrivée trop tôt, mais elle ne s'était pas approchée de lui une seule fois depuis cette époque. Il avait passé le reste de sa carrière à parcourir le monde, se rendant partout où l'on avait besoin de ses talents d'interrogatoire : Londres, Le Caire, Berlin et bien d'autres villes avaient fait appel à ses compétences pour obtenir une prétendue « vérité ». Son nom apparaissait de temps à autre dans des rapports étrangers, qu'elle lisait rapidement, notait et classait. La plupart des tâches de renseignement étaient monotones, mais les résumés des bureaux valaient toujours le coup d'œil pour des extraits de ce genre.

Bien sûr, il était maintenant à la retraite, comme elle. Robinson avait reçu une distinction peu après son départ en retraite : un insigne de l'Ordre de l'Empire britannique, en reconnaissance des « services rendus à son pays ». Ce n'était pas le plus grand des honneurs, mais une deuxième distinction avait suivi.

Evelyn avait failli s'étouffer avec son porridge en lisant cette première annonce dans la liste des distinctions honorifiques du *Telegraph* ; elle les consultait toujours, ainsi que les entrées du *Who's Who*, surveillant ses avancées, s'assurant qu'aucun de ses proches ne manquait, espérant être la seule à pouvoir atteindre l'homme qu'elle méprisait aujourd'hui plus que jamais. Sa notice mentionnait son amour pour la musique classique, en particulier Mozart et Bach, et précisait qu'il aimait assister à des « concerts de midi à Londres », ce qui avait mis Evelyn sur sa piste.

À présent, il était là, devant elle, en pleine forme, et elle avait peut-être enfin l'occasion de tenir sa promesse. Il ne représenterait pas un grand défi, même si elle pouvait voir, à sa façon de bouger, qu'il était encore en bonne condition physique. Il n'avait jamais été un homme imposant, plutôt un « Monty », pensait-elle, surtout avec sa moustache soignée, exactement comme elle s'en souvenait. Combien de fois avait-elle imaginé le revoir, poignarder son âme sans cœur, anéantir son esprit glacial, avec toute la haine qui avait mijoté en elle durant toutes ces années ?

Après le *Rondo en la mineur* de Mozart, un morceau mélancolique qui avait toujours fait réfléchir Evelyn, le pianiste joua la sonate que Schumann avait dédiée à sa bien-aimée Clara. C'était le morceau préféré d'Evelyn, avec ses messages cachés et ses références aux compositions de son amour, comme un code musical romantique. Puis, pendant le bref entracte, Evelyn fut surprise de voir Robinson se lever de son siège. Elle comprit qu'il devait être sur le point de partir, et non dans l'idée de se dégourdir les jambes ou de se rendre au vestiaire, car il portait son manteau qu'il avait boutonné.

Pendant un instant, Evelyn hésita. Elle voulait vraiment rester pour la deuxième partie et entendre les belles pièces d'Albéniz avec leurs rythmes andalous, mais que se passerait-il s'il n'assistait pas à un autre concert ? C'était peut-être la seule occasion qui s'offrait à elle. Elle quitta donc rapidement la salle, son manteau sur le bras, et le suivit. Alors qu'il s'approchait des marches menant à l'entrée et avant qu'il ne disparaisse dans la rue, Evelyn laissa échapper le sac de chez Peter Jones. Des paquets de velours et de chintz tombèrent sur les marches et des bobines de fil de coton rebondirent. Il se retourna en entendant le bruit et, comme elle l'avait deviné, il était bien trop gentleman pour ne pas s'arrêter et l'aider.

Alors qu'il se penchait pour ramasser ses courses, elle lui dit :

— Excusez-moi, mais je crois que nous nous sommes déjà rencontrés, il y a longtemps.

Il la dévisagea et elle comprit qu'elle avait changé bien plus que lui. À l'époque, elle avait une vingtaine d'années, portait l'uniforme et avait les cheveux blonds. Aujourd'hui, bien qu'elle soit toujours mince, élégante, avec des yeux bleus toujours aussi brillants, ses cheveux avaient grisonné. Mais sa voix, claire et distincte, était reconnaissable, et il semblait s'en rendre compte.

— Vraiment ? Je ne suis pas certain de m'en souvenir.

— Bad Nenndorf ? Evelyn sourit. Il devait sûrement reconnaître son sourire engageant, mais elle espérait qu'il ne se souvenait pas des circonstances de son départ. Je sais que c'était il y a très longtemps, mais je m'en souviens très bien. Vous étiez l'officier responsable et j'étais là pour enregistrer les entretiens.

Il fit son étrange geste saccadé du menton et toussa.

— Ah, c'est vrai, Mademoiselle…

— Mme Taylor-Clarke, Evelyn.

Elle lui tendit la main, le forçant à accepter.

— Bien sûr, je crois que je m'en souviens.

— J'étais sur le point d'aller prendre un café. Voulez-vous vous joindre à moi ? J'aimerais savoir si vous avez des nouvelles de nos anciens collègues.

Il jeta un coup d'œil à sa montre.

— Eh bien d'accord, mais rapidement alors.

Le restaurant de la crypte voûtée était presque vide, les clients étant retournés écouter la musique. Evelyn se dirigea vers une table isolée dans un coin et s'assit en déclarant :

— Je me suis toujours demandé combien de temps le centre a continué à fonctionner. Je l'ai quitté pendant l'hiver 1945.

Son sourcil gauche se leva lorsqu'il expliqua :

— Nous avions à peine commencé. La charge de travail était tout simplement énorme.

Evelyn hocha la tête en signe d'approbation.

— Je m'en souviens bien. Cette époque était complètement chaotique. Les gens ne se rendaient pas compte de l'importance de ce travail. Une guerre était terminée, mais nous essayions désespérément de faire en sorte qu'il n'y en ait pas d'autres.

— Exactement. Nous devions nous assurer que la guerre restait gagnée.

— Alors, vous êtes resté là-bas longtemps ?

— Le centre a été démantelé au cours de l'été 1947. Il y a eu un peu d'agitation par la suite, mais ceux qui étaient au courant ont reconnu que le travail de sécurité n'est pas toujours propre et facile, mais qu'il doit être assuré.

Il a esquissé un sourire froid et crispé, ses dents étant à peine visibles.

— Et après cela, êtes-vous revenu à Londres ?

— Pendant un temps. Je suis polyglotte, alors j'allais là où on avait besoin de moi.

Evelyn sourit à son tour, mais son sourire était réel et chaleureux.

— Ce sont les langues qui m'ont permis d'aller sur le terrain. Enfin, pas plusieurs langues, juste l'allemand, pour l'essentiel.

Le menton de Stephen se releva.

— Je connais l'ourdou et l'arabe en plus des langues européennes.

— Vous avez donc été un atout précieux.

— On peut dire ça.

Enfin, son visage se plissa pour esquisser ce que l'on aurait normalement appelé un léger sourire. Il vida le reste de son café, puis se leva.

— Eh bien, Mme Taylor-Clarke, ce fut un plaisir. Je ne rencontre pas souvent d'anciens collègues maintenant que je suis à la retraite.

Elle lui serra la main et remarqua que le bord de la manchette de sa chemise était effiloché. Un signe d'appauvrissement, petit, mais certain, malgré son costume taillé sur mesure et le mouchoir impeccablement repassé qu'il avait dans sa poche de poitrine.

— Moi non plus, répliqua-t-elle. Mais peut-être vous reverrai-je bientôt ici ? Et peut-être pourrions-nous d'abord déjeuner la prochaine fois ?

— Ce serait un plaisir, répondit-il en tapotant la poche de son manteau, puis en fouillant à l'intérieur de sa veste pour en sortir une carte. Vous pouvez me joindre à ce numéro. J'ai l'intention de revenir pour le Bach du 17.

— Je me ferai un devoir d'être présente, déclara Evelyn.

Il tourna les talons avec une précision quasi militaire et la salua brièvement en partant.

Elle patienta quelques instants, enfila son imperméable pour changer d'apparence, puis le suivit. Une heure de musique supplémentaire aurait été des plus agréables, mais cela en valait la peine. Il marchait d'un bon pas, mais elle ne le quittait pas des yeux, s'arrêtant aux coins de rue, s'attardant aux passages piétons, observant son reflet dans les vitrines, se fondant dans la foule. Elle avait toujours été douée pour les filatures. Première de sa promotion pendant sa formation.

Il ne se doutait manifestement pas qu'il était suivi. Pas une seule fois il n'entra dans un magasin, ne s'engouffra dans le métro pour en ressortir aussitôt, ne flâna dans une librairie, ne regarda derrière lui ni ne fit quoi que ce soit qui aurait pu suggérer qu'il se savait suivi. Enfin, il arriva devant un hôtel particulier donnant sur un jardin et disparut par l'entrée principale. Evelyn sortit la carte qu'il lui avait donnée. L'adresse correspondait avec celle de son domicile. Rassurée, elle s'accorda le luxe de héler un taxi pour Waterloo. Si elle ne trouvait jamais le moyen de l'éloigner de Londres, au moins elle savait désormais où il vivait.

Chapitre 29

Evelyn, 21 mars 1985

Sois patiente

Après sa rencontre avec Stephen Robinson, Evelyn avait consulté le programme des concerts de St. John's. Elle voulait être sûre de pouvoir assister à celui consacré à Bach s'il y était présent. Ce n'était pas avant un mois, ce qui lui laissait amplement le temps de se préparer.

Maintenant qu'elle avait enfin hérité du manoir de Kingsley, Evelyn aimait diriger la maison et les jardins. Et depuis qu'elle avait pris sa retraite, il y a cinq ans, d'un secteur de la fonction publique qu'elle décrivait toujours comme ennuyeux, elle avait encore plus de plaisir à le faire. Les plantes à massifs rigides et criardes choisies par sa mère, qui rappelaient celles des parcs publics, avaient disparu, laissant la place à des flèches de delphiniums luxuriants et de pivoines parfumées en pleine floraison ; les tentures de brocart ternes de la bibliothèque et de la salle à manger avaient été remplacées par des tissus de velours brillants et ornés de fleurs éclatantes. Et quand ses amis du Garden Club, de l'Association conservatrice ou du Women's Institute lui demandaient si le travail lui manquait, elle répondait toujours : « Oh, non, pas du tout ! Je n'y ai jamais rien fait de très intéressant ou d'utile. Je m'occupais surtout de l'archivage. » Elle ne parlait jamais des rapports des agents, ni de la bouilloire fumante qui déchiffrait les messages reçus dans les valises diplomatiques.

À présent, elle allait faire quelque chose de vraiment utile ; quelque chose de bénéfique, mais il fallait qu'elle réfléchisse attentivement aux détails. Le colonel Stephen Robinson avait été responsable non seulement de la mort de Hugh et de ses frères d'armes, mais aussi du choix de l'emplacement du centre d'interrogatoire et de son mode de fonctionnement. Il n'était pas le seul coupable de mauvaises pratiques à Bad Nenndorf, mais c'était lui et lui seul qui avait dirigé et encouragé les méthodes inhumaines qui y étaient employées. Et c'est lui-même qui en parlait avec fierté, et qui prenait plaisir à infliger de mauvais traitements. Ce n'est pas pour rien qu'on appelait ce lieu le « village interdit ».

Je ne lui téléphonerai pas, pensa-t-elle en regardant la carte qu'il lui avait donnée. *Je dois m'assurer que ma prochaine action suscitera sa confiance.* La carte était éraflée et raturée ; de toute évidence, il n'avait plus besoin de cartes de visite. Elle indiquait l'adresse londonienne de l'immeuble près de la rivière où elle l'avait suivi ; il s'agissait probablement d'un endroit qu'il avait conservé tout au long de ses affectations à l'étranger. Il ne s'agissait pas exactement d'une planque, mais d'un lieu où il pouvait se cacher et se réjouir après n'importe quelle mission fastidieuse pour laquelle il avait été appelé. Elle savait à quoi ressemblaient ces endroits. L'escalier recouvert de moquette et les ascenseurs grinçants avec leurs grilles en fer, l'odeur de vernis Pledge et de Brasso. Un concierge sur place pour renforcer la sécurité du système d'accès et des boîtes aux lettres verrouillées. Le mobilier était toujours sobre et austère, comme dans un hôtel de bord de mer de troisième zone. Elle éprouvait presque de la compassion pour lui en observant la patine brillante de son buffet géorgien et de sa table de salle à manger.

Evelyn devinait à quel point sa vie était étriquée maintenant qu'il était à la retraite, et à quel point il devait se sentir insignifiant. Ses enquêtes n'avaient révélé ni épouse, ni enfants, ni maîtresses. Il n'était ni mari, ni père, ni grand-père, ni amant. Juste un retraité solitaire, dont les accomplissements appartenaient au passé, et qui vivait avec des moyens réduits. Tout ce qu'il avait maintenant, après ses années de service, c'était une existence austère, réduite à une routine immuable : profiter des nombreuses distractions gratuites et peu coûteuses de Londres, garder la forme en se rendant à pied à son club pour lire les journaux, puis dîner frugalement, seul, dans son appartement rudimentaire. Il n'était pas du genre à se retirer pour vivre dans une solitude économe à la campagne, à élever des bantams ou cultiver des dahlias. Trop attaché à ses habitudes londoniennes, il pourrait en revanche se laisser tenter par une résidence plus prestigieuse à la campagne, digne de l'importance qu'il s'accordait.

« Cher colonel Robinson, avait-elle écrit, j'ai consulté mon agenda et je constate que je serai à Londres pour le Bach du mois prochain. Si vous voulez toujours vous joindre à moi pour le déjeuner (nous irons au Dutch, j'insiste), ce sera très agréable. »

Bien sûr, c'était l'adresse sur le papier à en-tête qui l'avait séduit, plus encore que l'offre de partager les frais, comme elle s'y attendait. Le titre de Kingsley Manor, imprimé en lettres noires en relief en haut d'une feuille de papier Croxley Bond crème filigrané, était si impressionnant. Elle se doutait bien qu'il ne résisterait pas à l'envie de lui téléphoner pour confirmer.

— Je vais faire une réservation pour midi, avait-il déclaré, sur un ton vif d'officier. Cela vous convient-il ?

Cela convenait parfaitement à Evelyn. Elle pouvait prendre le train de dix heures, puis s'arrêter boire un café à la gare de Waterloo, où le vestiaire des dames était tout à fait respectable. Elle avait décidé qu'il était important de ne pas réveiller les souvenirs qu'il pouvait avoir d'elle il y a des années, honteuse dans son uniforme kaki.

Après avoir arrangé sa coiffure et ravivé son rouge à lèvres, elle décida ce jour-là de ne pas se rendre à pied à la Tate, ni de flâner parmi les étoffes de tissus chez Peter Jones. Elle opta pour un taxi et arriva au concert chic et élégante, vêtue d'un faux tailleur Chanel bleu pâle, la plus imposante broche de diamants et saphirs de sa mère épinglée bien en vue, sur le côté. Ses cheveux étaient soigneusement attachés, et elle portait son imperméable sur le bras, au cas où le temps changerait.

Il l'attendait dans le restaurant, prêt à l'accueillir. Galamment, il lui fit signe de s'asseoir sur le siège libre.

— C'est tout à fait charmant, colonel, déclara-t-elle en lui serrant la main.

— Stephen, s'il vous plaît.

Elle lui sourit.

— Alors, appelez-moi Evelyn.

— Vous avez l'air très printanière, déclara-t-il en jetant un coup d'œil à ses vêtements et à la broche brillante et étincelante.

— C'est vrai qu'on a l'impression d'être au printemps à la campagne, répliqua-t-elle. Même les parcs londoniens sont couverts de jonquilles.

— Tout à fait. L'autre jour, je me promenais dans St James's Park. Il y avait des tonnes de jonquilles. Comment Wordsworth les appelait-il ?

— Une foule. Une foule de jonquilles dorées. En fait, c'est sa sœur qui a eu l'idée de cette phrase, apparemment.

— Vraiment? répondit-il d'un air quelque peu désapprobateur. J'ai aussi vu certains arbres en fleurs.

— C'est un peu tôt pour les cerisiers, peut-être étaient-ce des magnolias ? Ils sont plus précoces à Londres. Je prie toujours pour que les miens attendent la fin des gelées.

— Vous avez l'air de bien vous y connaître en horticulture.

Il la regarda par-dessus ses lunettes en demi-lune tout en étudiant le menu.

— Juste un peu. Sans doute parce que j'ai grandi dans ce milieu, en ayant des jardins et des terrains à entretenir.

Ils commandèrent, puis poursuivirent leur conversation.

— Parlez-moi de votre maison, le manoir de Kingsley. Ça a l'air particulièrement grandiose, lui demanda-t-il.

Sa remarque amusa Evelyn, qui rétorqua :

— Pas du tout ! En tout cas, pas pour moi. C'est là que j'ai grandi. J'y ai donc toujours été chez moi. Et depuis que mes parents sont partis, je peux gérer le manoir comme je l'entends. Je suis veuve, donc il n'y a personne pour me dire ce que je peux ou ne peux pas faire.

— C'est splendide. Et moi, je suis un vieux célibataire ringard, qui n'a rien d'autre à faire que d'assister à des matchs de cricket en été et à des concerts le reste de l'année.

— Eh bien, ce sont des occupations tout à fait charmantes. Personnellement, j'aime le contraste. J'ai des animaux et des jardins chez moi, et les plaisirs de Londres ne sont qu'à un court trajet en train. Bien sûr, la gestion d'une vieille demeure demande beaucoup de travail. Je me dis parfois que c'est un peu comme le Forth Bridge. Les tuiles glissent lors des tempêtes, les arbres tombent, les gouttières se bouchent et ainsi de suite.

— Quel est l'âge de la maison ?

— Construite au milieu du quatorzième siècle, modernisée au dix-septième avec des ajouts du vingtième. Je sais, je récite cela par cœur, précisa-t-elle en riant. Mais c'est la façon la plus simple de la décrire. Toutes les familles qui y ont vécu ont apporté leur pierre à l'édifice en la modifiant d'une manière ou d'une autre. Et pour autant que je sache, la plupart d'entre elles y ont vécu heureuses toute leur vie.

— Et depuis combien de temps votre famille y vit-elle ?

— Depuis le début du siècle. Il s'agit d'un cadeau de mariage offert à mes parents par la famille de ma mère. Le manoir a été loué pendant leur séjour en Inde et, à leur retour, mes parents ont ajouté la bibliothèque et transformé les écuries en aile réservée au personnel.

Elle secoua la tête, puis sourit.

— Non, ce n'est pas vraiment grandiose. Il n'y a plus de personnel, juste moi, une femme de ménage et un jardinier, une fois par semaine.

— Cela semble tout de même très impressionnant. Je me débrouille très modestement dans mon petit appartement et c'est très pratique, je l'admets, mais je vous envie le terrain et l'espace.

— Alors il faut absolument que vous veniez le voir un jour, proposa-t-elle. Passez me voir quand les magnolias sont en fleurs. Ils sont magnifiques. Je demanderai au gel de les épargner, si je sais que vous venez.

Chapitre 30

21 mars 1985

Mon très cher,

Je ne saurais te décrire à quel point ses yeux se sont illuminés lorsqu'il a vu la broche de maman ! Je pense qu'il aurait aimé l'arracher de ma veste et la mettre en gage sur-le-champ. Il a payé sa part du déjeuner, bien sûr, comme je l'avais prévu. Mais un vrai gentleman, comme toi, mon chéri, aurait proposé de régler l'intégralité de l'addition ou, du moins, aurait fait semblant. J'ai hâte de l'accueillir chez moi, mais je sais que je devrai agir lentement et prudemment si je veux l'amener là où je pourrai contrôler au mieux la situation.

Oh, quel plaisir, mon chéri ! Tout cet entraînement n'aura finalement pas été inutile. Mon heure est enfin venue.

Tout mon amour,

Ton Evie, xxx

PS. Je t'aime

Chapitre 31

Evelyn,
15 avril 1985

La toile est tissée

Evelyn observait depuis près d'une semaine les pétales de fleurs rose pâle et blancs qui s'épanouissaient. Elle priait pour que le temps se maintienne et que les fleurs ne soient pas brûlées par le gel pendant la nuit. Ce n'était pas l'aspect le plus important de la visite de Stephen Robinson, mais il justifiait le moment choisi. De nombreux jardins présentent une explosion de fleurs de magnolias au printemps, mais peu d'entre eux peuvent offrir une floraison aussi magnifique que celle du *magnolia grandiflora* de Kingsley Manor. Certaines années, un printemps chaud et précoce encourage les cerisiers voisins à fleurir à l'unisson, mais cette année, les fleurs sculptées étaient la seule vedette de ce coin du jardin clos, où les primevères et les violas étaient éparpillées sous les arbres noueux.

— Ils sont parfaits cette année, se réjouit-elle en les montrant du doigt à Stephen tout en le guidant à travers les jardins. Mes parents ont dû les planter l'année où ils ont emménagé ici, et je pense qu'ils sont maintenant plus beaux que jamais.

Il jeta un coup d'œil rapide aux arbres, chargés de leurs grandes fleurs en forme de coupes, puis regarda les champs et les bois à travers les pelouses.

— Mmmh, merveilleux, approuva-t-il, et tout cela vous appartient aussi ?

Elle s'y attendait. Bien sûr, il serait plus enthousiaste à propos de l'étendue de sa précieuse propriété que de ses fleurs bien-aimées. Elle se protégea les yeux en le rejoignant pour regarder au loin.

— Notre terrain s'étend jusqu'à la route et au chemin de chaque côté.

Elle se retourna et montra la direction opposée.

— Ensuite, par ici, nous descendons jusqu'à la rivière.

Elle vit la lueur dans l'œil de son interlocuteur, qui estimait la valeur du terrain. Elle fut tentée d'agir rapidement, d'écraser ce parasite cupide, mais elle se calma. Elle savait qu'elle devait être patiente : elle devait attendre la saison de la chasse.

Il se retourna en même temps qu'elle pour regarder à travers les champs.

— La pêche est-elle bonne à la rivière ?

— Une truite occasionnelle. On m'a dit qu'elle pourrait être grandement améliorée en déblayant la rivière, en enlevant les branches mortes, et la rive de ce côté-ci est entièrement à nous, tout le long de la limite. C'est un bon endroit pour nager. Je n'hésite pas à m'y baigner quand il n'y a pas trop de courant.

— L'eau doit être très froide.

Il répéta ce singulier geste saccadé du menton.

— Et combien de terres avez-vous en tout ?

— Environ 150 hectares, un peu plus si l'on compte les jardins et les terrains.

— Très bien, acquiesça-t-il. C'est un très beau petit domaine que vous avez là.

Elle sourit.

— Nous avons toujours aimé cet endroit.

— Que faites-vous de tout ce terrain ?

— Promenons-nous et je vous montrerai.

Elle ouvrit la voie à travers les pelouses bien entretenues jusqu'à l'herbe plus sauvage des enclos et des prairies au-delà. Ils s'arrêtèrent près de la clôture, et elle fit un geste de la main pour lui montrer l'étendue du domaine.

— Ces champs sont actuellement loués pour le pâturage des moutons. J'adore les voir avec leurs agneaux au printemps. Regardez, il y en a plusieurs qui s'amusent en ce moment.

Un petit groupe d'agneaux sautillait dans un coin du champ, sautant tour à tour sur une souche d'arbre et redescendant, comme de petits enfants jouant à se poursuivre.

— Et là-bas, indiqua-t-elle en direction des prairies et de la rivière, un fermier local s'en sert pour son bétail pendant l'été. L'herbe est trop riche pour les moutons parce que c'est une terre inondable.

— Est-ce rentable ? Je veux dire, est-ce que vous obtenez beaucoup de revenus en les laissant en pâturage ?

Evelyn a haussé les épaules.

— Non, pas vraiment, mais je n'ai jamais pensé le faire pour l'argent. C'est simplement une bonne façon de gérer les terres.

Le pâturage réduit les broussailles et le séneçon, et les locataires entretiennent les clôtures tout en nous offrant un peu plus de sécurité. C'est plutôt une question de bénéfices mutuels, en quelque sorte.

— Je vois.

Son menton se retourna à nouveau et il sembla réfléchir pendant un moment.

— Je ne voudrais pas m'immiscer dans vos affaires, Evelyn, c'est à vous de décider, mais j'espère que vous recevez de bons conseils financiers.

Evelyn sourit intérieurement. C'était terriblement facile. Tous les hommes étaient-ils aussi prévisibles lorsqu'ils étaient face à une situation qu'ils pensaient pouvoir tourner à leur avantage ? Mais elle se contenta de répondre :

— Je n'y ai pas vraiment réfléchi, vous savez. J'ai seulement continué comme mes parents l'ont toujours fait. Pensez-vous que je commets une grave erreur ?

Il se tourna vers elle et lui prit la main.

— Tout cela est charmant et très pittoresque, mais il faut penser à l'avenir. Aucun d'entre nous ne rajeunit. Je suppose que vous ne possédez pas plus que votre pension pour subvenir à vos besoins et entretenir tous ces biens ?

— C'est vrai.

Elle secoua la tête et détourna les yeux, puis poursuivit :

— La maison devient effectivement très chère à gérer. De nos jours, les charges sont un lourd fardeau. Mais je ne peux pas vendre, Kingsley compte tellement pour moi.

— Bien sûr que oui, je le vois bien. Mais vous devriez peut-être examiner les options qui s'offrent à vous. Vous êtes ce qu'on appelle riche en actifs, mais pauvre en liquidités.

Cet après-midi-là, autour d'un thé dans le salon, avec un feu qui crépitait malgré le soleil printanier, il continua à exposer ses idées pour Kingsley Manor, non pas en force, il était bien trop intelligent pour cela, mais avec douceur et persévérance.

— Cette maison offre d'énormes possibilités. Avez-vous déjà envisagé d'en faire un hôtel ou un centre de conférences ? Et pourquoi ne pas accueillir des mariages ? Je crois qu'il y a beaucoup d'argent à gagner dans la location de lieux de réception pour les mariages.

Elle sirotait son thé Earl Grey et grignotait une part de gâteau au madère tout en l'écoutant, lançant de temps à autre un « Oh, Stephen, c'est une excellente idée » ou « Je suppose que cela pourrait fonctionner », tandis qu'il continuait à énumérer ses suggestions.

— Et puis, ajouta-t-il enfin, bien sûr, il y a la terre elle-même. Si vous ne bénéficiez pas d'un loyer substantiel de la part de vos locataires et que vous ne souhaitez pas élever du bétail vous-même, vous devriez alors réfléchir à la valeur de la terre.

— Vous voulez dire que je devrais vendre les terrains ?

Il vida sa tasse de porcelaine et la replaça sur la soucoupe en émettant un tintement délicat.

— C'est une idée. Il y a toujours une demande pour des terres, en particulier autour des villages très prisés, comme le vôtre. Ce pourrait être un moyen très facile d'acquérir un capital immédiat. Je suis sûr qu'il serait pratique d'avoir un pécule pour la prochaine fois que le toit aura besoin de réparations.

— Vous le pensez vraiment ?

Evelyn tamponna du bout du doigt les miettes de gâteau dans son assiette, mais elle ne les mangea pas, se contentant de les mettre sur le bord.

— J'aime bien regarder les moutons dans les champs, poursuivit-elle. Les maisons ne seraient pas les mêmes sans eux, vraiment.

Il se pencha sur la table et lui tapota la main.

— Mais vous pouvez vendre autant ou aussi peu que vous le souhaitez. Et de toute façon, ces choses-là ne se font pas du jour au lendemain. Si vous lisez les pages financières, comme moi, vous savez que les entreprises gardent parfois des terrains pendant des années avant de les valoriser. C'est ce qu'on appelle les banques foncières. Et pendant ce temps, vous profiterez de tous les avantages.

Evelyn lui adressa son plus beau sourire, s'amusant de l'expression de suffisance qui s'était installée sur son visage dur.

— Mon Dieu, Stephen, vous êtes une vraie révélation ! Vraiment, vous l'êtes. Je n'ai pas été très perspicace dans mes réflexions. Je vais peut-être programmer une estimation, juste pour savoir où j'en suis.

Il esquissa un fin sourire, le mieux qu'il ait pu faire.

— Vous êtes une femme très compétente, Evelyn. Mais parfois, un peu de réflexion analytique s'impose.

Chapitre 32

Evelyn,
19 septembre 1985

Des yeux avides

Lorsque Stephen avait proposé pour la première fois de parler aux agents immobiliers en son nom, Evelyn avait hésité.

— Mon cher, je ne pense pas que vous devriez le faire. Ma famille et Kingsley sont très connus par ici. Je ne voudrais pas que quelqu'un se méprenne si vous semblez agir en mon nom. Les gens parlent beaucoup par ici. J'ai une idée : je pourrais rencontrer les agents d'abord et discuter de leurs estimations avec vous ensuite ?

Il n'avait pas insisté davantage. Pourquoi le ferait-il ? Elle lui donnait déjà accès à des tonnes d'informations sur la propriété et voyait ses yeux estimer avidement sa valeur. Elle l'avait laissé regarder les documents du cadastre et lire des copies des rapports d'évaluation des agents immobiliers après leur rencontre. Cependant, elle ne voulait pas qu'il sache que la propriété était détenue en fiducie et elle ne voulait surtout pas qu'il soit vu par les voisins.

Lors de ses visites, elle se tenait à distance de Neil, son berger, lorsqu'il était aux champs, et veillait à ce que Stephen ne vienne que les jours où Sharon, sa femme de ménage, et Jim, le jardinier, n'étaient pas là. Elle décourageait les quelques amis qu'elle avait encore de l'appeler ces jours-là, mais à l'occasion, lorsque quelqu'un livrait le magazine paroissial ou un prospectus pour l'exposition annuelle du club de jardinage, personne ne trouvait étrange de voir un homme d'âge mûr examiner une pile de papiers sur la table de la cuisine, ou se balader d'un air pensif dans les jardins du domaine, même si ce promeneur évaluait la valeur des lieux plutôt que d'admirer les plates-bandes fleuries.

En le voyant parcourir les rapports et faire des suggestions, elle avait parfois du mal à croire qu'il s'agissait du même homme que celui qu'elle avait connu à Bad Nenndorf. Certains aspects de l'ancien caractère de Stephen étaient encore évidents, bien sûr : sa précision, sa manipulation habile, son œil pour repérer les faiblesses et, surtout, sa solitude. Mais elle ne se souvenait que trop bien de son mépris glacial pour les pauvres hommes et femmes qu'il avait interrogés, alors qu'ils frissonnaient, tremblaient et s'évanouissaient devant lui, tandis qu'il sondait leurs souvenirs. *Et quand j'embrasse ta photographie pour te souhaiter bonne nuit chaque soir, mon chéri, je me rappelle que je fais cela pour toi aussi.*

— Ces résumés sont très intéressants et les évaluations très encourageantes, déclara-t-il lorsqu'il eut fini de lire les rapports des agents immobiliers. Mais ils montrent clairement qu'il ne sert à rien de vendre des terres pour leur valeur agricole. Il vaut mieux s'adresser aux vendeurs de terres, c'est là que se trouvent les vrais profits. Qu'en pensez-vous ?

Evelyn pensait qu'elle aimerait jeter tous les dossiers dans le feu, qui brûlait dans le cantou, et les voir s'enflammer, mais elle répondit :

— J'aime bien les gens de Knightley. Si je décidais d'aller plus loin, j'aimerais traiter avec eux. Je pense que certains agents étaient plutôt arrogants avec leurs grosses voitures rutilantes, mais les Knightley sont venus dans une Land Rover. J'ai eu l'impression qu'ils étaient plus sympathiques et qu'ils comprenaient mieux la gestion et l'importance d'un petit domaine rural.

Robinson acquiesça.

— Il est bon de savoir à qui l'on a affaire, j'en conviens. Mais ce qui est le plus important, c'est de savoir ce que vous pensez de la vente du terrain ou d'une partie du terrain.

Le déjeuner du dimanche était presque terminé. Stephen avait commencé à venir régulièrement déjeuner le dimanche. Les premières fois, il était venu en voiture, mais maintenant, Evelyn venait le chercher à la gare, ou plus souvent à pied, pour qu'il puisse déguster quelques verres de vin avec le rôti de bœuf. Il avait apporté un maigre bouquet de jonquilles lors de sa première visite, mais rien depuis – le vieil avare –, pas même une boîte de chocolats bon marché.

Evelyn jouait avec la croûte du morceau de Stilton qu'elle avait servi après la tarte aux pommes à la crème.

— J'ai encore besoin de temps pour réfléchir aux terrains, déclara-t-elle. C'est une décision très importante. Je ne dois pas me prononcer dès maintenant, n'est-ce pas ?

— Bien sûr que non. En fait, je pense que le marché pourrait se redresser l'année prochaine et que vous feriez mieux d'attendre.

Il but une gorgée du porto millésimé qu'elle avait servi de la carafe de son père, puis ajouta :

— Et la maison ? Qu'en est-il ? Vous y avez réfléchi ?

— J'aimais bien l'idée des mariages, expliqua-t-elle. Nous disposons d'un si bel espace sur les pelouses pour y installer un chapiteau. J'imagine très bien une belle mariée posant sous l'arc de roses pour des photos. Rendre les gens heureux serait plutôt agréable.

— Personne ne se lance dans les affaires pour rendre les gens heureux.

— Ah bon ?

— Et vous devrez probablement fournir le chapiteau vous-même, je pense. Je suis à peu près certain que les mariés n'apportent pas leur propre kit et que cela coûte sacrément cher à monter et à entretenir. Il faut aussi se procurer des appareils de chauffage pour ces abris rudimentaires.

— Vraiment ?

Elle fit semblant d'avoir l'air abattu en faisant craquer un biscuit sec entre ses doigts.

— Et bien sûr, je me ferais un peu de souci pour les meubles et les tableaux. Ce serait vraiment inquiétant d'avoir une foule d'étrangers ici, qui se promènent et fouillent dans les affaires.

Stephen jeta un coup d'œil à la salle à manger lambrissée, avec son buffet en chêne de style George IV et ses vases chinois de la famille rose.

— Vous auriez des raisons de vous inquiéter, poursuivit-il, vous avez beaucoup d'objets de valeur ici. Avez-vous fait vérifier le contenu de votre maison au cours des dernières années, pour l'assurance ?

— Pour l'assurance ? Je n'ai jamais eu à réclamer quoi que ce soit à l'assurance.

Il émit un drôle de rire moqueur et répondit :

— Non, je ne parle pas d'un sinistre. Je parlais de l'évaluation de l'assurance. S'il vous plaît, dites-moi que vous avez une assurance pour les biens ?

— Je ne sais pas ce que vous entendez par évaluation. Je sais que je paie une assurance chaque année pour la maison et ses biens.

Il la toisa du regard.

— Vous voulez dire que vous n'avez pas vérifié votre couverture récemment ? Vous avez juste continué à payer, année après année ?

— Oui, je suppose que c'est le cas. N'est-ce pas ce que tout le monde fait ?

— Evelyn, avec une maison aussi extraordinaire que la vôtre et des antiquités de valeur, comme celles que vous avez ici, vous devriez revoir et mettre à jour votre assurance de temps en temps. Vous êtes probablement largement sous-assurée.

— Vous ne pensez donc pas que les mariages soient une bonne idée ?

— Pas sans une évaluation complète des risques. Et si vous souhaitez organiser des mariages, vos assureurs vous imposeront certainement de nouvelles conditions, car le lieu sera alors considéré comme une entreprise, ce qui entraînera une augmentation de votre prime.

— Oh là là, ça a l'air terriblement compliqué, soupira Evelyn.

Puis elle regarda à travers la pièce la grande peinture à l'huile représentant des temples en ruine sous des nuages sombres et orageux.

— Je devrais peut-être vendre quelques objets, suggéra-t-elle en montrant le tableau du doigt. D'abord, je n'ai jamais aimé ce tableau lugubre, qui me rappelle une ville bombardée.

Il jeta également un coup d'œil au tableau, dont l'huile était ternie par des années de fumée de cigares et de feux de cheminée, qui n'était mis en valeur que par son cadre doré aux courbes ondulantes.

— Vous feriez mieux de vous adresser à une bonne maison de ventes aux enchères, pour commencer. Demandez-leur leur avis sur le prix que vous pourriez obtenir. En fait, ce serait tout à fait judicieux. Ils sont toujours intéressés par de bonnes pièces pour leurs ventes et ils vous donneront une idée de la valeur à la fois pour la vente et pour l'assurance. Voulez-vous que je vous arrange ça ?

Elle attendit un moment avant de répondre, faisant semblant d'être indécise, puis déclara :

— Oh, je ne peux pas vous déranger davantage. Je vais contacter différentes personnes, et nous pourrons avoir une autre discussion agréable une fois qu'elles m'auront donné leurs évaluations. Cela vous convient-il ?

Il se cala dans le fauteuil, son crâne dégarni éclairé par la lueur du feu.

— Je pense que c'est une très bonne idée. Nous en discuterons ensemble. Vous n'aimeriez pas subir la pression d'un commissaire-priseur trop insistant et ambitieux.

Chapitre 33

Evelyn, 11 novembre 1985

Tant de choses à faire

Evelyn essuyait les verres à vin avec un torchon en lin propre. Elle jeta un coup d'œil à Stephen. Il était penché sur les évaluations de la maison de ventes aux enchères étalées sur la table de cuisine. Une tasse de café fumait dans sa main et la lumière du plafond éclairait son cuir chevelu rose et nu. De temps en temps, il griffonnait quelques chiffres sur un bloc-notes. Il faisait l'inventaire de ses objets de valeur, jubilant intérieurement à l'idée de partager sa bonne fortune. Evelyn s'arrêta d'essuyer: elle avait envie de lui jeter ses lunettes à la tête.

Même aujourd'hui, après quarante ans, Evelyn se souvenait parfaitement du moment où elle avait fait cette promesse. Il faisait un froid glacial ce jour-là, avec les premiers signes de neige hivernale, mais il faisait encore plus froid dans les cellules, où les fenêtres n'étaient pas vitrées, où il n'y avait pas de couvertures, et où les murs et les sols étaient gelés.

Elle avait déjà décidé qu'elle ne pourrait pas supporter ce travail plus longtemps, assise à un bureau, traduisant les confessions rauques des prisonniers, griffonnant leurs mots incohérents pendant que Stephen fulminait. Mais elle ne se doutait pas encore qu'elle essaierait un jour de faire amende honorable en leur nom et en celui de Hugh. Tout ce qu'elle savait alors, c'était son désir de faire cesser la brutalité. Elle avait essayé d'en parler aux autres, et même à Stephen, qui était le colonel responsable, mais tout ce qu'ils lui répondaient, presque d'une seule voix, c'était: « S'ils ont des informations utiles, nous devons les leur soutirer. » *J'aurais dû m'en rendre compte plus tôt*, se dit-elle. *J'étais si naïve. Je pouvais voir à quel point ils étaient démunis. Leurs vêtements étaient sales, ils étaient meurtris et battus, et avaient des plaies sur les jambes à cause de ces satanés fers. J'aurais dû savoir ce qu'il se passait. Aucune des conventions relatives aux conditions de détention des prisonniers n'était respectée et les mauvais traitements entraînaient des décès. Je ne sais pas pourquoi j'ai mis tant de temps à comprendre, mais lorsque j'ai reconnu Kurt ce jour-là, j'ai su que je devais l'aider. Je l'avais vu arriver, en bonne santé, portant une chemise propre, et, quelques semaines plus tard, il était sur le point de mourir.*

C'est alors que j'ai fait ma promesse. Je me suis penchée vers l'avant de mon bureau, attentive au bruit des pas qui me préviendraient du retour de Robinson, et je lui ai dit: « Je vous promets que je ferai tout ce que je peux pour arrêter ça. »

Mais je n'ai rien fait. J'ai choisi la voie de la lâcheté et je suis partie. Le colonel a essayé de m'intimider lorsque je l'ai croisé après mon entretien à l'hôtel Kaiserhof, puis lorsqu'il m'a renvoyée, mais je ne l'ai jamais arrêté. J'ai tenté de faire quelque chose de bien après mon départ, lorsque je suis allé à Wildflecken, mais je n'ai jamais mis fin aux mauvais traitements dans ce maudit centre. La situation s'est poursuivie pendant quelques années encore, alors qu'il y avait eu d'autres décès et un procès. Pourtant, l'homme responsable de toutes ces horreurs continue de croire qu'il avait raison; il croyait à l'époque, et croit encore aujourd'hui qu'il a agi pour le bien de son pays. Regardez-le, assis là, si pompeux et imbu de lui-même, qui attend impatiemment un bon déjeuner, quelques verres de vin et de porto avec son Stilton. Il ne le mérite pas.

Comme d'habitude, il s'était rendu à pied au domaine depuis la gare, en empruntant des ruelles désertes sous un soleil hivernal éclatant, sans croiser quiconque. À son arrivée, il avait demandé à Evelyn :

— Vous n'avez jamais peur de vivre ici toute seule ?

Ses lèvres minces et sèches effleurèrent sa joue, c'était devenu son salut et son adieu habituels.

— Je n'ai pas vu une seule âme en venant ici, poursuivit-il.

Puis il lui tapota également l'épaule, un geste soulignant un sentiment d'intimité grandissant. Il vint à l'esprit d'Evelyn qu'il pourrait envisager de la demander en mariage, maintenant qu'il avait une idée plus claire de la valeur de son domaine. L'idée même la fit frissonner.

— Oh, je me sens en sécurité dans cette maison, assura-t-elle en le dépassant pour se rendre dans la salle à manger, où elle posa les verres sur la table dressée pour le déjeuner, avec des serviettes blanches et l'argenterie qu'elle avait héritée de ses parents.

Pendant la semaine, elle mangeait dans la cuisine avec ce qu'elle appelait les « couverts du cuisinier », se contentant souvent d'un bout de fromage et d'un morceau de pain pour son déjeuner. Mais ce jour-là, c'était dimanche, le jour où Stephen venait lorgner ses trésors. Le dimanche était l'occasion d'exposer ses richesses, et elle se faisait donc un devoir de lui montrer ce que Kingsley avait de mieux à offrir. Plus elle lui en montrait, plus il en voulait.

Bien sûr, elle s'était toujours attendue à ce qu'il apprécie l'occasion d'évaluer sa richesse, mais ce qu'elle n'avait pas prévu, c'était son impatience ; il ne pouvait pas résister à l'envie de s'approprier immédiatement une partie de son héritage. Elle avait imaginé qu'il souhaiterait s'occuper de ses investissements ou peut-être même la demander en mariage, mais elle fut surprise de constater qu'il ne pouvait pas s'empêcher de subtiliser de petits objets de temps à autre. Était-il vraiment dans le besoin ? Mettait-il en gage ou vendait-il les souvenirs qu'il emportait avec lui ? Ou était-ce sa manière de lui faire un pied de nez ? Oui, c'était plus probable. Et plus elle essayait de comprendre pourquoi il agissait ainsi, plus elle se rendait compte qu'il supposait qu'elle était si négligente avec sa fortune héritée qu'elle ne remarquerait jamais ces disparitions, et qu'il la méprisait, elle et son mode de vie.

La première fois qu'elle s'aperçut qu'il chapardait fut après sa deuxième ou troisième visite, lorsqu'elle remarqua qu'il manquait un des ronds de serviette en argent de style géorgien. Pendant un instant, elle avait pensé qu'il avait peut-être roulé sous la table lorsqu'elle avait enlevé la nappe ou qu'elle l'avait peut-être mis de côté pour le nettoyer, mais elle avait noté son absence. Puis, après une autre visite, elle s'était aperçue que la mignonne petite pelote à épingles en forme de hibou, que sa mère utilisait toujours pour ses travaux de couture, avait disparu de sa place habituelle sur la table en marqueterie. C'est alors qu'elle avait commencé à se poser des questions. Puis, elle s'était souri à elle-même. *Je peux aussi jouer à ce jeu-là. Mais je ne lui laisserai pas les plus belles pièces.* Elle avait caché ses bijoux les plus précieux sous le bas de la grande armoire, près de la cheminée de la chambre, et la collection de netsukes de son père était restée enfermée dans une armoire. Elle avait caché les pots à lait en argent au fond du buffet, mais elle n'avait rien fait pour les couverts en argent. Il la voyait compter les couteaux et les fourchettes, puis les compter à nouveau dans leur casier en buis. S'il prenait une ou deux cuillères à café en argent, ou peut-être un petit morceau de Staffordshire, elle s'en fichait. Elle le notait, l'ajoutait à la liste de ses méfaits, et cela renforçait sa détermination à s'occuper de lui le moment venu.

— Il n'y avait pas de cyclistes ou de cavaliers dans les parages aujourd'hui ? s'enquit-elle en retournant au four pour vérifier la température de ses puddings du Yorkshire. D'habitude, il y en a quelques-uns par un beau dimanche matin comme celui-ci.

— Non, pas un seul aujourd'hui. J'étais le seul être humain à sortir pour se promener.

Il posa sa tasse, puis tapota les rapports dans leurs chemises en papier glacé.

— Je ne savais pas que vous aviez autant d'antiquités et d'objets de valeur rangés ici. Êtes-vous sûre de vous sentir en sécurité, toute seule ?

— J'ai toujours vécu ainsi, jusqu'à présent. Pensez-vous que je devrais avoir peur ?

— Écoutez, je n'essaie pas de vous déstabiliser, mais je suis très inquiet de vous savoir seule ici en permanence, avec tout ce qu'il y a dans la maison.

Il prit l'un des rapports, tourna les pages et dit :

— Vos bijoux à eux seuls valent des milliers d'euros. Vous seriez une cible facile. Vous devriez au moins avoir un coffre-fort pour cela.

Quoi, stocker tous mes objets de valeur au même endroit, juste pour que tu puisses faire ton choix ? Elle se tenait dos à lui, fouettant la pâte.

— Je fais très attention à fermer la maison à clé la nuit, ainsi que lorsque je sors. Et j'ai une alarme anti-intrusion.

— C'est bien aussi. Cela devrait au moins décourager les intrus occasionnels, mais si quelqu'un veut vraiment entrer par effraction, cela ne l'arrêtera pas. Il pourra voir qu'il n'y a personne à portée de voix ici et il sera parti depuis longtemps avant que la police n'arrive.

— Mais j'ai aussi une arme.

Il rit, non pas de joie, mais dans un bref élan de dérision, et déclara :

— Eh bien, c'est parfait alors ! Mais vous risquez d'avoir des ennuis si vous vous mettez à tirer sur tout le monde. Il y a eu quelques cas de propriétaires accusés d'avoir agressé des cambrioleurs.

— Oh, je serais très prudente. J'ai été formée correctement au STA et, de toute façon, je manie un fusil depuis mon plus jeune âge, pour les faisans et autres animaux.

— Les gens, c'est une autre paire de manches.

Il sirota son café en la regardant par-dessus sa tasse, puis ajouta :

— J'ai un vague souvenir de vous, maintenant. Certains souvenirs me reviennent peu à peu. Vous étiez cette jeune femme timide à Bad Nenndorf, n'est-ce pas ? Au début, je n'arrivais pas à vous situer, mais maintenant, je crois que je m'en souviens. Vous n'êtes pas restée très longtemps, c'est cela ?

— J'ai déménagé peu de temps après. Cela ne me convenait pas vraiment. Je voyais que je serais plus utile ailleurs.

Et je me demandais quand vous vous en souviendriez et à quel point. Evelyn jeta un coup d'œil à l'étagère à couteaux, située à côté de l'Aga. Toutes les lames étaient fraîchement aiguisées. Elle ne voulait pas abandonner le plan qu'elle avait si soigneusement élaboré, mais elle devrait voir comment cette conversation évoluerait.

Il la montra du doigt.

— Oui, je sais. Vous étiez… c'était quoi déjà votre nom ? demanda-t-il. Eva quelque chose, pas Evelyn, enchaîna-t-il en claquant des doigts. C'était votre nom à l'époque. Vous étiez la petite blonde qui posait des questions sur toute notre opération là-bas.

— Il se peut que je l'aie fait.

— Vous êtes partie sur un petit nuage, non ?

Il ne se souvenait donc pas des détails exacts.

— Non, je n'étais pas en forme. J'ai reçu une dérogation médicale, rectifia-t-elle en versant de l'eau bouillante sur les pommes de terre.

— Oui, j'ai l'impression que cela me revient.

Il lui lança un regard de pitié.

— Eh bien, nous ne pouvons pas tous être la bonne personne pour gérer ce genre de missions difficiles. Vous n'étiez tout simplement pas faite pour ce poste en particulier.

— Non, je suppose que je ne l'étais pas.

Elle se détourna et regarda par la fenêtre les chênes qui commençaient enfin à perdre leurs feuilles, puis proposa :

— Je pourrai vous offrir du faisan la prochaine fois que vous viendrez ici. Cela changerait du bœuf.

— Merveilleux ! s'exclama-t-il. Maintenant, dites-moi, avez-vous déjà bien regardé ces chiffres ?

Il feuilleta les papiers étalés devant lui. Elle s'assit à côté de lui.

— J'ai essayé, mais je suis un peu perdue. Il y a tellement de choses à penser…

— Je sais, ma chère. Mais je vais vous aider. Pourquoi ne pas commencer par dresser la liste des choses dont vous pensez ne plus avoir besoin ou auxquelles vous ne tenez plus?

Il lui sourit et lui tapota la main, persuadé qu'elle serait d'accord.

— Oui, s'il vous plaît. Faisons-le.

Elle sourit en retour.

— Que ferais-je sans vous, Stephen?

Chapitre 34

Kingsley, 25 janvier 1986

Mon chéri,

Je n'ai aucun moyen de savoir si tu agirais comme je vais le faire, mais je sens que tu serais d'accord avec moi. Tu as toujours fait preuve d'une grande intégrité et d'un sens aigu de la justice. Je suis sûre que tu croirais au principe « œil pour œil, dent pour dent » et que tu ne t'accrocherais pas à l'idée « d'aimer son prochain ». Je suis peut-être téméraire, mais c'est quelque chose que j'ai envisagé pendant de très nombreuses années et que je n'ai jamais eu l'occasion de faire jusqu'à présent.

J'ai enfin l'opportunité de venger, non seulement ta perte (un sacrifice inutile à mes yeux), mon chéri, mais aussi de réparer les mauvais traitements et la mort de ces pauvres innocents. Ce n'est peut-être pas juste aux yeux de Dieu (et crois-moi, je l'ai souvent prié à ce sujet), mais tant que ce sera juste à tes yeux, je me sentirai excusée. Je crois que si je veux trouver la paix dans cette vie, je dois accomplir cette mission que j'ai mis tant de temps à planifier. Je n'ai jamais eu l'occasion de faire mon devoir comme tu l'as fait. J'aurais pu être engagée dans un combat mortel en temps de guerre et le fait que mon ennemi soit ici en temps de paix ne le rend pas, à mes yeux, moins coupable de ta mort ni de celle de tant d'autres.

Kingsley, 25 janvier 1986

Je te demande pardon si tu ne peux pas approuver mes actions. Je ne fais que ce que je crois être juste. Il est arrogant et cruel, et il n'a jamais payé pour ses crimes, mais maintenant il va le faire.

Ta très chère Evie, xxx

PS. Je t'aime

Chapitre 35

Evelyn,
4 février 1986

Bang, bang

— Il y a encore pas mal de faisans dans la nature, dit Evelyn. J'ai pensé que nous pourrions en chasser quelques-uns aujourd'hui, avant que la saison ne soit définitivement terminée. *À temps pour que les renards commencent à nourrir leurs petits affamés, et avant que quelqu'un ne pense à poser des questions, car le bruit d'un coup de feu hors saison attire l'attention.*

— Ceux que vous m'avez préparés jusqu'à présent étaient tous très bons, déclara Stephen. Ils venaient de la propriété?

— Non, je les ai tous achetés à un excellent boucher de Petworth et je les ai mis au congélateur au début de la saison. C'est toujours très ennuyeux de les plumer et de les apprêter, je préfère les acheter déjà préparés pour la cuisson. Mais il y en a encore beaucoup qui errent dans la nature et ils peuvent être source de nuisances dans le jardin, au printemps, en picorant les primevères et autres jeunes pousses. Je me suis dit que j'allais m'attaquer à eux ce matin. C'est une journée sans pluie et nous avons beaucoup de temps avant le déjeuner. Voulez-vous vous joindre à moi? Je peux vous trouver un fusil.

Il secoua le menton à sa façon et répondit:

— Non, merci. Ce n'est pas mon truc. En fait, je n'aime pas beaucoup tuer des animaux pour le sport. Mais allez-y, je sortirai avec vous, afin de me dégourdir un peu les jambes.

Mais cela ne vous dérange pas de torturer et de tuer des êtres humains, hein ? C'est votre truc, votre ignoble spécialité.

— Très bien, approuva-t-elle. Enfilez les bottes que vous aviez utilisées la dernière fois. C'est un peu boueux à cause de la pluie de la semaine. Elle regarda sa montre. Le déjeuner ne sera pas prêt avant une bonne heure. J'ai préparé une cocotte pour changer. *Parce que ça ne se gâtera pas si ça prend du temps*, se dit-elle.

— Parfait, acquiesça-t-il en enfilant sa veste matelassée et sa casquette. L'air de la campagne ouvre l'appétit.

Ils se mirent en route à travers les jardins, Evelyn montrant les perce-neige éparpillés sous les chênes dénudés et les hellébores blancs fleurissant sous le mahonia odorant.

— On les appelle les roses de Noël, expliqua-t-elle. C'est un signe d'espoir, et certaines espèces sont rares parmi les perce-neige. Je suis un peu galanthophile en ce moment.

Il reconnut à peine les fleurs, mais revint à son sujet favori.

— Peut-être devrions-nous bientôt reparler du potentiel des terrains. Les moutons sont tous partis, je vois.

— Oui, Neil les a transférés à Churt. *Je lui ai demandé de partir, car il était temps d'éloigner tous les témoins.* Il a dit que ce dernier hiver humide avait été terriblement mauvais pour leurs pieds et que certains d'entre eux avaient aussi attrapé la douve du foie. Je ne pense pas qu'il reviendra ici. C'est vraiment dommage, car j'ai toujours aimé avoir les moutons et leurs agneaux.

— Vous n'aviez rien à y gagner, si vous voulez mon avis. Et si le terrain reste vacant, vous serez prête à négocier le moment venu. La dernière chose dont vous auriez besoin, c'est d'un locataire en place.

Evelyn ne répondit rien. Elle avait repéré un faisan qui picorait des perce-neige près des rhododendrons et l'avait visé. Il tomba sans qu'aucune plume soit déplacée.

Stephen sursauta au bruit, puis se reprit.

— Bravo, joli tir! Je me demandais si vous aviez encore l'œil. Et c'est bien le cas.

— Oh, je ne tire plus beaucoup de nos jours, juste quelques pies qui viennent déranger les poussins, et des faisans de temps en temps, bien sûr. Mais mon père a toujours dit que j'étais une tireuse née.

Stephen fit un pas vers l'oiseau, mais Evelyn intervint.

— Non, vous pouvez le laisser là. Nous le ramasserons en rentrant à la maison et je le laisserai pendre quelques jours. Ou bien voulez-vous le rapporter plus tard?

— Cela pourrait paraître un peu bizarre dans le train, vous ne pensez pas? Un type avec un couple de faisans sous le bras. Non, merci, je m'en tiendrai au *Sunday Times,* si cela ne vous dérange pas.

— À vous de voir, dit-elle en souriant, ce serait drôle si vous montiez dans le train avec des plumes de queue qui dépassent de vos poches. Mais il vaut mieux les garder ici et les suspendre un peu. Je ne vous vois pas faire ça dans votre appartement londonien.

— Non, effectivement. C'est un peu trop champêtre pour Dolphin Court.

Ils firent lentement le tour du terrain, puis franchirent un portail à cinq barreaux pour entrer dans l'un des champs qui bordaient la rivière. Stephen fit un signe de la main en direction du point le plus éloigné.

— Vous savez, la proximité de la rivière doit ajouter une valeur énorme à vos terres. Je veux dire que les droits de pêche à eux seuls valent quelque chose, surtout si nous pouvons nettoyer la rivière suffisamment pour favoriser les truites. Je me demande s'il ne serait pas préférable de reconsidérer l'ensemble du domaine comme un tout. Pourquoi ne pas revoir ces chiffres lorsque nous serons de retour à l'intérieur ?

— Oui, très bien. Vous pourrez vous amuser à faire des calculs complexes pendant que je ferai cuire les pommes de terre. Vous m'êtes d'une grande aide.

« Nous », l'utilisation de ce pronom indiquait à quel point il commençait à se sentir autorisé à profiter de ses biens. L'autre semaine, il lui avait pris la main en lui disant : « Toi et moi, nous pourrions faire une bonne équipe. » Ce n'était pas tout à fait une demande en mariage, bien qu'elle ait senti que cela pourrait encore s'échapper de ses lèvres minces et sèches, mais cela montrait à quel point il se sentait en sécurité, en confiance, avec elle. Evelyn le détestait. Elle le regardait contempler les champs comme s'il possédait déjà chaque brin d'herbe, chaque arbre et chaque acre de sa terre. Il était si insupportablement suffisant, si sûr de lui. Aujourd'hui était le jour idéal pour passer à l'action.

— Je pense que si je veux faire un doublé, nous devons nous diriger vers un endroit plus couvert. Nous n'allons pas trouver beaucoup de faisans à l'air libre ici.

Elle l'emmena vers le bosquet connu sous le nom de Marley's End, où les sapins poussaient dru et haut au milieu d'une frange d'aubépines, d'aulnes et de ronces.

— Ces massifs boisés et denses sont l'endroit où les faisans aiment se cacher et se percher la nuit, précisa-t-elle. Nous devrions en débusquer d'autres rapidement.

Ce chasseur d'hommes emprisonnés, et non de gibier sauvage, la suivit docilement, marchant à ses côtés tandis qu'elle portait son fusil. Alors qu'ils approchaient de la forêt, un petit chevreuil sortit soudain des buissons et s'élança à travers les champs, se fondant bientôt dans les frondes brunes des fougères et des herbes hautes de l'année précédente. Il le regarda s'éloigner, sa queue blanche se balançant au gré de ses bonds, et lui demanda :

— Est-ce qu'il vous arrive aussi de tirer sur les chevreuils ?

— Pas en temps normal. Seulement si le nombre d'animaux devient trop important, répondit-elle en l'entraînant plus loin dans la forêt, vers le fourré qu'elle avait en tête. Ou si je dois abattre un animal blessé. Il m'est déjà arrivé que l'un d'entre eux s'emmêle dans une clôture. S'ils sont gravement blessés, il est peu probable qu'ils s'en remettent, et c'est à ce moment-là que je dois m'en occuper. Je n'aime pas laisser un animal blessé à la merci des renards et des corbeaux. *Et je t'achèverai comme il se doit, ne t'inquiète pas. Je ne voudrais pas que tu t'éloignes de la cachette parfaite.*

Il jeta un coup d'œil autour du bosquet d'arbres.

— Et qu'advient-il du corps ? Ne me dites pas que vous sortez avec votre scie à métaux et que vous découpez tout ça pour votre congélateur aussi.

Elle rit.

— Non, je n'ai pas à lever le petit doigt. C'est à ce moment-là que les renards peuvent se servir eux-mêmes. *Mes amis les renards viendront bientôt, ne vous inquiétez pas.*

Evelyn, 4 février 1986

Il se tenait là, à la façon d'un propriétaire, les mains dans les poches, observant les bois et la vue des champs, des terrains, des jardins et de la vieille maison à travers les arbres, puis il déclara :

— Pensez-vous trouver bientôt un autre fichu faisan ? J'ai les pieds gelés dans ces bottes humides !

Nous y sommes. Le moment est venu. Mais il doit d'abord savoir pourquoi.

— La congélation ? reprit-elle. Vous ne savez pas ce qu'est la congélation.

— Qu'est-ce que vous racontez ?

Il se tourna vers elle en fronçant les sourcils.

— J'aurais dû mettre une paire de chaussettes supplémentaire. J'ai vraiment froid aux pieds.

— Loin d'avoir aussi froid que tous les prisonniers que vous avez maltraités au centre d'interrogatoire. Vous vous êtes vraiment amusé là-bas, il y a toutes ces années, hein ?

Il secoua la tête, interloqué.

— Qu'est-ce que vous racontez ?

— Je n'ai pas oublié ce que vous avez fait. Vous vous moquiez de savoir si les prisonniers vivaient ou mouraient. Il n'était pas nécessaire de les faire souffrir si durement. Et vous n'avez pas non plus tenu compte de la vie de mon cher et courageux mari.

— Attendez, écoutez-moi…

Il fit un pas en avant, mais elle recula d'un pas et leva légèrement son arme.

— Ne bougez pas. J'ai attendu ce moment des années. Ne bougez pas. Vous ne vous souvenez même pas de son nom… Mon mari, mon cher Hugh?

— Attendez une minute, Evelyn. Posez cette chose.

— J'ai vu comment vous vous êtes comporté à Bad Nenndorf. Vous étiez dans votre élément. Vous n'avez jamais accordé de valeur à la vie, seulement au résultat.

— C'est ridicule.

Il fit un pas de plus vers elle, mais elle leva à nouveau son arme. Il mit alors les mains en l'air et s'arrêta.

— D'accord, je vois que vous êtes contrariée. Mais soyons rationnels, d'accord? C'était il y a longtemps et nous faisions tous un travail indispensable et parfois désagréable à faire – oui, j'admets que ce n'était pas agréable. Je sais que vous pouvez le comprendre.

— Tout ce que j'ai vu, ce sont les malheureux affamés que vous persécutiez, non, que vous torturiez pour obtenir des informations sur leurs liens avec les communistes. Ceux qui détenaient des secrets militaires, qui connaissaient les développements en matière d'armement, hein, on les laissait faire, peu importent les choses ignobles qu'ils avaient faites pendant la guerre. C'est ce que je me rappelle avoir vu. Vous ne valiez pas mieux que beaucoup de SS, et ces derniers n'ont pas tous été punis non plus.

Il secoua la tête et sourit de son sourire étroit et ironique.

— Je vous plains. Vous vous trompez complètement. Vous n'avez jamais réussi à appréhender la situation dans son ensemble.

Je parie que vous avez regardé trop de films hollywoodiens, où les méchants sont toujours arrêtés et les gentils sauvent les demoiselles en détresse. Notre travail n'était ni tout blanc ni tout noir, pas comme au cinéma. Beaucoup de ceux que l'on considérait comme « méchants » nous étaient utiles, et selon nous, nombre d'entre eux s'étaient simplement retrouvés piégés dans un système où ils n'avaient d'autre choix que d'obéir aux ordres. À nos yeux, cela ne les rendait pas mauvais. C'était la guerre, Evelyn… ou devrais-je plutôt vous appeler Eva ?

Il sourit, puis reprit :

— Pourquoi vous êtes-vous donné ce nom exotique, je me le demande ? Pour ajouter à votre idée romantique de ce que devrait être le travail d'après-guerre ?

— Taisez-vous, ordonna Evelyn. Je vous ai vu. Vous avez jeté la vie de Hugh comme si elle ne comptait pas. Il n'était qu'un pion pour vous. Vous avez joué avec son destin dans votre partie avec les Allemands. Vous avez utilisé mon mari dans votre double jeu, sans vous soucier de ce qu'il adviendrait de lui. Et j'ai vu à quel point vous aimiez votre travail. Humilier, blesser, punir… Il ne s'agissait pas seulement d'obtenir des informations pour vous, mais aussi de ressentir le pouvoir. Vous avez aimé chaque seconde de ce travail abject.

— Mon Dieu, vous êtes si naïve ! Vous l'étiez déjà à l'époque et vous l'êtes encore aujourd'hui. Vous ne réalisez pas à quel point vous êtes assise sur un pot d'argent. J'aurais pu vous aider à faire fortune. Vous auriez été à l'aise pour le reste de votre vie, si vous m'aviez laissé vous aider.

— L'argent, la terre, les biens… tout cela n'a aucune importance ! s'écria Evelyn. Ce qui compte, c'est la *vie*. La respecter, la protéger, prendre soin des vivants. Vous avez tué des gens pour leurs convictions, tout en vous associant à d'autres qui en avaient tué des centaines et des milliers.

Il éclata de rire. Un vrai rire, cette fois, narquois et se jouant de ses idéaux.

— Je n'y crois pas. Vous vous bercez d'illusions. Il y a eu des pertes des deux côtés, espèce d'imbécile ! Les Allemands ont massacré des milliers de personnes dans les camps ; nous en avons tué tout autant lorsque nous avons bombardé leurs villes. Quelle est la différence ? C'est ça, la réalité de la guerre. Au final, nous sommes tous des tueurs.

— Pas des tueurs de sang-froid, riposta-t-elle. Je fais cela pour tous ceux que vous avez blessés. Pour tous ceux qu'ils ont blessés aussi. Pour tous ceux qui ont commis des crimes de guerre et n'ont jamais été punis, et pour tous ceux qui ont été sacrifiés.

Elle leva son arme et tira. La balle le frappa en pleine poitrine. Il recula en titubant, sa main vacillante sur son cœur, puis elle tira à nouveau droit dans sa tête. Il avait raison, elle visait bien. Il tomba et resta immobile.

Elle se tenait au-dessus de lui, l'observant jusqu'à ce qu'elle soit sûre de son coup. Puis elle regarda autour d'elle. Les champs étaient bien vides ; personne n'avait crié pour s'alarmer du bruit. Un faisan s'était envolé en poussant des cris lorsqu'elle avait tiré et elle pouvait entendre une moto au loin, mais il n'y avait pas d'autres bruits inattendus qui lui auraient fait penser qu'elle avait été vue. Ce n'était pas le meurtre silencieux qu'on lui avait enseigné, mais elle y était enfin parvenue.

Evelyn se pencha et retira ses bottes Wellington. Elles faisaient partie du vestiaire et allaient lui manquer si elle ne les remettait pas à leur place. Elle s'occuperait plus tard des chaussures de Robinson restées dans la maison. Elle lui retira les bras de sa veste et lui ôta son pantalon, révélant des jambes blanches, maigres et presque glabres ; elle aurait besoin de vérifier soigneusement toutes les poches, et moins il y a de couches de vêtements, mieux c'est pour la faune. En fouillant dans une de ses poches, elle trouva son couteau d'élagueur fraîchement aiguisé et trancha son pull ainsi que sa chemise. En dessous, son gilet gris et ses bretelles en Y, dont l'élastique usé apparaissait à travers les trous de la ceinture, soulignaient sa pitoyable pauvreté, mais ne suscitaient pas sa sympathie. Empoignant ses chevilles, elle le souleva et le tira. Des années passées à transporter des moutons morts, des bottes de foin et des sacs de fumier l'avaient maintenue en forme. Et l'homme n'était pas très grand, à peine plus grand qu'elle et de corpulence modeste, en dépit de ses déjeuners dominicaux copieux. Elle le traîna sur quelques mètres, centimètre par centimètre, dans la partie la plus épaisse du sous-bois, puis recouvrit son corps de feuilles. C'était à peine visible.

Chapitre 36

Evelyn, 4 février 1986

Couvrir les traces

Evelyn suspendit le faisan abattu dans la fraîcheur du vestiaire et remit à leur place les bottes Wellington que Stephen avait empruntées. Elle était presque certaine que, chaque fois qu'il était venu à Kingsley, il avait affirmé n'avoir jamais croisé personne en chemin. Il était naturellement observateur, avec les réflexes d'une personne rodée à la surveillance, à la fois comme traqueur et comme traqué. Mais si un voisin l'avait vu lors d'une de ses visites ? Si quelqu'un d'autre prenait habituellement le même train de Waterloo le dimanche et revenait souvent à la même heure ?

Evelyn se servit une portion du ragoût de bœuf avec des boulettes. C'était une bonne idée d'avoir quelque chose de chaud et de nourrissant qui l'attendait après sa matinée stressante. Elle s'assit à la table de la cuisine et, tout en mangeant, elle commença à analyser les détails dont elle se souvenait.

Aurait-il pu parler à un ami de ses visites régulières à la campagne, de ses excellents déjeuners du dimanche, des conseils financiers qu'il était si fier de prodiguer ? Avait-il tenu un journal ou laissé des billets de train compostés dans son appartement ?

Garde la tête froide, Evelyn. Il a été formé pour être vigilant. Comme toi, c'était un agent qualifié. C'est une seconde nature pour nous de remarquer les visages, d'observer les changements de circonstances et de mémoriser les informations. Il n'aurait pas besoin de tout écrire. Et comme toi, il aurait suivi ses propres conseils, travaillé seul et couvert ses traces. Reste calme. Il n'aurait sûrement pas laissé de traces de ses déplacements à la maison.

Mais, se demanda-t-elle, *dois-je me rendre à son appartement pour vérifier ? Y aurait-il quelque chose qui permettrait de remonter jusqu'à Kingsley Manor et donc jusqu'à moi ? La petite collection de bibelots qu'il a piquée éveillerait-elle des soupçons, ou les a-t-il déjà vendus ?*

Sur la table de la cuisine, où Stephen avait si souvent analysé l'étendue de sa richesse et la possibilité de partager sa fortune, Evelyne vida le contenu des poches de sa veste et de son pantalon : les deux moitiés de son billet de retour de Waterloo à Witley ; un portefeuille contenant une seule carte bancaire, un permis de conduire, quelques billets de banque et une carte de bibliothèque ; un petit trousseau de clés de porte, un simple mouchoir blanc (fin et effiloché, mais plié et apparemment propre), une poignée de pièces de monnaie, un agenda de poche, un carnet de chèques presque vide et son passeport.

Il n'y avait pas de « souvenir » de sa visite dans ses poches cette fois-ci, car à peine avait-il eu le temps de choisir un trésor de choix qu'elle l'avait déjà persuadé de sortir. Heureusement, il ne possédait pas l'un de ces nouveaux téléphones dont tout le monde parlait, et elle était sûre qu'il ne l'avait appelée que quelques fois depuis son appartement ; il y avait donc peu de chances que son numéro se distingue des autres.

Elle examina la carte bancaire et les billets de train. S'il l'avait utilisée afin de régler ses trajets réguliers, les transactions apparaîtraient sur son relevé bancaire. Serait-il possible de déterminer sa destination à partir du seul prix du billet ? Peut-être avait-il toujours payé en liquide, ne laissant aucune trace de ses visites régulières.

En feuilletant les pages de l'agenda, elle ne trouva rien qui le reliait à elle. Pas de « ETC » ou de « KM » tous les dimanches, ni aucune adresse dans le répertoire à la fin. Bien sûr, l'année venait tout juste de commencer, alors l'agenda de l'année précédente existait-il encore ? Elle pensait que c'était peu probable. C'était un homme aux habitudes ordonnées et frugales, qui ne laissait aucune place au désordre.

Mais que lui avait-il dit d'autre sur sa routine ? Elle fouilla méthodiquement dans la bibliothèque de son esprit, se remémorant toutes les fois où elle l'avait encouragé à parler de sa vie à Londres. « Oh, je suis un vieux célibataire ennuyeux maintenant que je suis à la retraite », avait-il répondu. « Je marche beaucoup pour faire de l'exercice. Je ne supporte pas d'attendre les bus et les taxis sont trop chers. Je ne supporte pas non plus le métro, avec tous ces touristes rougeauds. » Et ses activités régulières ? « Qu'il pleuve ou qu'il vente, je me rends au RAC Club le matin pour y lire les journaux. Non, je n'y déjeune pas. C'est beaucoup trop cher pour les gens comme moi, de nos jours. Au train où vont les choses, je ne me vois pas non plus garder mon adhésion encore longtemps. »

Elle fit tinter les clés de sa maison dans sa main. L'idée de se rendre à Dolphin Court était tentante, mais beaucoup trop risquée si elle ne le faisait pas immédiatement, avant que son absence ne soit remarquée, et que les voisins, le concierge, une femme de ménage ou toute autre personne présente ne se demande pourquoi elle visitait son appartement. Non, elle devait supposer qu'il n'y avait rien dans son appartement qui puisse le relier à elle et que, comme elle, il avait l'habitude de mémoriser toutes ses activités.

Et puis il y avait la question de la maison et de l'inventaire de ses possessions qu'il avait tant voulu obtenir. Comment pouvait-elle être certaine qu'il n'avait rien emporté avec lui ? Chaque fois qu'il lui avait dit : « Voulez-vous que je m'en occupe pour vous ? » ou « Dois-je les contacter ? », elle avait refusé et pris elle-même les rendez-vous, rencontrant les agents seule à la maison. Ensuite, elle l'avait laissé s'amuser à consulter les documents : tous les rapports immobiliers, d'assurance et les comptes rendus de la maison de ventes aux enchères. Il faisait avidement ses comptes, se frottant presque les mains à l'idée d'obtenir sa part de richesse, ici même, dans cette maison. Elle n'avait jamais fait de copies supplémentaires pour lui, et elle avait gardé tous les documents solidement agrafés ensemble, en vérifiant après chaque visite qu'aucune page n'avait été retirée. Ainsi, elle était certaine qu'il n'avait rien pu emporter à Londres avec lui.

Vraiment, elle était presque sûre d'avoir pensé à tout. Mais était-ce bien le cas ? Evelyn regarda les documents étalés sur la table. Cela ne lui ferait peut-être pas de mal de s'offrir une petite distraction, et cela ne lui prendrait pas beaucoup de temps. Elle saisit rapidement son manteau, son sac et ses clés de voiture. C'était un bel après-midi pour une promenade en voiture. Un endroit tranquille, un endroit qui pourrait suggérer que Stephen était parti plus loin, décida-t-elle en tournant vers le sud sur l'A3. En été, la route était bondée de voitures rentrant de virées d'un week-end, mais à cette époque de l'année, il y avait peu de circulation. Lymington peut-être, non loin du terminal des ferries.

Comme elle l'espérait, la ville était plutôt déserte à son arrivée. Elle se gara sur un parking presque vide. Elle aurait pu choisir Southampton et disparaître dans la cohue des véhicules revenant de week-ends passés sur le continent, mais Lymington était discrète, sans prétention. Elle se promena, comme n'importe quelle dame d'âge mûr, profitant d'une promenade en ce bel après-midi.

Un peu plus loin, elle trouva ce qu'elle cherchait : un distributeur de billets extérieur, sur un mur adjacent à la rue principale. C'était un dimanche après-midi tranquille, avec très peu de touristes ; les pubs étaient plutôt vides, la ville était morte ; avec ses doigts gantés, elle glissa la carte de débit de Stephen dans le distributeur en espérant que cela fonctionnerait. Elle tapa quatre chiffres, puis quatre autres, et enfin quatre autres, et poussa un soupir de soulagement. La carte n'était pas réapparue. Elle avait été retenue par la machine et, si elle comprenait bien (et oui, elle lisait les pages financières des journaux, malgré ce qu'elle lui avait laissé croire), son compte enregistrerait une tentative de transaction et la banque finirait par supposer que la carte avait été volée. Toute personne vérifiant ses allées et venues se demanderait où il l'a perdue. À Londres ou à Lymington ?

Elle jeta un coup d'œil autour d'elle. La rue était encore déserte. Le soleil avait quasiment fini de disparaître sur la mer, et il aurait été agréable de se promener au bord de l'eau et de profiter de la fin de la journée, mais elle savait qu'il valait mieux rentrer. D'ailleurs, il restait encore un peu de ce délicieux ragoût du déjeuner.

Chapitre 37

Evelyn, 6 février 1986

Le Fox Café

Au bout de deux jours, elle s'obligea à retourner dans le bois pour vérifier. Il était toujours là, dans le même état que lorsqu'elle avait traîné son corps entre les jeunes arbres et les ronces. Lui ? Ce n'était plus lui. Des feuilles avaient recouvert le cadavre, mais ses épaules et sa tête étaient clairement visibles, ses cheveux fins collés à son cuir chevelu, noircis par le sang, et la peau maintenant grise, plus grise que dans ses souvenirs. Portant d'épais gants de jardinage, elle ramassa des brassées de feuilles et de brindilles jusqu'à ce qu'il soit entièrement recouvert.

Le jour où cela s'était produit, il faisait froid, mais les deux derniers jours avaient été doux et humides. Si le temps continuait à se radoucir, les renards percevraient l'odeur et ne tarderaient pas à sortir, comme ils en avaient l'habitude. Ils ne sont pas difficiles : la viande reste de la viande, peu importe son origine, même s'il fut un temps où un blaireau mettait beaucoup de temps à disparaître. « Oh, les renards ne les aiment pas », avait déclaré Neil lorsqu'elle lui avait fait remarquer que la fourrure noire et crème était encore visible sous la haie qui longeait le champ de ses moutons. « Aucun d'entre eux n'aime la puanteur du blaireau. »

Et qu'en est-il de la puanteur d'un homme ? pensa Evelyn. *Et si j'avais tort et qu'ils ne voulaient pas de lui ? J'ai supposé qu'ils le prendraient, comme ils ont pris les poules, les canards, les oies et les agneaux, mais je me trompe peut-être? Que ferais-je dans ce cas?*

Elle s'éloigna du bosquet comme s'il ne s'agissait que d'un des points de contrôle de son inspection régulière des lieux. Il ne fallait pas s'attarder trop longtemps; mieux valait donner l'impression qu'il s'agissait simplement d'une action de routine, de l'examen des limites, de l'arpentage de son domaine. Tout en marchant, les mains enfoncées dans les poches de sa vieille veste Barbour, encore remplie de bouts de paille et de ficelles datant de l'époque où elle gardait les moutons, elle essayait de se rappeler combien de temps cela avait pris auparavant.

Il y avait eu le daim, qui était tombé raide mort devant la porte d'entrée à Pâques. Il gisait là, les pattes bien droites, comme s'il avait été debout une seconde, puis s'était évanoui et avait basculé l'instant d'après. Si Charles était encore là, il aurait été d'accord pour l'éviscérer sur-le-champ et mettre les morceaux dans le grand congélateur du garage. Mais son frère était parti depuis longtemps, et Evelyn devait attendre l'arrivée de Jim, le jardinier, après les jours fériés, car elle n'était pas sûre de pouvoir dépecer la carcasse en toute sécurité.

Trois jours, peut-être quatre, et il ne resterait presque plus rien. Ils s'attaqueraient d'abord à l'abdomen, dégageant la cavité et exposant les côtes, puis les membres seraient arrachés du torse et traînés un peu à l'écart, pour que chaque animal ou famille de renards puisse se rassasier. Elle les avait entendus cette nuit-là, hurlant les uns après les autres en se disputant les meilleurs morceaux, comme des ménagères se chamaillant devant l'étal d'un boucher à prix cassés dans un marché de rue animé.

Au fil des ans, des moutons et un cochon sont morts de la même façon. Pourquoi payer l'équarrisseur afin qu'il prenne les cadavres pour en faire de la nourriture pour chiens et de la colle, alors que les renards peuvent faire le travail gratuitement ? De temps en temps, ces charognards apportaient leur propre dîner à Kingsley, et Evelyn découvrait un cadavre puant ou un fragment de patte arrière en décomposition dans un coin du terrain, où on laissait l'herbe pousser longtemps à l'état sauvage avec des boutons d'or et du trèfle pendant les mois d'été.

Il y a des années, lorsqu'elle était revenue pour la première fois au manoir de Kingsley, après la mort de sa mère et l'attente vaine du retour de Hugh, elle avait eu du mal à apprécier les renards, avec leurs raids sur les poules et les canards, tuant tant d'oiseaux en une seule nuit de folie sanguinaire et n'en mangeant que si peu. Mais peu à peu, elle avait compris qu'ils étaient les éboueurs de la nature. Ils saisissaient toutes les occasions, faisaient les poubelles quand ils le pouvaient en nettoyant ce qui restait de chair, de fourrure, de peau et d'os comestibles, jusqu'à ce que les restes ne se distinguent plus de l'humus et du paillis sous les arbres. Des partenaires de crime idéaux.

Elle dépendait d'eux à présent. Il y avait eu tant de temps de préparation, tant de temps d'attente, que tout ne pouvait pas s'écrouler maintenant, simplement parce que les renards étaient trop bien nourris ou qu'un fermier local avait tué une renarde et laissé ses petits mourir de faim. Evelyn était sûre d'avoir entendu leurs cris récemment, ce n'était donc qu'une question de temps.

Tout en marchant, elle se reprochait de ne pas avoir enlevé tous les vêtements, et se demandait si ceux qu'elle avait laissés sur son maigre corps ne retardaient pas le début du processus de destruction. Elle savait qu'elle ne pouvait pas risquer de garder dans la maison quoi que ce soit lui ayant appartenu, et elle avait donc brûlé ses vêtements immédiatement. Mais elle était soulagée qu'il l'ait suivie dans les bois, si confiant, si docile. Ce chemin était plus sûr, plus éloigné d'elle. Personne ne savait qu'il était ici. Personne d'autre n'était venu chez elle à cette période.

Au début, elle avait eu du mal à dire à Neil d'emmener les moutons ailleurs, mais ses brebis, « ces bâtardes galloises noires », comme il les appelait, étaient de grandes fuyardes. Il était donc toujours obligé de sauter par-dessus les clôtures, d'agiter sa houlette et d'envoyer ses deux border collies les ramener vers leurs zones de pâturage. Cela l'avait davantage peinée de congédier Jim, en sachant que les différentes parties du jardin allaient progressivement être envahies de prêle et de sureau quand ses genoux et ses coudes ne pourraient plus y faire face, mais c'était nécessaire. Elle désherberait autant qu'elle le pourrait et taillerait les roses aussi haut qu'elle le pourrait. Ce n'était pas un prix si cher à payer pour tenir une promesse.

Chapitre 38

Kingsley, 6 février 1986

Mon très cher Hugh,

Il n'y a plus de retour en arrière possible. J'ai coupé les ponts, en quelque sorte. Je n'éprouve absolument aucun remords à l'avoir éliminé : cela m'a semblé juste et bon. Et il n'a éprouvé aucun remords non plus. Je pense lui avoir clairement expliqué pourquoi il devait partir, mais il n'a même pas présenté ses excuses pour ta disparition. Je doute même qu'il se soit souvenu de toi : la vie ne signifiait rien pour lui.

J'ai éprouvé un léger regret de ne pas l'avoir fait souffrir plus longtemps. J'aurais peut-être dû le laisser là un peu. Il l'aurait bien mérité. Mais je ne pouvais pas prendre de risque, il fallait en finir rapidement.

La sentence est donc tombée, et s'il y a des conséquences à assumer, je les assumerai.

Bien à toi,

Evie, xxx

PS. Je t'aime.

Cinquième partie

Chapitre 39

Mme T-C,
13 novembre 2016

Mlle Rose

— Ce que j'aimerais faire cette fois, explique l'inspecteur Williams lors de sa deuxième visite, c'est vous interroger sur votre engagement dans les forces armées. Je crois que vous vous êtes engagée après avoir perdu votre mari, lorsqu'il a été tué au combat. En 1943, c'est cela ?

— C'est à ce moment-là ? Je ne me souviens plus des dates. Hugh n'était pas du tout enthousiaste à l'idée que je m'engage. Il voulait que je l'attende, mais j'avais tellement envie de faire quelque chose d'utile.

Elle regarde Pat, assise à l'autre bout de la pièce, les bras croisés, l'air irrité.

— Tu te souviens, ma chérie ? Quand mon pauvre Hugh a-t-il été tué ?

— Comment pourrais-je m'en souvenir ? Je n'étais même pas née à l'époque.

Pat se lève et s'adresse à l'inspecteur.

— Je ne pense pas que vous puissiez obtenir quoi que ce soit aujourd'hui. Je vais aller voir s'ils peuvent nous apporter du thé.

Une fois Pat sortie, Evelyn poursuit :

— J'ai pensé que j'aimerais rejoindre les Wrens.

Elle porte les mains à ses cheveux, imitant une casquette.

— Elles avaient de petits chapeaux très élégants et j'ai pensé que cela me conviendrait. Nous pensions toutes que leur uniforme était beaucoup plus flatteur que celui du *Women's Army Corps*. Tout cet affreux kaki est si peu seyant pour un teint anglais. Je crois qu'aucune d'entre nous n'a jamais été séduisante dans cet uniforme.

L'inspecteur Williams sourit à cet aveu.

— Je ne dirais pas cela, rectifie-t-il. Votre nièce nous a donné une très belle photo de vous en uniforme.

Il choisit une photo dans une pochette en plastique transparent et tend le cliché que Pat avait trouvé dans la boîte à biscuits, une semaine auparavant.

— C'est bien vous sur cette photo ?

Evelyn regarde la photo qu'il lui tend, mais elle remarque aussi que son dossier contient des copies d'autres photos, des photos d'un village ancien, de jardins avec des arbres fruitiers, d'enfants qui rient, dont un enfant en particulier. *Ne me posez pas de questions à leur sujet, ne me demandez pas si je connais cette petite fille*, le supplie-t-elle intérieurement. Mais en observant le portrait, Evelyn prononce seulement ces quelques mots :

— Cette casquette est loin d'être aussi jolie que celle qu'ils ont donnée aux Wrens. Je pense que j'aurais vraiment dû rejoindre les Wrens. Mais à l'époque, ils voulaient juste que les femmes rejoignent l'ATS.

— Vous avez l'air très élégante sur cette photo. Aviez-vous suivi votre formation au moment où cette photo a été prise ?

Evelyn réussit à garder le regard vide pendant une seconde ou deux.

— La formation ? Eh bien, nous avons toutes dû apprendre à conduire et j'ai appris la dactylographie et la sténographie. Vous devriez faire de la sténographie, jeune homme. C'est très utile, à condition de ne pas oublier d'utiliser un crayon bien taillé.

Elle soupire.

— Ces compétences seront toujours utiles, disait maman. Et bien sûr, j'ai toujours été très douée pour les langues.

— Vous étiez linguiste ?

— À la maison, nous avions une gouvernante qui nous enseignait le français et l'allemand. Ces deux langues étaient considérées comme convenables pour une jeune fille, à mon époque. J'ai ensuite continué à apprendre ces langues à l'école lorsque mes parents étaient à l'étranger. Enfin, ma grand-mère nous a appris, à Charles et à moi, un peu de russe. C'était très amusant : nous nous envoyions des lettres codées une fois que nous avions appris l'alphabet cyrillique. Maman n'a jamais réussi à comprendre le russe, donc elle ne comprenait pas ce que nous disions ou écrivions. Lorsque j'ai été plus âgée, mes parents m'ont envoyée à Munich pour que je sois « aboutie », comme on disait à l'époque. J'ai séjourné chez un comte et une comtesse adorables en Bavière.

Evelyn soupire.

— J'y suis allée avec quelques autres filles. C'était très amusant, même si nous avons eu quelques tracas.

— Des tracas ? Vous voulez dire des ennuis ?

— Le parti national-socialiste, vous les connaissez sous le nom de nazis. Ils produisaient un horrible journal qu'ils affichaient publiquement dans le village. Horriblement antisémite. Nous l'avons arraché plusieurs fois et nous nous sommes fait prendre un jour. Elle s'esclaffe. Nous avons toutes été renvoyées chez nous en disgrâce, mais nous n'avons jamais regretté de l'avoir fait.

— Je suis sûr que votre allemand a dû vous être très utile lorsque vous avez travaillé dans ce pays par la suite. Combien de temps êtes-vous restée à Bad Nenndorf ?

— Non, ce n'était pas là. Je suis allée en Bavière, non loin de Munich.

— Je voulais dire quand vous étiez plus âgée, après vous être engagée. Vous avez été affectée au centre d'interrogatoire britannique de Bad Nenndorf ?

— C'est là que je suis allée ?

— Les registres de service indiquent que vous étiez présente. Avez-vous participé vous-même à l'un ou l'autre des interrogatoires ?

Evelyn marque une pause et reste silencieuse pendant un moment, imaginant un visage meurtri et ensanglanté, puis hésite.

— Je pense que j'ai peut-être fait un peu de classements et pris des notes. Rien de très important, j'en suis sûre.

— Je vois. Et vous souvenez-vous avoir travaillé avec un certain colonel Robinson ? C'était le commandant responsable du centre.

— Ah bon ?

Evelyn ne laisse rien paraître son amusement, mais elle apprécie énormément ces entretiens. C'est un tel divertissement pendant les longues journées, que le personnel essaie de remplir avec des activités intéressantes, mais qui la laissent souvent dans l'attente de plus de stimulation. Hier, ils ont fabriqué des guirlandes en papier pour les décorations de Noël dans la salle d'activités, suivies d'un jeu de mots cachés l'après-midi. Evelyn a apprécié le jeu et aurait facilement pu remporter le prix d'une barre de chocolat si elle l'avait voulu, mais elle s'est assurée que sa guirlande de papier n'était pas bien assemblée et n'a pas cessé d'écrire le mot « blimp » (ballon dirigeable) pendant le jeu.

Pat revient alors, portant un plateau de thé avec de petits gâteaux glacés.

— Je l'ai apporté moi-même cette fois-ci, car je ne voulais pas vous faire attendre plus longtemps et le personnel est en train de bavarder dans la cuisine.

Elle jette un coup d'œil au bloc-notes de l'inspecteur.

— Alors, vous avez réussi à la convaincre ?

Il s'éclaircit la gorge pendant qu'elle fait circuler les tasses de thé remplies, puis affirme :

— J'allais justement poser une autre question à Mme T-C. Vous rappelez-vous avoir revu le colonel Robinson après votre séjour en Allemagne ? Après votre réaffectation ?

— Je ne sais pas. Pensez-vous que j'aurais pu le faire ?

— Il a continué à servir pendant un certain temps après la guerre.

— Je crois que j'étais dans la fonction publique. C'est là qu'il était ?

Je parierais volontiers qu'il a également été impliqué dans cet odieux centre d'interrogatoire à Londres. Je suis certaine qu'il y a passé du bon temps. La Cage de Londres, comme ils l'appelaient. Un endroit effrayant, d'après ce que l'on dit. La Croix-Rouge en a entendu parler et l'a inspecté, mais tout le linge sale a été empaqueté, de sorte que personne n'a jamais eu à répondre de ses actes. C'est bien pratique.

— Le colonel Robinson possédait un appartement à Londres, explique l'inspecteur Williams, et il a continué à y vivre après sa retraite du service actif.

— Oh, Londres me manque, regrette Evelyn. J'adorais faire du shopping chez Peter Jones. Elle se tourne vers Pat. Pourquoi n'irions-nous pas à Londres, bientôt ? Dois-je nous réserver des billets pour un spectacle ? Y a-t-il quelque chose que tu aimerais voir ? Je pourrais te faire plaisir.

— Non, dit Pat. Londres se remplit déjà d'acheteurs de Noël. C'est le dernier endroit où j'ai envie d'aller en ce moment, d'autant plus que j'essaie encore de mettre la maison en ordre pour toi.

— Noël, répète Evelyn. Nous pourrions aller voir les lumières de Noël et les jolies vitrines. Je t'y ai emmenée quand tu étais toute petite. Nous sommes allées à Selfridges pour voir le père Noël dans sa jolie grotte. Tu as hurlé et as fait une crise dans le rayon des jouets, puis je t'ai emmenée prendre un délicieux thé ; tu as ensuite mangé trop de meringues à la crème et tu as été terriblement malade dans le train sur le chemin du retour. Tout ça à cause de ton manteau bleu foncé. Tu te souviens de ce joli petit manteau au col de velours ?

— Nous ne parlons pas de cela maintenant. Tu dois te concentrer et répondre aux questions de l'inspecteur Williams. Il est très important que tu essaies de te souvenir de tout.

Evelyn pousse l'assiette de gâteaux vers le policier, qui essaie de ne pas sourire.

— Vous prendrez bien un gâteau glacé ? Je vais en prendre un.

Elle attrape un gâteau rose avec une petite fleur en sucre et en mange une bouchée.

— Merci, dit-il. J'en prendrai un dans un instant. Encore une question, si vous le voulez bien.

Evelyn acquiesce et continue à manger son gâteau pendant qu'il parle.

— Le colonel Robinson n'a pas été vu depuis le milieu des années 1980. C'était un homme aux habitudes régulières pendant sa retraite, mais personne ne l'a vu depuis février 1986. Lorsque son absence a été constatée, au bout de quelques semaines, d'autres habitants de l'immeuble où il vivait, ont été interrogés, ainsi que d'anciens collègues, mais personne n'avait d'informations sur le lieu où il se trouvait. Avez-vous une idée de ce qui a pu lui arriver ?

Evelyn se tamponne les lèvres avec un mouchoir en dentelle sur lequel les initiales E.M.T.C. sont brodées dans un coin.

— C'est tellement amusant, inspecteur! C'est comme cette merveilleuse série à la télévision. Oh, comment ça s'appelle? *Midsomer Murders*, c'est ça. Maintenant, c'est à mon tour d'essayer de deviner?

Elle fait semblant de réfléchir un instant, puis se lance:

— Aurait-il été kidnappé ou victime d'un accident de la route? S'est-il noyé dans la rivière? Ou peut-être a-t-il simplement perdu la mémoire et s'est-il égaré?

Elle secoue la tête.

— Non, je ne parviens pas à deviner. Cela me dépasse. Que pensez-vous qu'il se soit passé, inspecteur? Pensez-vous le retrouver un jour? Allez-vous chercher des indices?

Il sourit.

— Tout cela s'est passé il y a longtemps. Nous sommes en train de parcourir les derniers détails. J'ai juste pensé que, comme vous sembliez l'avoir connu dans le passé, cela valait la peine que je vous demande si vous l'aviez revu.

— Oh, quel dommage que vous ne l'ayez pas retrouvé! J'espérais tellement que vous sauriez où il était. Pat, sais-tu ce qui est arrivé à ce pauvre homme?

Pat lève les yeux au ciel.

— Bien sûr que non. Je n'ai jamais connu cet homme.

Elle regarde l'inspecteur Williams.

— C'est sans espoir, non ? Voulez-vous abandonner ?

Il sourit et referme son carnet.

— Je pense que nous devons partir du principe que nous ne connaîtrons jamais toute l'histoire, mais j'en ai assez pour rédiger un rapport. Il ne devrait pas être nécessaire que je revienne, je pense.

Il ramasse ses papiers et, en se levant pour partir, il baisse la voix pour les seules oreilles de Pat.

— Et il semblerait que les armes ne soient que des armes standards. Je pense qu'elle n'est pas la seule à avoir gardé des souvenirs de cette époque.

— Cluedo, dit Evelyn. C'est exactement comme le Cluedo. Le colonel Moutarde est dans le salon. On refait une partie ? J'ai toujours aimé être Mlle Rose.

Chapitre 40

Mme T-C, 18 novembre 2016

Donnez-nous un indice

— Peux-tu m'aider à résoudre le numéro dix horizontal, Pat?

Evelyn fait des mots croisés. Plus précisément, elle essaie de convaincre Pat qu'elle n'arrive plus à résoudre le casse-tête du *Daily Telegraph*, qui a été son exercice mental quotidien pendant de nombreuses années.

— Tu sais, je n'ai jamais été très douée pour les jeux de réflexion, avoue Pat. Mais laisse-moi voir ce qui est écrit.

Elle étudie la page et lit l'indice tout haut d'une voix pesante.

— Laisser un journal ancien célébrant le passé. Deux lettres, huit autres, puis deux, trois, cinq, et cinq.

Elle jette un coup d'œil à Evelyn, assise dans son fauteuil avec un léger sourire.

— Non, je n'ai aucune idée de ce que cela signifie. Je n'ai jamais compris comment faire ces satanées choses.

— Oh, quel dommage. Je trouve que c'est un peu difficile en ce moment.

— Je ne sais pas pourquoi tu te donnes encore la peine de le faire, si tu n'y arrive plus. Il faut payer pour que le journal soit livré ici, et il n'est pas bon marché.

— Mais cela fait partie de ma routine. Je le fais depuis des années et des années. Depuis le début de la guerre, je crois. J'avais une amie qui était très douée pour les mots croisés et elle m'a appris tous les petits trucs. Je ne sais pas exactement ce qui lui est arrivé, mais elle a été recrutée pour un poste qui nécessitait ce genre de compétences. Les mots croisés nous permettaient de passer le temps lorsque nous étions dans les abris antiaériens et en service. Tu devrais essayer d'avoir une pratique routinière, Pat. Cela structure la journée.

— Ma journée est suffisamment structurée, merci beaucoup. Tout cela grâce à toi, ma tante. La police a insisté pour fouiller tous les recoins de la maison à cause de ces fichus souvenirs que tu avais gardés dans ces valises. Je ne sais pas ce qu'ils s'attendent à trouver d'autre. Des capsules de cyanure ? Une bombe non explosée peut-être ?

— Pas à Kingsley. Ils ne nous bombardaient pas à la campagne. La vie y était très ennuyeuse, même si les Allemands larguaient parfois quelques bombes sur le chemin du retour. Alton en a reçu une, je crois, mais pas nous. Londres et les grandes villes ont connu le blitz et les bombes non explosées. Ils ne trouveront certainement pas de bombes chez nous, tu peux le leur dire de ma part.

— Oui, je sais. Mais ce n'est pas la question. Quoi qu'il en soit, je suis venue ici aujourd'hui pour te dire que le policier qui t'a parlé l'autre jour est de retour.

Elle regarde sa montre.

— En fait, il devrait déjà être là, à l'heure qu'il est. Il dit qu'il veut te poser quelques questions supplémentaires.

— Qui ?

— Le policier, l'inspecteur Williams, qui était ici avec moi l'autre jour et qui t'a interrogée sur les armes dans la valise.

— C'est ce qu'il a fait ? Et qu'est-ce que je lui ai dit ?

— Il a tout écrit, ma tante. Je pense que tu te souviendras de tout quand tu le verras.

Evelyn décide qu'il est temps de jouer la comédie. Elle sort un mouchoir propre de son sac à main et baisse la tête. Ses épaules tremblent et elle sent Pat l'entourer d'un bras.

— Ne t'inquiète pas, ma tante, la rassure-t-elle. Je suis sûre qu'il ne restera pas longtemps ici. Tout sera bientôt terminé.

Evelyn baisse la tête et marmonne :

— Mais je ne me souviens plus de rien. C'est tellement confus.

Elle a vu d'autres résidents se comporter de la sorte lorsqu'on leur pose des questions ou qu'on corrige leurs souvenirs à moitié effacés. Elle les a aussi vus fermer les yeux plusieurs fois par heure, sembler s'endormir au milieu d'activités ou de conversations, ou encore demander à quelle heure le déjeuner serait servi, alors qu'ils venaient à peine de manger un bon repas. C'est très instructif d'observer toutes ces manies et tous ces comportements. C'est vraiment très utile.

— Le voilà enfin.

Pat se lève tandis que l'inspecteur Williams arrive, son habituel dossier sous le bras.

— Désolé d'arriver un peu plus tard que prévu, s'excuse-t-il. Je viens de passer chez votre tante pour avoir les dernières nouvelles.

— Et quelles sont les dernières nouvelles, exactement ? demande Pat. Qu'avez-vous trouvé ?

— Nous avons mené des recherches approfondies, mais je ne pense pas que nous trouverons quoi que ce soit d'autre qui puisse nous inquiéter. Il y a d'autres armes, des armes de sport, mais elles sont toutes légales. Les licences ont expiré, mais ce n'est pas une raison pour remettre en question leur présence dans la maison.

— Alors, y a-t-il encore quelque chose dont vous devez vous assurer auprès de nous ?

— Nous aimerions bien sûr avoir une explication complète sur les armes contenues dans les valises, mais nous commençons à penser qu'il s'agit simplement de souvenirs de son passage dans les forces armées. Rien de plus que cela.

— Et cet homme dont vous parliez l'autre jour ? Êtes-vous toujours en train d'enquêter sur sa disparition ?

L'inspecteur Williams sort une photo de sa poche.

— Nous aimerions boucler cette affaire si possible, alors j'ai pensé lui montrer ceci aujourd'hui. Juste pour voir si cela pourrait lui rafraîchir la mémoire.

— Vous pouvez essayer, mais je doute que vous ayez beaucoup de succès. Aujourd'hui ne semble pas être un très bon jour pour elle.

Il rapproche une chaise d'Evelyn, puis annonce d'une voix forte :

— Bonjour, Mme T-C. Je vais vous montrer une photo de l'homme que nous recherchons et j'aimerais que vous me disiez si vous le reconnaissez, d'accord ?

Evelyn lève la tête et lui sourit. Lorsqu'il se penche en avant, elle aperçoit de délicates pellicules sur les épaules de son costume sombre. Elle est tentée de les épousseter, mais elle range son mouchoir dans la manche de son gilet et regarde la photo qui lui est présentée. Le visage lui est familier, bien sûr, ce regard froid, ces lèvres minces. C'est la même photo datée que celle utilisée dans les journaux, lorsque son absence a été signalée pour la première fois.

— Il n'a pas l'air très sympathique, déclare-t-elle. Devrais-je le connaître ?

— C'est ce que je vous demande. Pensez-vous l'avoir déjà rencontré ?

Evelyn secoue la tête.

— Je ne pense pas… Et vous savez, si cela avait été le cas, je ne pense pas que je l'aurais aimé.

— Il travaillait au centre où vous étiez en poste en Allemagne, il y a des années.

Pat se penche sur l'épaule de sa tante, étudiant elle aussi la photographie. Evelyn peut sentir son odeur, qui ne parvient pas à masquer celles désagréables de ses cheveux non lavés et de son pull-over épais. Pat se penche pour regarder de plus près et s'exclame soudain :

— C'est drôle. Je crois que j'ai déjà vu ce visage. Où était-ce ?

L'inspecteur lève les yeux vers elle.

— Il serait très utile que vous vous souveniez de l'endroit où vous l'avez vu.

Evelyn lève aussi les yeux vers elle. C'est très intéressant, mais Pat s'en souviendra-t-elle ? Elle n'a jamais eu un esprit d'analyse très développé. Elle avait des difficultés à l'école, surtout en mathématiques et en anglais. Par contre, elle est très douée pour les travaux d'aiguille et le tricot. Dommage qu'elle ne s'en serve pas pour elle-même. Elle porte un affreux pull troué, parsemé de poils de chien, et n'a toujours pas recousu le bouton de son imperméable.

Pat se mordille la lèvre inférieure et regarde ses pieds en réfléchissant. Ses chaussures ont aussi besoin d'être cirées. Puis elle montre la photo d'un air enthousiaste et proclame :

— Je sais ! C'est la boîte à biscuits que j'ai trouvée dans la maison ! Quand nous avons regardé ces vieilles photos la semaine dernière, je suis sûre que nous l'avons vu quelque part parmi tous ces clichés dans la boîte.

Elle se lève d'un bond et ajoute :

— Je vais aller la chercher dans ta chambre, ma tante.

— J'aimerais bien un biscuit pendant que tu y es, demande Evelyn. Ne les mange pas tous avant de revenir ici.

— Je suppose qu'elle veut dire qu'il s'agit d'une vieille boîte vide et qu'il n'y a plus de biscuits dedans, juste des photos, corrige l'inspecteur Williams.

— Oh, c'est dommage. J'ai un petit creux. J'aimerais bien un biscuit maintenant. Ce n'est pas encore l'heure du café du matin ?

— Je vais voir si un membre du personnel peut nous apporter des boissons et des biscuits.

— Oh, ce serait bien. Vous êtes gentil. Demandez-leur d'ouvrir un nouveau paquet, s'il vous plaît. Ils s'abîment très vite et je n'aime vraiment pas les biscuits mous.

Evelyn le regarde partir et réfléchit à la suite qu'elle pourrait donner à ce jeu fascinant. Elle n'aime pas vraiment pleurer, les larmes n'ont jamais été sa tasse de thé. Elle pourrait peut-être faire semblant de se sentir mal. Ou bien elle pourrait dire qu'elle a besoin d'être accompagnée jusqu'aux toilettes ; cela le ferait patienter un moment, mais elle pourrait peut-être trouver autre chose de plus amusant.

Alors qu'il revient dans la salle, il annonce que des rafraîchissements sont en route. Enfin, Pat revient, portant sous le bras la fameuse boîte de biscuits.

— J'ai cherché rapidement cette photo, annonce-t-elle, mais je ne l'ai pas trouvée. J'aurais bien vidé la boîte à l'étage et jeté un coup d'œil, mais je ne voulais pas vous faire attendre. J'ai pensé que nous pourrions plutôt les regarder ici.

Elle se dirige vers la console en acajou, enlève la pile de vieux numéros de *Country Life* et vide le contenu de la boîte. Les photos d'une vie passée glissent sur la surface polie, certaines tombant sur la moquette.

Tandis que Pat maudit le désordre et ramasse les petits clichés de l'appareil photo Brownie, l'inspecteur Williams tend à Evelyn la tasse de café qui vient d'arriver et lui offre un biscuit. Elle prend un biscuit Nice et le brandit en racontant :

— Cela amusait toujours maman quand j'étais petite, et que je disais que j'aimais les beaux biscuits.

Il lui répond par un rire poli et retenu.

Pat marmonne en arrière-plan, puis elle apparaît aux côtés d'Evelyn, lui posant une photographie déchirée sous le nez.

— Regarde ça. Quand est-ce que cela s'est passé ?

Evelyn regarde la photo en noir et blanc dans la main de Pat.

— Qu'est-ce que c'est ? Elle est très froissée. Elle a été prise il y a longtemps, je pense.

— Oui, je le sais. Nous le savons toutes les deux. Mais je veux dire, quand la photo a-t-elle été déchirée ? Elle n'était pas comme ça l'autre jour.

Elle agite à nouveau la photo abîmée devant sa tante et montre le bord déchiré.

— Regarde, il n'y a plus que trois personnes sur cette photo. Je suis sûre qu'il y en avait une quatrième l'autre jour, quand nous avons regardé dans la boîte. Il y en avait une, dis-moi. Je sais que je n'ai pas rêvé.

Elle donne la photo à l'inspecteur Williams en lui expliquant :

— Je ne sais pas comment cela a pu se produire, mais je suis sûre qu'il s'agit d'une photo d'un groupe de quatre personnes et que l'homme dont vous parlez était l'un d'entre eux. Et je ne me souviens absolument pas de l'avoir vue déchirée l'autre jour. On dirait qu'une bande a été arrachée sur le côté de la photo. Et regardez, voilà ma tante. Dans son uniforme, comme sur le portrait. Elle est juste là, à gauche.

Il étudie l'image, puis suggère :

— Ce tirage est très froissé et il y a une autre petite déchirure au milieu. Elle était peut-être déjà déchirée sans que vous l'ayez remarqué. Mme T-C, vous souvenez-vous du moment où cette photo a été prise ?

Evelyn secoue la tête et son café se renverse dans la soucoupe, qu'elle pose sur la petite table à côté d'elle.

— Prenez une minute pour y réfléchir, conseille-t-il. Pouvez-vous vous rappeler qui d'autre était dans le groupe lorsque cette photo a été prise ?

Elle fronce les sourcils, puis secoue à nouveau la tête.

— C'était lui, j'en suis sûre, soutient Pat. C'est un visage si caractéristique. Je savais bien que je l'avais vu quelque part, et je sais qu'il était sur cette photo l'autre jour.

Elle prend un air contrarié et croise les bras.

— Je n'aurais jamais dû lui laisser la boîte. J'ai juste pensé qu'elle aimerait les regarder, en souvenir du bon vieux temps.

Evelyn lève les yeux, un grand sourire aux lèvres.

— Pat chérie, c'est ça. Tu viens de résoudre l'indice. Tu es une fille intelligente.

Pat a l'air perplexe.

— Qu'est-ce que tu racontes encore ?

— L'énigme, ma chère. Laisser un journal ancien célébrant le passé. C'est la réponse. En souvenir du bon vieux temps. Bien joué.

— Oh, franchement, ma tante ! Ces fichus mots croisés n'ont pas d'importance. Ce qu'il faut savoir maintenant, c'est où se trouve le reste de cette photographie.

L'inspecteur Williams se lève.

— Pourquoi ne pas trier les photos méthodiquement ? propose-t-il. La pièce manquante est peut-être encore là.

Il se dirige vers la pile de photos que Pat a laissées éparpillées sur la table de chevet et commence à les classer par groupes bien ordonnés. Elle le rejoint et ils restent plusieurs minutes à trier les photos comme des cartes à jouer.

Evelyn les observe, puis murmure :

— En souvenir du bon vieux temps.

Elle répète la phrase plusieurs fois, puis commence à chanter «*Auld Lang Syne*», d'abord doucement, mais lorsqu'elle s'aperçoit que sa voix n'a pas été entendue, elle chante de plus en plus fort jusqu'à ce qu'une aide-soignante entre et déclare :

— Oh mon Dieu, je crois que Mme T-C est un peu à bout de nerfs. Je vais la ramener dans sa chambre pour qu'elle se repose un peu.

— S'il vous plaît, remercie Pat. Nous n'arriverons à rien avec elle aujourd'hui.

Et elle se remet à regarder les photos en secouant la tête. Evelyn ne peut s'empêcher de sourire lorsqu'on l'aide à se lever et lorsqu'elle quitte la pièce, guidée par son aide-soignante. Elle salue l'inspecteur d'un signe de tête.

— J'ai beaucoup apprécié notre petite conversation. J'espère que vous reviendrez bientôt.

Chapitre 41

Mme T-C, 1er décembre 2016

Encore quelques questions

— Qui est-ce que tu as apporté aujourd'hui, Pat?

Le policier est juste derrière elle, le sourire aux lèvres. Cela ne présage rien de bon. Elle pensait l'avoir vu pour la dernière fois.

— Oh, tu te souviens de l'inspecteur Williams, ma tante? Le détective qui était ici l'autre jour? Il a seulement besoin de te montrer quelques photos. Cela ne te dérange pas de les regarder?

Pat offre ce qu'elle croit être un sourire encourageant. Ce n'est pas le cas.

Il s'avance et tire une chaise à lui pour s'asseoir à côté d'Evelyn.

— Bonjour, Mme T-C, j'ai ici quelques photos que j'aimerais que vous regardiez.

Il étale sur la table basse quelques clichés devant elle: il y a l'uniforme des ATS, divers documents à son nom, les passeports, les armes, mais aussi un pull-over crème jauni par les années et un pantalon en velours marron clair.

— Vous vous souvenez peut-être que je vous ai montré l'autre jour des photos de choses que nous avions trouvées dans ces vieilles valises ? J'aimerais vous les montrer à nouveau, si vous me le permettez.

Lui demande-t-il vraiment sa permission ? Mais Evelyn se contente de hocher la tête et de déclarer :

— Très bien, mais ne perdons pas trop de temps sur ce sujet. Je pars ce matin pour un voyage en car. Nous partons très bientôt. Nous allons à Bognor Regis pour manger du poisson et des frites.

— Non, ce n'est pas le cas, souffle Pat en se penchant vers le policier. J'ai vérifié. Il ne se passe rien et elle ne sort jamais, de toute façon.

L'inspecteur Williams tousse derrière sa main, puis montre les deux photos du pull et du pantalon.

— Comme je le disais, ce sont des photos que nous avons prises du contenu des vieilles valises qui ont été trouvées dans la chambre de Kingsley Manor.

Il s'arrête un instant, laissant à la vieille femme le temps d'étudier les images.

— J'aimerais savoir si vous reconnaissez l'un ou l'autre de ces objets.

Là devant elle, étalé les manches bien dépliées, comme pour l'inviter à se souvenir de ce jour au ciel bleu glacé, à la neige d'un blanc éclatant et la brutalité qui l'a marqué, repose le pull-over Aran avec son épais tissage crème, sa laine encore imprégnée d'huile et les éclaboussures de sang, non plus cramoisies mais brun rouille, toujours visibles sur le devant et les manches.

— Est-ce votre pull ? lui demande-t-il en approchant la photo pour qu'elle puisse presque le toucher, sentir l'odeur de la laine moisie, se rappeler la chaleur rugueuse qu'elle avait ressentie en le serrant contre elle.

Evelyn l'observe à travers ses lunettes, cligne des yeux, puis s'indigne :

— Qu'est-ce que c'est que ce vieux truc miteux ? Pat, c'est à toi ?

Elle lève les yeux vers sa nièce, qui porte l'un des nombreux pulls difformes et mal repassés qu'elle semble toujours porter lorsqu'elle vient lui rendre visite. Elle regarde à nouveau la photo et reprend :

— Ou alors, c'est celui que je portais pour jardiner ? Je ne portais jamais mes beaux vêtements pour travailler dans le jardin. Tu devrais t'en souvenir, Pat.

Elle regarde à nouveau sa nièce d'un œil critique.

— Tout ce fumier et ces épines de roses ne rendent pas service à tes vêtements, ma chérie.

— Et le pantalon ? Vous le reconnaissez ?

Il lui montre une photo du pantalon ample en velours côtelé qu'elle s'efforçait de fixer à sa taille fine lorsqu'elle faisait du ski et qu'elle avait encore plus de difficulté à maintenir en place lors de cette terrible attaque. Lui aussi est étalé par terre ; les jambes sont écartées, comme pour inviter à l'examen. Les éclaboussures de sang, autrefois si évidentes, se sont fondues avec le temps dans le brun du tissu, mais elles doivent toujours être présentes. Evelyn plisse les yeux à nouveau sur la photo, tout en ajustant ses lunettes sur l'arête de son nez.

— Il me semble qu'il s'agit du vieux pantalon de jardinage de Jim.

— Jim ? Qui est Jim ?

— Mon jardinier. Pat, tu devrais t'assurer qu'il récupère ce pantalon tout de suite, il ne veut pas porter ses beaux vêtements pour travailler dans le jardin à Kingsley.

— Jim ? Pat suffoque. Tu n'as pas fait travailler Jim depuis des années. Je ne serais pas du tout étonnée qu'il soit mort depuis longtemps.

Elle se penche vers l'inspecteur Williams et lui murmure en aparté, comme dans une de scène de théâtre :

— Je doute fort qu'ils soient à lui. Et je ne vois pas pourquoi ils seraient dans cette valise, si c'était le cas.

— Mort ? Jim est mort ? Pourquoi ne pas me l'avoir dit ? Tu sais combien j'ai toujours apprécié l'aide de Jim. Un homme si fiable ! Il a travaillé pour moi pendant des années. Vraiment, Pat, tu ne dois pas me cacher ce genre de choses. Maintenant, où est mon agenda ? Je dois envoyer des fleurs à sa veuve, tout de suite.

Pat tend la main pour empêcher Evelyn de fouiller dans son sac à main.

— Plus tard, ma tante, plus tard. Laissons d'abord l'inspecteur finir de poser ses questions.

— Oh, très bien, mais tu ne dois pas me cacher ces choses, Pat. C'est très négligent de ta part.

Elle sourit à l'inspecteur.

— Où en étions-nous ?

Il se racle à nouveau la gorge poliment.

— Nous avons remarqué des taches sur ces deux vêtements, ici, ici et ici.

Il pointe son crayon vers des zones encerclées sur les photos, indiquant des taches sur les deux vêtements.

— Les premiers tests indiquent que ces marques sont des taches de sang. Il s'agit de vieilles taches, certes, mais avez-vous une idée de la manière dont elles ont pu se retrouver sur ces vêtements ?

Evelyn sait exactement comment cette giclée de sang a éclaboussé ses vêtements, comment il a crié, comment elle l'a pris par surprise. Elle sent ses doigts se crisper sur son crayon à papier, mais elle a besoin d'un moment pour formuler une réponse. Elle regarde les photos, puis tourne successivement la tête vers Pat, puis vers le policier, puis de nouveau vers les photos.

— Une fois, j'ai dû emmener Jim aux urgences de l'hôpital, explique-t-elle. Il y avait beaucoup de sang. Je pense qu'une branche lui était tombée dessus alors qu'il taillait les rosiers grimpants. Je crois me souvenir qu'il s'agissait du Kiftsgate, au-dessus du chêne, tu sais, Pat ? La branche l'a touché juste au-dessus de l'œil et de l'oreille. Il y avait beaucoup de sang partout. Cela aurait pu être très grave s'il avait été touché directement à l'œil. J'ai connu quelqu'un qui est devenu aveugle à cause d'une rose, un jour. Jim a dû avoir des points de suture cette fois-là. Oh, Jim versait toujours du sang pour moi !

— Je vois, se résigne l'inspecteur Williams en s'apprêtant à ranger toutes les photos.

Elle se penche en avant et l'arrête en montrant l'une d'elles, avec une bouteille étiquetée à côté de quelques papiers.

Mme T-C, 1er décembre 2016

— Oh, regardez ! Il y a une bouteille de slivovitz. Comment est-elle arrivée là ? Nous en buvions tout le temps en Allemagne. Inspecteur, cela ne vous dérangerait pas que je la prenne ? Vous pourriez peut-être en apporter la prochaine fois ? Je n'ai plus de sherry.

Chapitre 42

Forest Lawns, 2 décembre 2016

Mon chéri,

Parfois, je pense que je ne peux plus distinguer ce qui est vrai de ce qui ne l'est pas. Hier, quand on m'a posé des questions sur les vêtements dans la valise, j'ai parlé de Jim. Je n'aurais pas dû, puisque je suis censée ne me souvenir de rien. Ou est-ce que c'est assez loin dans le temps pour que cela ne pose pas de problème? Ici, les gens se souviennent souvent mieux du passé que du présent.

Peut-être que je jouerai encore une fois et que je m'arrêterai. Ce charmant foyer, avec ses personnes douces et gentilles, essaie d'occuper tout le monde. Mais en réalité, nous sommes tous assis dans la dernière salle d'attente de la vie, avec très peu de choses à faire. La plupart d'entre nous ne parviennent plus à faire de longues sorties, très peu peuvent se concentrer suffisamment longtemps pour lire quelque chose de plus consistant qu'une page de journal, et chaque jour apporte un nouveau stade de déclin. Un homme cher m'a dit hier qu'il avait passé sa vie à réaliser des choses, mais qu'à présent, il ne pouvait plus rien accomplir et qu'il ne trouvait plus de sens à la vie. J'ai tendance à être d'accord avec lui.

Ce jeu m'a permis de m'occuper et de me divertir pendant un moment. Et c'était vraiment amusant, mais je ne sais pas combien de temps je vais pouvoir continuer à faire semblant.

Forest Lawns, 2 décembre 2016

Je me sens très fatiguée, et parfois j'ai juste envie de m'endormir pour toujours et de te rejoindre au paradis, où nous serions ensemble pour l'éternité.

Ton Evie toujours aimante, xxx

PS. Je t'aime

Chapitre 43

Mme T-C,
2 décembre 2016

Talc et Sherry

Ça a l'air sérieux. Pat vient d'arriver, pull en laine d'agneau froissé et écharpe effilochée, avec un sac rempli de brochures. Que veut-elle encore ?

Essoufflée, elle déclare :

— Je me suis soudainement rappelé que tu m'avais dit de regarder dans ton bureau, il y a quelque temps. Tu t'en souviens ?

— C'est vrai ? Qu'est-ce que je t'avais demandé de chercher ?

— Les évaluations d'assurance. Tu as dit que tu pensais en avoir de vieilles. Eh bien, tu avais raison. Je les ai trouvées hier et elles m'ont été très utiles. Cela m'a permis de dresser un inventaire complet des biens qui valent la peine d'être conservés.

Elle présente un des rapports.

Evelyn s'en souvient très clairement et se rappelle également pour quelle raison il voulait obtenir ces informations. Chaque dimanche, il était assis dans sa maison, dégustant sa nourriture et buvant son vin, et calculant le profit qu'il tirerait d'une éventuelle vente du domaine.

— Et quelqu'un a également fait des calculs très utiles, en additionnant tous les montants en jeu.

Elle montre des chiffres écrits à l'encre dans la marge.

— Ce n'est pas ton écriture !

Evelyn secoue la tête. Non, ce n'est pas la sienne, mais elle sait à qui elle appartient. Elle avait complètement oublié que cette pièce à conviction, cette preuve qu'il avait visité le manoir de Kingsley, existait. Comment a-t-elle pu l'oublier ? D'un simple regard, elle peut le voir assis à la table de la cuisine, les rapports étalés devant lui, le stylo à la main, son esprit avide évaluant ses objets les plus précieux, additionnant leur valeur combinée. Il en avait presque salivé d'impatience à l'idée de profiter d'une partie de ses richesses.

— Tata, tu te sens bien ? Tu es très pâle.

Pat pose une main sur l'épaule de sa tante.

— Dois-je aller chercher quelqu'un ?

— Non, ma chérie. Je vais bien. Je suis juste un peu fatiguée aujourd'hui, je crois.

Evelyn fixe à nouveau l'écriture soignée, précise et nette, tout à fait à son image. Si les policiers voyaient cela et la comparaient aux documents qu'ils auraient pu récupérer dans son appartement, ils pourraient faire le lien… Et comment pourrait-elle l'expliquer ? Mais quelle est la probabilité qu'ils aient encore des preuves provenant de cet appartement ? Robinson a disparu il y a tant d'années que l'affaire aurait dû être classée et oubliée.

Elle montre alors les évaluations et les notes, puis déclare :

— Je pense que c'est l'homme de la maison de ventes aux enchères. Je crois me souvenir qu'il est venu en personne à Kingsley pour m'expliquer comment ils calculent ces chiffres. Je ne l'ai pas écouté, évidemment. Je ne voulais rien vendre à l'époque, je l'ai fait uniquement à des fins d'assurance.

— Je suis ravie que tu l'aies fait venir. Cela m'a été très utile. Mais j'ai du mal à mettre la main sur tout ce qui est répertorié ici. Comme ceci, par exemple, la vaisselle Majolica Palissy. « Des créatures marines et des algues », est-il écrit. Je ne sais pas trop à quoi elles ressemblent, et je n'arrive pas à trouver quelque chose qui corresponde à cette description.

— Voyons voir.

Evelyn fait semblant de réfléchir. Elle sait exactement ce qui s'est passé : elle a mis aux enchères les assiettes démodées lors d'une vente nationale et le bénéfice lui a permis d'acheter un billet d'avion pour Francfort. Une dernière visite, avant qu'il ne soit trop tard, en souvenir du bon vieux temps. Elle s'est rendue au village et a trouvé la petite maison avec sa clôture, sa haie et ses arbres fruitiers dans le même état qu'il y a des années. Il n'y avait personne, et même si quelqu'un était passé, comment l'aurait-elle reconnu ?

— Il est possible qu'elles aient été cassées, ment-elle. Ces plateaux grotesques, avec toutes ces créatures hideuses qui s'entremêlaient, étaient de redoutables pièges à poussière. Nous ne les enlevions du mur qu'une fois par an pour les laver. Mais Sharon a toujours eu beaucoup de mal à les nettoyer correctement. Je crois que c'est ce qui s'est passé.

— C'est dommage. Elles valaient quelques euros, et tout s'additionne, tu sais. Chaque petite somme contribue à te maintenir dans le confort de cette belle maison.

— Ce n'est pas chez nous, dit Evelyn. C'est très joli, mais ce n'est pas comme à la maison.

Elle décide qu'il est temps de faire un peu de théâtre et attrape le poignet de sa nièce.

— Je veux rentrer chez moi, Pat. Tu me ramènes à la maison aujourd'hui ?

— Non, ma tante. Pas aujourd'hui. Tu restes ici, c'est beaucoup mieux pour toi. Et plus sûr.

— Mais je ne veux pas rester ici, je veux rentrer chez moi, je veux retourner à Kingsley. Si tu ne m'y emmènes pas, j'appellerai un taxi. Je conduirais bien moi-même, mais je ne me souviens pas où j'ai garé la voiture.

— Ma tante, tu n'as pas conduit depuis longtemps. Tu as vendu ta voiture il y a des années. Tu ne te souviens pas ?

Pat cherche un membre du personnel. Lorsqu'Evelyn se comporte ainsi, elle s'en va rapidement.

— Je ne t'ai pas autorisée à vendre ma voiture. Comment as-tu pu faire ça ?

— Tu l'as vendue toi-même. Tu as compris que tu n'étais plus assez sûre de toi pour conduire. Je crois que tu l'as fait juste après l'un de tes accidents. Tu avais grillé un feu rouge, tu te souviens ?

— J'ai changé d'avis. Je veux récupérer ma voiture. Elle me serait très utile pour aller faire les courses.

— Tu n'as pas besoin d'aller dans les magasins. Tout ce dont tu as besoin se trouve ici.

— Comment sais-tu ce dont j'ai besoin ? Je vais aller à Waitrose et faire mes courses moi-même.

— C'est ce qui se passe le jeudi, non ? Un groupe d'entre vous va faire les magasins. Et si tu as besoin de quelque chose de toute urgence, tu sais que je peux te le procurer ou qu'un membre du personnel ira le chercher quand il sortira.

Evelyn adopte un ton plus calme.

— Du talc. J'ai besoin de talc.

— Encore ? Je suis certaine d'en avoir apporté pour toi il y a à peine deux semaines.

Oui, tu l'as fait, mais tu ne sais pas à quel point cette poudre est utile et combien j'en utilise tous les jours.

— Pour mes pieds, argumente-t-elle. Les infirmières disent que je dois toujours en avoir pour mes pieds.

— Oh, très bien alors. Je vais aller à Sainsbury's en rentrant chez moi. J'en prendrai là-bas et je te l'apporterai la prochaine fois.

— Merci, ma chérie. Assure-toi que c'est bien du Coty. J'aime les poudres qui sentent bon.

— Oui, d'accord, je vais te chercher du Coty. Autre chose pendant que j'y suis ?

— Du sherry, demande Evelyn, avec un regard vif et malicieux. J'aimerais avoir une bouteille de sherry dans ma chambre. Ainsi, lorsque j'aurai des visiteurs, je pourrai leur offrir un bon verre.

Pat soupire en se levant de sa chaise.

— Je suppose qu'il te faudra également des verres pour servir le sherry.

— C'est une très bonne idée. Je ne voulais pas en parler, mais maintenant que j'y pense, nous en avons de très beaux à Kingsley. Je crois qu'il y a un service avec des tiges torsadées. Elle fait un geste en spirale avec son index. Peux-tu les apporter, la prochaine fois ?

— Que sont devenus les verres couleur rubis que nous avions récupérés lors de ta dernière visite à Kingsley ? Ont-ils disparu ? Mais peu importe, j'en trouverai probablement d'autres, puisque je suis en train de tout classer de toute façon. Il y a tellement de babioles là-dedans.

De la camelote, en effet. Mes biens les plus chers, tu veux dire. C'est le moment du dernier coup de génie.

— Et pourquoi ne me laisses-tu pas ces vieilles évaluations ? J'aimerais y jeter un coup d'œil pour me rappeler toutes les belles choses que nous avions à la maison. Tu n'en as plus besoin, n'est-ce pas ?

— Oh, d'accord. De toute façon, il faut que j'en programme de nouvelles pour les mettre à jour.

Elle dépose la pile de rapports sur la petite table d'appoint.

— Merci. Au fait, veille à ce que ce soit du sherry sec. Maman a toujours aimé le cream sherry, mais j'ai toujours eu un faible pour le manzanilla. Je suis sûre que tu en trouveras facilement chez Waitrose.

— Je n'en doute pas. Maintenant, si c'est tout pour aujourd'hui, il faut que j'y aille.

Pat se penche pour embrasser la joue de sa tante, puis s'éloigne, tandis qu'Evelyn récite :

— Amontillado, oloroso, fino, manzanilla… n'importe lequel fera l'affaire.

Puis elle baisse la voix parce qu'elle entend Pat parler à Mary, juste derrière la porte, et lui raconter :

— Elle a l'air un peu plus décidée aujourd'hui. J'ai presque pu avoir une vraie conversation avec elle.

— Oh, ils sont comme ça, répond Mary. Il y a des jours avec et des jours sans. Comme une radio déréglée, parfois. Mais quand c'est un bon jour, nous devons nous estimer heureux.

Et Evelyn feuillette les rapports posés sur ses genoux, compte les chiffres de cette écriture rigide et contrôlée, et essaie de se souvenir s'il ne resterait pas d'autres indices de sa présence qu'elle aurait pu oublier.

Chapitre 44

Mme T-C, 11 décembre 2016

Enfin

Ceux qui le peuvent tricotent. Evelyn n'a jamais appris à bien tricoter, malgré sa volonté, quand elle était plus jeune, de garder les pieds de Hugh au sec et au chaud. D'autres mains habiles font claquer les aiguilles et roulent la laine aussi loin que le permettent leurs articulations gonflées par l'arthrite. Evelyn s'occupe maintenant des pots de perce-neige sur le point de bourgeonner et susceptibles de fleurir lorsqu'ils seront rentrés à l'intérieur depuis la serre glaciale.

La maison de retraite se prépare pour la foire de Noël, au cours de laquelle parents et voisins viendront acheter des jouets tricotés, des billets de tombola et des pots de viande hachée préparés par Foffle, les Amis de Forest Lawns. L'ambiance est à la fête, même si le jour J n'est que dans trois semaines. Quelques résidents pourront partir quelques jours chez leurs enfants, qui peuvent prendre soin d'un parent âgé. Cependant, d'autres resteront à Forest Lawns, où ils entendront le bruit des crackers, la musique de Pass the Parcel, le discours de la reine et les doux ronflements de ceux qui ont bien mangé de la dinde et du pudding de Noël.

Evelyn ne se réjouit pas des festivités. Jusqu'à ce qu'elle se fracture la hanche, elle avait passé les jours de Noël de ces dernières années à se rendre à l'église, puis à déjeuner au pub local, où elle était bien connue et accueillie chaleureusement par les villageois. Certaines années, elle avait rejoint Pat et sa famille pour le déjeuner, mais il était toujours servi très tard et elle ne supportait pas les cadeaux extravagants, les chamailleries et le retour solitaire à la maison dans l'obscurité.

À présent, elle se réjouit d'une nouvelle tradition : le *Secret Santa.* Elle n'en avait jamais entendu parler auparavant, mais Sarah, qui coordonne les activités du foyer, affirme qu'il s'agit d'une pratique très répandue de nos jours.

— Vous verrez, Mme T-C. Comme ça, tout le monde reçoit un cadeau surprise. Comme quand vous étiez petite fille et que vous attendiez que le père Noël vienne remplir votre chaussette de friandises.

— Nous accrochions les chaussettes de pêche de papa à la poutre au-dessus du cantou, se souvient Evelyn. C'étaient de longues chaussettes en laine de couleur crème. Elles me semblaient énormes quand j'étais enfant. Mais elles n'étaient jamais complètement remplies, même si je souhaitais qu'elles le soient, année après année. Je me souviens d'un lapin gris, une fois. Pas un vrai, bien sûr. Un petit lapin à la Peter Rabbit, sans le gilet.

— Qui sait ce que vous recevrez cette année ? Ce serait amusant d'avoir une surprise !

Sarah sourit et rit, comme si Evelyn n'avait pas compris que la plupart des cadeaux secrets seraient choisis parmi les articles que Sarah a achetés elle-même et offerts à chaque résident pour qu'il les emballe, car ils ne peuvent pas tous quitter le foyer pour faire les achats de Noël. Certains pensent même qu'ils recevront le savon parfumé ou les chocolats qu'ils ont eux-mêmes choisis, alors qu'ils seront bien sûr étiquetés pour un autre résident.

Oh, mais il y aura des secrets, pense Evelyn, *et il y aura aussi des surprises, mais pas celles que je vais partager avec vous. Alors, laquelle sera la première?* Elle se sourit à elle-même tandis que Sarah fait le tour du salon, de la salle à manger et de la salle du matin, discutant avec les tricoteuses et celles qui font des pelotes de laine. *Je crois qu'il faut commencer par Pat. Pat et ensuite ce gentil inspecteur de police. Ils méritent tous les deux une surprise pour Noël. Je leur demanderai de venir tous les deux, l'un après l'autre.*

En début d'après-midi, Pat arrive, impatiente.

— Il y a intérêt à ce que ce soit important, tu sais. Les cousins de Humphrey passent le week-end chez nous. Et ma livraison Ocado est prévue pour 18 heures, alors il ne faut pas que je sois en retard. Et tu connais bien les embouteillages à Guildford à l'heure de pointe…

— Oui, je comprends tout à fait. Je vois bien que tu es très pressée. Il y a toujours beaucoup de choses à faire avant Noël. Ici aussi, tout le monde s'y met, tu sais.

— Ce n'est pas vraiment la panique ici, se moque Pat. Ce n'est pas exactement ce que j'appellerais des préparatifs fous.

Elle regarde dans le salon les quelques personnes assises dans leurs fauteuils. Certains somnolent après leur copieux déjeuner. Ce midi, il y avait le choix entre du rôti de porc ou du poulet au curry, suivi d'un riz au lait ou d'une tarte aux pommes. Evelyn s'est plainte parce qu'il n'y avait pas de poisson au menu, même si elle en a déjà mangé cette semaine. Elle a donc choisi une omelette au fromage.

— Alors, de quoi voulais-tu me parler exactement que tu ne pouvais pas me dire au téléphone?

Pat est assise, mais posée sur le bord de son siège, comme si elle était prête à s'envoler dès qu'Evelyn aurait parlé.

— C'est un plaisir de te voir, répond Evelyn. Je préfère toujours parler de choses sérieuses en tête à tête.

— Oui, c'est un plaisir de te voir aussi. Mais il vaudrait mieux qu'il y ait autre chose que le simple fait de vouloir me voir cet après-midi. Je suis bien trop occupée pour une simple visite de courtoisie, aussi rapide soit-elle. Elle consulte sa montre. J'aurai peut-être juste le temps de faire un saut chez Boots avant de rentrer, alors allons-y.

— Eh bien, ma chérie, j'ai beaucoup réfléchi ces derniers temps.

— À propos de quoi exactement ?

— Oh, à propos du passé.

Evelyn tend la main à sa nièce. Sa peau est calleuse et il reste un vestige de vernis violet sur ses ongles. Si seulement elle prenait soin de repousser ses cuticules après son bain, comme sa mère lui avait appris autrefois, ses ongles seraient impeccables. Les ongles d'Evelyn sont toujours de parfaits ovales roses et blancs.

— Qu'en est-il du passé, chère tante ? Je suis bien plus impliquée dans le présent qui monopolise tout mon temps en ce moment.

Pat retire sa main et cherche un morceau de mouchoir en papier dans sa manche.

— Oui, je sais. Tu as une vie tellement chargée. Mais j'ai beaucoup réfléchi, ces derniers temps, à toutes sortes de choses qui se sont produites dans le passé, et je pense avoir trouvé quelque chose qui pourrait intéresser l'aimable jeune homme. Tu sais, celui que tu as invité à me rendre visite la semaine dernière.

— Jeune homme ? Oh, tu veux dire l'inspecteur Williams ?

— C'est son nom ? Il me posait tellement de questions... Je devais être un peu confuse lorsqu'il était ici, mais maintenant, je crois que je pourrais avoir des réponses à ses questions. Tu devrais donc l'inviter à revenir pour une autre visite.

Pat fixe Evelyn, puis roule le mouchoir humide en boule dans sa main.

— Quel genre de réponses ? Je ne vais pas le traîner jusqu'ici si c'est pour que tu deviennes idiote et que tu recommences à faire des histoires.

— Oh, je ne ferai pas ça. Je suis sûre qu'il sera très heureux de me voir. D'ailleurs, je l'ai écrit ici, dans mon journal.

Evelyn tapote son sac à main et, lorsque Pat tend la main pour l'attraper, elle s'insurge.

— Non ! Cela n'aurait aucun sens pour toi. Je dois le lui dire moi-même, en personne.

— Je ne peux même pas lui dire de quoi il s'agit, pour qu'il sache si cela en vaut la peine ?

— Pourquoi ? Tu crois qu'il est trop occupé à faire ses courses de Noël pour venir me voir ?

— Non, je veux simplement lui éviter de perdre son temps une fois de plus.

— Alors, dis-lui que je me souviens de ce qui est arrivé à l'homme dont il parlait, Stephen Robinson. Dis-lui que je m'en souviens, et que c'est très important.

Evelyn serre son sac contre sa poitrine, tandis que Pat reste bouche bée.

Sixième partie

Chapitre 45

12 novembre 1945

Hugh, mon chéri,

Je suis convaincue que tu aurais eu du mal à retenir ton rire. Tu as toujours eu le sens de la plaisanterie ! Je n'arrive pas à croire que j'ai continué à jouer la comédie et que j'ai réussi à m'échapper de cet endroit abominable. J'espère juste que personne n'en entendra parler et ne se demandera comment j'ai pu me retrouver sans bébé après ma grossesse fantôme !

Me voici donc complètement remise de mes supposées nausées matinales, en route pour Wildflecken, le camp de réfugiés où Brian Joliffe pense que je peux apporter mon aide. Ce sera peut-être difficile, mais pas autant que le « village interdit ». *J'ai déjà rencontré mes compagnons de voyage, y compris une infirmière qui affirme être occupée jour et nuit à mettre au monde d'innombrables bébés. Je n'ai pas osé lui avouer que j'avais fait semblant d'avoir besoin des mêmes services récemment !*

Tout mon amour, mon très cher,

Ton Evie, xxx

PS. Je t'aime

Chapitre 46

Eva,
13 novembre 1945

Dans la nuit

Alors que le soleil hivernal commençait à décliner, leur camion traversa des kilomètres de forêts de sapins sombres jusqu'à ce qu'ils arrivent enfin au camp. Eva se souvint alors du poème de T.S. Eliot sur les Rois Mages, « Le voyage des Rois Mages ». Mais ils n'étaient pas les Rois Mages, ce n'était pas encore Noël et ils n'étaient pas arrivés avec des cadeaux ; ils ne pouvaient qu'apporter de l'espoir à Wildflecken, connu de tous les travailleurs humanitaires sous le nom de « Wild Place ».

La neige était arrivée tôt cette année-là et recouvrait le sol, tandis que la glace se formait dans les ornières creusées par les mouvements incessants des camions de ravitaillement. Alors qu'ils étaient à l'arrêt, les gaz d'échappement du camion projetant des nuages de fumée autour d'eux, Eva pouvait distinguer des silhouettes sombres tirant des traîneaux de fortune le long de la piste gelée, telles des fourmis noires sortant des austères baraquements situés au milieu du camp.

— Restez ici. Je vais leur dire que nous n'avons rien, dit Ken.

Il avait fait tout le chemin depuis Francfort, leur expliquant pendant le trajet comment fonctionnait le camp. C'était un territoire familier pour ce robuste Australien, mais pour Eva et les autres, c'était un paysage inconnu, non seulement à cause de la neige et de l'éloignement de leur foyer, mais aussi parce que c'était en plein cœur du redoutable empire d'Hitler. Wildflecken, ancienne base secrète d'entraînement des SS, si secrète que son nom n'apparaissait plus sur aucune carte après 1938, était désormais un centre de réhabilitation pour des milliers de personnes déplacées. Ces exilés espéraient tous désespérément retrouver leurs proches disparus et retourner dans leurs maisons perdues.

Ken remonta dans le camion, frappant ses mains l'une contre l'autre à travers ses moufles en peau de mouton, sa respiration embuant le pare-brise.

— J'ai envoyé un homme chercher le chef qui nous montrera le chemin.

Il regarda par-dessus son épaule la masse de personnes emmitouflées dans des écharpes, des châles, des chapeaux et des manteaux militaires.

— Regardez ces Polonais. Ils ont scié les cadres de leurs lits en métal pour en faire des patins pour leurs traîneaux.

Ils observèrent les silhouettes se retirer, mais quelques-unes s'attardaient, tapaient du pied, enroulaient leurs bras autour de leur corps.

— Qu'attendent-ils? demanda Brigitte, l'infirmière de la Croix-Rouge suédoise affectée à la maternité du camp.

Pendant le voyage, elle avait expliqué à Eva qu'environ quarante-cinq naissances étaient attendues sous peu. « Et ce n'est pas fini, avait-elle ajouté. Chaque fois qu'un autre train arrivera, il y aura de nouveaux bébés, certains déjà nés, d'autres qui attendent encore de voir le jour. Tous frêles, tous mal nourris. Ce sera un travail difficile. »

— Ils attendent n'importe quoi, répondit Ken. Tout ce qu'ils peuvent trouver. Il y a beaucoup de nourriture ici. Dans les cuisines, dit-il en faisant un signe au loin, ils cuisent neuf tonnes de pain par jour et nous recevons des livraisons hebdomadaires de provisions et de charbon. Malgré tout, il y a encore beaucoup de choses qui manquent. La section sociale a trouvé une douzaine de machines à coudre la semaine dernière, mais elles ne servent à rien sans aiguilles. Et il y a un besoin urgent de baguettes de soudure, mais il n'y en a pas. Nous avons constamment besoin d'approvisionnements.

— Combien de personnes vivent ici ? s'enquit Eva. Je croyais que ce camp comptait deux ou trois mille réfugiés.

Le rire de Ken retentit comme un coup de canon.

— Vous pouvez ajouter quelques zéros ! On ne vous a pas dit que nous hébergions plus de vingt mille personnes ? Et plus vite nous les expédions, plus vite ils nous envoient d'autres malheureux.

— Je ne savais pas qu'il y en avait autant.

Eva et les deux autres filles jetèrent un coup d'œil hors du camion.

— Pas étonnant que vous produisiez autant de pain.

— Nous avons douze cuisines, et chacune doit nourrir mille cinq cents bouches. C'est une véritable usine alimentaire, déclara Ken en soufflant dans ses moufles pour se réchauffer les mains.

Puis il ajouta :

— Maudit endroit ! Ce lieu n'est peut-être pas un camp de la mort, mais il me fait toujours peur. L'industrie colossale de ces gars-là ! Nous avons découvert un entrepôt rempli de skis. Des putains de skis, je vous le dis ! Ils prévoyaient de réunir une troupe de skieurs d'élite pour attaquer la Russie. Mais pour l'heure, nous avons besoin d'aiguilles, pas de skis! Autant les brûler pour en faire du bois de chauffage.

Eva regarda les visages pâles aux yeux sombres qui les observaient depuis leurs sacs de vêtements. C'étaient ceux qui avaient survécu, qui avaient enduré les horreurs du travail forcé et des camps de concentration. Eva et les autres travailleurs humanitaires recrutés par l'Administration des Nations unies pour le secours et la réhabilitation avaient pour mission d'aider ces survivants à reconstruire leur vie. *Ici,* pensait Eva, *malgré les histoires sinistres que j'entends, je vais guérir et non blesser, pas comme à Bad Nenndorf.* Elle tenta de chasser de son esprit l'image des prisonniers grelottants.

Eva était logée dans une petite chambre avec trois lits étroits, en compagnie de Brigitte, l'infirmière, et de Sally, une joyeuse Écossaise rousse qui, comme elle, avait été recrutée pour ses compétences linguistiques.

— Je suis sûre que mes parents n'auraient jamais imaginé que je me retrouverais dans un endroit aussi lugubre, se désola Sally. Pour eux, l'italien, le français et l'allemand faisaient partie de l'éducation culturelle d'une jeune fille, avec des gouvernantes en prime!

À ces mots, elle se jeta de tout son long sur le lit simple au matelas mince, dont les ressorts grinçaient et gémissaient, puis elle se redressa et lança:

— Bon, alors, qu'est-ce qu'on a à boire?

Les trois filles se mirent à rire, fouillèrent chacune dans leur valise et en sortirent une gourde, un thermos et une demi-bouteille de gin. En l'absence de verres, elles placèrent les contenants côte à côte, puis versèrent une mesure de gin dans chacun d'eux à l'aide du bouchon de la bouteille.

— À nous trois, nous avons du schnaps, du whisky et du gin, précisa Brigitte. Cela ferait un beau cocktail!

— Nous pourrions l'appeler « Wild Place Gimlet », suggéra Eva. Puis, toutes les trois entrechoquèrent brièvement leurs récipients en guise de toast, avant de les vider d'un trait.

— Je suis d'accord pour faire la fête, les filles, prévint Sally, mais je propose que nous nous limitions. Il est possible que nous ne puissions pas obtenir d'alcool pendant que nous sommes ici. Qui sait? Il y aura peut-être des jours où nous aurons vraiment besoin d'un verre. Buvons-en une dernière gorgée, et arrêtons-nous.

Eva versa encore trois bouchons de gin, car elles étaient d'accord pour ne pas mélanger leurs boissons le premier soir. Elles burent ensuite lentement, Sally trempant son index dans le gobelet Thermos avant de le sucer les yeux fermés, comme si son goût était d'autant plus savoureux grâce à son sel. Puis elle lança:

— Si nous n'en avons plus, nous n'aurons qu'à en faire nous-mêmes.

— J'ai entendu l'un des hommes dire qu'avant qu'il neige, par une nuit sombre où la lune était pleine, on pouvait voir une traînée blanche de farine à travers les bois, raconta Eva.

— Une piste de farine?

Les yeux de Sally s'ouvrirent brusquement et elle se redressa, prenant soin de ne pas renverser la moindre goutte de son verre.

— Oui, de la farine de boulangerie. Apparemment, les Polonais volent de la farine pour faire de la vodka.

Sally éclata de rire.

— Ils savent comment organiser une fête ! Il faudra qu'on découvre qui ils sont et qu'on s'arrange avec eux lorsqu'on en aura besoin.

— Mieux vaut s'abstenir, conseilla Brigitte. Tu pourrais y laisser ta peau. J'ai entendu dire que la dernière opération illégale qu'ils ont découverte avait rendu aveugles cinq hommes, qui se trouvent encore à l'hôpital.

— Ça alors, c'est décourageant, s'exclama Sally. Après tout ce que certains de ces pauvres bougres ont traversé, qui n'aurait pas envie de boire jusqu'à la mort ?

— Mais nous sommes là pour les aider à se relever, protesta Brigitte. Nous devons essayer de leur redonner de l'espoir, pas du désespoir. Ils en ont déjà trop vécu.

Les trois jeunes filles se turent. Dans ce silence qui s'installe lorsqu'une communauté ou un village éteint les lumières et souffle les bougies avant de s'endormir, de lointains craquements résonnèrent. Le souffle court, elles échangèrent un regard inquiet, puis Eva brisa le silence.

— Pour moi, cela ressemblait à des coups de feu.

Chapitre 47

Eva,
14 novembre 1945

L'arrivée du printemps

Eva rangea la pile de formulaires sur son bureau, puis remplit son stylo d'encre en prévision de sa première matinée de travail. Elle avait été chargée de délivrer des laissez-passer temporaires aux détenus qui quittaient le camp à la recherche de leurs proches disparus ou de fournitures indispensables.

Un coup frappé à la porte la fit se retourner. Ken se tenait dans l'encadrement, imposant dans son chaud pardessus anthracite.

— As-tu entendu quelque chose, la nuit dernière? Nous avons toutes cru entendre des coups de feu.

— Non, je n'ai rien entendu. J'ai dormi comme un bébé après ce long trajet, mais cela ne me surprendrait pas. Ce sont probablement les Polonais qui rendent à nouveau leur propre justice, répondit-il.

Eva eut l'air surprise.

— Qu'est-ce que tu veux dire par « justice »?

Ken sourit.

— Ma chère, attends-toi à voir quelques règles être contournées tant que tu es ici. Les choses commencent à se calmer, mais nous ne sommes pas encore revenus à ce que l'on pourrait appeler une société civilisée.

Eva s'arrêta au milieu d'une série de crayons à tailler.

— Mais nous sommes ici pour gérer les choses correctement. Il y a du travail administratif. Les gens ne peuvent pas simplement rendre justice par eux-mêmes, si ?

— S'ils estiment qu'ils ont suffisamment de raisons, ils le feront. Certains d'entre eux ont vécu l'enfer et en sont revenus ; ils veulent s'assurer que les coupables auront ce qu'ils méritent.

Ken roula une cigarette entre ses doigts et la glissa entre ses lèvres, tout en cherchant une allumette dans ses poches.

— Tu veux dire qu'ils se vengent ? Ils tuent des gens qui devraient être interrogés et jugés ?

— Peut-être, mais nous n'en sommes pas certains. L'endroit est vaste et il y a beaucoup de forêts.

— Mais les Alliés ont donné leur accord. Des procédures sont en place. Il y aura d'autres procès comme celui de Lunebourg, et des peines seront prononcées si les personnes sont reconnues coupables.

Du moins, j'espère qu'il y en aura après les horreurs dont j'ai été témoin lors de ma précédente affectation, pensa Eva.

— C'est ce que nous espérons tous, ajouta-t-il en haussant les épaules, mais en attendant, il y a encore beaucoup de gens qui circulent sans les bons papiers, et qui ont des histoires floues et incomplètes sur les endroits où ils sont allés et ce qu'ils ont fait. Parmi cette foule, il y a des personnes bienveillantes et d'autres malveillantes. C'est un peu comme dans le Far West.

— Tu veux dire qu'ils se font justice eux-mêmes, c'est ça ? Ils rendent une justice brutale.

— En quelque sorte. La justice officielle prend du temps, la machine doit être mise en route. Et certains de ces individus vont s'arranger pour disparaître pendant ce temps, tandis que d'autres veulent bien s'atteler à la tâche et s'assurer que les coupables obtiennent ce qu'ils méritent. Voici comment ça fonctionne : quelqu'un a vent d'un kapo qui a maltraité des prisonniers dans les camps. Quelqu'un d'autre trouve un témoin oculaire, et ensuite – il fit un geste de pistolet avec ses doigts – paf, paf ! *Kapo kaput*, mission accomplie.

Eva resta bouche bée, imaginant une exécution nocturne entre les congères la nuit précédente, avant de se demander :

— Et nous ne pouvons rien faire pour empêcher cela ?

— Je dirais qu'il vaut mieux ne pas le faire. Cela continuera de se produire, peu importe ce que nous faisons, et cela pourrait être bien pire. J'ai récemment rencontré des Américains qui m'ont confié que, au départ, ils avaient laissé certains SS de bas rang à leurs anciens prisonniers pour qu'ils les exécutent. Cela pouvait parfois devenir insupportable, car les exécutions variaient beaucoup en termes de rapidité et de facilité. Un jour, les Américains ont vu des Polonais assoiffés de vengeance battre un SS sans raison, puis l'envoyer au crématorium. Ils l'ont attaché, l'ont glissé dans le four, ont allumé le feu et l'ont fait entrer et sortir jusqu'à ce qu'il soit réduit en cendres.

Il termina sa mince cigarette et tira sur le morceau de papier accroché à sa lèvre.

— C'est vraiment horrible, s'exclama Eva en frissonnant. Mais ils ne peuvent pas faire une telle chose ici !

— Non, Dieu merci. Les fours à pain sont trop occupés à nourrir tout le monde, dit-il en riant de sa plaisanterie.

— Alors, soyons contents d'entendre seulement un coup de feu occasionnel, propre et simple.

Eva jeta un nouveau coup d'œil à ses piles de papier bien rangées, à ses rangs de stylos et de crayons, et se dit: *«Je suis stupide. J'aurais dû y penser davantage». Devais-je vraiment le faire? Une justice impitoyable?*

Il hocha doucement la tête.

— Tu n'es pas la seule, ma chère. Nous ne faisons que recoller les morceaux. Nous ne pouvons pas vraiment comprendre ce qu'ils ont vécu dans ces enfers.

— C'est ce que j'essaie de me dire. Je voudrais le savoir, mais en même temps, je préférerais l'ignorer. Je veux juste aider les gens à retrouver une vie normale.

— Bien sûr, et tu feras du bon travail, c'est certain.

Il se retourna ensuite vers la porte, puis ajouta:

— Tu vas avoir de l'aide ici de la part de l'aristocratie polonaise.

— C'est-à-dire?

— Nous l'avons baptisée «La comtesse». C'est quelqu'un d'exceptionnel. Beaucoup de femmes ont perdu la vie à Ravensbrück, mais sans sa persévérance et son courage, toute une caserne aurait péri. C'est une femme d'une grande sagesse et d'un tempérament solide qui va vous servir d'interprète.

— Oh, très bien. Merci, Ken. Et je vais essayer de ne pas m'inquiéter si jamais j'entends d'autres coups de feu ce soir.

Il sourit et remonta son col autour de ses oreilles.

— Nous saurons à quel point les justiciers ont été occupés au printemps, quand la neige aura enfin fondu.

Eva prit un moment pour comprendre ce qu'il voulait dire. Finalement, lorsqu'il s'en alla, elle regarda par la fenêtre la forêt dense qui s'étendait sur des kilomètres autour du camp et les pentes lointaines couvertes d'un épais manteau blanc. Les traces de pas disparaîtraient bientôt sous les nouvelles chutes de neige, et ce qui était caché sous les branches sombres dans les congères resterait bien camouflé jusqu'au printemps.

Chapitre 48

Eva, 14 novembre 1945

Comtesse Komorowski

Soudain, le bruit d'une porte qui s'ouvrait interrompit la vision d'Eva, ponctuée de cadavres gelés attendant le dégel du printemps. Elle se retourna et aperçut une femme âgée, vêtue d'un manteau de fourrure rapiécé et d'une peau de mouton jetée sur ses épaules. Malgré le désordre de sa tenue, elle dégageait une élégance naturelle. Ses fins cheveux argentés étaient plaqués sur ses tempes, attachés en un maigre chignon à la française. Elle se dirigea vers le bureau à l'aide d'une canne d'ébène, et tendit sa main veinée pour la saluer.

— Ma chère, je suis Irène Komorowski. Je pense que vous aurez besoin de mon aide, car vous ne parlez pas polonais.

— Ken m'a dit que j'aurais de l'aide. Êtes-vous la comtesse?

Eva fit glisser une autre chaise vers le bord du bureau pour son invitée.

Irène fit un signe de la main.

— Les titres, bah! Qu'est-ce que ça peut faire, maintenant? Appelez-moi Irène.

— Moi, c'est Eva.

Son sourcil froncé l'intrigua.

— Vous avez de la famille ici ?

— Ma grand-mère était polonaise, mais je ne parle pas sa langue. En réalité, je m'appelle Evelyn, mais lorsque je me suis engagée, nous avons convenu que j'utiliserais le nom d'Eva. Cela semble plus logique lorsque je travaille en allemand et en russe.

Le sourcil se fronce une fois de plus, montrant manifestement son étonnement.

— Pensiez-vous réellement que vos langues seraient utiles ici ?

— J'espérais, mais je n'avais pas compris que presque tout le monde parlerait polonais.

— Hmm, ils étaient polonais et sont pour la plupart originaires de Pologne, mais beaucoup d'entre eux ont remarqué que leur ville natale est désormais revendiquée par la Russie. Cela nous pose un gros problème.

— Je sais. Comme si essayer de rentrer chez eux, après tout ce qu'ils ont enduré, n'était pas déjà assez difficile en soi. Ils ont tout perdu, leurs maisons, leurs familles et maintenant leur patrie.

— Nous en reparlerons en temps voulu. Mais pour l'instant, nous devons déterminer si les personnes que nous recevons aujourd'hui sont autorisées à quitter le camp et à y revenir. Voyons voir qui nous avons.

Les jours se suivaient et se ressemblaient. Les uns après les autres, les résidents du camp se mettaient à la recherche d'oncle, d'un frère, d'un cousin. Un jeune garçon était convaincu que ses parents se trouvaient dans une ville ou un village voisin, un homme certain que sa mère avait survécu au camp de travail... Tous voulaient être autorisés à partir à la recherche de leurs proches. Eva s'habituait à ces récits et se préparait à les interroger pour connaître les raisons de leur départ, car les autorités cherchaient à décourager le marché noir.

Un jour, après avoir entendu l'histoire particulièrement émouvante d'un père qui voulait retrouver ses enfants, Eva déclara :

— Honnêtement, je me demande pourquoi nous devons poser tant de questions. Après avoir traversé tant d'épreuves, pourquoi ne pourraient-ils pas sortir et trouver un peu de réconfort ? Et s'ils font un peu de commerce à côté, qu'y a-t-il de mal ?

— Je sais, ma chère, concéda Irène, l'instinct de survie est difficile à réprimer après tant de difficultés. Certains d'entre eux ne sont en vie aujourd'hui que parce qu'ils ont saisi, chaque fois qu'ils le pouvaient, les opportunités qui se présentaient pour obtenir une ration supplémentaire. Chaque fois qu'ils trouvaient ou gagnaient une bouchée de nourriture, cela signifiait un jour de vie supplémentaire.

Elle prit la peau de mouton sur ses épaules et la posa sur les genoux d'Eva.

— Un cadeau d'un ami reconnaissant, expliqua-t-elle. Il a récemment trouvé une réserve de peaux et fabrique maintenant des gilets et des bonnets chauds qu'il vend pour aider sa famille. Les Allemands peuvent nous traiter de « schlechte Ausländern » autant qu'ils le veulent, mais lorsqu'ils convoitent des marchandises introuvables, ils sont prêts à payer cher. Qui pourrait donc en vouloir à mon ami ?

— Des étrangers méprisables, murmura Eva en interprétant les paroles d'Irène. Ce n'est pas du tout correct. Les Polonais n'ont pas demandé à venir ici et à tout perdre.

— Mais tous les Allemands ne sont pas à blâmer. Beaucoup ont aussi perdu leur famille et trouvent la vie difficile aujourd'hui.

— C'est certainement très douillet et chaud, déclara Eva, en caressant doucement les poils soyeux de la peau.

— Avez-vous besoin d'un chapeau pour l'hiver ?

Irène attrapa la peau et l'enroula autour de sa tête, à la manière d'un chapeau cosaque.

— Je peux en parler à mon ami pour vous.

— Non, merci, ce n'est pas nécessaire. Je pense que je ferais mieux de m'en tenir aux règles pour l'instant.

— Très bien, mais prévenez-moi si vous commencez à avoir froid.

Chapitre 49

Eva,
30 novembre 1945

De l'Est

À travers la fumée et la vapeur, d'autres personnes arrivèrent encore, descendant des wagons. Une marée de réfugiés fatigués et affamés. Serrant dans leurs bras des couvertures souillées, des manteaux boueux, des ballots précieux et des enfants, ils avançaient péniblement le long de la voie ferrée.

— Brigitte, par ici! cria Eva. J'en ai une autre.

Brigitte courut vers Eva qui aidait une mère épuisée à descendre du train, son bébé agité serré contre ses seins vides. Une nouvelle vague de plusieurs milliers de prisonniers venait d'arriver à la gare voisine, construite à l'origine pour la puissante machine de guerre. Des personnes de tout âge et de tout état de santé s'approchaient en chancelant d'Eva et des travailleurs humanitaires, longeant des tas de neige fraîchement déblayée.

— Si seulement ils donnaient aux mères des couches propres pour le voyage, se plaignit Brigitte en secouant la tête.

Elle prit le bébé et déballa les linges sales. Eva sentit une odeur d'ammoniaque lorsque Brigitte se retourna pour respirer.

— Ce n'est pas étonnant qu'il crie, regarde-le, le pauvre.

Ses fesses et ses cuisses maigres étaient d'un rouge écarlate, la peau à vif.

— Aïe, c'est si douloureux, compatit Eva, tandis que Brigitte baignait doucement la chair brûlante du bébé et appliquait une épaisse couche protectrice de crème à l'oxyde de zinc.

— Il se sentira bientôt plus à l'aise. Ce n'est pas le pire cas que j'ai vu, confia Brigitte. Certains en garderont à jamais des séquelles. Et la plupart des bébés sont également déshydratés. Beaucoup de mères souffrent de malnutrition et ne produisent pas assez de lait. Elles n'ont probablement pas pu nourrir leurs bébés pendant tout le voyage.

Elle enveloppa l'enfant dans une couche propre avant de le rendre à sa mère reconnaissante, puis porta son attention sur le nourrisson suivant qui hurlait. Tout au long de la file, les infirmières de Brigitte repéraient ceux qui avaient le plus besoin de soins, apaisaient les bébés, réconfortaient les malades et accueillaient les femmes enceintes.

Eva se précipita pour aider une frêle femme aux cheveux blancs qui tentait de descendre d'un des wagons, perchée à plusieurs mètres au-dessus de la voie. Elle ne devait pas avoir plus de quarante-cinq ans, mais avec ses joues creuses, sa poitrine amaigrie et sa chevelure blanche, elle avait l'air d'une grand-mère. Elle avait pourtant fait de son mieux pour se rendre présentable pour ce voyage, avec un mouchoir gris soigneusement noué sur ses cheveux peignés et un tablier noir propre autour de la taille. Elle tendit son bras maigre pour attraper la main d'Eva et, ce faisant, la manche de son chemisier glissa jusqu'à son coude, révélant sur sa peau une marque indélébile : les huit chiffres violets tatoués à l'intérieur de son avant-bras.

Eva ne put s'empêcher de reprendre son souffle à la vue du tatouage. La femme croisa son regard et hocha la tête.

— Dachau, murmura-t-elle.

Aucune autre explication n'était nécessaire. Eva essaya de sourire en aidant la femme à descendre du train, mais elle se dit intérieurement : *Tu ne dois pas avoir l'air choquée, tu as déjà vu ces marques, même si tu n'es ici que depuis dix jours. Ils sont tous autour de toi, ceux qui ont survécu, tous avec ces chiffres indélébiles.*

Ce jour-là, quatre mille personnes déplacées de plus arrivèrent au camp. Tous les travailleurs humanitaires étaient présents pour aider les voyageurs à débarquer des trains qui les avaient transportés vers l'espoir, plutôt que vers l'enfer de leurs voyages précédents.

— Allez voir l'infirmière, recommanda Eva à un homme dont les plaies étaient ouvertes et suintantes. Il y a de la soupe et du pain là-bas, indiqua-t-elle à une famille dont les enfants étaient affamés et inquiets, en les guidant vers la marmite de bouillon fumant.

Il fallait remplir les formulaires et noter les noms, mais ils avaient également besoin de nourriture et de réconfort.

— Attention, regardez où vous allez ! s'écria Eva alors qu'un homme la bouscula dans la foule.

Les habitants du camp, inquiets, couraient le long de la voie ferrée, criaient des noms et jetaient des coups d'œil dans les wagons. Chaque fois qu'un autre train arrivait, ils cherchaient frénétiquement les personnes disparues. S'agissait-il d'un cousin ou d'un frère perdu de vue depuis longtemps ? Un ancien voisin se trouvait-il dans ce convoi, avec des nouvelles de sa famille ? Et quelqu'un avait-il enfin retrouvé son enfant disparu ?

Tous les hommes étaient maigres et affamés, mais, même après avoir bien mangé dans le camp pendant un certain temps, les femmes n'avaient toujours pas perdu leur ventre bombé, conséquence des années de survie avec du pain noir sec et de la maigre soupe de pommes de terre.

Eva ne saurait dire combien de formulaires de rapatriement elle avait déjà remplis depuis son arrivée au camp. Chaque jour, il y avait des questions à poser et des déceptions à affronter. Les gens partaient, d'autres arrivaient, et le camp ne désemplissait pas.

Lorsque tous les nouveaux arrivants eurent reçu leur logement, que chaque bébé fut nourri et nettoyé et que toute la paperasse fut remplie, l'équipe s'accorda une pause.

— C'est sans fin, soupira Eva. À peine avons-nous terminé avec un groupe que nous devons recommencer un nouveau. Cet endroit ne semble jamais se vider.

— Nous avons vingt mille personnes ici, pratiquement en permanence, confirma Ken. Mais si tu avais vu à quoi ressemblait ce pays immédiatement après la fin de la guerre, tu penserais que c'est un jeu d'enfant, ma chère. Toutes les routes étaient encombrées de travailleurs forcés étrangers qui essayaient de rentrer chez eux. Partout où nous allions, il y avait des parents affolés qui cherchaient leurs enfants, ainsi que des enfants perdus qui essayaient de retrouver leurs parents. Et pour couronner le tout, il y avait ces maudits nazis effrayés qui revenaient furtivement, cherchant un endroit où se cacher et prétendant qu'ils n'étaient pour rien dans tout cela.

— Alors, tu penses que tout est calme et sous contrôle ici, maintenant ?

— Pas totalement, mais c'est déjà bien mieux qu'avant. Nous apportons un peu d'aide à ces pauvres gens qui n'ont que leur carte OST comme pièce d'identité.

— J'ai vu ces cartes, des dizaines d'entre elles. Elles portent toutes ces trois lettres austères. Cela signifie simplement « Est », c'est bien ça ? Comme s'ils n'appartenaient à aucun pays.

— Tu as tout compris, approuva Ken. Ils ont fait venir en Allemagne sept millions d'esclaves d'Europe de l'Est. Ils voulaient une main-d'œuvre bon marché pour leurs usines d'aviation, de roulements à billes, de textile, dans leurs mines, ainsi que dans leurs champs de betteraves sucrières et de choux. Et tous ont reçu la même carte standard, les réduisant à une masse indistincte.

— Sept millions… C'est inimaginable.

— Ces foutus Allemands se moquaient de leurs origines. Ils ne les considéraient pas comme des individus avec une histoire, une culture et un héritage, mais comme des OST – des gens de l'Est. Leur province d'origine, leur ville, leur village. Pour eux, tout cela n'avait aucune importance aux yeux de leur « race supérieure ». Ils ont juste imprimé « OST » en lettres noires épaisses sous leur photo. Les seuls qui n'ont pas reçu de carte OST sont ceux des camps de concentration, dont l'identité est tatouée ou marquée à l'intérieur de leur bras droit.

Ken, furieux, jeta son mégot sur la voie ferrée.

— Ces pauvres bougres ont été privés de leur identité pendant près de six ans, depuis le premier blitz nazi en Pologne. Et ils sont restés anonymes jusqu'à ce que les Alliés les rebaptisent. Ce n'est peut-être pas grand-chose de les appeler « personnes déplacées », mais c'est bien mieux que de les appeler « OST ».

— Je suppose que cela leur donne un peu de dignité, soupira Eva. Leur identité est importante. Et les nommer « personnes déplacées » permet au moins de les reconnaître en tant qu'êtres humains. C'est un geste d'humanité, certes modeste, mais significatif.

— Ils le méritent bien, approuva Ken. On ne peut pas dire que ces gens aient rencontré beaucoup de compassion ou d'humanité durant cette période. Ils ont tous été traités comme du bétail. Marqués au fer rouge, numérotés, battus et affamés.

— J'ai vu ça, Ken. C'est insupportable. Tant de cicatrices épouvantables, de nez et de dents cassés. Les tatouages sont affreux, et certains ont été imprimés au fer rouge. Ils ont encore des cicatrices violacées qui défigurent tout le bras, du poignet au coude. Comment ont-ils pu infliger cela à leurs semblables ? Ce sont juste des gens ordinaires, comme nous tous.

— Ne te décourage pas, ma chère, lui conseilla-t-il. Nous faisons du bon travail ici. Nous faisons de notre mieux pour les aider à retrouver leur famille, et peut-être pourront-ils un jour rentrer chez eux ou commencer une nouvelle vie ailleurs.

— J'espère vraiment que tout ce long processus de remplissage de formulaires aboutira à quelque chose. Ces gens méritent vraiment d'avoir une chance de reconstruire leur vie et de trouver le bonheur.

Elle suivit du regard la file des nouveaux arrivants, qui rassemblaient leurs maigres possessions avant de se diriger vers le camp principal, où le pain fraîchement cuit et des lits chauds les attendaient.

— Les conséquences tragiques de la guerre, murmura-t-elle.

— Garde la tête haute, et n'oublie pas de boire un verre quand on aura terminé.

Ken lui fit un clin d'œil et continua à guider les arrivants vers leur nouveau logement.

Chapitre 50

Eva,
4 décembre 1945

Sur leurs traces

— J'ai une nouvelle mission d'importance pour toi, lança Sally en faisant irruption dans le bureau d'Eva. Pose ce stylo et viens tout de suite avec moi.

C'était la fin de la matinée, et tous ceux qui devaient quitter le camp ce jour-là avaient déjà récupéré leur laissez-passer. Eva enfila son manteau pour suivre Sally à l'extérieur, empruntant les allées glacées qui sillonnaient le camp.

— Qu'est-ce qui se passe?

— Nous ouvrons un magasin de chaussures, plaisanta Sally. Nous allons trier les chaussures, je veux dire les bottes. Viens, ce sera amusant.

— De vraies bottes?

— De vraies. Un grand lot vient d'arriver, et tu sais à quel point nous en avons besoin. As-tu vu ce que portent certains de nos rescapés lorsqu'ils arrivent ici?

— Oui. Ils se contentent de ce qu'ils trouvent. Les morceaux de pneus en caoutchouc sont très en vogue en cette saison, tout comme les sabots.

Les jeunes femmes traversèrent l'étendue enneigée jusqu'à l'entrepôt, où des caisses de bottes de l'ancienne armée avaient été déchargées d'un camion, puis déposées sur le sol en béton. Les résidents du camp se rassemblaient déjà à l'extérieur, espérant être les heureux élus qui pourraient recevoir une paire de ces précieuses chaussures. Les enfants, en particulier, avaient un besoin urgent de chaussures solides pour affronter la rigueur de l'hiver.

— Nous devons les classer par paires, si possible, déclara Sally. Idéalement, on pourrait aussi les classer par taille, mais j'imagine que ça sera compliqué.

— On peut probablement deviner, dit Eva. Quelle est ta pointure ?

— Je fais un 39.

Sally retira ses propres bottes, remonta ses épaisses chaussettes côtelées, puis glissa ses pieds dans une paire de grosses bottes militaires trouvées dans le tas. Elle fit à peine quelques pas avant de tomber presque à la renverse en riant.

— On pourrait se contenter de dire « très grandes » et « moyennes » ?

Eva attrapa deux bottes couvertes de boue et les frappa l'une contre l'autre. La boue séchée incrustée dans les semelles tomba sur le sol.

— On devrait nettoyer les bottes de toute cette saleté au fur et à mesure que nous avançons, elles en sont toutes couvertes.

— Dommage qu'il n'y ait rien de plus petit pour nos dames, mais ce sont de bonnes bottes. Les hommes en seront ravis, même si elles sont sales.

— Il manque des lacets sur certaines d'entre elles, mais je pense que nos Polonais pleins de ressources seront en mesure de résoudre ce petit problème avec un peu de ficelle.

— Bien sûr qu'ils le feront. Ils ne laisseront pas un détail comme celui-là les empêcher d'avoir des pieds au chaud et au sec.

Les filles se mirent au travail, attachant les paires de bottes qui avaient encore leurs lacets. Celles qui n'en avaient pas furent regroupées en fonction de leur taille. Après avoir travaillé pendant un certain temps, tapé sur les bottes pour enlever la boue et les avoir classées, Eva confia :

— C'est curieux, mais je n'arrête pas de penser aux parties de chasse que nous avions sur notre propriété. Ce doit être la boue, je suppose, cette odeur de terre et d'humidité. Ça me rappelle quand on rentrait à la maison après une journée de chasse avec quelques faisans dans notre besace.

— Tu as raison, je trouve aussi cette odeur légèrement familière. Moi, j'avais l'habitude de me promener dans les landes avec mon père et mes oncles. Dommage que nous n'ayons pas les bouteilles et les tartes chaudes pour compléter le tableau !

Sally huma l'air.

— Hmm… du cuir humide et de la boue… mais il y a aussi autre chose.

Elle approcha son nez de la botte qu'elle tenait.

— Je n'arrive pas à l'identifier.

Eva saisit une autre paire de bottes et frappa les semelles l'une contre l'autre plusieurs fois. Contrairement aux précédentes, dont la boue s'était détachée au premier coup sec, celles-ci ne libéraient pas la saleté épaisse qui s'y était incrustée. Elle essaya à nouveau sans succès, puis tourna les semelles vers elle pour observer les crampons incrustés.

— C'est bizarre… constata-t-elle en se penchant davantage.

Elle renifla, puis s'éloigna brusquement.

— Oh, je crois que je sais ce que c'est ! s'exclama-t-elle. Regarde !

Elle tendit les bottes à Sally et lui montra la semelle recouverte d'une boue sombre et légèrement collante.

— J'ai la même chose ici, renchérit Sally en tendant une paire de bottes tachées. Tu sais ce que je pense ? Ce n'est pas seulement de la boue… C'est l'odeur du sang. Il y a du sang mélangé à la terre sur beaucoup d'entre elles.

Les filles échangèrent un regard, puis tournèrent les yeux vers la pile de bottes.

— C'est donc pour cela que j'ai pensé aux parties de chasse, conclut Eva. Cette odeur de fer, c'est l'odeur du sang.

Les filles scrutèrent les bottes qu'elles tenaient dans leurs mains ainsi que l'énorme tas qui restait à trier.

— D'où viennent-elles ? demanda Eva.

Sally fronça les sourcils.

— Je crois avoir entendu le chauffeur dire « Normandie ».

— Alors, il pourrait s'agir des bottes de nos soldats ?

— Ou de soldats allemands. C'est difficile à dire.

Eva resta silencieuse pendant un moment.

— Mais quel que soit le camp duquel elles proviennent, elles ont toutes appartenu à de jeunes gens qui obéissaient aux ordres.

— Allez, reprit Sally, remettons-nous au travail ! Qu'il s'agisse de bottes de héros ou non, nous en avons besoin pour les hommes d'ici. Ils seront heureux de les porter.

— J'aime à penser qu'ils marcheront sur les traces des braves, répondit Eva en sortant un canif de sa poche pour détacher la boue imbibée de sang d'une épaisse semelle.

Chapitre 51

Eva,
24 décembre 1945

Nuit silencieuse

— As-tu remarqué que beaucoup d'hommes abattent des arbres aujourd'hui ? Regarde, il y en a deux autres. Je pensais qu'ils avaient bien assez de bois de chauffage, non ?

Sally observait par la fenêtre deux hommes qui s'efforçaient de porter un grand sapin. Plus loin sur la piste, les traîneaux en fer servaient à transporter les arbres jusqu'aux baraquements, tandis qu'ailleurs, des hommes portaient de plus petits arbres sur leurs épaules.

Eva la rejoignit à la fenêtre, leur souffle embuant la vitre. Elle dissipa la buée avec sa main, observa le cortège d'hommes et d'arbres, puis s'exclama :

— Oh, mais bien sûr ! C'est évident, nous sommes à la veille Noël, non ?

— Tu as raison, acquiesça Sally, ils veulent préparer leur arbre de Noël.

Elle sautilla de joie dans la pièce en tapant dans ses mains.

— Nous avons tous été si occupés que je n'avais pas compris que c'était ce soir. Il faut qu'on s'organise.

Cette année-là, lors du premier Noël de la libération, les travailleurs humanitaires du camp de Wildflecken avaient décidé que chacun des résidents devait recevoir un cadeau.

— Nous utiliserons une partie des produits des colis alimentaires de la Croix-Rouge, expliqua Ken. Je sais que nous avons l'habitude de répartir le contenu des colis et d'en stocker une partie comme fournitures générales pour l'ensemble du camp, mais ce Noël est spécial. Certains n'approuveront peut-être pas, mais c'est leur premier Noël de liberté ! Faisons plaisir à ces pauvres bougres.

Les travailleurs avaient soigneusement sélectionné certains des articles les plus luxurieux envoyés par la Croix-Rouge : des raisins secs, du café et des biscuits, ainsi que des chocolats pour les femmes et des cigarettes pour les hommes. Dans le camp, les résidents se préparaient également : ils cousaient, cuisinaient et chantaient, comme s'ils cherchaient à rattraper en une fête grandiose tous les Noëls perdus au cours des six dernières années de famine et d'esclavage. Cette gigantesque célébration devait capturer l'essence de tous les Noëls splendides qu'ils avaient connus autrefois.

La veille de Noël, Eva et Sally oublièrent vite la promesse faite à Brigitte de ne pas goûter aux liqueurs artisanales brassées dans le camp. En se faufilant sous les cordes à linge chargées de couches humides et à travers les épaisses couvertures suspendues aux portes pour stopper les courants d'air, elles furent invitées à entrer dans chaque pièce, chacune éclairée par la lumière du feu d'un poêle. Dans ces logements de fortune surpeuplés, imprégnés de l'odeur des corps rarement lavés et des bébés rarement changés, les gens souriaient, riaient et buvaient de petits verres d'eau-de-vie de prune rouge rubis.

— C'est délicieux, apprécia Eva, mais je ne sais pas si je pourrai en reprendre. C'est tellement fort !

— Je vais t'aider, s'exclama Sally en riant. C'est trop bon pour être gaspillé.

Des enfants de tous âges avaient le nez collé aux fenêtres et, lorsqu'elle vit que les filles avaient l'air curieuses, une mère expliqua fièrement :

— Elles guettent la première étoile. Nous ne pouvons pas commencer à manger notre festin de Noël tant que la première étoile de la nuit n'a pas été aperçue dans le ciel. Nous l'appelons la petite étoile. C'est ainsi que nous nous souvenons tous de l'histoire de l'étoile de Bethléem.

Soudain, l'un des enfants s'écria :

— Ça y est, ça y est ! L'étoile est arrivée !

Tout le monde se mit immédiatement à offrir de la nourriture et des boissons. Une grand-mère âgée insista pour que l'on goûte à sa soupe de betteraves et boulettes de champignons, tandis qu'une autre famille offrit des crêpes fourrées aux champignons et au chou.

— Comment avez-vous réussi à organiser un tel festin ? demanda Eva.

Puis elles virent Irène Komorowski qui offrait des rafraîchissements à tous les visiteurs se pressant dans ses quartiers.

— Nous nous préparons depuis longtemps, naturellement. Tous ceux qui en avaient le temps ont parcouru les forêts durant l'automne pour cueillir des champignons que nous avons fait sécher pour l'occasion. Il y a de quoi se nourrir, si l'on cherche bien, et pour ceux qui ont survécu toutes ces années en mangeant les restes à même le sol, il y a de grandes richesses à trouver tout autour de nous.

— Mais regardez-moi cette bête!

Sally désigna le grand poisson entier posé sur la table et brillant de mille feux. Sa peau scintillante était décorée de fines tranches de carottes et d'œufs durs.

— Où avez-vous trouvé tout ça?

Irène lui sourit gentiment et répondit:

— Ah, la carpe est toujours la pièce maîtresse de notre repas du réveillon de Noël. Jusque très récemment, elle vivait dans le bassin, c'est donc la plus fraîche des carpes. Il faut que vous la goûtiez toutes les deux.

Elle coupa une petite portion pour que les filles la goûtent, puis ajouta:

— Et vous devez prendre ceci aussi, mes chéries, pour vous porter chance.

Elle tendit sur son index deux disques d'argent minces comme du papier.

— Prenez-en un chacune et glissez-le dans vos sous-vêtements, contre votre cœur. Il vous portera chance. Vous devez le garder là toute la nuit, et si vous le donnez à quelqu'un d'autre, demain, cette personne aura elle aussi de la chance pour l'année à venir.

Sally et Eva observaient, perplexes, les petits morceaux argentés et transparents. Puis Eva demanda:

— Qu'est-ce que c'est?

— Les écailles de la carpe. Cela ne se fait-il pas chez vous?

Eva fit la grimace et secoua la tête.

— Non, chez nous, on s'embrasse sous le gui.

Les filles tendirent la main et laissèrent Irène poser les écailles sur leurs doigts. Puis elles se regardèrent et éclatèrent de rire en glissant simultanément leurs mains sous leurs pulls. Sally s'esclaffa :

— Et dire que j'espérais vraiment un parfum pour Noël cette année.

— J'espère que vous n'avez pas sorti l'aquavit si tôt dans la soirée, les filles ?

Brigitte avait passé la tête par la porte.

— Je vous ai entendues rire depuis le couloir.

Irène lui fit signe d'entrer.

— Vous devez aussi avoir un porte-bonheur, ma chère.

La comtesse lui tendit une autre écaille de carpe. Brigitte la prit, étonnée, puis regarda ses deux collègues.

— Mets-la sur tes nichons, expliqua Sally. C'est ce que nous venons de faire.

Elles éclatèrent de rire à nouveau, et Brigitte glissa docilement la main sous le pull qu'elle portait sous son uniforme d'infirmière.

— Je vais avoir besoin d'un peu de chance avant la fin de la nuit, murmura-t-elle. Nous avons deux mères qui se disputent le bébé de Noël, alors je ferais mieux d'y retourner et de voir qui s'apprête à gagner.

En quittant la pièce, elle laissa derrière elle une légère odeur de savon noir.

— J'ai aussi un autre cadeau pour vous deux, déclara Irène en sortant de derrière sa chaise deux bonnets en peau de mouton. Avec les remerciements les plus chaleureux de notre part à tous.

Sally et Eva la remercièrent chaleureusement et prirent les épaisses toisons qu'elles enfilèrent aussitôt, couvrant leur tête jusqu'aux oreilles.

— C'est enfin Noël, se réjouit Eva.

Puis, d'une voix timide et hésitante, elle entonna un air qu'elle connaissait depuis l'enfance. C'est alors que, tout autour d'elle, d'autres voix reprirent la mélodie, certaines chantant dans leur propre langue, d'autres en allemand, jusqu'à ce que *Stille Nacht* s'harmonise avec *Douce nuit* et que toutes les voix se terminent sur la même note calme. Dans ce moment de paix, Eva jeta un coup d'œil à l'extérieur, espérant que cette nuit serait effectivement paisible, sans que des Polonais assoiffés de vengeance ne viennent troubler les célébrations par des coups de feu.

— Joyeux Noël ! lança Sally. Maintenant, montrons-leur que les Britanniques savent aussi s'amuser et chantons-leur quelques-uns de nos meilleurs chants de Noël. Elles entamèrent *Ding Dong Merrily on High*, suivi de *God Rest Ye Merry Gentlemen*, et firent le tour des baraques, bras dessus, bras dessous, en chantant à tue-tête.

Chapitre 52

25 décembre 1945

Mon cher Hugh,

Comme j'aurais aimé que tu sois là pour partager ce Noël spécial avec moi. Voir tous ces visages heureux autour de moi m'a donné tant d'espoir et de joie. Ces gens ont tellement souffert, mais ils sont si courageux et optimistes. Et les enfants, ces chers enfants, se ravissent de la moindre gâterie.

Si nous avions pu avoir des enfants, mon chéri, j'aurais voulu les gâter avec des jouets merveilleux. Or, je constate maintenant qu'il n'y a pas besoin de grand-chose pour être heureux. Il y a des histoires tristes tout autour de moi, mais les gens sont malgré tout déterminés à profiter à nouveau de la vie. Ils se sentent vivants et font la fête de tout leur cœur.

Que Dieu te bénisse, mon chéri. J'espère que tu célèbres Noël au ciel avec les anges dans ton royaume de gloire. Nous avons passé si peu de temps ensemble et n'avons fêté qu'un seul Noël durant notre mariage, mais j'en garde un souvenir précieux.

Tout mon amour pour toujours,

Ton Evie, xxx

PS. Je t'aime

Chapitre 53

Eva,
23 avril 1946

Trains pour la maison

Eva et Sally se frayaient un chemin à travers la foule des gens qui montaient dans le train, transportant des valises abîmées et des paquets emballés dans des châles. De jeunes filles aux tresses enrubannées, enroulées autour de leur tête, virevoltaient en dansant sur le quai de la gare, leurs jupes brodées ondulant au-dessus de jupons blancs amidonnés.

— Ils ont tous l'air si heureux de quitter le camp, s'écria Sally par-dessus la clameur de la fanfare qui jouait une marche triomphale.

— On croirait qu'ils partent tous en vacances, répondit Eva, laissant sa voix se mêler aux concertinas stridents et aux voix profondes et émouvantes des hommes qui chantaient les chansons traditionnelles de leur pays natal.

Des centaines de résidents polonais du camp rentraient enfin chez eux. Ils se rendaient dans leur pays d'origine en train, mais un train bien plus confortable que celui qui les avait transportés de force en Allemagne des années auparavant, pour y travailler dans des conditions difficiles et dangereuses. Les drapeaux polonais flottaient sur tous les wagons, sous des guirlandes de verdure printanière fraîchement coupée aux arbres fruitiers. Les nouvelles feuilles d'un vert éclatant et les boutons de fleurs roses et blanches émergentes étant un signe d'espoir et de foi en l'avenir.

— Je prie pour qu'ils trouvent le bonheur, dit Eva. Qui sait ce qui les attend à leur retour, dans leurs villages ? Leurs maisons seront-elles encore debout ? Elles auront peut-être été pillées, et leurs animaux abattus. Et leurs champs seront peut-être vides.

— Et quel accueil leur sera réservé à leur retour ? ajouta Sally. Ceux qui sont restés sur place ont peut-être aussi terriblement souffert.

Les filles s'entendaient à peine parler au milieu du carnaval de musique et de la bousculade des danseurs de polka sur le quai, qui célébraient ce grand jour. Chacun avait revêtu ses plus beaux habits pour ce voyage tant attendu. Les hommes étaient élégamment habillés en chemises blanches et costumes noirs, et de nombreuses femmes portaient des tabliers blancs autour de la taille et s'étaient couvert la tête de foulards rouges, bleus et jaunes, qui rappelaient les couleurs des fleurs brodées sur leurs jupes.

Le train se remplit de gens et de leurs bagages. Eva et Sally jetèrent un coup d'œil à l'intérieur des wagons. Chacun d'entre eux était éclairé par des bougies vacillantes, montées sur chaque rebord disponible avec de la cire fondue.

Il y avait aussi de la chaleur, grâce à de petits poêles en fer allumés, dont les cheminées, semblables à des bras courbés, sortaient d'un trou dans le mur. Chaque fois que l'on ouvrait la porte d'un poêle, la lueur des braises rougeoyantes scintillait sur les verres de liqueur de prune, brillants comme des rubis, disposés sur des tables de fortune faites de boîtes et de planches de bois brut.

— Venez, s'il vous plaît, appelaient les occupants, venez boire un verre avec nous !

— *Na zdrowie*, criaient-ils aux jeunes filles, les invitant à partager leurs boissons et leur bonheur.

Ces Polonais, joyeux étaient ceux qui avaient refusé les visas américains ou n'avaient pas réussi à en obtenir. Les précieux visas arrivaient très lentement, et seuls ceux qui pouvaient prouver qu'ils avaient subi des persécutions étaient automatiquement pris en considération.

— Je ne peux m'empêcher de me rappeler les paroles des pasteurs baptistes américains qui nous ont rendu visite, déclara Eva. Ils essayaient de faire passer un projet de loi au Congrès pour accueillir les personnes déplacées. Je les ai entendus s'adresser aux résidents du camp et leur dire: «Vous n'êtes pas des étrangers pour nous. L'Amérique a été fondée par des personnes volontairement déplacées. Nous sommes une nation de personnes déplacées venant de tous les pays.» C'est un pays tellement gigantesque. Ils pourraient certainement assouplir les règles et accueillir beaucoup plus de personnes.

— On pourrait le croire, répliqua Sally, mais l'Amérique ne veut accueillir que les plus forts. Ils veulent des travailleurs en parfaite santé. Ils ont besoin d'agriculteurs et de travailleurs robustes. Pourquoi diable voudraient-ils d'un grand nombre de personnes chez eux? Nous avons peut-être fait de notre mieux pour les nourrir et les remettre sur pied, mais après des années de privation, beaucoup d'entre eux ne sont pas suffisamment en forme pour émigrer aux États-Unis. Certains ont aussi des parents en mauvaise santé ou des enfants handicapés. L'Amérique ne veut pas s'encombrer de ce genre de personnes.

— Au moins, tous ceux qui partent aujourd'hui sont plus forts et en meilleure santé que lorsqu'ils sont arrivés ici. Nous les laissons partir dans de meilleures conditions.

— Oui, mais ce ne sont toujours pas les mêmes personnes qui ont quitté leur village il y a des années, rétorqua Sally. Regarde autour de toi. Dans chaque voiture, il y a des mères fatiguées avec des bébés en manque de soin et des grands-mères affaiblies par des années de famine et de travail exténuant. Elles sont peut-être toutes heureuses de rentrer chez elles, mais elles ne sont pas toutes capables de danser avec l'énergie de ces filles.

Elles observèrent les enfants se poursuivre sur la plateforme en riant.

— Il est difficile de croire qu'il n'y a pas si longtemps, même les plus jeunes travaillaient dans les usines allemandes, renchérit Eva.

— Les enfants sont si résistants. Mais beaucoup d'entre eux ont vu des choses terribles pendant leur période de travail forcé. Des choses qu'ils ne pourront peut-être jamais oublier. Des châtiments brutaux, voire des exécutions.

— Un garçon m'a raconté que les plus intelligents étaient sélectionnés et commençaient à travailler dès l'âge de dix ans, raconta Eva.

— Quelle perspicacité typique des Allemands, d'avoir repéré leurs doigts agiles et rapides, capables d'assembler les petites pièces des machines avec précision et efficacité, déclara Sally en fronçant les sourcils, d'un air désapprobateur.

— Lorsque nous avons déballé les colis de la Croix-Rouge à Noël, raconta Eva, ils ont trié et empilé le contenu très rapidement et proprement.

Pour le premier Noël du camp, le personnel avait décidé que tous les résidents devaient recevoir un cadeau. Quelques-uns des orphelins les plus âgés, qui avaient formé un groupe sous la direction d'un chef d'équipe, avaient été chargés de trier les marchandises. Les enfants avaient traversé les chemins enneigés de leurs quartiers jusqu'à l'entrepôt, chantaient en marchant et en balançant leurs bras en rythme, comme s'ils partaient pour un camp d'été insouciant, avec des jeux et des feux de camp, accompagnés de scouts et de guides. Une fois la tâche expliquée, ils avaient divisé leur groupe en sections, chacune étant assignée à un article différent. Ils avaient empilé les cigarettes, les fruits secs, puis les chocolats, se passant les boîtes les uns aux autres.

— Ils étaient incroyables. Ils formaient une chaîne de production, raconta Sally. Lorsque j'ai félicité l'un des garçons les plus âgés parce qu'il avait organisé son secteur très rapidement et proprement, il m'a répondu joyeusement que c'était comme ce qu'il avait connu à l'usine, pendant cinq ans.

— Comme travailler à l'usine pendant cinq ans… murmura Eva. Mais ils n'étaient que des enfants lorsqu'on les a envoyés travailler là-bas. Ils n'allaient pas à l'école, n'avaient pas de temps de loisir et mangeaient très peu. Les conditions étaient épouvantables. Comment les Allemands ont-ils pu les soumettre à cela ?

— Peut-être auront-ils la chance d'avoir une véritable enfance lorsqu'ils rentreront à la maison.

— J'espère que les Russes ne leur prendront pas ce qui reste, soupira Eva. Ils disent que le grand méchant ours va venir les chercher.

Sally passa son bras autour d'Eva.

— Nous avons fait ce que nous pouvions, tu sais. Nous ne pouvons pas les empêcher de partir et, de toute façon, regarde-les : ils sont tous si heureux de retourner dans leur pays.

Elles regardèrent le joyeux cortège de familles monter à bord du train et l'observèrent s'éloigner sur la voie ferrée, les hommes s'accrochant aux côtés des wagons, agitant leurs drapeaux et leurs foulards, jusqu'à ce qu'il soit finalement hors de vue.

— Viens, dit Sally en tirant Eva par le bras, il ne reste plus qu'une dizaine de milliers de Polonais à renvoyer chez eux et le travail sera terminé.

Les filles coururent en riant vers les camions retournant au camp. Elles y retrouvèrent les nombreux réfugiés qui attendaient toujours de savoir s'ils seraient les prochains chanceux en route pour une nouvelle vie en Amérique ou les malchanceux, regagnant leur ancien foyer dans l'incertitude et la peur.

Dans les semaines et les mois qui suivirent, certains s'étaient réjouis d'apprendre que leur demande de visa avait été acceptée. Mais même pour ceux-là, la déception était parfois amère lorsqu'un membre de la famille échouait à un contrôle de santé de dernière minute.

— Je ne peux pas supporter cela, déclara Eva à Sally, après qu'une famille eut échoué à son contrôle. Ils étaient sur le point de partir, ils avaient une nouvelle vie à portée de main. Et là, le plus jeune enfant a attrapé la tuberculose. Ils n'auront plus jamais cette opportunité.

— Je sais bien… C'est la loi de Dieu, soupira Sally. Ils paient un prix terrible pour leurs années de souffrance, mais au moins ils sont en vie. Et s'ils ne peuvent pas émigrer ou rentrer chez eux, ils pourront tout de même rester ici. Peut-être pas dans le camp, mais ils peuvent toujours espérer mener un jour une vie décente en Allemagne. Regarde ceux qui ont déjà décidé de rester, de reconstruire les vieilles maisons et de cultiver la terre. Nous les avons vus dans le village l'autre jour, cultivant des betteraves, des oignons et des pommes de terre. Ils mangent bien et sont en sécurité. C'est une sorte de nouvelle vie, et non la mort inévitable qu'ils craignaient. Et les habitants s'habituent peu à peu à eux.

Eva pensa aux prisonniers émaciés qu'elle avait vus lors des interrogatoires à Bad Nenndorf, non pas pour répondre de crimes de guerre, mais pour leurs opinions politiques.

— Beaucoup d'entre eux risquent d'être persécutés s'ils retournent dans leur pays. Mais ici, au moins, ils sont libres.

Chapitre 54

Eva,
7 janvier 1947

Hors-piste

Après coup, elle se remémorait les paroles de Ken sur la fonte des neiges au printemps et le nombre de cadavres que l'on retrouverait à la fin de l'hiver. Lors de sa première année à Wildflecken, Ken avait plaisanté sur les justiciers qui réglaient leurs comptes, se moquant de leur forme de justice non réglementée. Maintenant, elle aussi avait contribué au décompte des cadavres.

C'était tellement stupide de ma part, se maudit-elle. *Tellement stupide. Je n'aurais jamais dû sortir avec lui. J'essayais d'aider les gens à s'intégrer, j'essayais de prétendre que nous pouvions tous être civilisés à nouveau. Mais à quoi ai-je bien pu penser?*

C'était son deuxième hiver à Wildflecken. La neige fraîche recouvrait les collines autour du camp ainsi que les forêts avoisinantes, pendant plusieurs semaines. L'air était sec et froid, et lorsque le soleil brillait dans un ciel d'un bleu glacé, Eva avait envie d'être dehors, loin de son bureau, loin des formulaires à remplir et des visages pleins d'espoir. Le personnel n'avait droit qu'à deux demi-journées et une journée entière de congé par mois. Pendant l'été, elle avait arpenté les vertes prairies et parcouru les routes locales à vélo pour découvrir Gemünden et les villages environnants. Au début, les habitants s'étaient montrés distants et méfiants, mais lorsqu'ils entendirent Eva s'exprimer dans leur langue, ils se montrèrent plus ouverts. Ils lui avaient présenté leurs cultures de choux, de carottes et de pommes de terre, mais elles n'étaient pas destinées aux *Ausländer*, les étrangers du camp, dont ils étaient convaincus qu'ils viendraient piller leurs champs.

Parmi les familles qui tentaient de retrouver leur vie d'avant, après des années de guerre et de pénurie, Eva rencontra Peter Dägen, qui, comme beaucoup de soldats allemands, avait enfin pu rentrer chez lui après un séjour dans un camp américain. Ce fut au cours de l'une de ses promenades régulières, en été, qu'elle le remarqua pour la première fois en train de faire les foins dans les champs. Il lui avait rappelé Kurt Becker, le prisonnier qui était mort des suites de mauvais traitements subis à Bad Nenndorf. Si Kurt avait survécu, il aurait été comme Peter : fort et en bonne santé, avec des bras musclés, retournant le foin dont son bétail avait besoin pour passer l'hiver.

Elle le salua d'un *Guten Morgen* et, à sa grande surprise, il lui répondit dans un excellent anglais.

— Vous travaillez au Wild Place, affirma-t-il.

— Oh, vous savez comment on l'appelle ?

Il voulait pratiquer son anglais et elle souhaitait se faire un ami, loin des attentes incessantes des résidents du camp. Les contacts avec la population locale étaient déconseillés, et les réserves de nourriture ne pouvaient pas être partagées avec les Allemands. Mais quel mal y a-t-il à ça ? se demanda Eva. *Eux aussi ont souffert de cette guerre interminable. Les civils ordinaires n'ont pas demandé à être impliqués dans ce terrible conflit. Aujourd'hui, ils ne sont plus des ennemis ; ils tentent, eux aussi, de reconstruire leurs vies. Nous pouvons au moins essayer de devenir amis et de nous parler.*

Après l'avoir croisé à plusieurs reprises lors de ses promenades, Peter l'invita à visiter la ferme et à rencontrer sa mère, veuve et âgée, qui s'efforçait de faire tourner l'exploitation familiale pendant que Peter servait dans l'armée.

— Nous n'avons jamais voulu la guerre, affirma Frau Dägen en invitant Eva à s'asseoir à la table et à participer à leur repas simple, composé de pain noir et de pommes de terre.

Eva nota dans un coin de son esprit qu'elle apporterait de la nourriture si elle était de nouveau invitée.

— Tout ce que nous avons toujours voulu, poursuivit la mère, c'est nous nourrir et nourrir nos familles. Et toutes les horreurs dont les gens parlent ne sont pas de notre fait. Cela n'a rien à voir avec des gens comme nous. Nous ne savions rien du *Lager* ni de ce qui s'y était passé. Ma sœur et son mari, en ville, ont été forcés de rejoindre le parti. Tout le monde vivait dans la crainte d'être montré du doigt. Ils ne pouvaient faire confiance à personne, pas même à leurs voisins les plus âgés. Nous étions plus chanceux à la campagne, mais dans les villes, personne ne pouvait s'échapper.

— C'est fini maintenant, Mutti, rassura Peter. Il ne nous reste plus qu'à travailler dur et à essayer d'oublier les difficultés de ces dernières années.

— C'est plus facile à dire qu'à faire, surtout après avoir perdu tant de jeunes hommes forts. Comment notre pays pourra-t-il redevenir prospère alors que tant de gens sont partis sans jamais revenir ? Et maintenant, notre situation est pire qu'avant. Nous sommes dans une telle situation de détresse. Heureusement, nos poules nous fournissent des œufs, mais notre vache ne donne plus de lait, et nous ne pouvons pas acheter de beurre. Saviez-vous que les gens du village doivent faire frire leurs crêpes dans de l'huile de ricin, et que notre café est préparé à partir de glands ?

La mère de Peter continuait de se plaindre à son patient fils blond pendant qu'ils mangeaient, mais Peter ne cessait de la rassurer en lui disant que tout irait bien en temps voulu. Eva se sentit à l'aise dans cette maison simple mais accueillante, et sa sympathie pour les Allemands ordinaires, qui avaient été contraints d'entrer dans un système et une guerre qu'ils n'avaient pas choisis, commença à croître. Les forces alliées avaient toutes convenu de ne pas venir en aide aux civils allemands, mais quel mal y aurait-il à parler, à écouter et à essayer de comprendre pourquoi tout cela s'était passé ?

Peter fit visiter la petite ferme à Eva, lui montrant la grange délabrée qu'il avait l'intention de réparer, les clôtures pourries qui avaient besoin d'être remplacées et les champs qui n'avaient pas encore été labourés.

— Nous devrons tous travailler plus dur maintenant que nous sommes en paix, expliqua-t-il en retroussant les manches de sa chemise sur ses bras bronzés. En tout cas, cela ne peut pas être pire que la guerre. J'espère que je ne serai pas obligé de rester fermier, mais pour l'instant, je dois aider ma mère. Si nous pouvons cultiver notre propre nourriture, nous survivrons.

Il n'est donc pas étonnant qu'au cours de ce deuxième hiver, après avoir visité la ferme à plusieurs reprises et entendu Peter parler de son espoir de partir un jour, Eva ait accepté sa proposition de lui montrer la meilleure piste de ski des montagnes voisines. Elle n'était pas une skieuse très expérimentée et hésitait à s'aventurer seule sur une longue distance. Jusqu'à présent, elle n'avait exploré que les pentes de Wildflecken, équipée d'une paire de skis provenant de la grande quantité de fournitures nazies du camp. Elle portait un ensemble composé d'un pull, d'une veste en tweed brun foncé et d'un pantalon en velours côtelé pour homme, ample, mais pratique, maintenu par une ceinture en cuir dans laquelle elle avait dû faire plusieurs trous supplémentaires.

Elle monta dans l'un des camions de ravitaillement qui passaient régulièrement devant le village et retrouva Peter à la station, autrefois très fréquentée, mais désormais déserte.

— Ce ne sont pas les meilleures pistes de ski que l'Allemagne a à offrir, mais ce sont les plus proches, expliqua-t-il en guidant vers le télésiège qui oscillait. Si vous voulez faire du très bon ski, vous devrez aller plus loin, dans les Alpes.

Eva s'assit à côté de lui.

— Je comprends, mais je ne peux pas être absente trop longtemps du camp. Je n'ai pas de long congé avant le printemps, alors je suis très heureuse de profiter au maximum de ce que nous avons dans la région.

Le télésiège s'élevait dans le ciel étincelant, et elle se réjouissait d'effectuer une belle descente sur la neige fraîche. Tout était neuf, propre et blanc, comme si la neige avait effacé les horreurs des cinq dernières années. Au sommet, Peter montra la direction d'Aschaffenburg, à l'ouest.

— Il y a de meilleures pistes là-bas, mais celle-ci est la plus pratique pour nous. Êtes-vous prête ?

Eva remonta son pantalon ample, espérant qu'il ne tomberait pas en skiant, puis acquiesça.

Ils commencèrent à descendre en serpentant, Peter à toute vitesse et Eva plus lentement et prudemment. Peu à peu, elle se sentit plus confiante, revigorée par la fraîcheur de l'air froid sur ses joues. Dès qu'ils atteignirent la vallée, ils eurent tous deux envie de repartir et firent deux autres descentes avant que Peter ne déclare :

— Une dernière, et ensuite on s'arrête là, d'accord ?

Le ciel commençait à se teinter de rose au coucher du soleil, et la lumière ne tarderait pas à disparaître. Eva hésita, mais elle finit par se décider :

— Nous avons juste le temps, alors, allons-y.

Ils commencèrent la descente côte à côte, puis Peter bifurqua dans un bosquet de sapins en criant :

— Par ici, c'est plus amusant !

Et Eva suivit. C'était beaucoup plus difficile de se faufiler entre les conifères, et elle progressait de plus en plus lentement. La neige brillait encore d'un blanc éclatant entre les troncs sombres, mais les dernières lueurs du jour ne pénétraient que très peu, si bien qu'elle ne vit pas l'homme qui se cachait derrière un arbre, attendant de la faire trébucher. Il coinça l'avant de son ski et elle tomba la tête la première dans la neige molle.

— Oh, non ! Je pensais pourtant que je m'en sortais très bien, se plaignit-elle en relevant la tête.

Elle détacha ses skis, mais avant qu'elle puisse se redresser complètement, il se jeta soudain sur elle. Elle sentit son poids s'abattre sur ses épaules, et son pantalon trop grand et mal ajusté qui était tiré vers le bas.

— Qu'est-ce que vous faites ?

Elle se débattit et cria :

— Arrêtez !

Il lui donna un coup de poing sur le côté de la tête, si fort qu'elle suffoqua et avala de la neige. Puis une voix dure et bourrue, tout à fait différente du ton poli et doux qu'elle avait entendu de lui jusqu'à présent, lui cracha des mots :

— *You Englisch.* Si vertueux, si fiers ! Vous croyez qu'on peut oublier, hein ? Je vais vous montrer ce que je pense de vous qui nous dites sans cesse que nous avons tort et que nous devons être punis. C'est fini, maintenant.

Elle entendit des crachats, puis sentit la chaleur humide de sa main tâtant entre ses fesses, ses doigts sondant son anus, avant qu'il ne s'y enfonce, déchirant les tissus mous au rythme de ses cris agités.

— Tu n'aimes pas ça ? Peut-être que ceci te plaira davantage.

Il replongea alors, moins douloureusement, mais toujours cruellement, dans l'endroit où elle n'avait connu le plaisir et la tendresse qu'avec son mari.

Après quelques coups rapides, il grogna et se retira. Cela avait été brutal et humiliant, mais rapide. Quand ce fut fini, il se leva, ajustant ses vêtements, et elle tourna la tête pour le voir s'adosser à un arbre, allumant une cigarette. Il était nonchalant, détendu. Il aurait pu faire une pause près d'un lampadaire dans une rue de la ville, reprenant son souffle après une promenade fatigante dans l'après-midi.

Eva réussit à se retourner et à s'appuyer sur un coude. Hormis la douleur qu'elle ressentait dans ses parties les plus intimes, elle n'était pas blessée. Elle ne parlait pas, ne pleurait pas, mais elle était furieuse et avait très peur. Et malgré son choc et sa peur, la voix impérieuse de son sergent d'entraînement au combat lui revint en mémoire : « *Attrape-les d'abord par les couilles si tu peux. N'attends pas qu'ils bougent, tu n'as qu'une seule chance.* » Peter ne la connaissait que comme la gentille fille insouciante du camp, qui remplissait des demandes de visas et faisait de la randonnée pendant ses jours de congé ; il ne savait pas que son instinct de survie avait été aiguisé par un entraînement rigoureux au meurtre silencieux.

Elle épousseta la neige sur sa veste, son visage et ses cheveux. Elle se leva pour fermer son pantalon bouffant. Il était là, fumant négligemment et lui lança un sourire narquois :

— Tu crois qu'on peut oublier comment vos avions nous ont bombardés, comment vous avez détruit nos belles villes ? Dresde, Cologne, tous les milliers de civils innocents que vous avez tués. Jamais ! Nous vous haïssons et j'aurai plaisir à prendre mon temps pour t'achever, petite salope d'Anglaise.

Elle perçut le ton hostile de sa voix, une haine menaçante qui la convainquit qu'elle n'avait que quelques minutes pour sauver sa peau. Une fois encore, les instructions de son sergent résonnèrent comme un mantra : *« Poussez rapidement vers le haut, n'hésitez pas. »* En était-elle capable ? Pouvait-elle être certaine que cela la sauverait ?

Eva tâta l'intérieur de sa veste ; elle le laissa croire qu'elle était en état de choc. Elle voulait qu'il soit décontenancé, détendu, assuré qu'elle ne riposterait pas. Elle trouva ce qu'elle voulait, puis s'élança vers lui, visant ses yeux, comme elle avait été entraînée à le faire. Eva lui enfonça son crayon pointu, l'un des crayons qu'elle taillait chaque jour à son bureau pour remplir les papiers réglementaires et sélectionner les personnes qui pouvaient quitter le camp, droit dans l'orbite de son œil et jusqu'au cerveau. Alors qu'il hurlait et portait les mains à son visage, tombant à genoux dans l'agonie, elle visa sa tête avec l'extrémité de son bâton de ski.

Il se tordit, gargouilla et finit par se taire. Eva écouta pendant plusieurs minutes, mais une fois que ses cris se furent calmés, il n'y eut plus d'autres sons.

— Tu es un gars stupide, murmura-t-elle. Je suis désolée, je n'avais pas le choix.

Elle baissa les yeux sur son corps, à présent si calme et si peu menaçant, lui tâta le pouls, juste pour être sûre, puis elle remit les fixations de ses skis et jeta ses bâtons à proximité. Elle ramassa de la neige pour le recouvrir complètement, afin de donner l'impression qu'il s'était écrasé contre un tronc après être sorti de la piste.

Eva, 7 janvier 1947

Son pull Aran crème et son pantalon en velours étaient éclaboussés de gouttelettes de sang, mais si quelqu'un le remarquait, elle pourrait dire qu'elle avait saigné du nez. Eva frotta les plus grosses taches avec des poignées de neige puis, alors que le soleil se couchait enfin, elle quitta le couvert des arbres sombres et glissa de nouveau sur la pente, en direction du groupe de lumières qui commençait à scintiller au pied de la colline.

Chapitre 55

Eva,
7 janvier 1947

Ce que cachent les bois

— Comment s'est passé ton ski ? demanda Sally lorsqu'elle revint dans leurs quartiers après son service ce soir-là.

Eva était déjà recroquevillée dans son lit, une bouillotte enveloppée dans une serviette entre ses jambes pour soulager sa chair meurtrie. Dès son retour, elle s'était fait couler un bain brûlant. Dans la salle de bains, elle avait frotté sa peau, glissé ses doigts savonneux dans son vagin endolori et son rectum déchiré, et espéré avoir évité le danger d'être fécondée ou infectée à la suite de sa mésaventure. En essuyant la vapeur du miroir de la salle de bains, elle avait remarqué que des bleus commençaient à apparaître sur son cou et ses épaules, mais son visage, bien que rougi par l'eau chaude et ses propres larmes, ne laissait rien paraître. Son pull-over crème et son pantalon ample, qui avait été si facilement arraché à son corps, étaient éclaboussés de son sang et gisaient, roulés en paquet, au fond de sa valise. La veste en tweed sombre, mouchetée de rouille et de vert, ne présentait aucune trace évidente de son crime, et elle l'avait suspendue pour la faire sécher près de la cuisinière.

— Tu t'es bien amusée ? demanda Sally, ses mots quelque peu étouffés par son épais pull-over qu'elle passait par-dessus sa tête.

— C'était bien, mais je n'y retournerai plus, répondit-elle en bâillant. La neige n'était pas idéale, et Peter m'a abandonnée sur les pistes et est rentré tout seul. Il me reprochait mon manque d'expérience et trouvait que j'étais beaucoup trop prudente et lente.

— Pas vraiment un gentleman alors, dit Sally. Mais tu es bien rentrée ?

— J'ai fait du stop avant la tombée de la nuit. Heureusement, il y a toujours beaucoup de transports qui vont et viennent ici. C'est mieux qu'un service de bus.

— Tant qu'ils n'arrivent pas tous en même temps, comme les bus londoniens, plaisanta Sally.

Elle se pencha pour farfouiller dans sa table de chevet.

— J'ai de la liqueur de prune. Envie d'une petite gorgée ?

Elle versa des shots dans les gourdes que les filles utilisaient toujours à la place des verres.

— Cul sec ! lança-t-elle avant de vider son gobelet d'un seul trait.

Eva but une gorgée de sa boisson, la sentant réchauffer sa gorge, brûler son chagrin et l'emplir d'une détermination farouche de ne pas laisser ce malheureux événement, comme elle se l'était répété, l'empêcher de continuer à remplir ses fonctions. Elle savait qu'elle pourrait insister sur le fait qu'elle avait agi en état de légitime défense. Elle savait qu'il y aurait de la sympathie pour sa dignité et son honneur blessés, mais elle savait aussi que ce serait compliqué. Il y aurait des questions gênantes sur la fraternité et son manque de discernement, suivies d'une enquête, peut-être même d'une cour martiale. Non, il valait mieux garder le silence.

Elle se contenta donc de demander :

— Comment as-tu trouvé cette délicieuse boisson, toi, la jeune Écossaise pleine de ressources ?

Sally sourit et rétorqua :

— Cette bouteille est un cadeau d'un père très reconnaissant. J'ai réussi à mettre la main sur des béquilles pour son petit garçon. Et maintenant, il va pouvoir recommencer à marcher.

— Qu'est-ce qu'il a ? Pas la polio, j'espère ?

— Non, Dieu merci. Mais l'histoire est tout de même assez choquante. Le garçon et sa sœur ont été cachés par un ami de la famille dans le plus petit placard d'une ferme. Pendant trois ans, ils n'ont pratiquement pas quitté leur cachette. Et lorsque les enfants ont finalement retrouvé leurs parents, le pauvre petit ne pouvait plus marcher. Imagine un peu. Ils lui ont sauvé la vie, mais ils l'ont presque rendu infirme. Espérons qu'avec le temps ses jambes se redresseront à mesure qu'elles deviendront plus fortes. Mais il était impossible que ce petit garçon puisse marcher à nouveau sans aide.

— Tant d'histoires tragiques… soupira Eva en fermant les yeux. Et nous ne pouvons aider qu'une poignée de ces malheureuses personnes.

— J'aimerais que nous soyons en mesure d'en faire plus, déclara Sally. J'ai été choquée par les peines légères prononcées l'année dernière à Nuremberg à l'encontre de certains de ces meurtriers. Des peines de quelques années seulement pour avoir assassiné des milliers d'innocents. S'il n'en tenait qu'à moi, ils seraient tous pendus pour ce qu'ils ont fait, ces salauds d'assassins. La prison, c'est trop peu pour eux.

— Comment se fait-il, s'interrogea Eva d'une voix calme, que toute humanité et toute gentillesse aient pratiquement disparu ?

Peut-être que la capacité à la cruauté de l'humanité est toujours présente, simplement cachée sous une façade de civilisation.

— Je sais. C'est déjà assez pénible de les écouter dire qu'ils n'ont fait qu'obéir aux ordres, mais entendre aussi parler de brutalité aveugle… Oh, ça me fait bouillir, vraiment !

— Tant de morts, tant de vies gâchées.

Sally se leva brusquement et commença à agiter les bras au-dessus de sa tête et à faire les cent pas dans la petite pièce qu'elles partageaient.

— Et tant de gens qui s'en tirent à bon compte ! Ces monstres étaient des milliers, et seulement une infime partie d'entre eux paiera pour leurs actes abominables. Les autres essaieront de retrouver leur ancienne vie, en prétendant qu'ils n'ont rien à voir avec les camps et le travail forcé.

Elle poussa un cri de colère, suivi de ces mots :

— Nous avons besoin d'un autre verre.

Eva laissa échapper un petit rire, tenant sa gourde dans ses mains et humant le délicieux arôme des prunes.

— Tu me rappelles les filles d'Aldershot, où j'étais en poste pendant ma formation.

Elle prit une profonde inspiration, puis raconta :

— Un soir, on a appris qu'un prisonnier allemand s'était enfui du camp de Puckridge, un camp de prisonniers de guerre situé non loin de chez nous. Toutes les filles de mon dortoir ont commencé à discuter de ce qu'elles feraient si elles le rencontraient.

Nous n'avions pas d'armes à feu, bien sûr, alors nous avons commencé à plaisanter en imaginant utiliser le manche à balai que nous avions transformé en batte de baseball, et que cela pourrait faire de sérieux dégâts. Et puis l'une des filles, Betty – je crois qu'elle s'appelait comme ça –, qui venait d'une famille de militaires, a déclaré : « Les filles, si nous le trouvons, nous le tuerons à mains nues. » Et, tu sais, chacune d'entre nous était absolument d'accord avec elle. Nous étions toutes subitement remplies d'une intense fureur, convaincues que nous étions réellement capables de commettre un meurtre si nous trouvions ce prisonnier évadé. Eva sourit, puis elle secoua la tête.

— Pauvre homme, il a eu de la chance que nous n'ayons pas mis la main dessus ! Je suis sûre qu'il a été rattrapé.

— Je comprends ce que tu ressens, acquiesça Sally. J'ai souvent entendu des sentiments semblables pendant la guerre. Nous détestions tellement les Allemands. Mais si vous en étiez arrivées là, vous auriez pu le faire. À mains nues, je veux dire ?

Eva resta silencieuse, avant de répondre :

— Nous étions dans le feu de l'action, tous à fleur de peau. Mais tu sais, je pense que nous aurions vraiment pu le faire, si seulement il s'était présenté à ce moment-là.

Sally but une gorgée de sa boisson, en savourant sa douce saveur.

— Je suppose que nous serions tous capables de cela si la situation l'exigeait. Et il y a des rumeurs selon lesquelles des bandes de survivants sont toujours là, à préparer leur vengeance. Et qui pourrait les blâmer ?

Eva se tut, fixant la petite fenêtre par laquelle elle pouvait voir la neige tomber, rapidement et abondamment, avec de gros flocons qui s'entasseraient durant la nuit, recouvrant les pentes des montagnes, les arbres et tous les secrets dissimulés sous leurs branches. Peut-être, ce soir, le bruit des coups de feu retentirait-il à nouveau. Elle savait que tout ce qui était enfoui dans les forêts autour du camp et ailleurs ne serait révélé qu'à l'arrivée du printemps.

Septième partie

Chapitre 56

Evelyn, 14 mars 1986

À quand les mauvaises nouvelles ?

Elle se tenait au courant des nouvelles aussi souvent que possible, en écoutant le bulletin d'information dc midi sur Radio 4, puis de nouveau à 18 heures, et enfin le journal de 22 heures à la télévision. Chaque matin, elle se rendait au magasin du village pour y acheter le *Daily Telegraph*, une pinte de lait, du pain et, peut-être, une pâtisserie danoise si elle avait envie de se faire plaisir. Ce n'était pas une nouvelle habitude ; elle le faisait depuis des années et répétait toujours aux vendeuses qu'elle ne pouvait pas se passer de l'exercice mental que représentaient ses mots croisés quotidiens. Mais aujourd'hui, cette routine revêtait une importance particulière, car elle était résolue à maintenir son programme régulier inchangé. Et quand viendrait enfin le moment des regrets, qu'est-ce qui arriverait en premier ?

Un bulletin d'information sur les ondes, un article dans la presse ou, peut-être, plus inquiétant encore, un coup urgent à sa porte ?

Les jours passèrent, puis les semaines, jusqu'à ce lundi où elle entendit une brève au journal télévisé de 13 heures : « L'inquiétude grandit quant à l'endroit où se trouve le colonel Stephen Robinson, qui n'a pas été vu à son appartement londonien depuis la mi-février. La police demande à toute personne ayant des informations de contacter immédiatement son poste de police local. »

C'est le moment, se dit-elle. *C'est maintenant que ça commence.* Le lendemain, il y avait un petit article en troisième page du journal. Ce qui était amusant, c'est que sa photo figurait en troisième page. C'était une vieille photo, probablement prise vers 1950. Elle était ressemblante, mais il n'avait plus vraiment le même visage qu'autrefois, bien qu'elle l'ait reconnu instantanément. Le rapport mentionnait sa participation aux interrogatoires d'après-guerre, la cour martiale au cours de laquelle il avait été innocenté, une brève et vague mention de ses activités ultérieures, ce qui signifiait, selon elle, qu'il travaillait toujours pour le MI6. Enfin, une phrase attira son attention. Elle espérait qu'elle découragerait les enquêteurs : « Sa carte bancaire a été utilisée pour la dernière fois à Lymington, dans le Hampshire, dans la soirée du dimanche 10 février. La police enquête sur la possibilité que le colonel Robinson eût l'intention de visiter l'île de Wight ou de naviguer vers la France. Son passeport a également disparu. On ne soupçonne pas d'acte criminel à ce stade. »

Evelyn plia le journal et passa à la dernière page, où les mots croisés l'attiraient toujours avec leurs cases blanches qui attendaient son esprit vif et son stylo agile. Elle lissa la page, s'assit, remua son café et vérifia mentalement toutes les étapes qu'elle avait suivies. *Elle avait été assez prudente, non ?*

À son retour de Lymington ce soir-là, elle avait vidé son portefeuille et soigneusement séparé son contenu. Elle avait découpé les cartes en plastique en petits morceaux, puis les avait dispersés dans divers trous qu'elle avait creusés sur le terrain. Elle avait retiré les clés de son porte-clés et avait enterré chaque objet profondément dans un endroit distinct. Si quelqu'un l'avait vue creuser sur le bord des pelouses, il n'aurait pas trouvé cela étrange. Elle plantait souvent de nouveaux spécimens de perce-neige et de narcisses ou arrachait des bulbes rares dans le jardin et ses environs.

Les billets de train, le portefeuille, le permis de conduire, le passeport et le mouchoir avaient été brûlés dans un spectaculaire feu de joie destiné à débarrasser le jardin des derniers débris de l'hiver. Parmi eux, un manteau d'homme rembourré, une veste en tweed aux coudes rapiécés, quelques vêtements mités et des chaussures aux semelles usées. Un peu d'huile de tondeuse à gazon sur le bûcher garantissait toujours une combustion rapide, et elle avait pris soin de ratisser les cendres, juste pour être sûre. Le dimanche suivant, elle avait ajouté à la quête de l'église le peu d'argent trouvé dans le portefeuille et les poches de l'homme, en pensant que cet avare n'aurait probablement jamais fait cela de toute sa vie. *Pouvez-vous me pardonner?* demanda-t-elle en silence, alors qu'elle versait l'argent dans la corbeille, son appel intérieur faisant écho à ceux qu'elle avait déjà formulés à maintes reprises dans ce lieu sacré.

Oui, elle était convaincue d'avoir réglé tous les détails. Mais on ne peut jamais être sûr à cent pour cent. Elle ne pouvait pas se permettre de se reposer sur ses lauriers. Elle n'avait pas d'alibi pour ce dimanche-là, mais ses voisins étaient plutôt éloignés et elle voyait rarement du monde, mis à part le personnel du magasin du village, d'une semaine à l'autre. Il serait plus étonnant qu'elle se mette soudainement à remplir ses journées d'activités qu'elle n'effectuait pas habituellement. Assurément, la poursuite de son train-train ordinaire et solitaire était moins susceptible d'éveiller les soupçons.

Evelyn était assise à la table de sa cuisine, remuant une tasse de thé Earl Grey et contemplant les arbres couverts de fines brumes de bourgeons vert tendre au-dessus des touffes de primevères. À présent, elle savait qu'elle ne recevrait que rarement des visiteurs. Elle pourrait gérer Kingsley avec la visite occasionnelle de Sharon pour l'aider à la maison, et peut-être devrait-elle demander à Jim de revenir quelques fois par an, juste pour tailler les haies de hêtres et couper les charmes têtards. Il ne faudrait pas que les jardins soient complètement négligés, alors qu'ils ont toujours été une telle source de fierté pour elle et ses parents avant elle. Dans tous les cas, elle pourrait se débrouiller pour tondre les pelouses elle-même, avec l'aide de son puissant tracteur Westwood.

Elle découpa une part du gâteau au gingembre qu'elle avait acheté au marché WI quelques jours plus tôt. Il y avait toujours de si bons produits, des quiches, des pâtisseries et des conserves, et il était important de maintenir sa routine. Elle pouvait continuer à se rendre aux réunions mensuelles du Garden Club, à participer aux ventes de bric-à-brac organisées deux fois par an dans le village, aider à fleurir l'église, préparer une soupe de panais aux épices pour les déjeuners annuels de Carême dans la salle des fêtes et aider à préparer les thés de la garden-party d'été au presbytère. Avec toutes ces activités banales et routinières, si quelqu'un venait à poser des questions embarrassantes, ses connaissances diraient toutes que ce ne sont que foutaises. Elles la décriraient comme une femme très sympathique, ordinaire, en âge de faire valoir ses droits à la retraite, qui se tient à l'écart des ennuis et est une bonne voisine. Personne ne l'aurait jamais pointée du doigt en l'accusant d'être une meurtrière froide.

Elle décida, en avalant les dernières miettes de sa part de gâteau au gingembre, qu'elle devait aussi continuer d'arpenter quotidiennement les terres, et surtout les bois, tant qu'elle en serait physiquement capable et qu'elle continuerait à vivre au manoir de Kingsley. Cela n'aurait rien d'anormal. Au printemps, elle avait l'habitude de chercher dans l'herbe les fleurs de sa bien-aimée fritillaire à tête de serpent, nouvellement apparue, en se demandant si elles s'étaient étendues davantage cette année-là. À d'autres moments, elle semblait plutôt se préoccuper de l'état des clôtures autour du domaine, notant les endroits où le fil de fer s'était détaché et où les poteaux avaient pourri. Les badauds qui savaient qu'elle élevait des poules pensaient qu'elle cherchait simplement des signes de présence de renards lorsqu'elle se promenait dans les bois avec son solide bâton de marche. Et à l'automne, lorsqu'elle s'enfonçait dans les buissons épineux, les écartant avec sa canne, ils pensaient qu'elle profitait de la récolte de mûres juteuses pour faire des tartes et de la gelée de ronces.

Dans les mois qui suivirent, il y eut quelques rappels de la nécessité de rester vigilante. À deux reprises, un os rongé est apparu sur la pelouse, qui avait été tondue très ras pour qu'elle puisse facilement repérer tout ce qui n'était pas à sa place. L'os aurait pu provenir d'un mouton mort depuis longtemps ou d'une carcasse de cerf, mais elle ne prit aucun risque et l'enterra profondément sous la haie de hêtres, tout en continuant à surveiller les bois.

Parfois, elle pensait aux sombres forêts de pins et aux étendues d'hiver autour de Wildflecken et se demandait si elles avaient déjà révélé leurs secrets au moment du dégel au printemps. Mais au manoir de Kingsley, avec le temps, dans les bois où les jeunes arbres devenaient plus denses chaque année et où les ronces et les bruyères étendaient leurs longs bras épineux pour saisir les intrus, le sol était recouvert d'un épais tapis de feuilles, de brindilles et de branches tombées. Rien de suspect ne pouvait être vu. Et Evelyn veillait, pensant que plus d'une forêt l'avait aidée à dissimuler les preuves de ses actes.

Chapitre 57

Evelyn,
10 novembre 2012

Un léger dérapage

J'ai toujours su qu'un jour, cela deviendrait insupportable. Combien d'autres nonagénaires pourraient inspecter régulièrement des hectares de terrain, comme je l'ai fait pendant des années? La plupart d'entre eux se contentent d'arpenter un petit jardin de banlieue, d'arroser quelques pots de fleurs, ou ne parviennent qu'à parcourir une courte distance jusqu'à l'épicerie du coin pour acheter une miche de pain et un journal. Beaucoup de vieilles dames – je ne me considère toujours pas comme telle – renoncent à marcher et remplacent les activités de plein air par des émissions de télévision à longueur de journée, le jardinage par le tricot et les parties de tennis par des magazines et un canapé bien rembourré. Rares sont les personnes âgées qui parviennent à faire les mots croisés quotidiens, ce que je fais religieusement, tout en jouant au bridge et en rédigeant le magazine paroissial. Mon esprit doit rester agile, tout comme mon corps.

À mesure qu'Evelyn vieillissait, ses visites du domaine devenaient un peu moins fréquentes, mais elles restaient régulières et intenses. Une fois par semaine, elle faisait le tour de l'ensemble du jardin à la française, qui comptait encore des roses et des arbustes à fleurs fleurissant à leurs saisons respectives. Les bordures fleuries n'étaient plus aussi spectaculaires depuis que l'arthrite dans ses genoux et ses coudes l'empêchait de s'agenouiller et de désherber, mais le jardin n'était pas totalement envahi par la végétation, comme elle l'avait redouté en grattant le sol avec une houe à long manche.

Une fois par semaine, elle faisait le tour d'un quart de sa propriété, parcourant les limites et les bosquets, y compris Marley's End, ce bois si spécial qui lui avait fourni une cachette fort utile et sûre. Depuis le départ des moutons, les champs étaient parsemés de bouleaux, d'aulnes et d'orties, mais il y avait encore des sentiers bien fréquentés par les cerfs, les blaireaux et les renards qu'Evelyn suivait en faisant le tour de son domaine.

Le bois où le corps reposait s'était épaissi de ronces et de branches tombées au fil des ans, et même si Evelyn était sûre qu'aucune trace de lui ne serait découverte, elle se sentait obligée de s'assurer qu'il restait bien caché. Elle se rappela que cela faisait presque trente ans qu'il était tombé, et qu'il n'y aurait donc plus grand-chose à voir, si ce n'est un fragment de tissu peut-être, ou un éparpillement d'ossements désarticulés. Les renards affamés l'avaient rapidement découvert, ainsi que d'autres animaux, tels que des oiseaux, des coléoptères et leurs larves. Tous l'aidèrent à dissimuler son crime.

Car c'était un crime, elle le savait parfaitement. Un crime justifié dans son esprit, mais un crime tout de même pour lequel elle devrait payer si jamais il était découvert, ce qui plongerait sa famille, son domaine et le village dans un profond désarroi. *Mais je ne peux pas supporter l'idée*, se dit-elle, *que les crimes qu'il a commis ne soient pas reconnus comme tels s'il était un jour retrouvé.* Une fois de plus, ses actes seraient examinés à la lumière du devoir qu'il a accompli envers son pays ; il serait disculpé et probablement honoré. *Je dois donc continuer à être vigilante, malgré mon âge avancé, aussi longtemps que possible.*

Mais un jour, lors de sa tournée régulière, même si elle était encore plus alerte que la plupart des personnes de son âge et qu'elle connaissait parfaitement son territoire, une ronce égarée s'accrocha à sa cheville. Elle trébucha et s'effondra dans le sous-bois, se blessant au poignet en tentant de se libérer. Ce n'était pas un accident grave, car il ne l'empêcherait pas d'agir longtemps, mais elle reconnut que c'était un avertissement de ce qui allait finir par arriver. Elle comprit alors qu'elle devait être encore plus prudente.

Heureusement que je suis tombée ici, sur un épais tapis de feuilles sèches. Si je glissais dans la cour sur les dalles de granit, je me casserais une jambe ou une hanche à coup sûr. Ou si je tombais sur les traverses humides et moussues du fossé, dans le canal gonflé par l'eau de pluie, je risquerais d'être emportée sous les eaux boueuses. Je pourrais même me noyer. Elle se redressa, prit appui sur son bâton pour se mettre à genoux, puis se remit debout. *Je peux marcher. Ce n'est que mon poignet gauche, heureusement. Mais c'est un signe que je ne dois pas négliger.*

Après avoir appelé une ambulance pour qu'elle soit conduite aux urgences les plus proches, où l'on fit grand cas de son âge avancé et où elle passa des radiographies des bras, des jambes et des hanches pour s'assurer qu'il n'y avait pas d'autres lésions que le poignet, Evelyn appela Pat, l'unique enfant de son frère Charles. Pat lui rendait rarement visite, invoquant son travail (kinésithérapeute à temps partiel), ses obligations familiales (ses fils adultes travaillaient à Londres) et ses obligations domestiques (elle avait une femme de ménage et un jardinier une fois par semaine). Son cabinet n'était pas très loin, mais elle préférait passer son temps libre à jouer au tennis ou à broder des housses de coussin compliquées à l'aiguille. Elle n'aimait pas se rendre à Kingsley Manor, car elle savait qu'elle et sa famille deviendraient un jour les gestionnaires de ce qui, à ses yeux, était une anomalie temporelle aberrante et onéreuse. Chaque visite qu'elle faisait lui confirmait l'idée qu'elle aurait à accomplir une tâche fastidieuse lorsque sa tante finirait par mourir.

— Pat, s'excusa Evelyn, je suis désolée de te déranger, mais j'ai fait une petite chute et j'ai dû me faire soigner à l'hôpital. On m'a fait des radios et on m'a mis un plâtre, alors je me demandais si tu pouvais venir me chercher à l'hôpital pour ensuite me raccompagner chez moi.

— Oh, non ! Comment est-ce arrivé ?

— J'ai trébuché dans le jardin tout à l'heure. *Juste dans le jardin, pour que tu penses que j'étais en train d'élaguer et de désherber, et pas pendant l'une de mes inspections régulières de la tombe de ma victime.*

— Qu'a dit l'hôpital ? Ne devrais-tu pas y passer la nuit, juste pour être sûr ?

— Oh non ! Ils disent que ce n'est que mon poignet, rien de bien grave. Mais je ne pourrai pas conduire pendant un certain temps, c'est tout.

— J'ai bien peur de ne pas pouvoir venir tout de suite. Je dois aller chercher Humphrey à la gare à sept heures. Il revient d'une conférence importante et a des bagages très lourds.

— Alors, ne t'inquiète pas, ma chérie. Ils peuvent certainement me ramener à la maison en ambulance, j'en suis sûre. Cela dit, ce ne sera pas possible tout de suite, car une ambulance doit être disponible.

Finalement, après avoir attendu plus d'une heure, Evelyn appela un taxi et paya 30 livres sterling pour que le chauffeur, un homme très gentil dont l'anglais était remarquablement bon, la dépose devant la porte de sa maison. Elle lui proposa d'entrer afin qu'il dépose ses courses – même si elle savait que Pat trouverait cela très imprudent. Ils s'étaient arrêtés à la station-service sur le chemin du retour, à la nuit tombée, pour acheter des provisions et acheter un de ces plats prêts à réchauffer, ce qui permettrait à Evelyn d'appuyer sur un bouton, et ding, le micro-ondes préparerait son dîner. Le lendemain, elle téléphonerait au magasin du village pour demander la livraison régulière de son journal et de ses courses. Oh, comme il était agréable de se faire servir et d'appeler à l'aide !

Alors qu'elle dégustait son poulet tikka masala brûlant et son riz pilaf avec une fourchette directement sortie de son récipient en plastique noir – la vaisselle est à éviter quand on n'a qu'un bras –, Evelyn se disait qu'elle ne demanderait pas d'aide à Pat de si tôt. Au lieu de cela, elle mettrait ce temps à profit pour se préparer. Il y avait des lettres à brûler, des bijoux à vendre et des dons d'argent et d'argenterie à distribuer à des amis dans le besoin et à des causes louables. Pat et sa famille finiraient bien par hériter, mais si elle ne se donnait même pas la peine de s'y intéresser de près et pensait que la maison était de toute façon pleine de déchets, alors peut-être qu'il n'y aurait pas autant d'argent qu'elle l'imaginait. *Je lui faciliterai la tâche*, pensa Evelyn, *mais pas trop*.

Chapitre 58

Kingsley, 15 mars 2013

Mon très cher,

Cette lettre est la dernière que je t'écrirai avec un stylo et du papier. Désormais, tu recevras toujours mes lettres, celles que je t'ai écrites depuis que tu as quitté ces terres pour servir ton pays, mais elles n'existeront plus que dans ma tête. Je les composerai encore, partageant avec toi mes pensées, mes angoisses et mes méfaits. Je les signerai toujours avec amour et de nombreux baisers, mais ce seront des lettres de mon âme et de mes rêves.

Ne sois pas déçu que les lettres manuscrites noircies d'encre aient disparu. Je t'aimerai toujours et pour toujours, mais je pense que le temps est venu pour moi d'être plus prudente. Cet hiver, j'ai fait une chute après avoir fait mon tour habituel des terrains et des bois. J'ai trébuché dans le sous-bois près de l'échalier. Je me suis seulement fracturé le poignet, mais cela aurait pu être bien pire. J'ai donc décidé que je devais me préparer au moment où je ne pourrai plus être active et vigilante.

Demain, je rassemblerai toutes les lettres que je t'ai écrites au fil des ans, toutes les lettres dans lesquelles j'ai avoué toutes mes erreurs et mes actions passées, et je les brûlerai. Quel dommage que je ne les aie pas écrites avec des « encres secrètes », comme on nous l'a appris lors de notre formation! Elles seraient alors restées un mystère pour toujours ! Qu'aurais-je dû utiliser ? Le jus de citron ou d'oignon, le blanc d'œuf ou (ton préféré, je pense) le bon vieux pipi ?

Je garderai bien sûr chacune de tes lettres d'amour, celles que tu m'as écrites il y a tant d'années, mais mes lettres de plume et d'encre, elles, n'existeront plus. C'est mieux ainsi et, dorénavant, mes messages pour toi viendront directement de mon cœur.

Ta tendre Evie, xxx

PS. Je t'aime

Chapitre 59

Evelyn,
16 mars 2013

Jamais plus

Evelyn se souvenait de la joie qu'elle avait ressentie en trouvant ces chaussures : en velours noir, avec un talon solide, un nœud sur les orteils et une lanière autour de la cheville. Elle s'était dit qu'elle avait de la chance d'avoir des chaussures à la mode, alors que le cuir était si rare en 1943. Et elle se rappelait exactement la date à laquelle elle les avait achetées : en avril de cette année-là, dans l'attente du retour de Hugh de France.

Ils avaient tout prévu pour des retrouvailles romantiques dans leur appartement londonien : un dîner italien à Soho, un spectacle, puis une séance de danse. Les vêtements étaient également difficiles à trouver, mais elle avait adapté sa robe de cocktail noire et créé un décolleté en forme de cœur pour mettre en valeur sa peau crémeuse, et ajouté deux boucles diamantées provenant d'une vieille ceinture de sa mère. Elle comptait boucler ses cheveux et les relever en un chignon banane pour illuminer son visage, et coiffer le tout d'un adorable petit chapeau orné d'un voile délicat. Elle savait que Hugh adorerait. Mais en fin de compte, il n'en fut rien. Hugh ne revint pas, du moins dans ses bras. Il parvint à s'échapper, mais ce faisant, il fut abattu, son Hugh chéri ; une victime accidentelle pour ceux qui n'avaient que faire des vies, une terrible tragédie pour ceux qui l'aimaient, lui et d'autres comme lui. Elle n'a finalement jamais porté ces chaussures ; elle ne pouvait pas supporter l'idée d'enfiler celles qui auraient dû la faire danser avec délice au bras de son mari. Désormais elles n'étaient qu'un poids, elle qui peinait à faire un pas sans sangloter de façon incontrôlable.

Où sont-elles passées, ces belles chaussures? Offertes à une petite amie ou à une association caritative, sans doute. Quant à la robe, elle l'avait gardée et avait ôté ces pinces ridicules afin de rétablir son décolleté simple et discret. Tout ce qui restait de cet ensemble autrefois prestigieux était la boîte à chaussures, remplie de lettres manuscrites. Certaines étaient celles que Hugh avait envoyées de France sur du papier à en-tête gouvernemental, portant une gravure de l'Arc de Triomphe et la légende « Quelque part en France », écrite tantôt au crayon, tantôt au stylo. Mais il y avait aussi celles qu'elle avait écrites elle-même plus tard, après qu'il fut parti, lui disant tout, ouvrant son cœur à lui et à lui seul, puisqu'elle ne pourrait jamais révéler ses secrets à personne d'autre. La boîte à chaussures contenait une photo de ces chaussures de velours, celles qui n'ont jamais couru à sa rencontre, qui ne sont jamais montées sur la pointe des pieds pour atteindre ses lèvres et qui n'ont jamais valsé dans ses bras.

Désormais, même ces lettres devaient disparaître. Depuis qu'elle s'était remise de sa chute, Evelyn tentait de mettre de l'ordre dans la maison. C'était un signal d'alarme à prendre au sérieux ; elle ne savait pas combien de temps il lui restait pour se préparer ou pour continuer à faire le guet.

Par une journée de printemps froide, mais lumineuse, elle a donc fait un feu de joie sur l'ancien court de tennis, juste après le verger de pommiers, avec ses arbres négligés et non taillés. C'était triste de les voir ainsi abandonnés, mais ils n'avaient pas bien fructifié ces dernières années. Elle n'avait plus la force de s'en occuper, d'appliquer des bandes de graisse et de tailler les branches.

Le court de tennis n'avait quant à lui pas vu de match depuis de nombreuses années. C'est ici qu'elle avait appris à jouer, avec

Charles qui lui criait de surveiller le filet. Plus tard elle avait joué avec Hugh, s'arrêtant pour le serrer dans ses bras et l'embrasser lorsqu'elle récupérait la balle. Elle pouvait encore entendre les cris et les rires si elle faisait une pause et, là-bas, voir le banc où se trouvait un panier de fraises et de limonade pour les joueurs. Aujourd'hui, la surface goudronnée, autrefois clairement délimitée par des lignes blanches soigneusement repeintes chaque saison, était recouverte d'un tapis de mousse vert foncé et de renoncules jaunes rampantes.

Evelyn ramassait les matières sèches des bordures, coupait les tiges mortes des delphiniums, des lupins et des phlox pour favoriser l'apparition de nouvelles pousses de fleurs saines en été. Elle ne taillait jamais ses plantes vivaces en automne, comme le font tant de jardiniers. Elle estimait que le bois mort protégeait les plantes pendant l'hiver, dans cette enclave glaciale qu'est Kingsley, où les plantes délicates pouvaient griller jusqu'à la mi-mai pendant les jours qu'elle avait appris à connaître en Allemagne sous le nom de *Eisheiligen*, « les jours des saints de glace ». Une manière si pittoresque de décrire les redoutables gelées tardives du printemps.

Elle transporta une autre brouette de végétaux séchés vers le tas qui grossissait. Le monticule était tout sec en cette journée ensoleillée du début du mois de mars. Aucun signe de vent ou d'averse, parfait pour le nettoyage de printemps, comme disait sa mère.

La nuit précédente, elle avait relu toutes les lettres, une à une, assise à la table de la cuisine, une bouteille de sherry amontillado l'aidant à trouver des larmes pour se souvenir. Elle avait mis de côté les lettres de Hugh et les avait reliées avec un ruban rouge. *Je ne les brûlerai jamais. Elles resteront avec moi pour toujours*, se dit-elle. Puis elle relut ses propres lettres, ses lèvres prononçant certains mots et en murmurant d'autres, en particulier chaque fois qu'elle lisait « *Je t'aime* ». Elle remit ces lettres dans la boîte à chaussures, toujours pleine à craquer, malgré le retrait de celles qu'elle avait reçues de Hugh il y avait des années. Puis elle la ferma avec du ruban adhésif.

Le moment était enfin venu. Le bûcher était prêt à s'enflammer dès qu'elle aurait craqué une allumette sur l'allume-feu Zip, logé en son cœur. Mais d'abord, elle secoua la base avec un manche à balai, comme les vieux jardiniers le lui avaient appris, au cas où une créature se serait glissée là pour s'abriter pendant qu'elle ramassait le bois d'allumage. Comme rien n'en sortait, elle posa la boîte à chaussures au centre, au-dessus de vieux journaux, de catalogues de semences tachés et d'agendas d'années passées. Puis elle craqua une allumette. Elle prit feu instantanément et tout se mit à flamboyer sur trois pieds de haut.

— Au revoir, mon chéri, murmura Evelyn. Je t'aime.

Chapitre 60

Evelyn, 29 octobre 2015

La chute finale

Evelyn s'efforça d'atteindre la poignée de la deuxième valise posée en hauteur sur l'armoire. La première avait atterri en catastrophe sur le sol, mais heureusement, la serrure n'avait pas éclaté et n'avait pas déversé le contenu oublié depuis longtemps. Elle s'étira à nouveau, aussi haut qu'elle le pouvait. Elle n'avait plus qu'à tirer la lanière de cuir vers elle, puis à la faire glisser sur le côté, et vlan ! Elle s'écraserait au sol dans un bruit sourd. Mais la seconde valise était beaucoup plus lourde que la première et s'accrocha au fronton sculpté qui ornait la façade et les côtés de l'armoire en acajou.

Evelyn tira de nouveau sur la poignée. Bon sang, il fallait absolument qu'elle s'en occupe aujourd'hui ! Après les avoir complètement oubliés pendant une longue période, elle ne pouvait plus laisser les dossiers là où ils étaient. L'autre soir, alors qu'elle embrassait les photos de ses deux êtres les plus chers avant de s'endormir, tout lui était revenu. À son retour de Wildflecken, après toutes ces années d'absence, sa mère était souffrante et son père se trouvait à l'hôpital. Il y avait tant de choses à faire, tant de choses qui exigeaient son attention, que ses valises n'avaient jamais été complètement déballées. Elles avaient été rangées puis oubliées. Un feu de joie avait consumé toutes ses lettres à Hugh, ainsi qu'un grand nombre de photographies. Néanmoins, elle n'avait pas pensé pendant de nombreuses années aux valises et à leur contenu accablant.

Elle n'était même pas certaine de leur contenu exact, c'était il y a si longtemps. En revanche, elle pouvait imaginer y trouver un passeport, des documents datant de ses années de service à Bad Nenndorf et Wildflecken, et des photographies, certaines innocentes et d'autres non. Oh, et aussi un pull et un pantalon, dont les taches éloquentes pourraient tout révéler.

Pour la énième fois, il fallait encore tirer et faire descendre. Evelyn agrippa le côté de l'armoire de sa main gauche. Depuis sa chute malheureuse, il y a deux ans, son poignet n'a plus jamais été le même. Elle tira une seconde fois sur la valise avec sa main droite et c'est à ce moment-là que cela se produisit. Sur la pointe des pieds, elle chancela sur la chaise qu'elle avait installée pour se hisser à une hauteur plus confortable. Malheureusement, elle perdit l'équilibre et tomba. Sa tête heurta le cadre en acajou à l'extrémité du lit, et sa hanche percuta le sol dur, où seul un tapis turc élimé amortit sa chute.

Lorsqu'elle finit par ouvrir les yeux, la chambre était sombre et glaciale. Le merle qui chantait toujours juste avant le crépuscule s'était tu depuis longtemps, et, par la fenêtre, elle pouvait voir que la lune brillait. C'était en début d'après-midi qu'elle était entrée dans la chambre et qu'elle avait traîné la chaise sur le sol avant de s'avancer devant la porte de l'armoire ornée d'un miroir.

Peut-être que je mourrai ici, pensa-t-elle. *On pourrait ne pas me retrouver pendant des semaines, à moins que Pat n'ait l'idée de téléphoner ou de passer. Elle n'a jamais été très attentionnée, avec son emploi du temps chargé et son mari exigeant. Et mes voisins ne penseront pas à vérifier, sauf si le magasin du village commence à se demander pourquoi je ne viens pas chercher mon journal et mon lait.*

Quelle triste fin! Je m'en irai sans être aimée, ni remarquée, ni pardonnée dans cette chambre qui était celle de Charles. Lorsqu'il a été envoyé en internat, il m'a tellement manqué au début que je me glissais dans sa chambre pour sentir le poids de sa batte de cricket, balancer sa raquette de tennis et enfouir mon nez dans son linge non lavé qui sentait sa sueur et l'huile de ses cheveux. Mais lorsqu'il est revenu, il n'a plus voulu jouer avec moi et a fermé la porte à sa petite sœur.

Elle essayait de bouger, mais sa tête était lourde, et sa hanche lui faisait mal.

Cette fois, j'ai vraiment réussi. C'est bien plus qu'une simple fracture du poignet, espèce d'idiote ! Tout ça, c'est à cause de ton incompétence. Tu aurais dû régler ces affaires depuis longtemps. Que vas-tu faire, maintenant ?

Elle resta étendue sur le sol dur, se refroidissant et se déshydratant, des vagues de douleur palpitant autour de sa hanche. Soudain, elle se sentit découragée. Elle s'imaginait entendre Hugh, son mari chéri, l'appeler, et une deuxième voix faisait écho à la première. N'était-ce pas aussi Charles ? Tous deux lui criaient de ne pas abandonner, de trouver de l'aide d'une manière ou d'une autre. Nous sommes peut-être morts, disaient-ils, mais nous sommes morts en nous battant jusqu'au bout. Nous ne nous sommes pas contentés de tomber d'une chaise et de rester là sans rien faire jusqu'à ce que nous ayons rendu notre dernier souffle.

Au prix d'un effort considérable, Evelyn se retourna sur le ventre et commença à ramper dans l'obscurité sur le parquet en direction de la porte. Pas une seule pièce de la maison n'était éclairée, mais elle en connaissait les moindres recoins et pouvait visualiser chaque meuble dans chaque pièce. Elle avança lentement, un centimètre douloureux à la fois, s'arrêtant pour reprendre son souffle toutes les minutes ou presque, alors que la douleur l'envahissait. Elle avait besoin de lumière, elle avait besoin d'appeler à l'aide, mais elle ne pouvait obtenir ni l'une ni l'autre, à moins de réussir à atteindre sa chambre, au bout du couloir. C'est alors qu'elle se souvint du bâton de tir de Charles, posé sur un porte-parapluies, ainsi que de ses vieux clubs de golf et de sa crosse de hockey, dans un coin près de la porte. Elle prit appui sur ses bras pour soutenir son corps, ramena sa jambe valide sous elle et réussit à s'agenouiller partiellement, sa hanche blessée faisant basculer son autre jambe derrière elle. Moitié accroupie, moitié agenouillée, elle progressa et trouva la crosse, puis frappa l'interrupteur à plusieurs reprises, jusqu'à ce que la lumière inonde enfin la pièce, filtre dans le couloir et sur le palier.

— Une ambulance, souffla Evelyn, après son long et pénible trajet jusqu'au téléphone, en se traînant sur les tapis froissés et les planchers poussiéreux. Dites-leur que la porte de derrière n'est pas fermée à clé. Les gens de la campagne sont si confiants que les portes restent ouvertes longtemps après la tombée de la nuit, Dieu merci.

Pendant qu'elle attendait l'arrivée des secours, Evelyn se prépara. Elle savait qu'il y aurait beaucoup à faire pour occuper son esprit dans les semaines et les mois à venir, et le temps qu'il faudrait pour se rétablir. Tant de choses à faire et à penser, mais elle serait prête. Elle mémorisa le contenu des caisses et prépara son histoire, tandis qu'à l'extérieur, dans l'obscurité, une chouette effraie lançait son appel, entamant la première chasse de la nuit à travers le domaine des Kingsley.

Chapitre 61

Evelyn, 15 janvier 2016

Où est la maison ?

— Honnêtement, ma tante, j'ai l'impression que le personnel de cette maison de repos ne sait pas qui tu es. J'avoue avoir même pensé m'être trompée d'endroit.

Le visage de Pat était rouge et luisant, soit à cause de la pluie fine à l'extérieur, soit à cause de la chaleur de la salle, Evelyn ne savait pas trop.

— Vraiment? Quel est le problème?

— Oh, il y a une réceptionniste ridicule qui est persuadée que tu t'appelles Hilda. J'ai dit que je venais voir Mme Evelyn Taylor-Clarke et elle a regardé sa liste, avant de rester silencieuse et de dire qu'il n'y avait ici qu'une personne nommée Hilda avec ce nom de famille. Ce n'est que lorsque je lui ai dit que je savais que tu étais là, que tu étais ma tante Evelyn et que je t'avais toujours connue sous ce nom, qu'elle m'a enfin laissé passer. Franchement, où vont-ils chercher tout ça?

Pat regarda le personnel et les patients dans la pièce avant de hocher la tête.

— La moitié d'entre eux sont des étrangers, j'en suis sûre.

Evelyn sourit.

— C'est possible. Mais ils sont tous très gentils et aimables. Je me sens beaucoup plus forte maintenant. J'ai même réussi à me rendre seule à la salle de bains après le déjeuner aujourd'hui.

— Mais tu ne t'appelles pas Hilda !

— Non, en effet, c'est Hildegarde. Je suppose que certains d'entre eux trouvent que c'est un peu prétentieux.

— Hildegarde ? Tu ne m'avais jamais dit que c'était ton nom. Pourquoi donc as-tu choisi ce prénom ?

Pat retira son lourd imperméable et se rafraîchit avec un numéro de *The Lady* posé sur la table de chevet d'Evelyn.

— Hildegarde était le prénom de ma grand-mère. Elle avait des origines polonaises, tu te souviens ? C'était un prénom courant dans notre famille. J'aimais beaucoup ma grand-mère, mais je n'ai jamais vraiment aimé son prénom, pas plus que maman d'ailleurs. Alors, on m'a toujours appelée Evelyn ou Evie ou Eva, mais cela ne devrait pas t'importer.

— Oh, peu importe en effet, rétorqua Pat avec un geste d'exaspération. J'espère qu'ils ne commettront plus d'autres gaffes aussi ridicules. Comment te sens-tu d'ailleurs ? Je t'ai apporté des sablés. Malheureusement, ils ne sont pas faits maison. Comme j'étais pressée après ma matinée chargée, je me suis arrêtée chez Waitrose sur le chemin. Mais j'espère que tu les aimeras.

— Merci, ma chérie. C'est vraiment très gentil de ta part, remercia Evelyn en pensant qu'elle aurait préféré avoir des fleurs fraîches, peut-être des freesias pour leur parfum citronné ou des bulbes de printemps sur le point d'éclore. Quelque chose qui pousse, qui est vivant pour lui rappeler qu'il y a une vie en dehors de cette résidence étouffante avec ses odeurs de désinfectant et de talc, ses murmures, la sonnerie occasionnelle pour attirer l'attention et le grincement des chaises des visiteurs.

Pat déposa la boîte de biscuits sur la table de chevet et gigota sur sa chaise.

— Mais si je suis venue te voir aujourd'hui, c'est surtout pour discuter avec toi de la suite des événements, une fois que les médecins te déclareront apte à quitter l'hôpital. Ils pensent que ce ne sera plus très long.

— Je rentrerai à la maison, bien sûr. Ce sera tellement agréable de rentrer à la maison. Certaines personnes ici ne vont vraiment pas bien. Et je n'aime pas être tout le temps avec des personnes âgées. Je pense que je me sentirai mieux chez moi, dans un environnement familier. Je pourrais faire de petites promenades dans le jardin pour faire de l'exercice. Je reviendrai vite à la normale, tu verras.

— Humphrey et moi n'en sommes pas si sûrs, ma tante. Ce n'est pas la première fois que tu tombes, et nous pensons que Kingsley n'est pas un endroit approprié pour une personne de ton âge vivant seule.

Pat marqua une pause, puis adressa à sa tante un sourire aussi large que possible.

— Nous pensons toutes les deux que tu serais beaucoup mieux dans une maison de retraite où il y aura du personnel pour s'occuper de toi. Certains d'entre eux sont vraiment très gentils et ce serait formidable pour toi d'avoir de la compagnie en permanence.

— Je suis sûre qu'ils sont très gentils, mais je ne sais pas si j'aimerais vivre avec d'autres personnes. Je n'en ai pas l'habitude, tu sais.

Evelyn continua de fixer sa nièce. *Je savais qu'on en arriverait là et je sais qu'elle a raison, mais je ne me sens pas obligée d'être d'accord tout de suite. Voyons voir si elle est prête à défendre son point de vue.*

— Mais nous restons inquiets à l'idée que tu sois seule, toute seule dans cette vieille maison. Il n'y a personne aux alentours pour t'entendre si tu fais une autre chute. Et même si je pouvais tout laisser tomber sur-le-champ et me précipiter chez toi depuis mon cabinet, il me faudrait une éternité pour arriver jusqu'à toi.

— Je pourrais porter une de ces alarmes autour du cou. Une infirmière m'a dit que sa grand-mère en avait une. Comme ça, je pourrais vous prévenir immédiatement si je tombe.

— Oui, c'est possible. Mais cela ne veut pas dire que je pourrai te rejoindre instantanément. Je peux être à Londres toute la journée ou à des kilomètres d'ici en Cornouailles. Humphrey et moi y passons souvent quelques jours là-bas avec le bateau. Je ne reste pas plantée chez moi à attendre que tu m'appelles, tu sais. Et la dernière fois… Eh bien, les médecins disent que si tu n'avais pas réussi à donner l'alerte comme tu l'as fait, tu aurais pu mourir de soif et d'hypothermie en restant allongée sur le sol aussi longtemps. Cela arrive, tu sais. Deux ou trois nuits, et ça aurait pu être la fin. Et alors, où en serions-nous ?

— Au moins, je serais morte à Kingsley. Cela ne m'aurait pas dérangée de finir mes jours dans ma propre maison.

Pat fronça les sourcils, puis passa son pull par-dessus sa tête, révélant un chemisier très froissé. *Tut, tut, repasser une chemise ne prend pas tant de temps*, pensa Evelyn. *Pas du tout, même.*

— Et si je ne pensais pas à t'appeler une fois par semaine, dans quel état serais-tu lorsque nous te retrouverions ? Ce n'est même pas la peine de l'envisager.

Elle fronça encore les sourcils, puis déclara :

— Honnêtement, je trouve ça injuste pour moi et Humphrey. Je ne voudrais pas entrer chez toi un jour et découvrir que tu y es morte depuis des jours. Je me sentirais vraiment mal et j'aurais l'impression de t'avoir négligée, alors que je me soucie beaucoup de toi, énormément même.

— Eh bien, si tu le dis comme ça…

— Je savais que tu comprendrais.

Pat sortit quelques brochures de son sac à provisions en toile de jute.

— Il y a de très belles maisons de retraite dans le coin.

Elle rit et se mit à raconter :

— J'ai laissé entendre à Humphrey que j'étais presque tentée de réserver une place pour nous deux dès maintenant.

— Mais non, ma chérie, tu peux compter sur tes fils.

Pat écarta cette idée d'un geste de la main.

— Oh, je n'y songe même pas ! Ils ont leur propre vie à vivre. Et puis, lorsqu'on devient très vieux, on a besoin d'une aide spécialisée, de lits adaptés, de bains, de traitements et de toutes sortes de choses. Il n'est pas facile d'organiser tout cela à la maison.

— Je suppose que tu as raison. J'ai remarqué que je devais aller plus souvent chez le pédicure ces derniers temps. La dernière fois, je me suis un peu perdue dans les environs de Petersfield.

— Voilà, quand on est dans une maison de retraite, tous ces gens viennent nous voir. Les pédicures, les coiffeurs et même les médecins. On n'a pas besoin de se déplacer. C'est beaucoup plus pratique.

— Cela me ferait du bien de me faire coiffer. Michelle a toujours été si attentionnée.

— Tu auras tout sur le pas de ta porte, si tu es raisonnable.

Pat tendit les brochures.

— J'ai visité trois maisons jusqu'à présent. Elles ont toutes des chambres disponibles. Mais celle-là sentait très fort le curry quand je l'ai visitée. Je pense que c'est à cause du personnel qui y travaille. Celle-là, dit-elle en déposant la documentation sur les genoux d'Evelyn, « Forest Lawns », est vraiment charmante. Je pense que tu l'aimeras.

Evelyn regarda les photos de résidents souriants, le salon spacieux, la salle à manger lumineuse et les vastes jardins.

— C'est très joli. J'aimerais être dans un endroit avec un jardin.

— J'ai déjà pris des dispositions pour que la directrice te rende visite ici demain après-midi. Elle devra également s'entretenir avec ton médecin, mais une fois qu'ils auront convenu que tu es apte à sortir, tout pourrait se dérouler très rapidement.

— Est-ce qu'il y a des perce-neige là-bas ? Ils doivent être en fleurs à Kingsley maintenant, Pat. Tu te souviens comment les perce-neige se répandent sur les pelouses ? Mon jardin me manque…

— J'imagine qu'ils ont des perce-neige. Sinon, peut-être pourrais-tu leur donner des conseils ? Tu t'y connais tellement en jardinage, je suis sûre qu'ils seraient ravis de tes conseils.

Evelyn, 15 janvier 2016

Evelyn resta silencieuse un moment, réfléchissant à la meilleure réponse à donner, puis elle déclara :

— Je pourrais peut-être y aller une semaine ou deux. Juste pour voir si ça me plaît.

Pat tendit la main vers Evelyn et la serra.

— Bien sûr, je suis certaine que tu vas adorer ça.

Evelyn ne répondit rien et se contenta de sourire à Pat en pensant : *Je n'ai peut-être pas le choix, mais cela ne veut pas dire que je vais renoncer à tout contrôle sur ma vie et mes secrets à partir de maintenant.*

Chapitre 62

Evelyn,
2 mars 2016

Qui a le pouvoir ?

Il vaut mieux que ce soit moi qui le suggère, pensa Evelyn. *Pat va s'agiter et contourner la question, bien qu'elle soit exécutrice testamentaire et fiduciaire. Si c'est moi qui propose l'idée, il y aura moins de discussions et la décision sera plus rapide.*

Lorsque Pat arriva à la maison de retraite, Evelyn lui annonça :

— J'ai réfléchi, ma chérie. Compte tenu de tout ce qui s'est passé, ce serait une bonne idée de rédiger une procuration. Il ne faut pas attendre que les choses s'aggravent, et si ma santé se détériore énormément – elle glousса –, si je deviens un peu gaga, tu ne pourras plus rien faire du tout.

— Oh, je suis tellement soulagée que tu en parles. Je voulais te suggérer la même chose, mais je n'étais pas sûre de ce que tu penserais.

Pat se jeta sur une chaise, laissant tomber son sac à main volumineux sur le sol.

— Je n'ai pas de problème à ce sujet. C'est une mesure raisonnable à prendre. Tu sais qu'on ne peut plus le faire quand quelqu'un ne peut pas donner son consentement, donc si ma tête venait à me jouer des tours du jour au lendemain, tu te retrouverais dans un sérieux pétrin.

Pat éclata d'un rire franc.

— Oh, tu ne vas pas décliner tout d'un coup ! Tu es solide comme un roc. Cela dit, tu as tout à fait raison, nous devons le faire tant que nous le pouvons. Et maintenant que tu es sur le point de quitter la maison de repos pour emménager à Forest Lawns, c'est le moment idéal.

Evelyn pointa du doigt sa nièce.

— Mais cela ne signifie pas que tu peux vendre toute l'argenterie de la famille. Pas sans mon accord.

— Je ne le ferai pas, ma tante, je te le promets. Mais en parlant d'argenterie familiale, je me disais que, puisque la maison est inoccupée, il serait préférable que je mette les objets de valeur en lieu sûr, pour le moment.

— Tu pourrais les emporter avec toi.

— C'est possible. Il faudra que je regarde bien et que je décide quels articles emporter pour qu'ils soient en sécurité.

— Il y a un ensemble complet de couverts en argent de l'époque géorgienne dans la commode. Je pense qu'il a une certaine valeur.

— Mon Dieu ! Je ne pensais qu'à la carafe en argent et en cristal, ainsi qu'à quelques cadres photo. Je ne pensais pas qu'il y en avait plus.

— Oh si, il y en a beaucoup. Je suis sûre qu'il y a de nombreuses pièces dans le buffet géorgien en chêne de la salle à manger.

Evelyn fronça les sourcils, comme si elle essayait de se souvenir.

— En y réfléchissant bien, si tu commences à t'inquiéter pour tous les objets de valeur, tu devrais jeter un coup d'œil aux vases chinois et à la collection de netsuke de papa. Ils ont de la valeur aussi.

— Vraiment? On dirait qu'il y a beaucoup plus de choses que je ne l'avais imaginé.

— Et je pense qu'il y a des évaluations d'assurance quelque part dans la maison. Jette donc un œil dans le bureau du salon. Elles pourraient te donner une idée plus précise des pièces que tu dois mettre en sécurité. Elles ne sont pas très récentes, mais elles te serviront de point de départ.

Pat parut stupéfaite face à la responsabilité qui venait de lui être confiée, puis déclara:

— Je ferais peut-être mieux de m'organiser pour rester au manoir de temps en temps. Ce serait une bonne idée de veiller sur la propriété jusqu'à ce que nous décidions quoi faire ensuite.

— Que veux-tu dire par «ensuite»?

— Oh, il n'y a pas de quoi s'inquiéter, ma tante. Je parlais juste de la manière dont nous allions gérer le manoir à long terme, c'est tout.

Pat sourit et poursuivit:

— Tu t'en vas à Forest Lawns à la fin de la semaine prochaine. Je me disais donc que tu pourrais me dire ce que tu aimerais que je rapporte de Kingsley. Tu as le droit de prendre quelques objets personnels, même des meubles, si tu veux.

Evelyn, 2 mars 2016

Je sais ce que tu prépares. Je sais que tu n'aimeras pas Kingsley autant que je l'ai aimé, comme Hugh l'aurait aimé à mes côtés s'il avait vécu. Tu n'y vivras jamais, tu ne lui redonneras jamais vie. Tu finiras probablement par tout vendre. D'abord le terrain, puis la maison. Et comme l'a dit Stephen, tout partira pour du développement immobilier. Plus de champs, plus de bois... Où les renards iront-ils se terrer ? Où les martins-pêcheurs iront-ils voler ?

— Oui, acquiesça Evelyn, ce serait agréable d'avoir quelques-unes de mes affaires avec moi. La directrice s'est montrée très aimable lorsqu'elle est venue me voir. Elle m'a expliqué que je devais dormir dans l'un de leurs lits médicalisés, mais qu'à part cela, je pouvais apporter tout ce que je voulais. J'ai pensé à la coiffeuse de maman. Je me sentirais plus chez moi.

— Et tes vêtements ? Je m'en occupe pour toi ?

— Je pense que je dois le faire moi-même. Pourrais-tu venir à Kingsley avec moi, juste pour une matinée, afin que je puisse choisir ce dont j'ai besoin ? Je pourrais alors te montrer les photos et les bibelots que j'aimerais emporter avec moi.

Pat émit un long soupir.

— Est-ce que c'est vraiment nécessaire ? Tu n'es pas encore tout à fait rétablie. Kingsley n'est pas l'endroit le plus facile à parcourir. Ce manoir est plein de pièges et de dangers avec ses sols inégaux en briques et ses marches bizarres. Je ne veux pas que tu tombes à nouveau. Je suis sûre que je peux t'apporter tout ce dont tu as besoin.

— Je voudrais bien m'y rendre. Sinon, tu devras faire des allers-retours pour apporter des vêtements et d'autres affaires. Je suis sûre que ce sera nettement plus simple pour toi si je peux passer à la maison et choisir moi-même.

— Oh, très bien, mais malheureusement, je n'ai pas beaucoup de jours libres. Je ne peux me libérer que jeudi matin cette semaine. Nous devrons donc y aller à ce moment-là.

Alors que Pat sortait son agenda de son sac à main pour vérifier son emploi du temps, des boules de papier froissé tombèrent sur le sol.

— Effectivement, c'est bien le seul jour où je suis libre. Je me renseignerai auprès du personnel pour m'assurer que tu seras prête à sortir à ce moment-là.

— Tu peux compter sur moi. Je me sens beaucoup mieux et le physiothérapeute m'a dit que je marche très bien avec le déambulateur qu'on m'a prêté.

Pat ricana.

— Eh bien, évidemment, c'est ce qu'ils diraient, non ? Plus vite ils libèrent un lit, mieux c'est. Moi, je fais en sorte que mes patients prennent leur mal en patience, quand j'arrive à les voir, bien sûr. Avec Kingsley et toi qui me prenez tout mon temps, je n'ai pas pu m'occuper de mes clients depuis des semaines.

— Peut-être pourrions-nous aussi faire une petite promenade dans le jardin avant de partir ?

J'aimerais dire au revoir aux plantes que j'ai cultivé au fil des ans. Mon iris pourpre foncé, mes hellébores tachetés et la fritillaire à tête de serpent. Je ne les reverrai peut-être jamais si les jardins de la maison ne sont pas bien entretenus.

— C'est possible, répondit Pat en se relevant, prête à partir. Mais seulement si je suis sûre que tu peux y arriver. Nous ne voulons pas que tu fasses une autre chute.

Evelyn, 2 mars 2016

Evelyn sourit à sa nièce, à ses cheveux en bataille, à son rouge à lèvres dégoulinant.

Comment Charles avait-il pu avoir une fille aussi négligée ?

— C'est vraiment dommage que nous arrivions trop tard pour les perce-neige, regretta-t-elle. En Allemagne, on les appelle *Schneeglöckchen.* Des cloches de neige. Ne trouves-tu pas que c'est un joli nom pour ces fleurs ?

— Ah, je ne le savais pas. Tu es pleine de surprises, ma tante.

Pat se pencha vers elle pour l'embrasser sur la joue, et Evelyn sentit une légère odeur de sueur et de petit-déjeuner frit dans ses cheveux.

— Je t'appellerai plus tard pour te parler de la procuration.

Elle s'éloigna, se cognant à la porte battante du hall d'entrée.

Chapitre 63

Evelyn, 22 mars 2016

Dernier adieu

Lorsqu'elles revinrent à Kingsley, la maison avait le même aspect, les fenêtres en plomb apparaissant sous les premiers signes de la glycine. Pat s'approcha de la portière du passager et l'ouvrit en grand, puis sortit le déambulateur d'Evelyn du coffre et le posa devant elle. Elle examina ensuite l'engin métallique aux petites roues en caoutchouc.

— Oh là là, je ne pense pas que tu pourras l'utiliser sur le gravier. Je ferais mieux d'aller chercher des cannes à l'intérieur.

Elle s'éloigna rapidement, laissant Evelyn humer le parfum des primevères et de l'herbe fraîchement coupée à travers la porte ouverte de la voiture, sentir le soleil printanier sur son visage et ses mains.

Pat revint en courant, deux bâtons de marche à la main.

— Il faudra s'en contenter.

Elle se pencha pour aider Evelyn à sortir ses jambes de la voiture et à se mettre debout.

— Tu penses que tu pourras y arriver?

— Oui, merci. Tout ira bien si nous y allons doucement.

Tout ira bien si tu ne t'acharnes pas sur moi et si tu ne me presses pas.

Evelyn fit de petits pas réguliers, regardant autour d'elle de temps à autre, remarquant les bourgeons verts sur les arbres, les jacinthes qui émergeaient et les jonquilles qui se fanaient.

— J'ai toujours coupé les jonquilles fanées, déclara-t-elle en pointant avec la canne qu'elle tenait dans sa main droite les fleurs flétries qui étaient encore dorées quelques semaines auparavant. Cela permet aux bulbes de reprendre des forces pour refleurir l'année suivante.

— Il n'est pas question que je fasse cela en plus du reste, grommela Pat. Et je ne vais pas faire venir un jardinier pour ce genre de travail, alors qu'il y a bien assez de tontes et d'élagages à faire pour que cet endroit ait l'air à peu près présentable. Dieu sait ce que les gens vont penser si nous ne faisons pas un peu d'efforts.

Elle passa devant sa tante, qui avançait lentement sur le chemin de gravier jusqu'à la lourde porte d'entrée en chêne.

— Tiens, tu peux utiliser ton déambulateur maintenant. Attention au tapis et à la marche qui mène à l'entrée.

— Je connais mon chemin, rétorqua Evelyn. Je connais chaque centimètre carré de Kingsley sur le bout des doigts.

En franchissant le seuil, elle fut accueillie par les effluves caractéristiques et familiers de la maison qu'elle connaissait depuis plus de quatre-vingt-dix ans. Elle respira l'odeur intemporelle et omniprésente de la fumée de bois provenant des innombrables bûches qui avaient brûlé au fil des siècles dans les cantonnières de la vieille maison, s'infiltrant dans chaque poutre, chaque centimètre de mur enduit, les tapis et les rideaux de chaque pièce, et elle sentit qu'elle était enfin rentrée chez elle.

— Je suis convaincue que tu sais te débrouiller, ma chère tante. Mais c'est une chose d'être totalement mobile, et une autre de ne pas être très sûre de soi. Ce vieil endroit est plein de dangers. On ne les remarque pas quand on est en pleine forme et qu'on se déplace sans difficulté. Elle surveilla Evelyn qui franchissait la marche, puis elles se dirigèrent lentement mais sûrement vers la cuisine.

— J'ai pensé que nous pourrions nous asseoir à cette table, où il fait plus chaud. Je n'ai pas gardé la cuisinière allumée, mais j'ai trouvé un petit radiateur. Nous prendrons un café, puis nous trierons les affaires que tu souhaites emporter à la maison de retraite.

— Pour commencer, j'aimerais bien d'abord monter à l'étage.

— Oh non, tu n'es pas sérieuse! Ces escaliers sont beaucoup trop étroits et trop raides. Si je te fais monter, je risque de ne plus pouvoir te faire redescendre. Non, nous en resterons au rez-de-chaussée, s'il te plaît. Tu sais, au départ, je ne voulais pas prendre le risque que tu viennes ici. Tu recommences à peine à marcher correctement.

Tu ne voulais pas que je voie ce que tu avais enlevé ou négligé, tu veux dire.

— Bon, d'accord, mais avant de partir, j'aimerais bien faire un petit tour dans les jardins, juste en souvenir du bon vieux temps.

Pat fronça les sourcils.

— Je ne suis pas sûre que ce soit une bonne idée. Nous pourrions peut-être simplement regarder le jardin depuis la porte? Si tu tombes encore, je ne me le pardonnerai jamais.

En effet, je parie que tu ne le ferais pas. Ce serait beaucoup trop gênant et cela te prendrait encore plus de temps. C'est un tel fardeau pour toi de devoir t'occuper de cette belle maison avec ses beaux meubles et ses jardins, tous détenus en fiducie pour toi et ta famille, un fardeau si épouvantable.

— Eh bien, je vais donc m'asseoir ici et te dire ce dont j'ai besoin.

Evelyn se déplaça autour de la table et s'installa sur une chaise que Pat tira pour elle.

— Pourquoi ne pas prendre un petit verre de sherry en plus du café ?

— Ce n'est même pas encore l'heure du déjeuner.

Pat entrechoquait les tasses et faisait chauffer la bouilloire sur la cuisinière.

— Je ne pense pas qu'il y en ait dans la maison et, de toute façon, c'est moi qui conduis.

— C'est dommage. Es-tu certaine qu'il n'y en a plus ici ? Papa a toujours gardé une très bonne cave. Il aimait beaucoup la manzanilla. Il doit bien y avoir une ou deux bouteilles là-dessous, non ?

Pat se tourna vers sa tante et secoua la tête.

— Tu plaisantes ! Tout est parti. Tu n'as jamais entretenu la cave. Il n'y a plus rien en bas maintenant.

— Comment ça, tout ? Tout le vin, le porto et le sherry ? Qui les a bus, alors ?

— Je commence à penser que tu en as probablement bu la plus grande partie, vu la façon dont tu te comportes parfois. Tiens, prends un biscuit.

Pat posa sur la table un paquet de biscuits au chocolat entamé et deux tasses à café.

— On ne devrait pas les servir dans une assiette ?

Evelyn déchira l'emballage et sépara les biscuits avec ses doigts, en regardant autour d'elle dans la cuisine.

— Non, inutile de s'encombrer de porcelaine et de tous ces bibelots. Nous les prendrons directement dans le paquet.

Pat cassa un biscuit en deux ; les miettes tombèrent sur son pull-over en laine, qui était plein de bouloches et recouvrait son ventre.

— J'aimerais choisir des verres à sherry que j'emporterai avec moi, demanda Evelyn. Et peut-être une carafe.

— Oh, pour l'amour du ciel, mais pourquoi diable as-tu besoin d'une carafe en plus ? La bouteille fera l'affaire, non ? Elles ont toutes des bouchons hermétiques de nos jours.

— Oui, mais une carafe est tellement plus jolie sur un plateau avec des verres, tout comme des biscuits disposés sur une assiette.

Elle se demanda si elle devait montrer le sucrier, rempli de cristaux imbibés de café. Et ce n'était pas le pot à couvercle qu'elle et sa mère avaient toujours utilisé pour la cassonade. Mais elle croisa les yeux de Pat et pensa qu'il valait mieux se taire.

Pat lui jeta un regard noir. Elle trempa l'autre moitié de son biscuit dans son café et le grignota. Le chocolat fondu recouvrait ses doigts et les coins de sa bouche.

— Ne mange pas ainsi, reprocha Evelyn. Ce n'est pas très élégant.

Pat grommela, se lécha les doigts et s'essuya la bouche avec un mouchoir qu'elle avait sorti de sa manche.

— Je vais chercher tes verres à sherry.

Sa chaise racla le sol carrelé, puis elle disparut dans la salle à manger.

— Pas les verres ronds, je veux les verres rubis, réclama Evelyn.

Puis, elle eut un coup de chance. Le téléphone portable de Pat se mit à sonner. Elle avait dû le poser sur la table pendant qu'elle préparait le café.

— Pat, c'est ton téléphone. Dois-je répondre ?

Pat se précipita, nerveuse, en brandissant une carafe dont le bouchon avait disparu.

— Non, laisse.

— Je vais aller chercher ces verres moi-même, déclara Evelyn en se levant avant que Pat n'ait le temps de protester.

Pat tenta de lui faire signe de se rasseoir, mais elle était trop absorbée par son appel. Evelyn quitta la cuisine en traînant les pieds, traversa la salle à manger et se dirigea vers l'escalier. Pouvait-elle vraiment monter jusqu'à la chambre d'amis et vérifier les valises ? C'était un escalier raide et étroit, suivi d'un long couloir. Elle pensait pouvoir se souvenir de ce qu'elle y avait rangé, mais tout cela remontait à si longtemps qu'il lui était difficile d'en être sûre.

Elle se plaça au bas de l'escalier, se retourna et s'assit sur la troisième ou quatrième marche en se cognant. Elle tenta de se hisser sur la marche suivante, mais cela ne servit à rien. Ses bras manquaient de force et ses jambes ne parvenaient pas à la soulever, même si elle était beaucoup plus légère qu'avant. Puis elle comprit qu'elle ne pouvait plus se redresser, alors que son déambulateur était à portée de main. Oh là là, Pat sera terriblement fâchée contre elle. Elle aurait dû s'arrêter avant. Evelyn resta donc là où elle était, attendant que Pat termine son interminable conversation, dont elle pouvait entendre les mots « c'est impossible » et « putain de sherry » et « quand je la ramènerai ».

Depuis l'escalier, Evelyn pouvait voir le grand couloir ouvert avec son piano, son coffre à mules poli et ses chaises sculptées. Des rayons de soleil filtraient à travers les fenêtres poussiéreuses, révélant les grandes toiles d'araignées accrochées aux lampes et aux corniches. Vraiment, si Pat pouvait aller lui chercher un plumeau, elle les nettoierait en un rien de temps. Tandis qu'elle contemplait les délicates décorations des araignées et les grains de poussière qui dansaient dans les rayons du soleil, elle vit soudain sa mère en train de disposer un énorme vase de lilas blancs et violets sur le piano, à l'endroit où elle aimait toujours placer ses fleurs, dont le parfum embaumait toute la pièce. Il y avait aussi son père, qui servait du champagne aux invités lors des nombreuses fêtes que ses parents organisaient et qui remplissaient Kingsley de rires, de potins et de musique. Evelyn soupira en se remémorant ces souvenirs, où Kingsley était plein de vie et de joie.

— Qu'est-ce que tu fais là ? maugréa Pat en faisant irruption dans l'embrasure de la porte. J'espère que tu n'avais pas l'intention de monter à l'étage ?

— Non, non, répliqua Evelyn, tandis que Pat la remettait sur pied. J'avais juste envie de m'asseoir un moment. Elle désigna les toiles d'araignée. Nous devrions les retirer pendant que nous sommes là. Cela ne prendra qu'une minute.

— Oh, je n'ai pas le temps pour ça maintenant. Il faut qu'on te retrouve ces verres et qu'on y aille.

— Mais j'aimerais te dire ce dont j'ai encore besoin, protesta Evelyn, pendant que Pat la conduisait dans la cuisine.

— Nous pouvons en parler dans la voiture. Tu peux me faire une petite liste. Il faut que je rentre tout de suite. Humphrey vient juste d'appeler pour dire qu'il allait inviter un client à prendre un verre en début de soirée. Je dois donc me dépêcher de rentrer et de me préparer. Je n'ai pas eu le temps ce matin, parce que je suis venue te voir.

— Tu leur serviras du sherry ?

— Probablement pas. Je pense que Humphrey voudra une bière après sa dure journée, c'est son habitude.

Pat attendit qu'Evelyn soit de nouveau assise à la table, puis disparut dans la salle à manger avant de revenir avec deux petits verres à pied rouge.

— Est-ce que ce sont ceux que tu voulais ? Il n'y a pas d'ensemble complet, mais je pense que je peux en trouver quatre.

— Oui, cela devrait suffire pour l'instant. Je n'ai pas l'intention d'organiser des fêtes à la maison de retraite, alors je suis certaine que quatre suffiront. Et nous pourrons toujours revenir, si nécessaire.

Pat secoua la tête, trouva du papier journal pour emballer les verres et les mit dans un sac de transport.

— Laisse donc la cafetière, ordonna-t-elle. Je la nettoierai la prochaine fois que je viendrai ici.

Mais tu ne le feras pas, pensa Evelyn en se levant à nouveau et en commençant à se diriger vers la porte d'entrée. *J'ai remarqué les autres tasses sales dans l'évier, leurs traces rondes sur la table, la cuillère recouverte de sucre dans le bol. Tu n'aimes pas Kingsley comme nous l'aimions. Hugh et moi avions prévu de vivre ici. Nous avions de si grands projets.*

Dehors, Pat était impatiente de faire monter Evelyn directement dans la voiture. Pendant qu'elle déverrouillait les portes et allait chercher des cannes pour remplacer le déambulateur afin que sa tante puisse traverser le court tronçon de gravier jusqu'à la voiture, Evelyn marchait péniblement dans le jardin de la cour. Dans cette enceinte abritée, les iris dressaient fièrement leurs solides lances vertes, de minuscules violettes s'agglutinaient dans les coins ombragés et les fleurs de magnolia, dans toute leur magnificence rose pâle, s'entassaient sur leurs branches noueuses.

Alors que les pigeons roucoulaient et qu'un faisan criait à travers les bois, en réponse à ces sons familiers, Evelyn murmura : *Au revoir, Kingsley.*

Huitième partie

Chapitre 64

Eva,
15 mai 1947

Quand l'heure approche

Un soir, alors qu'elles s'apprêtaient à aller se coucher, c'est Brigitte qui finit par briser la glace. Sa formation d'infirmière, et son expérience sans doute, lui avaient intuitivement soufflé pourquoi Eva se sentait si mal dans sa peau ces derniers mois.

— Ma chérie, se lança-t-elle, je ne veux pas être indiscrète, mais je m'inquiète simplement pour ta santé. Tu n'as pas l'air d'aller bien, depuis un moment. Tu as été malade pendant plusieurs semaines, mais tu n'as pas maigri. En fait, on dirait même que tu as mangé beaucoup de pommes de terre.

Eva avait conscience depuis un certain temps qu'elle ne pourrait pas cacher la vérité plus longtemps. Au début, lorsqu'elle se sentait nauséeuse et fatiguée, elle pouvait facilement prétendre qu'il s'agissait d'une infection causée par le dernier train de nouveaux arrivants au camp ou par ce qu'elle avait mangé. Cependant, elle savait bien que cela finirait par devenir évident. Son uniforme était de plus en plus serré, mais elle se sentait bien et ses joues prenaient un joli teint rose.

— Est-ce que quelqu'un d'autre t'en a parlé ?

Des larmes commencèrent à couler et Eva s'essuya les yeux du revers de la manche de son pyjama.

— Seulement Sally. Nous l'avons toutes les deux remarqué.

Brigitte s'approcha du lit d'Eva et s'assit à côté d'elle, passant un bras autour de ses épaules. L'odeur de fumée qui l'enveloppait apaisait Eva, qui appréciait le pragmatisme et le bon sens de son amie.

— Dans cette petite pièce, où nous nous habillons et nous déshabillons toutes ensemble, il est difficile de se cacher quoi que ce soit. À quel mois en es-tu, à ton avis ?

— Environ cinq mois.

— Il est donc un peu tard pour faire quoi que ce soit, regretta Brigitte en secouant la tête. Tu aurais dû me le dire plus tôt.

— Mais tu mets au monde des bébés, pas des…, enfin, tu sais…

— C'est vrai, mais je sais comment fonctionne le corps des femmes. Et si la naissance est un miracle, elle peut aussi être une malédiction.

Elle posa ses deux mains sur les épaules d'Eva et la regarda calmement avec ses yeux bleus comme de la glace.

— As-tu réfléchi à ce que tu allais faire ?

Eva haussa les épaules et secoua la tête.

— Je vais devoir rentrer chez moi, je pense.

— Chez tes parents ? Ils vont t'aider ?

Eva se prit la tête dans les mains.

— Non, je ne peux pas retourner les voir. Ils seraient horrifiés. Je vais devoir trouver un endroit où loger à Londres et me débrouiller.

— Et après ? Quand le bébé sera là, tu le garderas ?

— Je ne vois pas comment je pourrais m'en sortir. Je suis veuve, je dois gagner ma vie. Et de toute façon, je n'en veux même pas.

Elle lâcha ces derniers mots avec véhémence.

— Tu veux me dire qui est le père ?

Eva se dégagea de l'étreinte de Brigitte et se tourna sur le lit, dos à elle, face au mur.

— Il n'y a rien entre nous, c'est quelqu'un que je ne reverrai jamais.

— Le choix t'appartient, la rassura Brigitte d'une voix calme. Mais s'il te plaît, ne te mets pas en danger, ni toi ni l'enfant. Il est trop tard pour cela. Et je pourrai t'aider le moment venu.

Eva se retourna et la regarda fixement.

— Pour l'accouchement, tu veux dire ?

— Oui, bien sûr. Et si tu ne souhaites pas garder l'enfant, je peux lui trouver une bonne famille. Il y a beaucoup de gens qui ont perdu des enfants pendant la guerre ou qui ne peuvent plus en avoir. Il n'est pas difficile de trouver un foyer accueillant pour un nouveau-né en bonne santé.

— Personne n'aura besoin de savoir quoi que ce soit sur moi, n'est-ce pas?

Brigitte sourit.

— Non, ce n'est pas nécessaire, si tu ne le souhaites pas. Il y a ici des couples honnêtes et sérieux qui vont bientôt rejoindre leur nouveau foyer et qui seraient heureux d'avoir un enfant pour agrandir leur famille. Tu leur donnerais de l'espoir et une raison de construire une vie heureuse.

— Oui, certainement. Je l'espère.

Eva se tut, se mordilla la lèvre, puis ajouta:

— Mais j'aimerais que le bébé reste ici. Pas dans le camp, bien sûr, mais dans l'un des villages voisins. Je n'aime pas l'idée qu'il aille en Pologne, au Canada ou en Amérique, si loin de son pays d'origine.

— C'est à toi de décider, ma douce. Je me renseignerai discrètement lorsque je serai hors du camp. Je te mettrai en congé maladie quand ta grossesse sera bien avancée, et je te trouverai un endroit sûr où tu pourras accoucher. Nous pourrons rester très discrètes. Qu'en penses-tu?

Eva fondit en larmes, mais c'étaient des larmes de gratitude, non de chagrin. Elle était tellement inquiète de son état et ne pouvait pas raconter à Brigitte comment elle était tombée enceinte.

C'était un secret. Bien que la neige ait fondu depuis longtemps, elle n'avait toujours aucune nouvelle de Peter. Eva n'était jamais retournée à la ferme des Dägens, mais elle avait préparé une histoire pour se couvrir au cas où on lui poserait des questions sur cette désastreuse excursion de ski. Elle répondrait simplement « Il est parti et m'a abandonnée » ou « Je crois que je l'ai contrarié », et elle feindrait d'ignorer ce qu'il est advenu de lui. Le pays se sédentarisait peu à peu, mais la vie quotidienne restait loin d'être normale. La disparition de quelqu'un, a fortiori un jeune homme qui aurait pu être impliqué dans des activités illicites, n'éveillait pas les soupçons.

— Merci beaucoup d'avoir été si compréhensive, remercia Eva en tenant la main de Brigitte aux ongles propres et bien soignés. Elle la serra fort. Je n'arrivais pas à penser clairement et à décider ce qu'il fallait faire.

— Ne t'inquiète pas, ma chérie. Sally et moi, nous allons prendre soin de toi. Jusqu'à présent, tu as l'air en bonne santé, donc le bébé va probablement bien aussi. Je vérifierai ta tension artérielle demain. Pour l'instant, laisse-moi te palper le ventre.

Brigitte s'avança plus près du lit. Eva remonta le haut de son pyjama et fit descendre son pantalon sous le ventre arrondi.

— J'ai l'impression que tout est normal.

Elle se leva et regarda Eva, puis ajouta :

— As-tu eu une infection, ou un écoulement ?

— Non, rien, Dieu merci.

— C'est une excellente nouvelle. Préviens-moi si quelque chose, quoi que ce soit, change, d'accord ?

— Compte sur moi. Merci encore.

Eva s'essuya les yeux et s'allongea sur son oreiller, fixant le plafond. Il allait y avoir un bébé, un vrai bébé, pas l'enfant fantôme de sa fuite de Bad Nenndorf. Hugh et elle avaient parlé d'avoir des enfants lorsqu'ils s'étaient mariés : il en voulait trois, mais elle pensait que deux suffiraient. Malheureusement, la guerre avait commencé, et ils avaient jugé qu'il valait mieux attendre qu'elle soit finie. Puis Hugh a été tué, et elle ne donnerait jamais naissance à ses enfants. Ses larmes recommencèrent à couler, mais elle les chassa vivement. Si elle ne pouvait pas avoir les enfants de Hugh, elle n'en aurait pas. Cet enfant resterait là où il avait été conçu, dans la haine et non dans l'amour. Malgré tout, elle ferait en sorte qu'il soit entouré d'affection d'une manière ou d'une autre et qu'il puisse vivre dignement.

Chapitre 65

15 mai 1947

Mon très cher Hugh,

Jusqu'à présent, je ne trouvais pas la moindre raison d'accepter ta mort. Mais pour une fois, je me sens heureuse que tu ne sois pas là en ce moment. Si nous avions encore été ensemble, je sais que ce malheur n'aurait pas pu se produire. Et si cela avait été le cas, j'aurais eu honte et j'aurais été affligée. En l'occurrence, je suis reconnaissante que tu ne sois pas là pour subir l'humiliation de ma déchéance. Mais je pense que tu approuverais les dispositions que j'ai prises, qui garantiront qu'aucune de nos familles ne sera jamais déshonorée ni mise dans l'embarras. Après l'accouchement, je retournerai en Angleterre et l'enfant sera placé dans une famille d'accueil. Là-bas, il apprendra à penser, à vivre et à parler comme un véritable Allemand, mais, je l'espère, un Allemand meilleur et plus aimable que beaucoup d'entre eux ces derniers temps.

Je pense que c'est mieux ainsi. Après tout, je n'ai jamais souhaité que tes enfants, mon chéri, pas d'autres. Nos enfants nous auraient apporté tant de joie et nous aurions été si fiers de leurs réussites, aussi modestes soient-elles. Si seulement nous n'avions pas attendu et que j'avais donné naissance à un bébé de lune de miel, comme l'ont fait beaucoup de nos amis, alors j'aurais eu une partie de toi avec moi pour toujours.

Pardonne-moi pour ma négligence, mon très cher, ainsi que pour ma naïveté et ma nature trop confiante. Je ferai tout mon possible pour te rendre fier, d'une manière ou d'une autre, je te le promets.

Ta très chère Evie, xxx

PS. Je t'aime

Chapitre 66

Eva,
24 septembre 1947

L'heure est venue

Pendant trois semaines, Brigitte cacha Eva. Elle était cependant convaincue que tous les autres travailleurs humanitaires et de nombreux habitants du camp savaient pourquoi elle n'était pas présente à son bureau. Comment auraient-ils pu l'ignorer ? Sa silhouette avait fortement changé, son ventre arrondi était bien visible et impossible à dissimuler, même avec des chemises et des vestes amples. Et durant les longues journées de chaleur de la fin de l'été, elle s'était sentie diminuée et encombrée, accablée par cet enfant non désiré.

— Ne m'abandonne pas ! s'était-elle écriée après quatre heures de travail interminables.

— Ce ne sera plus très long, annonça Brigitte en s'essuyant le front. Tu y es presque.

— Je n'y arrive pas. La douleur est terrible.

— Tu peux le faire. Tu y es presque, et tout sera fini.

Sally lui prit la main et ajouta :

— Tu es très courageuse. Je vais te préparer un cocktail spécial quand tout sera terminé.

Eva réussit à rire faiblement.

— Encore faut-il qu'il y ait quelque chose à fêter.

Puis ses mots furent emportés par une nouvelle vague de douleur.

Brigitte et Sally avaient été ses complices durant cette secrète épreuve. Elles lui apportaient de la nourriture lorsqu'elle était trop fatiguée pour marcher jusqu'à la cantine, lui dénichaient des vêtements plus grands pour dissimuler sa corpulence lorsque les siens devenaient trop étroits. Elles avaient même réussi à trouver du talc pour soulager ses cuisses irritées par la chaleur de l'été. Et lorsque Brigitte tendit à Eva un petit flacon d'huile de ricin en lui disant « Tu dois t'en frotter le ventre », Sally éclata de rire : « Dans ce cas, je vais devoir sacrifier quelques gouttes de mon précieux Soir de Paris pour adoucir l'odeur de cette potion fétide. Sinon, tu risques de sentir comme une poissonnière ! »

L'huile ferait-elle l'affaire ? Tout cela pourrait-il effacer les traces de la calamité qui lui était arrivée ? se demandait-elle en massant son ventre tendu et gonflé, à mesure que le jour de l'accouchement approchait. Serait-elle capable de tout oublier une fois que ce serait terminé ?

Ses amies étaient loyales et ne posaient jamais de questions. Sally n'avait eu besoin de dire qu'une seule fois : « Tu sais, si jamais tu veux en parler, je t'écouterai. Tu le sais, hein ? » Toutes deux l'avaient protégée des regards indiscrets et des silences gênants. Mais elle devinait que son secret était plus largement connu. Aussi, lorsque Brigitte revint un jour dans leur chambre avec un paquet de feuilles séchées enveloppées dans un carré de tissu, elle comprit qu'Irène Komorowski se doutait également de quelque chose.

— Elle m'a expliqué de verser de l'eau bouillante sur ces feuilles, avait raconté Brigitte, pour faire de l'Himbeereblatte Wasser.

— Qu'est-ce que c'est?

— Du thé aux feuilles de framboisier. C'est pour les contractions pendant l'accouchement. Beaucoup de femmes disent que cela accélère le processus.

— Alors, elle est au courant?

Brigitte avait haussé les épaules.

— Elle doit certainement le savoir. Mais ce n'est pas moi qui lui en ai parlé.

— Qu'a-t-elle dit?

— Rien. Elle ne m'a donné que ceci et m'a dit qu'elle espérait que tu serais bientôt remise. Elle n'a pas dit pourquoi elle me donnait ces feuilles, mais je savais déjà à quoi elles servaient.

— C'est évident, tout le monde doit le savoir.

Brigitte entoura Eva de ses bras.

— Peut-être le savent-ils, ou peut-être pas. De toute façon, personne ne s'en préoccupe. Ici, les gens ont leurs propres soucis.

Elle avait donc préparé l'infusion et bu le liquide amer pendant ses dernières semaines, pensant qu'elle était prête à avaler n'importe quoi qui l'aiderait à traverser cette épreuve plus facilement. Malheureusement, cela n'avait pas fonctionné.

— Putain de thé! cria-t-elle un soir alors qu'une nouvelle contraction la saisissait. Cela n'a servi à rien!

— Calme-toi, dit Brigitte, tu y es presque.

Et finalement, sous les cris de la jeune femme et les encouragements de ses amies, c'était fini. Elle pouvait entendre les pleurs du bébé et les murmures des deux filles et, en se hissant sur les oreillers, elle ressentit l'envie de le voir.

— Qu'est-ce que c'est? parvint-elle à demander faiblement. Je peux le voir?

— Tu es vraiment sûre?

— Oui, j'y tiens.

Brigitte s'inclina donc vers elle avec le petit paquet enveloppé dans un lange, et Eva le prit dans ses bras.

— C'est une fille, annonça Sally. Elle est ravissante.

— C'est vrai? s'interrogea Eva en retirant le lange.

Un petit poing s'empara alors de son doigt.

— Oh, elle est incroyablement forte, reprit-elle.

— C'est un bébé en très bonne santé, assura Brigitte. Elle va s'épanouir. Nous allons la nettoyer et lui donnerons un biberon dès que possible.

Eva contempla le petit être dans ses bras. Il ne lui ressemblait pas, mais comment pourrait-elle le détester? Ce nouveau-né, innocent de tout, méritait beaucoup d'amour. Il restait un filet de sang sur sa tête, qui était recouverte d'une couche sombre de cheveux mouillés. Eva lui caressa la joue, et le bébé se tourna vers elle, la bouche grande ouverte comme un oisillon impatient. Instinctivement, Eva découvrit son sein et laissa le bébé commencer à téter.

— Tu es vraiment sûre de vouloir faire ça ? s'étonna Sally. Te séparer d'elle sera beaucoup plus difficile ensuite.

— Laisse-la faire, affirma Brigitte en posant une main sur le bras de Sally. C'est tout à fait naturel.

— Elle a faim, murmura Eva. Elle a besoin de moi. Je ne savais pas qu'elle allait avoir besoin de mon aide.

Brigitte et Sally échangèrent un regard, mais Eva ne le remarqua pas ; son attention était entièrement tournée vers le bébé qu'elle tenait contre elle.

— Je sais qu'elle devra un jour me quitter, mais pour l'instant, elle est à moi. C'est mon bébé. Et je suis la mieux placée pour en prendre soin.

Chapitre 67

Wildflecken, 1er octobre 1947

Mon chéri,

Depuis que j'ai appris ta disparition, je n'ai jamais ressenti autant d'amour et d'inquiétude. Cette fois-ci, bien que ce ne soit pas une mort que je pleure, c'est à la fois douloureux et angoissant d'une manière totalement différente. L'enfant est venu au monde en bonne santé, je l'ai tenu brièvement dans mes bras. Maintenant, la fillette est partie vivre loin de moi.

Ma tête me dit que c'était la seule option, que je ne pouvais pas la garder, qu'il valait mieux pour elle de vivre une vie heureuse, sans rien savoir de la manière dont elle a été conçue. Mais mon cœur se brise à nouveau après avoir touché sa peau douce, sa tête soyeuse et entendu ses pleurs.

Même si le moment de sa conception a été brutal, sa naissance, bien que douloureuse, fut merveilleuse. Elle est en pleine santé et je m'attendais à ressentir de l'indifférence, voire du mépris, pour l'enfant de cet homme horrible. Pourtant, je n'ai pas pu. J'étais sûre de ne pas vouloir la regarder ni même l'étreindre, mais lorsque je l'ai vue dans les bras de Brigitte, j'ai naturellement étendu mes bras pour la bercer. J'ai alors regardé ses yeux innocents et je n'y ai vu que de la confiance et un amour inconditionnel, que j'ai ressenti en retour.

Wildflecken, 1er octobre 1947

Mais aujourd'hui, après l'avoir allaitée pendant sept jours, je l'ai embrassée pour la dernière fois. J'ai senti son parfum lacté pour la dernière fois et j'ai laissé ses doigts serrer les miens pour la toute dernière fois. Elle est partie vivre dans sa nouvelle maison, et je suis totalement désemparée. Mais, mon chéri, je deviendrai forte, pour toi, comme pour tous ceux qui ont fait des sacrifices au cours de ces années difficiles et éprouvantes. Je l'ai confiée à des parents aimants et, un jour, je quitterai cet endroit et ne la verrai plus jamais.

Ta tendre Evie, xxx

PS. Je t'aime

Chapitre 68

Eva,
24 décembre 1950

Noël, c'est pour les enfants

Eva s'était réfugiée dans les coins les plus sombres de l'église éclairée aux chandelles, se cachant derrière les nombreuses familles réunies pour ce service spécial. Elle apercevait la petite fille bavarder avec la femme qui lui tenait la main. Ses cheveux blonds étaient tressés en nattes sous un bonnet de laine, ses jambes potelées enveloppées dans des bas tricotés à la main et son corps emmitouflé dans un chaud manteau gris, confectionné à partir d'une épaisse couverture. Elle dégageait une impression de force, de santé et de soins attentifs, et Eva avait envie de la prendre dans ses bras, de respirer à nouveau le parfum de sa peau et d'embrasser ses joues.

Elle ne pouvait s'empêcher de la regarder, de savourer chaque seconde, sachant qu'elle n'aurait jamais dû allaiter cet enfant né de la haine. Depuis la naissance de sa fille, Eva n'avait cessé de penser à elle, peut-être le seul enfant qu'elle ne porterait jamais.

La douleur de sa première tétée n'est rien en comparaison de ce que je ressens depuis que je l'ai abandonnée. Aucune mère sur terre, ne peut en aucun cas trouver facile d'abandonner la chair de sa chair : des parents londoniens qui évacuent leurs enfants vers des familles inconnues à la campagne, loin de la menace des bombes ; des Juifs persécutés en Europe qui font leurs adieux au Kindertransport, sans savoir s'ils se reverront un jour. Aucun d'entre eux n'aurait pu le faire sans retenir ses larmes et sentir son cœur se déchirer.

Elle continua à regarder cette petite tête blonde née de sa propre chair et de son propre sang, née de la sueur, de l'agonie et des larmes, née d'un bref, mais inoubliable moment de haine brutale. La fillette n'avait rien à se reprocher. Elle était innocente, ô combien innocente, depuis son tout premier souffle.

Je croyais que ce serait facile. Parce qu'elle n'était pas l'enfant de Hugh et, surtout, parce qu'elle était le fruit d'une attaque si cruelle, je pensais pouvoir m'en défaire, la confier sans hésitation. Mais elle m'a regardée avec ses yeux perplexes quand elle est née, quand je l'ai tenue pour la première fois. Je n'aurais jamais dû la prendre dans mes bras, la mettre au sein, sentir la douceur de sa peau, la chaleur de son souffle et son doux parfum. Pourtant, mon instinct me poussait à la protéger ; elle était si petite et si vulnérable.

C'était de nouveau Noël, et la neige était tombée, comme chaque année à cette époque. Dans le camp, il y avait des sapins fraîchement coupés, des enfants excités et l'odeur de la liqueur de prune de l'année. Et dans l'Église catholique locale de Gemünden, en cette veille de Noël, Eva tapie dans un coin sombre, observait la scène. La brume parfumée de l'encens se mêlait aux effluves de lainages humides, tandis que les gens se préparaient pour la fête qui les attendait plus tard dans la nuit.

Je n'aurais jamais dû revenir la voir. Je savais dès le départ que j'aurais dû ignorer ce cri plaintif de nouveau-né, mais il était si demandeur, si désespéré. Je l'ai regardée et je l'ai touchée, et je n'ai pas pu faire comme si elle n'existait pas. Et maintenant, j'ai envie de glisser ses mains hors de ses moufles rouges, juste un instant, afin de pouvoir regarder à nouveau les perles impeccables de ses ongles sur chacun de ses doigts. Est-ce que ses yeux seraient toujours bleus si je relevais légèrement son menton ? J'ai envie de retirer son bonnet, de défaire ses tresses et de sentir la soie de ses cheveux entre mes doigts.

Si elle était morte à sa naissance ou peu après, cela aurait été plus facile. J'aurais été attristée par une nouvelle vie si vite disparue, mais j'aurais alors pu l'oublier. Elle aurait seulement été pour moi un tout petit nouveau-né emmailloté, et non pas cette enfant rieuse aux fossettes, dont la vie s'épanouit chaque jour, chaque mois, chaque année.

Bien entendu, ma plus grande erreur fut de presser Brigitte pour qu'elle me dise où elle avait été emmenée. Je n'aurais jamais dû lui poser cette question, mais j'avais besoin de savoir. Je devais être certaine qu'elle serait en sécurité et qu'elle serait aimée. Lorsque j'ai appris qu'elle était si proche, je n'ai pas pu m'empêcher de passer devant leur maison, de flâner le long de leur clôture pour l'apercevoir dans le jardin, soit en train de jouer avec un ballon, soit de chantonner. Et en été, je l'ai vue cueillir des framboises avec celle qu'elle appelle Mutti, *mangeant les baies qui tachaient sa bouche et sa robe blanche. Je regrette qu'elle ne puisse jamais me parler, m'embrasser ou m'appeler « maman ».*

Eva s'était blottie au fond de l'église, dissimulée en partie par la faible lumière et l'épaisse écharpe dans laquelle elle s'était enroulée. Elle ne parla pas à l'enfant ni à ses parents adoptifs, mais elle les entendit parler à la petite fille, comme elle l'avait fait auparavant. C'est ainsi qu'elle entendit le nom qu'ils avaient donné à sa fille.

Lieselotte, répéta-t-elle. *C'est ainsi qu'ils l'ont appelée.* Parfois, ils l'appelaient aussi « Lottie » ou « Liebchen ».

Elle regardait la petite famille saluer les voisins avec des sourires chaleureux, serrer la main du prêtre puis repartir. Les parents ne semblaient pas avoir d'autres enfants, juste Lieselotte, qui saisissait les mains de ses parents adoptifs et trottait entre eux, en parlant du dîner de carpe, de pommes de terre sautées et de *Lebküchen* qu'elle avait aidé à préparer. *Et je ne partagerai jamais ses célébrations de Noël, je ne lui montrerai jamais comment rouler la pâte pour les galettes, je ne lui donnerai jamais une chaussette remplie de présents, je ne lui préparerai jamais de dinde rôtie, et elle ne connaîtra jamais la joie de trouver six pence dans son plum-pudding.*

Alors qu'elle les regardait s'éloigner, mémorisant chaque saut joyeux et chaque rire de cette petite tête blonde, Eva remarqua soudain la présence d'une vieille femme vêtue d'un manteau et d'un châle usés, qui la fixait intensément, ses yeux semblant l'engloutir. Eva baissa la tête, comme pour prier, mais elle se rendit compte qu'elle était toujours observée. Après une ou deux minutes, elle releva la tête. La femme se tenait maintenant tout près d'elle. D'une voix faible, elle demanda : « Peter, wo ist Peter ? Ich habe mein Kind, meinen Sohn, verloren[1]. »

Elle tendit une main frêle, essayant de saisir la manche du manteau d'Eva, mais celle-ci se détourna brusquement. D'un geste, elle remonta son écharpe sur son visage et quitta l'église, disparaissant dans la foule bavarde qui regagnait la chaleur des maisons pour fêter Noël. Eva pressa le pas dans l'air froid qui promettait une nuit claire et étoilée pour les enfants. Elle ne put s'empêcher d'éprouver de la pitié pour la mère de Peter. « Je suis désolée, murmura-t-elle en marchant hâtivement sur les routes enneigées. Je suis désolée de ne pas pouvoir vous réconforter et vous dire que votre fils est mort et que vous avez maintenant une petite-fille que vous ne rencontrerez jamais. Nous sommes toutes les deux des mères et nous avons toutes les deux perdu nos enfants. Je sais que je devrais vous le dire, mais je ne peux pas. S'il vous plaît, pardonnez-moi. »

1. Traduction : Peter, où est Peter ? J'ai perdu mon fils.

Neuvième partie

Chapitre 69

Wildflecken, 15 janvier 1951

Mon chéri,

Je vais bientôt rentrer en Angleterre, pour de bon. Notre mission ici touche à sa fin et maman a besoin de moi à la maison. Elle n'est plus elle-même depuis la mort de Charles, et je pense qu'il est de mon devoir à présent d'être à ses côtés.

L'enfant s'épanouit, alors je peux quitter cet endroit en sachant que ma tâche est également accomplie de ce côté-là. Sans révéler mon identité à elle ou à ses parents, je me suis souvent promenée dans le village et je l'ai vue grandir et s'épanouir. Elle aura une vie heureuse et sera aimée, j'en suis sûre. Cela me fait mal de penser que je ne la reverrai peut-être jamais, mais je sais que je dois partir. De plus, Kingsley m'appelle, et j'ai hâte de revoir les arbres en bourgeons lors de notre prochain printemps anglais. Mais en temps voulu, j'espère pouvoir continuer d'apporter ma contribution à l'amélioration du monde. Comme je le pensais à l'époque, Bad Nenndorf était un endroit maléfique, et une enquête y a été menée. Cependant, Robinson a été blanchi de tout acte répréhensible, en dépit des agissements dont moi et d'autres personnes avons été témoins. Je suis frustrée qu'il ait été relâché sans aucune conséquence ni sanction sévère. Je vais donc réfléchir attentivement à ce que je peux faire pour débarrasser le monde de l'homme que je tiens pour responsable de ta mort inutile. Je méprise ceux qui haïssent l'humanité et sont incapables d'aimer leurs semblables.

Ta tendre Evie, xxx

PS. Je t'aime

Chapitre 70

Eva,
30 mai 1951

Partir enfin

— *Na zdrowie*! déclara Irène Komorowski, tandis qu'Eva et elle faisaient tinter leurs verres de brandy de prune. À votre santé, ma chère, et longue vie!

Il était enfin temps pour tous les travailleurs humanitaires de rentrer chez eux. Eva et ses amis avaient fait tout ce qui était en leur pouvoir. À présent, le camp de Wildflecken devait cesser de soigner et de nourrir les personnes démunies et déplacées, cesser de réparer les âmes brisées et devenir une base pour les soldats américains choyés avec de copieux petits-déjeuners composés de jus d'orange, d'œufs et de gaufres sucrées inondées de sirop d'érable. Des centaines de milliers d'âmes perdues sont passées à Wildflecken, affamées et abandonnées, leur corps et leur esprit brisés, mais des milliers d'entre elles sont reparties pleines d'espoir pour l'avenir.

Brigitte et Sally avaient quitté le camp depuis longtemps, emportant avec elles leurs secrets. Toutes deux s'étaient occupées d'Eva lorsqu'elle était enceinte, lui avaient tenu la main pendant son accouchement, l'avaient encouragée à surmonter sa douleur et l'avaient serrée dans leurs bras. Ses larmes avaient trempé leurs uniformes lorsqu'elle avait été séparée de son bébé. Brigitte était partie pour continuer sa mission avec la Croix-Rouge. Elle avait écrit qu'elle aidait les jeunes mères dans d'autres régions dévastées par la guerre et qu'elle était chargée d'élaborer des lignes directrices pour l'organisation humanitaire. Sally avait serré Eva dans ses bras le jour de son départ pour l'Écosse, en lui disant : « Viens me voir à ton retour. Il y aura toujours une chambre libre pour toi. » Mais c'était il y a déjà deux ans, et maintenant Sally était mariée et avait un bébé. Eva n'avait pas le cœur à lui rendre visite, il lui était trop difficile de se rappeler qu'elle n'avait plus d'enfant.

L'une des rares personnes de Wildflecken dont elle se sentait encore proche était Irène Komorowski. La comtesse n'était pas seulement trop âgée pour partir, elle était aussi trop malade, comme plusieurs des femmes qu'elle avait protégées et assistées depuis leur premier passage à Ravensbrück. La tuberculose avait fini par anéantir tout espoir d'un nouveau départ de l'autre côté de l'Atlantique. Une poignée d'entre elles, pourtant, avait été suffisamment bien portantes pour s'échapper au Canada, qui recrutait des couturières. Irène les avait encouragées à partir lorsqu'elles avaient exprimé leurs inquiétudes à propos de ce pays lointain. « Vas-y, vas-y », avait-elle affirmé devant Eva lorsque l'offre était arrivée. « Vous avez une occasion unique de commencer une nouvelle vie maintenant. Vous devez partir. Je serai heureuse pour vous. » Certains sont partis, d'autres sont restés. Ceux qui avaient refusé les postes resteraient désormais en Allemagne pour toujours. Leur espoir de retourner dans leurs villages annexés par la Russie s'était envolé, et leur chance de refaire leur vie, dans un nouveau pays leur avait été refusée, car leur état de santé précaire ne le leur permettait pas.

Eva ne savait pas avec certitude si son aide pour remplir des formulaires, ses questions bienveillantes et ses traductions avaient permis à toutes les personnes qu'elle avait rencontré au cours des six dernières années d'avoir une vie plus heureuse ; tout ce qu'elle pouvait affirmer, c'était que la plupart d'entre elles avaient eu une chance de vivre en sécurité, à l'abri des persécutions et des abus. Elles avaient été sauvées de la misère et pouvaient désormais accéder au bonheur, et peut-être même à la prospérité.

— Auriez-vous vraiment souhaité revenir en Pologne ? demanda Eva à Irène, le dernier soir d'une longue série, en sirotant une liqueur de prune à la lueur du poêle dans la chambre de la comtesse, dont les murs étaient couverts de châles richement brodés, comme celui qu'elle portait sur les épaules.

— La Pologne, ma patrie, oui, mais pas la Russie. Nous n'aimons pas les ours russes. Et ils ne nous apprécient pas non plus.

— Mais votre pays et votre famille doivent beaucoup vous manquer.

Irène haussa les épaules.

— Ma famille est ici maintenant, personne ne m'attend là-bas. Mes tantes, mes oncles, ainsi que les cousins qui ont été emmenés avec nous, sont tous partis depuis longtemps.

Elle fit un geste de la main, élégant, mais osseux, en direction de la porte et de la pièce au-delà, où ses compatriotes préparaient des boulettes de chou et faisaient infuser du thé.

— Mes filles, ces femmes et les autres qui restent, sont la seule famille qui me reste maintenant. Nous avons une petite Pologne ici.

Elle esquissa un sourire et jeta son verre, puis versa une autre rasade de liqueur dans un autre.

— Nous avons eu beau essayer, nous n'avons pas réussi à nous débarrasser de vous tous, déclara Eva en riant. Malgré nos efforts !

Eva et les autres travailleurs humanitaires avaient reçu pour objectif de produire 10 000 visas par mois, mais, au cours des derniers mois d'activité, ils n'en avaient traité que la moitié. Les résidents restants du camp, qui avait autrefois compté plusieurs milliers de personnes, étaient trop âgés, trop malades ou trop résignés pour saisir les mythiques billets d'entrée pour l'Amérique ou le Canada.

Maintenant, elle aussi devait partir. Elle n'était pas retournée à Londres une seule fois pendant son séjour à Wildflecken et n'avait pas non plus rendu visite à sa famille dans les collines verdoyantes du Surrey. *Je n'arrivais pas à faire face à leurs questions insistantes sur ma façon de m'en sortir après la mort de Hugh*, pensait-elle. *Et je n'aurais pas supporté leurs larmes après la mort de Charles, mon frère aîné. Mais plus que tout, je voulais rester le plus longtemps possible pour savourer chaque instant de la vie de mon unique enfant. Le seul enfant que je n'aurai jamais.* Ce secret, elle le garda précieusement contre son cœur.

Dès qu'elle le pouvait, Eva se rendait au village à pied ou à vélo en prétextant rendre visite à d'anciens résidents du camp qui avaient choisi de s'installer dans la localité. En réalité, c'était pour apercevoir Lieselotte courir dans le jardin du chalet, se promener avec ses parents et, depuis qu'elle avait presque quatre ans, jouer avec d'autres enfants du voisinage. Ses permissions occasionnelles étaient consacrées à des promenades en montagne, et, en compagnie des autres filles, elle allait danser dans les bases de l'armée britannique, où elles rencontraient des officiers en manque de compagnie et où le NAAFI veillait à ce qu'elles soient bien nourries.

Aurais-je pu rencontrer quelqu'un d'autre ? Cette question, Eva se l'était souvent posée. Mais le souvenir de Hugh et de tout le reste était trop lourd à porter pour un nouvel amour. *Et puis, je ne suis pas certaine d'avoir encore de l'amour à donner.* Alors elle flirtait, riait et dansait le *lindy hop* avec enthousiasme, mais elle quittait toujours la salle de danse seule pour retourner dans son lit austère de célibataire.

Une femme radieuse entra tout à coup dans la chambre. Elle portait un grand plat qu'elle tendit à Irène et Eva.

— Kielbasa, annonça-t-elle en montrant des tranches de saucisse rouge foncé mouchetées de graisse. Et Ogórki kiszone, précisa-t-elle en montrant des morceaux de cornichons verts.

— Mangeons, invita Irène. Ensuite, nous pourrons encore trinquer. C'est meilleur avec de la vodka, mais je sais que vous aimez bien ça. Elle versa alors une nouvelle rasade de liqueur écarlate dans le verre d'Eva.

— Alors, vous pensez vraiment que vous allez rester ici pour toujours ?

— Pourquoi pas ? J'ai tout ce qu'il me faut ici – Irène fit un signe de la main vers la fenêtre qui donnait sur les forêts et les terres autour du camp – et il y a même un endroit là-bas où je pourrai enfin reposer en paix parmi mes compatriotes.

Eva savait de quoi elle parlait. Pendant les années où le camp de réhabilitation avait fonctionné, les résidents décédés avaient été enterrés dans un cimetière polonais situé dans l'enceinte du camp. Certains d'entre eux n'avaient jamais pu se remettre de leurs terribles privations, tandis que d'autres avaient succombé de maladies incurables ou avaient simplement vieilli en attendant leur tour. Et peut-être, pensa Eva, que parmi ces sépultures se trouvent également des corps qui ne sont pas morts de mort naturelle… à moins qu'ils ne reposent encore au pied des arbres sombres entourant le camp, ou disséminés à travers la campagne.

— Mais comment pouvez-vous supporter de rester ici, dans ce pays qui vous a fait tant de mal, à vous et à vos compatriotes ? Cela me révolte de penser aux Allemands qui ont été condamnés lors des premiers procès et qui sont aujourd'hui libérés. On ne peut pas dire qu'ils ont vraiment purgé leur peine. Et il y a ceux qui n'ont jamais été jugés, jamais accusés, qui sont retournés à leur vie civile sans être inquiétés. N'avez-vous jamais eu envie de faire quelque chose ?

— Ma chère, il fut un temps où je ressentais la même chose. Mais maintenant qu'il me reste peu de temps à vivre, je demande la paix. Je ne veux pas que mes derniers jours soient assombris par des pensées pleines de rancœur et de vengeance.

— Je ne suis pas certaine d'être prête pour cela. Je n'ai pas encore fait la paix.

— Mais vous allez bientôt partir, vous aussi.

Irène lui sourit et lui tapota la main.

— Il n'y a plus de travail pour vous ici, ajouta-t-elle, il est temps que vous rentriez chez vous.

Eva poussa un profond soupir, puis secoua la tête.

— J'en suis consciente. D'ailleurs, je pars après-demain. Mais je ne sais pas ce que je ferai ensuite. Voir des spectacles à Londres, prendre le thé chez Fortnum's, ou encore prendre part à des cocktails et à des dîners guindés avec mes parents et leurs amis… Tout cela risque de me sembler bien futile après tout ce que j'ai vu et entendu ici.

— Vous devez avoir un être cher qui vous attend, j'imagine, et votre famille sera ravie de vous revoir.

— Mes parents seront ravis, mais il n'y a personne d'autre.

— Qu'allez-vous faire ? Ce sera certainement étrange, je pense, de rentrer chez soi. Mais vous êtes une fille intelligente, vous devez continuer à travailler.

— Je suis d'accord avec vous, mais je ne sais pas encore quoi faire. Être ici m'a montré à quel point les gens ont besoin de peu de choses pour mener une vie agréable. Je n'ai pas besoin de grand-chose. Et puis...

Elle hésita, des images de Hugh et des prisonniers torturés lui venaient à l'esprit, à côté des souvenirs d'un enfant aux cheveux blonds qui riait.

— J'ai fait une promesse, il y a plusieurs années, poursuivit-elle. J'ai juré de faire davantage pour me racheter, mais je n'ai pas encore pu tenir cette promesse.

Les yeux rougis d'Irène remarquèrent le froncement de sourcils d'Eva. Ele lui répondit :

— Vous êtes quelqu'un de bien. Vous ferez ce que vous avez à faire, si Dieu le veut.

— Je vous remercie. Et vous savez, vous êtes l'une des personnes qui m'ont le plus inspirée. Vous avez su maintenir le moral de toutes les femmes qui étaient avec vous à Ravensbrück et vous leur avez appris à survivre. Vous êtes extraordinaire.

Eva s'inclina alors vers la vieille femme et l'embrassa sur ses joues sèches et rugueuses.

— Vous me manquerez, vous et cet endroit hors du commun, lorsque je serai de retour à Londres.

Irène se pencha sur sa chaise et murmura :

— Alors, prenez ceci pour vous rappeler de nous. Une seule gorgée, voire seulement son odeur, suffira à vous ramener à nous, ici, à Wildflecken.

Elle sourit et tendit à Eva une petite bouteille de liqueur rouge vif.

Eva lut et traduisit l'étiquette manuscrite attachée au goulot de la bouteille.

— Wild Place Slivovitz, énonça-t-elle en riant. Alors, je ne pourrai jamais vous oublier ni oublier le camp. Une part de mon être restera toujours liée à cet endroit.

Chapitre 71

Eva, 10 septembre 1951, Allemagne

Ce sera la toute dernière fois, et ensuite, plus jamais, se promit Eva. *Encore une fois et je retournerai ensuite en Angleterre. Je sais que je ne peux pas rester ici, en Allemagne, pour toujours. Je sais que je dois la quitter. Elle a presque quatre ans maintenant, elle a peut-être commencé à apprendre les chiffres et les lettres à l'école maternelle et, bientôt, elle sera grande. Cela ne peut pas me faire de mal de la voir pendant qu'elle est encore si jeune, pendant qu'elle me rappelle encore le bébé que j'ai tenu contre mon sein avant que nous ne soyons séparées. Elle est partie sans un murmure, emmitouflée dans son châle doux, tandis que je pleurais.*

Eva retourna donc à Gemünden, le village proche du camp de réhabilitation, et non à Wildflecken, que les Américains avaient commencé à transformer pour en faire l'une des bases de leurs opérations de guerre froide. Vêtue d'une robe en coton fraîchement achetée avec des cigarettes troquées, des lunettes de soleil sur le nez et foulard de soie noué sur ses cheveux à la manière de Grace Kelly, elle espérait que cette nouvelle apparence suffirait à la rendre méconnaissable. Elle avait quitté sa maison d'hôtes dans le village voisin et emprunté les routes de campagne dont elle se souvenait si bien après avoir passé des heures à les parcourir en toute insouciance pendant ses jours de congé, au cours de son premier été.

En chemin, elle passa devant la station de ski où elle n'était allée qu'une seule fois, ce jour fatidique. Elle essayait de ne pas penser à ce qui se cachait dans la forêt vert sombre qui bordait ses pentes, mais elle ne pouvait s'empêcher de jeter un coup d'œil par la fenêtre vers le fameux bosquet d'arbres. Personne n'était jamais venu au camp à la recherche de Peter, et elle n'avait jamais plus entendu parler de lui. Il était devenu l'un de ces milliers de jeunes hommes perturbés, revenus de la guerre sans jamais parvenir à reprendre la vie qu'ils avaient menée avant le conflit.

Arrivée à Gemünden, elle se promena comme une touriste devant les pittoresques maisons aux poutres apparentes et s'installa un moment à une table à l'extérieur de l'auberge, où elle demanda de l'*Himbeerwasser* et de l'*Apfelkuchen* avec un accent typiquement américain. Elle but la boisson aromatisée à la framboise avec une paille et mangea quelques bouchées du gâteau aux épices et à la cannelle, en regardant la place du village. Le tintement lointain des cloches de vaches résonnait dans les pâturages environnants et les poulets en liberté caquetaient en grattant et en picorant sur la route poussiéreuse.

Grâce à sa nouvelle allure, personne ne se douterait qu'elle était la même jeune fille en uniforme qui avait rempli les formulaires et tamponné les demandes au camp. Même si la mère de Peter était encore en vie et venait au village pour vendre des œufs ou acheter de la farine, elle ne pourrait jamais associer cette silhouette élégante à la jeune fille qui s'était rendue à la ferme avec de solides bottes en cuir et un pantalon en velours côtelé.

Après s'être restaurée, Eva flâna dans les petites ruelles, prenant des photos avec son nouvel appareil : une porte rustique, une jardinière remplie de géraniums rouges, une rangée de hampes de haricots. Et enfin, elle l'aperçut. Une jeune fille blonde et bien portante, des tresses enroulées autour de sa tête dans le style traditionnel, vêtue d'une jupe dirndl et d'un chemisier blanc. Ses bras potelés à moitié couverts par de courtes manches bouffantes, elle lançait une balle à un autre enfant dans le jardin de la maison.

Eva, 10 septembre 1951, Allemagne

Elle riait, elle courait et sautait en attrapant la balle qui rebondissait sur le chemin.

Elle est heureuse ici, elle est en bonne santé, elle a une belle vie, pensait Eva. *Comme j'ai envie de la prendre dans mes bras et de l'emmener avec moi. Personne ne la verrait, seul l'autre enfant saurait qu'une femme étrange l'a enlevée. Je pourrais me mettre à courir, courir jusqu'à ma voiture. Nous aurions quitté cet endroit en quelques minutes et nous serions ensemble pour toujours. Mais je ne peux pas. Sa famille l'aime et elle les aime aussi, c'est évident. Comment pourrais-je détruire la vie qu'elle connaît, celle à laquelle elle appartient? Si seulement je pouvais l'embrasser, si seulement je pouvais la serrer dans mes bras une dernière fois… mais je sais que je ne peux pas. Tout ce que je peux avoir, ce sont les souvenirs que j'ai d'elle et une photo que je peux garder pour toujours.*

L'appareil photo Brownie de la boîte d'Eva se déclencha et captura des photos du jardin, du ballon, des cheveux dorés, des joues rosies à force de courir et de sauter pour jouer.

Maintenant, je l'aurai près de moi pour toujours et à jamais. Et si je ne peux pas embrasser la véritable enfant, sentir ses joues douces, ses cheveux soyeux, sentir sa douceur, je peux embrasser une photographie et savoir que je l'ai laissée rester et être heureuse.

Elle prit cliché après cliché, jusqu'à ce qu'il n'y ait plus de pellicule. Les enfants jouaient toujours et, lorsque le ballon roula sur la route poussiéreuse et non goudronnée, Liese le poursuivit par la porte ouverte du jardin et s'arrêta devant Eva. Elle leva les yeux pour regarder la femme bien habillée qui observait leur jeu.

Eva, son appareil photo en bandoulière, se pencha pour ramasser la balle. Elle la lui rendit en pensant : *Prends-la rapidement et enfuis-toi.* Mais au moment où la petite fille lui tendit la main, Eva perçut un mouvement du coin de l'œil. La porte de la maison s'entrouvrit et une voix féminine retentit :

— Lottie, hier bitte.

Eva jeta un dernier regard plein de tristesse à sa fille, qui trottinait joyeusement sur l'herbe vers sa mère adoptive. Puis, s'obligeant à détourner les yeux, elle accéléra le pas en se mordant les lèvres pour retenir ses larmes qui menaçaient de couler sur ses joues. Elle le savait, jamais plus elle ne reverrait son enfant.

Chapitre 72

Eva,
20 février 1952

Retour définitif

Eva prit un taxi depuis la gare et, lorsqu'elle en descendit, elle fut aussitôt assaillie par le parfum du bois brûlé et des feuilles mouillées qui embaumaient l'air. Elle était de retour chez elle, avec ses dossiers et ses souvenirs. Après toutes ces années d'absence, peu de choses avaient changé. Sa mère était plus âgée et plus triste, son père plus frêle, mais Kingsley Manor arborait toujours son air imposant sous ses rideaux de glycines et de roses grimpantes. Dans les jardins, des tapis de perce-neige parsemaient encore les pelouses de leurs modestes fleurs blanches et les faisans criaillaient toujours lorsqu'elle parcourait le domaine. Les bois et bosquets lui parurent d'abord étranges, puis elle comprit que c'était parce que tous les chênes, les hêtres et les châtaigniers étaient dénudés et qu'elle s'était habituée au vert sombre et dense des forêts secrètes autour de Wildflecken.

— Tu es la bienvenue chez nous, ma chérie, lui dit sa mère lorsqu'elle parla de trouver du travail à Londres. Nous serions ravis que tu viennes vivre à la maison. De toute façon, tu n'as plus d'autre endroit où vivre depuis que ton appartement a été démoli.

Sa mère piquait sa tapisserie tendue sur un support, ses petites lunettes en fil de fer perchées sur son nez, et, lorsqu'elle parlait, elle avait l'habitude par-dessus les verres.

— Je sais que tu n'as jamais aimé notre appartement, maman, mais j'aurais été très heureuse d'y retourner s'il n'avait pas été endommagé lors des raids. J'ai besoin de faire quelque chose de constructif, tu sais. Je dois construire ma propre vie. Je ne peux pas rester ici, à transmettre tes ordres à Mme Glazier dans la cuisine et je ne peux certainement pas continuer à manger ses délicieux puddings à la vapeur jour après jour. Je deviendrais énorme, et cela me rendrait – et vous tous, d'ailleurs – complètement folle.

— Mais pourquoi pas ? Il y a bien assez de place pour nous tous. Tu peux même recevoir la visite d'amis, tu sais que cela ne nous dérangerait pas. Nous voulons que tu sois heureuse. Et tu serais une si bonne compagnie pour Marion. C'est si dur pour elle d'être seule avec la petite Patricia depuis que Charles a été tué. Je sais qu'elle apprécierait que tu sois là.

Eva arpenta la pièce de long en large, allant du feu crépitant à la bibliothèque en saillie, puis revenant sur ses pas. *Je ne peux pas supporter de voir cet enfant. Pat est plus jeune de trois ans que ma petite fille. Je n'arrive pas à expliquer pourquoi. Je ne peux pas dire à maman qu'elle a en réalité une deuxième petite-fille. Cela me brise le cœur chaque fois que je vois ou que j'entends de jeunes enfants.*

L'horloge en bronze doré tinta. Il était quatre heures et le crépuscule s'installait. Mme Glazier allait bientôt entrer, poussant le chariot de thé comme si elle proposait une sélection de délices dignes d'un thé au Ritz. Cependant, tout ce que le rationnement d'après-guerre pouvait offrir, c'était des toasts avec un peu de margarine et une maigre touche de confiture de mûres. Eva regrettait déjà le bon pain cuit à Wildflecken et les repas copieux servis par le NAAFI dans les bases de l'armée britannique en Allemagne, où elle s'était attardée avant de rentrer chez elle.

— Mais, maman, les temps ont changé, et j'ai changé. Je sais qu'avant la guerre, il n'était pas inhabituel pour les femmes célibataires ou veuves de continuer à vivre avec leurs parents, mais ce n'est plus le cas aujourd'hui. Je vis seule depuis la mort de Hugh, et j'ai pris l'habitude de me débrouiller par moi-même maintenant.

— Tout ce que je peux dire, c'est que j'ai vécu avec ma famille jusqu'à mon mariage et que personne n'a trouvé cela étrange. Elle rangea son aiguille dans la toile, puis retira ses lunettes, scrutant sa fille comme si elle ne reconnaissait plus cette femme déterminée et indépendante qui avait quitté l'Angleterre en tant que veuve éplorée.

— Mais c'était il y a longtemps, maman. Les femmes sont beaucoup plus indépendantes aujourd'hui. Elles ne veulent pas revenir à l'époque où elles n'étaient perçues que comme de vieilles filles ou des femmes au foyer, tu dois en prendre conscience. Et pendant la dernière guerre, les femmes ont accompli des tâches qui leur auraient été inaccessibles les années précédentes. Regarde ce qu'elles ont pu faire : elles ont conduit des ambulances, elles ont travaillé dans des fermes en tant que filles de ferme, elles sont même devenues marins, livreurs de charbon et de bois, et même bûcherons.

— Oui, ma chérie, j'en ai entendu parler. Des occupations tout à fait inadaptées. Tout comme les vêtements qu'elles portaient. Nous avons vu quelques-unes de ces bûcheronnes dans le village, un groupe d'entre elles gloussant dans leurs culottes les plus indignes. Elles se donnaient en spectacle ! Tout le monde les a remarquées et a trouvé cela choquant.

— Oh, maman, tu ne devrais pas être choquée ! Elles étaient simplement habillées pour accomplir un travail qui compte. Tout le monde a dû s'adapter, tu sais. Et je ne peux pas juste revenir vivre ici tranquillement pour le reste de ma vie. Peut-être que je le ferai un jour, mais pour l'instant, j'ai besoin de nouveaux défis et d'un objectif à atteindre.

— Qu'est-ce que cela signifie, ma chérie ?

— Je vais entrer dans la fonction publique.

Eva vit les fins sourcils de sa mère s'arquer soudainement.

— Ne sois pas inquiète, tu n'as pas à avoir honte de moi. *Tu ne sauras jamais ce qui pourrait te faire honte. Je m'en suis assurée.* Je travaillerai dans un bureau à Londres. Ce sera un travail sûr, stable, avec un bon salaire, et je n'aurai pas de problème pour trouver un appartement quelque part.

— Mais que feras-tu dans la... dans la fonction publique? s'enquit-elle en insistant sur les deux derniers mots, comme s'ils avaient un goût désagréable.

— Oh, juste de la dactylographie et du classement, j'imagine. C'est à peu près ce que j'ai fait ces dernières années, alors j'ai l'habitude. Mais je rentrerai à la maison le week-end, je vous le promets.

Elle s'agenouilla devant sa mère et lui prit les mains.

— Si j'habite à Londres, je pourrai aller chez Peter Jones pour toi, aussi souvent que tu le voudras. Ça te plairait?

— Ma chérie, ce serait merveilleux. Je n'aurais plus à aller chercher ma soie et mes laines. Je ne peux pas aller en ville autant que je le voudrais maintenant que ton père n'est plus aussi alerte qu'avant.

Elle tira de sa manche un mouchoir délicat et se tamponna les yeux.

— Maman, je ferai tout ce que je peux pour toi. Après tout, c'est bien le rôle des filles, n'est-ce pas?

Chapitre 73

Kingsley, 14 décembre 1967

Mon cher et tendre,

Je devrais être triste, mais bizarrement, je ne le suis pas du tout. J'ai versé quelques larmes quand maman est morte et j'ai réussi à avoir l'air assez sombre pendant les funérailles, mais maintenant que tout est terminé, je me sens tout à fait apaisée. Kingsley est maintenant à moi, entièrement, et je peux en profiter comme je l'ai toujours souhaité.

Maman et moi, on se supportait plutôt bien, mais elle ne m'a jamais permis d'oublier qu'à ses yeux, je n'étais rien de plus qu'une malheureuse veuve, une femme qui devait travailler pour gagner sa vie. Ses constantes allusions à toi, mon chéri, telles que « Si seulement Hugh avait vécu » et « Cela aurait été merveilleux d'avoir plus de petits-enfants », chuchotées à peine, étaient si irritantes.

Pour autant qu'elle le sache, elle n'avait qu'un seul petit-enfant, la fille de Charles, Pat, et elle ne faisait pas beaucoup d'efforts avec elle. Je ne vois donc pas comment elle aurait pu apprécier d'en avoir d'autres. Je sais qu'elle pensait que je me remarierais un jour, mais comment pourrais-je jamais te remplacer, alors que tu étais le seul homme que je pouvais vraiment aimer?

Et maintenant, Kingsley est à moi. Plus personne ne peut plus me dire comment profiter de ses plaisirs. J'ai toujours imaginé que nous vivrions ici ensemble, mais dans quelques années, je pourrai prendre ma retraite et profiter d'une pension complète, plus ce que l'État jugera bon de me donner, et je saurai l'apprécier. Je ne veux pas d'une retraite extravagante ; je ne me ridiculiserai pas en tant que femme âgée en croisière mondiale à travers le globe, dansant avec des animateurs payés pour complimenter les personnes seules. Je n'imposerai pas mon point de vue à de bons et braves bénévoles au sein d'organisations caritatives, à l'église ou au conseil paroissial, comme tant d'autres retraités. Je continuerai simplement à chanter dans la chorale de l'église, à apporter des conserves pour le marché mensuel de la WI et à participer au club de jardinage du village. Je me consacrerai également à Kingsley et à ses jardins. Il y aura plus de perce-neige, plus d'hellébores, de delphiniums et de phlox ; je deviendrai une accro de l'horticulture.

Mais je n'ai pas non plus oublié ma promesse. Il est toujours vivant, je le sais. Il a reçu un honneur au début de l'année, un petit honneur, mais un honneur qu'il ne mérite pas. Je veillerai, je serai patiente, et un jour, j'aurai enfin l'occasion d'honorer ma promesse, j'en suis sûre.

Alors, voici tout mon amour, mon chéri, pour l'instant.

Ta très chère Evie, xxx

PS. Je t'aime.

Dixième partie

Chapitre 74

Mme T-C, 30 novembre 2016

L'heure du bain

Elle essaie de ne pas penser qu'elle va se retrouver nue devant les infirmières de la maison de retraite. Son corps, autrefois athlétique, est maintenant ramolli, réduit à une peau et des os relâchés, parsemés de taches violettes et brunes dues au vieillissement. Il n'y a plus de traces de vergetures argentées sur son ventre ; elles se sont estompées depuis longtemps.

Elle enlève son gilet en laine de mouton et son chemisier en soie blanche, puis tente de déboutonner le côté de sa jupe en tweed. Non, c'est bien trop difficile avec ses doigts raides et arthritiques. Elle aura besoin d'aide pour cela aussi.

— Mary, appelle-t-elle, je suis prête.

Elle s'appuie sur son déambulateur et s'installe sur le siège haut et rembourré de la salle de bains. Dieu merci, elle dispose de l'une des rares chambres de Forest Lawns équipées d'une baignoire adaptée. Elle a toujours détesté prendre des douches, qui mouillent les cheveux et les abîment, entre le shampooing et les soins hebdomadaires.

Mary s'agenouille sur le sol pour enlever ses chaussures et ses chaussettes en nylon. Evelyn préférerait porter des collants ou même des bas, mais ce n'est plus possible. Elle a essayé une fois de porter des bas avec des bandes élastiques au-dessus, des « hold-ups » comme les appelait la vendeuse du grand magasin, mais ils ne maintenaient pas ses cuisses rétrécies et se froissaient jusqu'à ses genoux lorsqu'elle se levait.

— Nous allons devoir demander à la pédicure de revenir vous voir, annonce Mary. Elle sera là mardi.

Les orteils d'Evelyn sont des griffes aux ongles épais et striés, mais ses mains, bien que veinées et meurtries, ont toujours des ongles ovales, polis jusqu'à ce qu'ils brillent, comme sa mère le lui a appris il y a tant d'années, lorsque le vernis à ongles était considéré comme vulgaire. C'est l'un des rares aspects de son corps qui lui plaît encore, avec ses cheveux argentés aux boucles soignées et ses lèvres en arc de Cupidon, toujours mises en valeur par le rouge à lèvres Rebellious Rose d'Estée Lauder.

— On fait des bulles à la lavande ou à la pivoine aujourd'hui ? demande Mary, en tenant deux bouteilles de gel moussant au-dessus de la baignoire.

— Oh, je crois que j'aimerais plutôt essayer ce nouveau parfum de muguet. Il me rappelle ma jeunesse, vous savez, cette époque où je portais du Muguet. Un parfum si agréable. Muguet des Bois… Hugh, mon mari, l'adorait.

— Nous utiliserons celui-là, alors. Vous sentirez la fraîcheur d'un jardin printanier en un rien de temps !

Mary tend la main à Evelyn pour l'aider à se relever. Elle enlève les derniers vêtements de son corps frêle, puis la guide pour qu'elle s'assoie sur le siège de bain, avec une serviette autour des épaules pour la garder au chaud pendant que la baignoire se remplit. Evelyn préférerait prendre son bain juste après le petit-déjeuner ou juste avant de se coucher, mais les horaires des toilettes au foyer sont programmés en fonction de la disponibilité du personnel et non des préférences des résidents. Elle prend donc son bain juste avant le déjeuner. *Mais alors, je serai propre, parfumée et bien nourrie pour mes visiteurs cet après-midi. Je ferai une sieste après le déjeuner et me réveillerai fraîche pour affronter mes inquisiteurs. J'ai hâte d'y être. Ils m'interrogeront, mais ce ne sera pas comme les terribles interrogatoires auxquels j'ai assisté il y a des années, où les prisonniers étaient intimidés et brisés ; c'est moi qui contrôlerai la situation, pas eux.*

Tandis que l'eau coule en formant des bulles parfumées, Mary vérifie à plusieurs reprises qu'elle n'est ni trop chaude ni trop froide.

— Avant, j'adorais nager dans l'eau froide, se souvient Evelyn.

— Non ? Pas possible !

— Si, c'est vrai. On pensait que c'était bon pour nous. On disait que, si les Allemands nous attrapaient, ils pourraient nous pousser sous des douches glacées, alors nous nous y sommes tous habitués, juste au cas où. Tout comme Boucle d'or, explique Evelyn.

— Boucle quoi ? s'étonne Mary, au-dessus du bruit de l'eau du bain qui coule.

— *Boucle d'or et les trois ours.* Vous savez, un bol de bouillie était trop chaud, un autre était trop froid et le dernier était parfait, comme la température de l'eau du bain.

— Vous me faites toujours rire, c'est vrai.

Mary hoche la tête et tend à Evelyn un gant de toilette propre.

— Voilà, il y a assez d'eau. Je vais m'occuper de votre dos et vous laverez vos fesses.

Puis Mary soupire :

— Pour tout vous dire, cette pièce est trop chaude pour moi. C'est peut-être parfait pour vous, mais moi, je transpire à grosses gouttes.

— Je suis désolée. C'est le problème quand on doit attendre que la baignoire se remplisse. Maintenant que je suis bien au chaud, pourquoi ne pas ouvrir légèrement la porte de la salle de bains ? Pour faire entrer un peu d'air frais.

Mary ouvre la porte et s'évente avec une serviette sèche.

— Ouf, c'est bien mieux, merci ! Maintenant, je vais vous laver.

Elles frottent toutes les deux en silence. Mary s'installe dans la baignoire pour nettoyer les pieds d'Evelyn et lui savonner les jambes.

— Vous ne penseriez jamais que j'étais une excellente joueuse de cricket à mon époque, en me regardant aujourd'hui.

Mary plaisanta :

— Continuez, Mme T-C. Vous me direz ensuite que vous avez aussi joué au football.

— J'ai joué au cricket avec mon frère Charles. C'était un joueur extrêmement rapide.

— À l'école, nous jouions au *rounder*[1], raconte Mary.

— Mon Dieu, je n'ai pas joué au rounder depuis… oh, depuis la guerre… Nous n'avions pas d'équipement de cricket à l'époque, alors nous avons improvisé des parties de rounder. Nous devions nous contenter d'une vieille balle de tennis et d'un manche à balai. C'était très amusant.

— Ça se passait où ?

— À Camberley, pendant notre formation. Nous étions toutes de jeunes filles qui, pour certaines, sortaient directement de l'école. Je pense que j'étais l'aînée. J'étais veuve à l'époque, alors j'étais un peu la figure maternelle des plus jeunes.

Evelyn sourit en essorant son gant.

— Toutes les filles avaient un moral d'acier, poursuit-elle.

— Je parie que vous en faisiez partie, n'est-ce pas ? Probablement le pire du lot.

— Je ne comprends pas ce que vous voulez dire, Mary. Je me suis parfaitement bien comportée. Je devais montrer l'exemple aux autres jeunes filles. Elles étaient si jeunes, encore des adolescentes.

1. Le *rounder* est un jeu traditionnel britannique, simple et accessible, pratiqué de manière informelle avec des moyens limités, tels qu'une vieille balle de tennis et un manche à balais.

— J'y serais bien allée avec vous ! Je parie qu'il y avait de charmants jeunes hommes à l'époque, tout beaux dans leurs uniformes. Nous avons tous entendu des histoires…

— Eh bien, nous avons rencontré des pilotes plutôt sympathiques par la suite. Les Polonais, en particulier, étaient charmants et beaux comme des dieux. Ils nous ont raconté des histoires extraordinaires sur la façon dont ils s'étaient échappés de Pologne pour arriver ici. Certains d'entre eux avaient marché jusqu'en France. Imaginez un peu. C'est étonnant, non ?

— Ça alors, Mme T-C ! Marcher à travers la moitié de l'Europe ? J'ai le souffle coupé rien qu'en me promenant dans Guildford pendant mes jours de congé.

— C'étaient des hommes très déterminés. Et beaucoup d'entre eux ont traversé les Alpes à ski pendant leur voyage.

Evelyn reste silencieuse pendant un instant.

— J'ai fait un peu de ski en Allemagne après la guerre, on appelait ça *Skilaufen*.

— Je parie que c'était quelque chose. Toutes ces montagnes enneigées et ces beaux paysages, hein ?

— C'était effectivement très intéressant, admet Evelyn.

Et après une pause, elle ajoute :

— C'est un moment que je n'oublierai jamais.

Chapitre 75

Mme T-C,
30 novembre 2016

La vérité

— J'ai des visiteurs cet après-midi, Mary. J'aimerais les voir seule dans la bibliothèque, alors pourriez-vous veiller à ce que nous ne soyons pas dérangés ?

Evelyn avance en traînant les pieds sur la moquette à motifs sombres du couloir et s'arrête devant le miroir doré accroché au mur. Elle arrange ses cheveux bouclés et étudie son reflet souriant pour vérifier qu'aucun épinard de son déjeuner ne s'est coincé entre ses dents et que son rouge à lèvres est intact. Cela n'a plus guère d'importance d'appliquer des produits de beauté, de se faire coiffer. Elle sait qu'elle n'a pas fait grande impression auprès des hommes depuis de nombreuses années, mais elle tient tout de même à paraître bien coiffée. Elle avance encore un peu et s'assoit dans la pièce feutrée, tapissée de livres, en attendant ses invités, en attendant le son de leurs voix, n'entendant que le tic-tac régulier de la pendule de la cheminée qui fait écho aux battements de son cœur.

— Les voilà, Mme T-C, annonce Mary d'une voix forte, en faisant entrer Pat et l'inspecteur Williams. Je vous apporte du thé et des gâteaux ?

Ses visiteurs ont tous deux l'air de vouloir s'échapper sans avoir mangé ni bu quoi que ce soit, mais Evelyn répond :

— Ce serait formidable, Mary. Et auriez-vous des tartelettes pour nous aujourd'hui ?

— Nous ne resterons pas longtemps, ma tante. Ce n'est pas une visite de courtoisie, tu sais.

Pat se débarrasse de son imperméable taché.

— Je sais, mais j'aime bien accueillir mes invités.

Evelyn leur sourit à tous les deux.

— Prenez place, s'il vous plaît, tous les deux.

Pat secoue la tête en signe d'agacement.

— J'ai cru comprendre que vous souhaitiez me voir, Mme T-C, intervient l'inspecteur. Vous vous êtes souvenue de quelque chose, je crois ?

— Oui, c'est vrai, confirme Evelyn en plongeant la main dans son sac à main. Mais où l'ai-je rangé ?

Elle redresse la tête et voit Pat qui lève les yeux au ciel. Il serait peut-être amusant de les taquiner un peu. Pas longtemps, juste quelques minutes. Il serait dommage de ne pas profiter de cette occasion, car c'est probablement la dernière fois qu'elle pourra jouer à ce jeu.

— Je suis certaine que je l'avais sous la main il y a une minute.

Elle retire le contenu de son sac, très lentement, objet par objet. Un stylo, deux crayons fraîchement taillés, un poudrier, un rouge à lèvres, un mouchoir propre, un petit paquet de mouchoirs et un porte-monnaie. Puis elle fouille un peu plus et sort un petit agenda noir et un taille-crayon. Elle regarde Pat et lui tend le mouchoir.

— Tu ferais mieux de le prendre, ma chérie. Je sais que tu n'as jamais de mouchoir propre sur toi.

Pat s'offusque, mais accepte le morceau de tissu blanc en dentelle et s'assoit en le tortillant entre ses doigts.

— J'espère que tu te souviens de l'endroit où tu as noté cette information essentielle. Tu ne voudrais pas nous faire perdre notre temps aujourd'hui. Nous sommes tous bien trop occupés pour cela.

L'inspecteur Williams se penche légèrement, sa tête vers l'avant, appuyant ses avant-bras sur ses genoux. D'une voix douce, il demande :

— Seriez-vous en mesure de me dire ce dont vous croyez vous rappeler ?

Evelyn feuillette les pages de son journal, les tournant une à une.

— Oh oui, nous y voilà ! s'exclame-t-elle. Stephen Robinson.

— C'est vrai. Je vous ai demandé l'autre jour ce qu'il en était du colonel Robinson. Vous souvenez-vous l'avoir revu ?

— Je crois bien.

— Et pouvez-vous me dire quand vous pensez que c'était ?

— Je ne suis pas certaine de la date, est-ce important, inspecteur ?

— Peut-être. Mais pourquoi ne pas me dire ce dont vous vous rappelez, en tout cas ?

Il sourit. C'est un beau jeune homme. Evelyn le trouve très agréable et compréhensif, tout à fait différent de Pat. Elle aimerait passer plus de temps avec lui, mais il faut bien que le jeu cesse à un moment donné.

Evelyn regarde la page de son journal. Elle est presque entièrement blanche, il n'y a pas de mots écrits, à l'exception des lettres SR. Mais elle n'avait pas besoin d'écrire quoi que ce soit, elle s'en souvient trop bien. Puis elle lève les yeux, souriante.

— Oui, je vais partager mes souvenirs avec vous. Je crois que vous avez expliqué qu'il avait disparu depuis longtemps et que personne ne savait ce qu'il était devenu.

— C'est vrai, je l'ai mentionné lors de notre dernière rencontre. Il n'est plus jamais réapparu. Nous pensons qu'il a quitté son appartement au début de 1986 et qu'il a disparu. Personne ne l'a plus revu ni entendu parler de lui depuis sa disparition.

— Je sais ce qui lui est arrivé.

Evelyn remet son agenda dans son sac à main et y dépose soigneusement les autres objets, en prenant le temps de les ranger un par un dans le bon compartiment et s'efforçant de faire entrer ses crayons dans une poche étroite. Elle entend Pat pousser des soupirs d'exaspération, mais ne montre aucune réaction.

— Alors, vraiment, vous allez me dire tout ce que vous savez ?

Evelyn termine son remballage, fait claquer le fermoir de son sac à main, puis sourit, comme si elle allait offrir une merveilleuse surprise.

— Parce que vous avez été si gentil et si patient, je vais vous raconter. Je me souviens très bien de ce qui s'est passé. Je n'ai pas pu oublier.

Elle marque une pause, puis déclare :

— Je l'ai tué.

L'inspecteur et Pat écarquillent les yeux, puis Pat prend la parole :

— Vraiment, ma tante, là, tu te montres ridicule.

Elle se tourne alors vers l'inspecteur.

— Elle recommence à délirer. Je savais que nous allions perdre notre temps.

Mais l'inspecteur Williams lève la main pour l'interrompre et demande à Evelyn :

— Pourquoi dites-vous cela ? Pourquoi pensez-vous que vous l'avez tué, Mme T-C ?

— Parce que je me souviens l'avoir fait. Je m'en souviens très bien.

— Vous en êtes sûre ? Prenez votre temps avant de répondre.

— Oh, j'en suis tout à fait certaine, inspecteur. Je m'en souviens comme si c'était hier.

— Vous voulez dire qu'il y a eu un accident avec l'un des fusils ?

— Oh non, pas du tout ! C'était tout à fait délibéré. Je suis une excellente tireuse.

— Alors, dites-moi comment cela s'est passé.

L'inspecteur a perdu son sourire habituel pour adopter un ton grave. Pat fronce les sourcils et fulmine intérieurement.

— Il le méritait. Ce n'était pas un homme honorable, quoi qu'en pensent les autres. Il était responsable de la mort de nombreux innocents, dont mon cher mari, alors je l'ai abattu.

Pat, estomaquée, couvre sa bouche avant de s'exclamer :

— Cela devient délirant ! C'est une vieille dame de quatre-vingt-dix ans. Elle ne sait plus ce qu'elle dit !

Mais l'inspecteur Williams lui fait à nouveau un léger signe de la main pour qu'elle reste silencieuse, puis continue :

— Et êtes-vous capable de vous souvenir de la date à laquelle vous avez fait cela ?

— Oh, je ne sais pas exactement quand. C'était il y a tant d'années.

— Et où ce meurtre a-t-il eu lieu ?

— À Kingsley.

Elle entend Pat haleter à nouveau.

— J'ai laissé son corps dans le bois de Kingsley, mais je doute que vous y trouviez quelque chose aujourd'hui. Tout cela s'est produit il y a très longtemps.

L'inspecteur se rassied. Il sort un dossier de sa mallette et présente à Evelyn les photos du pull et du pantalon qu'il lui avait déjà montrées.

— Le meurtre du colonel Robinson a-t-il un rapport avec les taches de sang que nous avons découvertes sur ces vêtements, Madame ? Ils ont été trouvées dans la valise entreposée chez vous.

Il montre les taches en forme d'anneaux sur les photos.

— Ce sang appartient-il à Stephen Robinson ?

Evelyn s'exclame :

— Oh mon Dieu, non ! Ce n'est pas son sang. C'est celui de quelqu'un d'autre, il y a très longtemps. Oh non, j'ai été beaucoup plus prudente, cette fois-ci.

— Cette fois-ci ?

— La deuxième fois. La fois où j'ai eu affaire au méchant colonel.

Pat marmonne derrière elle. Elle l'entend très bien.

— Qu'en est-il de la première fois ?

— Oh, ce n'était pas prévu. C'est arrivé comme ça.

L'inspecteur Williams prend un air sévère.

— Je vois. Donc, vous admettez avoir tué plus d'une fois ? Dois-je comprendre que vous dites que vous avez commis deux meurtres ?

— Oh oui, juste les deux. J'ai été entraînée à tuer, vous savez. Nous l'avons tous été.

Pat se lève brusquement et lance :

— C'est terminé, j'en ai assez ! Elle a finalement perdu la tête. Vous ne voyez pas que c'est n'importe quoi ?

— C'est la vérité, ma chère. La vérité, toute la vérité et rien que la vérité.

Evelyn esquisse un sourire après cette déclaration, se souvenant des nombreux drames judiciaires qu'elle a vus au cinéma et à la télévision au cours de sa longue vie.

C'est alors que Mary pousse la porte de la salle du matin, et entre à reculons avec un plateau chargé qui cliquette à mesure qu'il entre dans la pièce. En se dandinant sur la moquette, elle annonce :

— Il n'y avait plus de tartelettes, donc je vous ai apporté de bons sablés.

— Comme c'est charmant, Mary, remercie Evelyn. J'ai un petit creux après toutes ces discussions.

Pat et l'inspecteur se lèvent et s'installent dans un coin de la pièce, parlant à voix basse. Evelyn n'arrive pas à saisir tous les mots, mais elle entend Pat dire : « Mais la propriété sera mise en vente au début de l'année prochaine. Je ne peux pas laisser passer ça. » Il lui répond : « Ne vous inquiétez pas pour l'instant. La recherche dans ces bois va nécessiter beaucoup de main-d'œuvre. Il faudra que j'aie une bonne raison pour le faire. »

Evelyn prend un morceau de sablé et se dit que, pour une fois, elle va essayer de le tremper dans sa tasse. Juste une fois. Pour fêter ça.

Onzième partie

Chapitre 76

5 décembre 2016

Suis-je folle ?

Mon très cher,

Je pense que toi aussi, tu trouverais tout cela très amusant. J'ai beaucoup aimé jouer à mes petits jeux avec Pat et ce gentil policier, et voilà que j'ai maintenant l'occasion de faire un tour de plus. Le temps que j'ai passé dans cette merveilleuse maison de retraite aurait été bien ennuyeux si je n'avais pas eu cette formidable distraction. Tu te souviens, quand tu rentrais à la maison en permission, comme nous aimions jouer aux charades ? Tout ceci a ressemblé à une interminable partie de charades, comme une longue fête de Noël.

Et maintenant, je suis quasiment certaine qu'ils commencent tous à croire que je suis vraiment folle. Alors, si je relance les dés une dernière fois, je pense pouvoir les convaincre que mon esprit est en miettes, et ainsi, ils ne croiront plus jamais rien de ce que je leur dirai.

Mais je ne leur dirai jamais tout. Je ne leur avouerai jamais que j'écris encore mes lettres dans ma tête, et surtout, je ne leur parlerai jamais de Liese, ma petite Liese chérie. Elle est notre petit secret.

Bonne nuit, mon chéri, à très bientôt.

Avec tout mon amour, ton Evie, xxx

PS. Je t'aime

Chapitre 77

Mme T-C, 10 décembre 2016

Feu, feu, feu

Evelyn contemple la minuscule photographie en noir et blanc de la petite fille. Sa surface est craquelée et froissée par les innombrables manipulations, ces milliers de fois où elle l'a tenue et embrassée. L'éclat de l'impression a été estompé par des milliers de baisers, mais elle continue de contempler ce visage souriant, capturé dans un instant de bonheur, il y a de nombreuses années.

— Au revoir, ma chérie, murmure-t-elle. Il est temps. Je dois te quitter, maintenant. Je suis navrée, mais je ne t'oublierai jamais. Je pourrai toujours voir ton visage quand je fermerai les yeux.

Elle suit les traits de l'enfant du bout du doigt : les cheveux blonds tressés, les fossettes sur ses joues, la douceur de sa bouche. *Tu fais partie de moi, mais je dois te laisser partir. Je ne peux pas supporter l'idée que Pat te retrouve après mon départ. Elle te reconnaîtrait, se souviendrait de la photo de la boîte de biscuits, et commencerait à se poser des questions, aurait des pensées troublantes, et pourrait en tirer des conclusions inquiétantes. Non, c'est mieux ainsi.*

Tenant la photo au-dessus de sa poubelle en métal, Evelyn craque alors une allumette. Elle laisse la flamme lécher le coin du petit cliché, puis le regarde se consumer lentement. Alors qu'il se recroqueville, elle le laisse tomber et rejoindre les enveloppes froissées, les mouchoirs en papier usagés et le coton hydrophile, qui s'enflamment tous. Parmi les débris se trouvent les morceaux déchirés des évaluations d'assurance que Pat avait trouvées à Kingsley, avec leurs notes accablantes écrites de sa main. Tandis que les flammes dansent et que la fumée s'élève, Evelyn recule un peu, puis s'enfonce dans son fauteuil. Ils vont bientôt arriver : le détecteur de fumée va les réveiller. Elle rit toute seule. Cela lui rappelle la folie de Mme Rochester dans le grenier de *Jane Eyre*.

Les bips se transforment en sonneries et, en un instant, toutes les alarmes de la maison hurlent à l'unisson. Quelques minutes plus tard, elle entend des pas résonner dans le couloir, des cris confus et des coups frénétiques frappés aux portes voisines. Puis Mary fait irruption dans sa chambre et allume la lampe.

— Mme T-C, pour l'amour de Dieu, l'alarme incendie s'est déclenchée ! Nous devons vous sortir d'ici tout de suite !

Elle saisit immédiatement le coude d'Evelyn pour l'aider à sortir de son fauteuil, la guidant vers le déambulateur.

— Tout va bien. Ce n'est pas un grand feu, il n'y a pas vraiment de danger.

— Il y a un incendie. L'alarme hurle à la mort. Et il y a de la fumée ici. Suivez-moi, je dois vous mettre à l'abri.

— Non, ce n'est pas réellement un incendie. Je brûlais juste quelques déchets.

Mary jette un œil dans la poubelle en métal. Les flammes se sont éteintes, mais les cendres continuent de brûler.

— Oh, mon Dieu ! Vous ne pouvez pas faire ça dans la chambre ! Vous risquez de nous faire tous brûler dans nos lits !

Sur ces mots, elle attrape la poubelle et se rue vers la salle de bains, où Evelyn perçoit le bruit du robinet avec l'eau qui coule fortement et gicle en tous sens.

— Il n'y a pas besoin de faire ça, Mary. C'est fini maintenant.

Mary passe la tête par la porte.

— Je préfère prendre toutes les précautions. Vous auriez pu mettre le feu aux bâtiments. Et ensuite, Mme T-C ?

Elle ouvre la fenêtre de la chambre et écarte les rideaux jusqu'à ce qu'elle soit sûre que la fumée se soit dissipée, puis elle quitte la pièce. Pendant ce temps, Evelyn entend une voix dans le couloir qui crie :

— Tout va bien ! Mme T-C a allumé un petit feu de joie ici, mais il n'y a pas de dégâts. Tout le monde peut maintenant retourner au lit.

Elle réapparaît et aide Evelyn à se coucher, avant de fermer la fenêtre.

— Ce n'était pas très malin, reconnaissez-le. Il faudra qu'on en parle demain matin.

— Elle regarde autour d'elle et aperçoit la boîte d'allumettes laissée bien en vue sur la coiffeuse, à côté du flacon d'eau de Cologne en verre taillé, avec son bouchon d'argent, ayant appartenu à sa mère. Elle range la boîte dans la poche de sa tunique et déclare :

— Je vais prendre ça pour le moment, si cela ne vous dérange pas. Nous préférerions que vous évitiez de jouer avec des allumettes ce soir.

Evelyn baisse les paupières tandis que Mary éteint la lumière et ferme la porte. Elle entend des pas précipités à l'extérieur et d'autres portes qui claquent. Elle entend le personnel murmurer des paroles apaisantes et le brouhaha général des résidents qui s'affairent à regagner leur lit pour la nuit. Elle sait ce qui l'attend demain matin. Il y aura une réunion de direction. Le médecin sera appelé, l'équipe d'évaluation de la mémoire se réunira, ils interrogeront Evelyn et donneront leur verdict.

Si sa prédiction est correcte, ils concluront que son comportement et sa mémoire ne sont pas fiables, et que cela signifie qu'elle présente des signes évidents de démence. Ils consulteront alors Pat, qui confirmera leur diagnostic grâce à son compte rendu des dernières visites et un rapport détaillé sur le « comportement ridicule » d'Evelyn. Pat contactera ensuite l'inspecteur Williams. Mais souhaitera-t-il lui poser à nouveau d'autres questions, à elle, ce témoin peu fiable ? Et l'arrêter ? Ce serait amusant. Elle pourrait le taquiner encore un peu, faire semblant d'avoir oublié qu'elle avait déjà avoué ses crimes. Elle pourrait lui dire qu'elle attend la réponse de son mari à sa lettre et que la poste est peu fiable de nos jours. Ou encore qu'elle quitte cet hôtel et refuse de payer la note, parce que le service n'est franchement plus ce qu'il était. Oh, s'il vous plaît, allez chercher les menottes, Monsieur l'agent ! J'ai été une vilaine fille aujourd'hui. Et elle s'esclaffe tout en commençant à s'endormir.

Chapitre 78

14 décembre 2016

Mon très cher,

Voilà, je l'ai fait. L'incendie a été un coup de maître et a permis de régler l'un de mes petits soucis. Ils ne me l'ont pas dit officiellement, bien sûr, je les ai juste entendus parler, mais je sais qu'une évaluation de ma mémoire va avoir lieu prochainement. Pat n'est venue qu'une seule fois depuis l'incendie et n'a passé que quelques minutes avec moi. Elle a pratiquement jeté les crayons et le talc que j'avais demandés, puis a passé le reste de son temps dans le bureau du directeur. Je me sens un peu coupable, car je sais qu'elle doit être très occupée par ses propres préparatifs de Noël, mais vraiment, je n'ai pas pu m'empêcher de le faire. Si ce gentil inspecteur n'avait pas été aussi insistant, j'aurais pu attendre après Noël. Cela aurait été beaucoup plus pratique pour tout le monde, j'en suis sûre. Malheureusement, c'est comme ça. Les besoins doivent être satisfaits.

Nous nous retrouverons bientôt, mon chéri.

Tout mon amour pour toujours, Ton Evie xxx

PS. Je t'aime

Chapitre 79

Mme T-C,
19 décembre 2016

Posez-moi une autre question

Ils sont deux, et Pat. Tous la fixent, la mettant au défi de se souvenir. Evelyn trouve ça plutôt amusant. Il est si facile de les tromper.

Ils sont assis dans une salle de réunion austère de la maison de retraite, sous des lumières blanches et froides qui lui rappellent le centre d'interrogatoire. Pat et elle sont d'un côté de la table, les deux professionnels de l'autre, des dossiers et des blocs-notes étalés devant eux. C'est comme un entretien d'embauche qui bouleverserait sa carrière ou une audition pour le décrocher le rôle principal d'un grand film. Et elle doit le réussir. Elle doit les convaincre, sans l'ombre d'un doute, que son esprit vacille, que sa mémoire n'est plus fiable.

Les premières questions sont beaucoup trop faciles. Elles ne portent pas sur l'incendie, et les professionnels demandent: « Quelle est la date d'aujourd'hui ? Quel âge avez-vous ? Qu'avez-vous mangé au petit-déjeuner ? Qui est le Premier ministre ? »

Mais après cela, devient beaucoup plus divertissant.

— Je vais maintenant vous montrer une série de cartes, explique l'évaluatrice de la mémoire, une femme en surpoids aux cheveux grisonnants, qui a l'air d'être sur le point de perdre la mémoire.

Elle pose une rangée de cartes sur la table devant Evelyn, comme si elle jouait une partie de poker.

— J'aimerais que vous regardiez chacune d'entre elles. Prenez votre temps. Ensuite, je vous demanderai de les lire à haute voix.

Evelyn examine les quatre cartes. Chacune porte un mot en gros caractères: « soucoupe », « dominos », « carte postale » et « école ». Elle les lit à haute voix et décide d'adopter une voix frêle et hésitante afin d'exprimer l'anxiété et l'incertitude, qualités qu'elle juge les plus appropriées pour le rôle qu'elle espère décrocher.

Cela va être beaucoup trop facile. Evelyn a toujours eu une bonne mémoire et, lorsqu'elle s'est entraînée, il y a des années, tous les participants ont effectué des exercices de mémorisation pour retenir les informations essentielles. Jusqu'à récemment, elle a veillé à ce que sa mémoire soit sollicitée par des exercices réguliers. Lorsqu'elle se promenait dans les espaces publics de Forest Lawns, elle notait le nombre de dépliants sur la table du hall, si de nouvelles affiches avaient été épinglées sur le tableau d'affichage, quels bergers et bergères en porcelaine avaient été légèrement déplacés sur la cheminée et combien de tableaux encadrés étaient restés de travers sur les murs après leur époussetage. Elle se faufilait dans les couloirs jusqu'aux quartiers des résidents, mémorisant les noms et les numéros de chambre. Elle est alerte, son esprit est aiguisé, et elle aimerait presque qu'on lui fasse passer un test plus difficile pour démontrer ses réelles capacités, mais elle joue néanmoins son rôle et fixe attentivement les mots.

L'évaluatrice sourit à Evelyn. Elle touche la première carte et demande:

— Pouvez-vous me dire dans quelle catégorie vous placeriez ce mot?

Evelyn lui adresse un sourire et se dit que c'est une question stupide. La femme a désigné du doigt le mot « soucoupe ». Si Evelyne ne voulait pas la tromper, elle dirait qu'il s'agit d'un nom commun, bien sûr. Cela la déconcerterait certainement. Elle ne connaît probablement pas la différence entre les noms communs et les noms propres. Elle voudrait probablement qu'elle dise « vaisselle » ou « porcelaine », mais au lieu de cela, Evelyne répond :

— Allons-nous prendre le thé, maintenant ?

La femme ne sourit pas. Elle pointe à nouveau du doigt :

— Et celui-là ?

Le mot « domino » est indiqué. Evelyn secoue la tête. La femme passe alors aux autres mots et, chaque fois, Evelyn donne une réponse confuse. L'évaluatrice annonce alors :

— Je vais vous donner un indice. Lequel de ces mots est un jeu ?

Evelyn a envie de rire, mais prend une inspiration pour garder la tête froide. *Mais c'est le jeu. C'est un jeu merveilleux. J'y joue depuis des semaines et il semblerait que je sois en train de gagner.*

— Oh, je ne sais pas, ment-elle.

Et ainsi de suite avec les quatre mots. Evelyn déclare que le mot « carte postale » est une clôture et que le mot « école » est l'endroit où l'on va voir le médecin, et elle feint de ne pas savoir quoi faire de la « soucoupe ».

L'évaluatrice lui explique ensuite qu'elle devra de se souvenir de ces mots dans quelques minutes, puis retourne les cartes face cachée sur la table. Evelyn s'efforce de ne pas rire. Elle joue souvent à des jeux de mémoire et au jeu des paires dans sa chambre, avec un paquet entier de cartes, alors quatre n'a rien d'un défi.

Puis on lui demande d'épeler le mot « monde » à l'envers. L'orthographe d'Evelyn a toujours été excellente et s'est affinée avec ses mots croisés quotidiens, mais elle parvient à se tromper et à marmonner « D-O-L ? »

— Et pourriez-vous compter à rebours à partir de vingt pour moi, s'il vous plaît ?

Une fois de plus, Evelyn se mord la lèvre et garde son calme, puis passe de vingt à douze, à dix et cinq. Cela se passe plutôt bien. Ils doivent être convaincus maintenant que ses capacités mentales sont diminuées.

Ainsi, lorsque la femme lui demande de se souvenir des mots imprimés sur les cartes, elle s'amuse à la regarder fixement et à s'étonner :

— Quelles cartes ?

Elle entend Pat soupirer dans son dos, ce qui est plutôt irritant. *J'aimerais voir comment sera sa mémoire à quatre-vingt-quinze ans. Pathétique, je parie, avec la quantité d'alcool qu'elle boit tout le temps à la maison. Je le sais, je le vois à son teint marbré, qui n'a rien à voir avec le mien à son âge.*

Elle remarque le regard que se partagent les trois membres de son public et sait qu'elle vient de livrer une prestation digne d'un oscar. Elle pense avoir trouvé son rôle : la duchesse démente ou la marquise folle. L'évaluatrice griffonne sur ses formulaires tandis que le médecin fait un signe de la tête à Pat qui, en retour, secoue la sienne d'un air las. Evelyn étudie leurs visages. *Ils devraient applaudir et me demander de les saluer. Ce n'est pas si facile de faire semblant d'être quelqu'un d'autre.*

Elle décide alors de leur donner à tous quelque chose qui égayera leur matinée. Elle se lève, se met debout en posant ses mains sur la table, puis balaie les cartes, les éparpillant sur la moquette aux motifs sombres.

— Je ne peux pas rester ici toute la journée, je vais rentrer chez moi maintenant, lance-t-elle. J'ai un bus à prendre.

Elle se retourne en s'appuyant sur le dossier de la chaise, et s'apprête à balayer la cruche d'eau de la table lorsque Pat lui attrape le bras, un peu trop fermement, d'ailleurs.

— Nous n'avons pas encore fini, profère-t-elle d'une voix autoritaire. Rassieds-toi.

— Mais tu me mets en retard pour le café du matin. J'ai promis que je serais là pour organiser la conduite de la coccinelle, je dois y aller maintenant.

— Non, ma tante, nous restons ici, rétorque Pat en l'aidant à se rasseoir sur sa chaise. Le docteur n'a pas fini de te parler.

Evelyn décide que le rôle qu'elle vient d'acquérir mérite un dernier effort.

— Vous êtes tous renvoyés, affirme-t-elle d'un geste impérieux de la main, imitant celui que sa mère effectuait souvent lorsqu'elle était mécontente du travail d'une femme de ménage ou d'un jardinier. Je vous renvoie tous. Vous me faites perdre mon temps. Je suis une femme très occupée, vous savez.

Pat lance un regard d'excuse aux deux professionnels, qui essaient de terminer leur prise de notes.

— Je ferai peut-être mieux de sortir pour voir si quelqu'un peut apporter un plateau de café et des biscuits. En général, cela lui permet de se calmer un peu.

— Je veux des petits pains aux figues, s'écrie Evelyn. Tu sais que j'aime les petits pains aux figues. Ne les laisse pas t'embobiner avec Garibaldi.

Chapitre 80

23 décembre 2016

Mon chéri,

Tu n'auras plus à attendre très longtemps. Ils me surveillent de près en ce moment, mais je vais bientôt m'échapper, ne t'inquiète pas. Ici, tout le monde ne parle que de Noël, alors ils m'ont presque oubliée pour le moment, mais je sais que ça ne durera pas. J'ai prévu comment je pourrai venir te voir, et cela ne saurait tarder, mais je n'aurai peut-être pas beaucoup d'occasions, alors il faut que je te rejoigne tant qu'il en est encore temps.

Ils m'ont posé beaucoup de questions l'autre jour et c'était très amusant, je te le dis. Je ne pensais pas que ce serait aussi facile, si peu stimulant. Ils m'ont demandé de regarder des mots sur des cartes pendant quelques minutes, des « flashcards » comme ils les ont appelées, puis de leur dire si je pouvais me souvenir de certains d'entre eux cinq minutes plus tard. C'était exactement comme les jeux de société auxquels nous avions l'habitude de jouer à Kingsley, il y a tant d'années. Tu te souviens comme tu étais doué pour les charades et le Gin Rummy, chéri ? Bien sûr, je me souvenais de chaque mot, mais j'ai dû faire semblant que je ne pouvais pas et je leur ai dit que je voulais rentrer à la maison. Je ne sais pas comment j'ai pu m'empêcher de rire.

J'ai également dit que Harold Wilson était le Premier ministre, que je n'avais pas pris de petit-déjeuner (c'était le milieu de la matinée et j'avais en fait mangé un très bon œuf poché sur des toasts dans ma chambre), puis j'ai fait semblant de ne pas reconnaître Pat ; j'ai ensuite demandé si elle pouvait aller chercher Mme Glazier, afin que je puisse planifier les menus de la semaine avec elle. Elle a peut-être été contrariée mais, tu sais, cela ne m'a pas dérangée du tout, car elle avait été si peu serviable lors de ma dernière visite à ce cher Kingsley. Je voyais bien qu'elle avait l'air contrariée et confuse, mais cela ne m'a pas empêchée de le faire.

Il y a eu beaucoup d'autres questions, auxquelles j'aurais pu répondre, mais cela devenait un peu ennuyeux, alors j'ai décidé de ne plus répondre. Je me suis un peu agitée et j'ai insisté sur le fait que je devais partir. Pat est allée chercher du café et je lui ai demandé de rapporter des petits pains aux figues, puis j'ai fait une autre scène lorsqu'elle est revenue avec Garibaldi. J'en ai eu un peu assez des sablés de Noël et des tartelettes qu'on nous sert ici, alors je ne pense pas qu'il soit déraisonnable de demander quelque chose de différent pour changer.

Oh, chéri, si tu m'entendais parler de biscuits ! Nous ne ferons pas cela lorsque nous nous retrouverons, je le promets. Tu seras cependant amusé d'apprendre que j'ai conclu la réunion par une petite chanson. Cette drôle de chanson de George Formby que tu as toujours aimée, qui parle de se débarrasser de sa femme ! Je crois qu'elle s'appelle She's Never Been Seen Since Then *(Elle n'a jamais été revue depuis). Je ne me souvenais plus des paroles, mais j'ai trouvé que c'était une chanson tout à fait appropriée aux circonstances. C'était très amusant !*

Alors, au revoir pour l'instant, mon chéri, nous nous retrouverons très bientôt.

Tout mon amour, ton Evie xxx

PS. Je t'aime

Chapitre 81

Mme T-C, 24 décembre 2016

Donnez-moi un clair de lune

Evelyn ouvre les yeux à minuit, réveillée par la sonnerie stridente de son réveil. Elle s'est autorisée à dormir trois heures, juste assez pour être fraîche et alerte pour la suite des événements.

Tout est calme après l'effervescence de la journée. Les proches inquiets ont rendu visite à leur parent avant de repartir vers leurs propres festivités de Noël, et les soignants, toujours patients, ont apaisé ceux qui restaient. Pour l'instant, le personnel de la maison de retraite ne pense qu'aux chants de Noël et aux biscuits, mais après le Nouvel An, ils se rappelleront les uns aux autres qu'Evelyn n'est plus fiable. À la fin de la période des fêtes, ils réexamineront la sécurité et la déplaceront dans l'aile réservée aux personnes atteintes de démence, où les portes sont toujours verrouillées et les résidents étroitement surveillés. Et il se pourrait qu'elle ne soit plus jamais libre.

Avant de se réveiller, elle avait rêvé et, dans son sommeil, une voix l'avait appelée :

« Evie, Evie, viens à moi. J'ai besoin de toi. »

Elle est sûre d'avoir entendu Hugh l'appeler ; sa voix était claire et insistante. Ce n'était pas la façon dont il avait l'habitude de lui parler il y a des années, mais c'était bien sa voix. Il avait l'air angoissé, comme s'il avait vraiment besoin de son aide.

Elle appuie d'abord sur le bouton pour relever son lit, afin d'être en position assise, puis elle allume la lampe de chevet. La maison de retraite est silencieuse. Aucun autre résident n'appelle à l'aide, aucun bruit de pas ne se fait entendre dans les couloirs ce soir et aucune alarme ne sonnera jusqu'à l'aube.

Dehors, dans les vastes jardins, elle entend le cri d'une renarde. Serait-ce le son qu'elle a entendu dans son rêve et qui s'est transformé en la voix de Hugh ? Comment peut-elle encore être certaine de la reconnaître, cette voix qui résonne encore en elle, plus de soixante ans après son décès ?

Elle sort ses jambes raides du lit et se met debout à l'aide de son déambulateur. Pas à pas, elle se dirige vers la fenêtre.

— C'est l'heure, Hugh, mon chéri. Je viens à toi maintenant, murmure-t-elle.

Les rideaux sont entrouverts, laissant filtrer un rai de lumière. Elle écarte un peu plus les tentures et constate que la pleine lune brille de tout son éclat argenté sur les jardins. C'est le milieu de la nuit, mais le paysage devant elle n'est pas totalement plongé dans l'obscurité. Elle distingue des tons variés de gris anthracite et de vert foncé, avec chaque arbuste, chaque bordure, chaque chemin et chaque courbe de pelouse se détachant avec netteté, comme par une journée nuageuse, loin de la pénombre des heures les plus sombres de la nuit. Et il a certainement gelé, car chaque feuille brille d'une glace argentée sous ce clair de lune éclatant.

C'est la veille de Noël. Evelyn se souvient de ce premier Noël à la fin de l'année 1945, à Wildflecken ; de l'excitation des enfants, mais aussi des adultes, qui goûtaient à des aliments oubliés depuis longtemps ainsi qu'à la douceur de la libération. Et ce soir, les enfants qui n'ont pas connu les privations attendront encore avec une vive impatience; ils attendront des jouets et des sucreries, introduits clandestinement dans leur maison pendant leur sommeil. Et peut-être, bien que ce ne soit pas une coutume anglo-saxonne, auront-ils guetté à leur fenêtre la première étoile de Noël, comme cela s'est passé à Wildflecken, il y a tant d'années. Evelyn scrute le ciel. Il doit y avoir des étoiles là-haut, mais elle ne les voit pas de sa fenêtre.

— Hugh, sortons et regardons les étoiles ensemble, murmure-t-elle.

Evelyn attrape sa chaude robe de chambre et ses pantoufles, puis sort de sa chambre. Personne ne l'interpelle lorsqu'elle se glisse dans le couloir faiblement éclairé. Personne ne la voit traverser la salle à manger, ornée de guirlandes en papier et de lanternes chinoises, ni le hall d'entrée avec son grand sapin de Noël orné des décorations en verre de son enfance et scintillant de lumières colorées. Elle entend le bourdonnement du personnel de nuit qui boit du thé et discute dans la cuisine au bout du couloir, mais aucun d'entre eux ne la voit composer les chiffres sur le clavier de l'entrée de Forest Lawns. Un, deux, trois, quatre… Quelle paresse de la part de la direction de ne jamais changer le code! Elle l'avait vérifié plus tôt dans la journée et, en effet, c'était toujours le même code qu'à son arrivée.

Ses doigts sont récompensés par un petit bourdonnement; la porte s'ouvre et elle se retrouve alors dehors, la fraîcheur de l'air nocturne lui piquant les joues et lui glaçant les poumons. Le jardin est bien éclairé par la lune qui brille sur le chemin comme un phare, l'appelant à marcher le long de celui-ci. Elle avance en traînant les pieds sur les pavés jusqu'à une pelouse dégagée, où elle trouve un banc et s'assoit.

Il n'y a pas de branches en surplomb, pas de lumières gênantes, et elle peut maintenant voir toute l'étendue du ciel nocturne, avec la lune entourée d'une poussière d'étoiles de diamant, toutes scintillantes, toutes revendiquées par les enfants du monde entier comme leur propre étoile de Noël en cette nuit sacrée.

— Bonne nuit, Lieselotte, murmure-t-elle. Joyeux Noël, *Liebchen*. J'espère que tu as été heureuse dans ta vie jusqu'à présent. Peut-être as-tu eu des enfants et as-tu maintenant la chance d'avoir des petits-enfants. J'aime à penser que tu as connu la joie de ces petits êtres et je te souhaite une vie heureuse quand je serai partie.

Le sourire aux lèvres, elle se serre alors dans ses bras.

— Hugh, j'arrive. Tends-moi les mains, mon chéri.

À tâtons, elle cherche dans la poche de sa robe de chambre la capsule, cette capsule si spéciale qui a été remise à tous les jeunes hommes et femmes pendant leur formation. Depuis lors, elle reposait dans le tiroir de sa coiffeuse, attendant son heure. Le poison a peut-être perdu de son efficacité après tant d'années, mais elle est sûre que, dans ce cas, cette nuit hivernale saura l'emporter. Elle commence à fredonner à voix basse, puis ajoute peu à peu des paroles à l'air de *Stille Nacht*, sa voix fragile s'élevant dans l'air glacial comme un souffle givré.

Puis, dans un sourire, elle avale le comprimé, ferme les yeux et accueille le froid de la nuit qui la retient enfin dans une dernière étreinte, sous la lune et les étoiles glacées.

Une lettre de Suzanne

Je tiens à vous remercier chaleureusement d'avoir choisi de lire *Je m'appelle Eva.*

Mon voyage dans l'écriture de ce roman a commencé lorsque deux dames âgées ont gloussé comme des écolières en me racontant des anecdotes croustillantes de leur vie en temps de guerre. J'ai alors su qu'il y avait une histoire importante qui attendait d'être racontée. Cependant, découvrir exactement ce qu'elles avaient fait pour le MI5 et le MI6 s'est avéré plus difficile que je ne l'aurais imaginé, car elles, comme les autres femmes que j'ai interrogées, sont restées silencieuses lorsqu'il s'agissait de répondre à certaines questions. Elles avaient toutes été formées pour garder leurs secrets bien cachés, et c'est ainsi que l'idée de cette histoire a commencé à germer.

Les lettres d'Evie à son mari Hugh sont nées d'une brève correspondance datant de la guerre que j'ai transcrite après qu'elle a été découverte, cachée dans une boîte à chaussures au fond d'une armoire. Écrites par ma grand-tante Nora à son jeune mari Fred, surnommé « Tiny », elles traduisaient la détermination et l'optimisme des Britanniques en temps de guerre et m'ont inspiré la voix d'Evie. Puis, lorsque j'ai découvert que ma tante avait travaillé pour l'Administration des Nations unies pour le secours et la réhabilitation (UNRRA) dans l'Allemagne d'après-guerre, après la mort de

Tiny et lors de sa reconversion dans la Royal Air Force, j'ai su que je tenais enfin mon histoire.

Le bénévolat dans une maison de retraite locale, où les personnes âgées sont soignées avec la plus grande patience et le plus grand respect, m'a aidée à comprendre comment Evelyn s'adapterait à son nouvel environnement. Le fait de parler aux résidents, d'écrire leur histoire et d'animer leur club de lecture m'a montré qu'un esprit agile peut souvent habiter un corps fragile, et combien il est important pour les personnes âgées de conserver leur liberté de choix et de préserver leur dignité.

Pour en apprendre plus sur la formation des agents du SOE, j'ai visité l'exposition de l'Armée secrète à Beaulieu, un village du parc national de New Forest dans le Hampshire, qui révélait les mystères du codage, des meurtres silencieux et des encres secrètes. Tout cela a été expliqué avec force détails par la très compétente Shelagh.

En écrivant *Je m'appelle Eva*, j'ai été soutenue et encouragée par les membres de l'Elstead Writers Group, Melanie Whipman, les Ark Writers et mes amies Vesta : Carol, Denise et Gail. JMa reconnaissance va également à Sandie Baker et Rose Carter, qui m'ont fait découvrir une maison de retraite locale, où j'ai rencontré de nombreux résidents et membres du personnel formidables, et où j'ai dégusté de nombreuses tasses de thé et gâteaux faits maison. En ce qui concerne la procédure policière, je remercie M. Jolly, qui, bien qu'on lui ait indiqué que je n'avais besoin de lui que pour vérifier les interrogatoires de police, a lu tout le roman et a annoncé qu'il ne trouvait rien à redire.

Mes remerciements vont également à tous ceux qui ont lu et commenté ma première version : Stella, Jacqui, Richard, John, Chris, Sally, Kathy, Len, Jenny et mon mari, Mike, qui m'a toujours soutenue.

Enfin, un grand merci à ma très patiente éditrice, Lydia Vassar-Smith, qui a su m'écouter.

Lors de l'écriture de *Je m'appelle Eva*, les livres suivants m'ont été utiles lors de mes recherches : *The Spy Who Loved* de Clare Mulley, *The Debs of Bletchley Park* de Michael Smith, *Forgotten Voices of the Secret War* de Roderick Bailey, *Auschwitz* de Laurence Rees, *The Wild Place de* Kathryn Hulme, *Alone in Berlin* de Hans Fallada, *Cruel Britannia* de Ian Cobain et *Love and War in the WRNS* de Vicky Unwin.

J'espère que vous avez aimé *Je m'appelle Eva* et, si c'est le cas, je vous serais très reconnaissante de laisser un commentaire. J'aimerais vraiment connaître votre avis, et chaque retour fait une réelle différence pour aider les lecteurs à découvrir mes livres pour la première fois. J'adore avoir des nouvelles de mes lecteurs : vous pouvez me contacter sur ma page Facebook, sur X, sur Goodreads ou sur mon site web.

Merci,

Suzanne Goldring
www.suzannegoldring.wordpress.com

Imprimé en France par CPI Firmin-Didot
en mai 2025
N° d'impression : 184219
ISBN : 978-2-38671-007-0
Dépôt légal : juin 2025